bene
Bücher

Band 2 der Gaukler-Chroniken von Sam Feuerbach

Die epische Reise von Dieb und Söldner geht weiter.

Rätselhafte Schriftzeichen auf der Karte und dem Schwert führen die ungleichen Helden in die berüchtigte Stadt Drachenbein. In der Bibliothek forscht Brocken nach Antworten und findet nur Fragen, während Wieland und Raffael von der Stadtwache gejagt werden. Die Spur führt den alten Söldner zu einem Gelehrten.

Inwiefern ist die verhasste Hexe Aglaja in die Vorfälle verstrickt?

Die Begegnung mit der Hure Dana gibt weitere Rätsel auf und löst eine Reihe mysteriöser Ereignisse aus ...

Sam Feuerbach hat nach seinem Studienabschluss als Diplom-Ökonom 30 Jahre in der IT-Branche gearbeitet. Seit 2017 konzentriert er sich als Vollzeitautor auf das Schreiben von Fantasy-Romanen und Thrillern. Gleich mit seinem Debut *Die Auftragsmörderin* feierte er einen großen Erfolg.

In 2018 gewinnt *Der Totengräbersohn Buch 1* in der Kategorie „Bestes deutschsprachiges Hörbuch" den renommierten Deutschen Phantastik Preis.

Sam Feuerbach

Die Hure und der Söldner

Band 2 der Gaukler-Chroniken

bene Bücher

Speziellen Dank an Bene und Jasmin
sowie Wolfgang Drüppel

Coverdesign: Giusy Ame/Magicalcover.de
Bildquelle: © depositphoto

Druck: Print Group Sp. z.o.o.
1. Auflage 2020

info@benebuecher.de
www.benebuecher.de
www.samfeuerbach.de
ISBN: 978-3-947515-12-7

bene Bücher

Der Schmied

Mit elegantem Flügelschlag landete der weiße Rabe auf der Schulter des alten Söldners. »Da bist du ja wieder, Korr«, begrüßte ihn Brocken in einer Stimmlage, die er nur seinen gefiederten Freunden zuteilwerden ließ. Er hatte es sich auf der Ladefläche des Karrens gemütlich gemacht, während sein Pferd Gaul gemächlich hinterherschritt.

Der Rabe zupfte an seinem Ohrläppchen.

»Ein weißer Rabe!«, bemerkte Wieland, einer seiner beiden Begleiter, der auf dem Bock saß, erstaunt. »So einen habe ich ja noch nie gesehen.«

»Was bei dir nichts heißt«, grunzte Brocken. »Korr schaut regelmäßig bei uns vorbei. Nicht wahr, kleiner Freund?«

Mit Augen runder als sein goldener Ohrring betrachtete Wieland den Vogel. Für ihn begann jeder Tag mit einem Korb voller Wunder. Eigentlich hieß Wieland Bimsbirne, nur konnte er sich das nicht mal über Nacht merken. Ebenso vergaß er immer wieder, dass der Schmalhans neben ihm auf dem Bock nicht Georg, sondern Raffael gerufen werden wollte. Der alte Söldner zuckte mit den Schultern, woraufhin Korr die Flügel spreizte. Er war mit ganz schön kaputten Gefährten unterwegs, nicht dass das noch auf ihn abfärbte. Wenigstens er wollte in dieser untergehenden Welt einen

Rest von Normalität hochhalten.

Auf einer Anhöhe machten sie Halt und blickten auf das langgezogene Tal hinab. Ein breiter Fluss teilte die Stadt in zwei gleiche Hälften, was von hier oben an einen gigantischen Schmetterling erinnerte. Ansonsten hatte dieser laute, wilde Ort nichts mit einem Schmetterling gemein. Im Westen und Osten erhoben sich steile Felswände, in die bereits vor Urzeiten unzählige Minenstollen zum Abbau von Eisen- und Kupfererz geschlagen worden waren.

»So groß habe ich Drachenbein gar nicht in Erinnerung«, staunte Raffael. »Gut, die beiden Male, die ich die Stadt besucht habe, bin ich von der anderen Seite angereist. Dort gibt es solch eine Aussicht nicht.«

Typisch, wie konnte es auch anders sein. Dem Kleinen erschien alles zu groß, zu brutal, zu gemein, zu grausam. Und warum? Weil er sich allzu gern zum Erfinder höchster moralischer Maßstäbe ausrief – und, als wäre dies nicht genug, auch zum Bewahrer und Behüter derselben. Somit durften alle um ihn herum vor lauter Aufrichtigkeit und Anstand kaum noch atmen. Und Furzen schon gar nicht. Kaum auszuhalten, so viel Güte und Gnade. Dabei handelte es sich bei dem Burschen nur um einen schnöden, wenig erfolgreichen Langfinger.

Knarzend und ächzend fuhr der Wagen den Berg hinunter, als drohe er, jeden Moment auseinanderzubrechen. Nichts Besonderes, da er immer langsam fuhr und knarzte und ächzte. Mit Sicherheit würde er im freien Fall nur unwesentlich schneller vorankommen. Verantwortlich für das Schneckentempo war Diego, Raffaels dusseliges Pferd.

Und Raffael, das dusselige Herrchen von Diego, der Letzteren niemals zur Eile antrieb.

In der Ferne bohrte sich der Sockel in den Himmel, so nannten die Menschen den höchsten Turm der Stadt Drachenbein. Ein mächtiges viereckiges Bauwerk, das die Stadtmauer um ein Vielfaches überragte. Der Sockel bildete den Mittelpunkt der bedeutendsten Bibliothek des Kontinents und befand sich auf einer Insel mitten im Fluss Nubil. Würden sie dort mehr über die Karte mit dem Tal der Hexe Aglaja herausfinden? Vor allem, wo sich dieses Loch, in das sich die Hexe verkrochen hatte, befand? Brockens Unterkiefer mahlte. Seit fünfzig Jahren hatte er eine Rechnung mit ihr offen. Sie hatte dafür gesorgt, dass sich Vater und Mutter von ihm abgewandt und ihn verstoßen hatten. Sie trug die Verantwortung für den Niedergang seines Volkes, für das Verschwinden der stolzen Gordonen. Zu allem Überfluss hatte Aglaja ihn auch noch mit einem Fluch belegt, der ihm ein Leben voller Schmerz und Leid bescherte. Genug Gründe also, sie zu hassen und zu töten.

Der alte Söldner streckte den Arm aus. Korr plusterte die Kehlfedern auf und schritt stolz wie ein siegreicher Feldherr von der Schulter in Richtung Lederhandschuh. Dann tippelte er auf Brockens Faust und hob den Schnabel.

»Was willst du uns sagen, alter Rumtreiber? Hast du Hunger? Wir haben da einen Leckerbissen, der perfekt zu einem weißen Raben passt.« Mit einem Auge schielte Brocken auf das bauchige Glas, das mit einem Lederriemen angegurtet neben ihm auf der Ladefläche stand. Darin rekelte sich ein langer, bleicher Regenwurm in alle Himmelsrichtungen. Der alte Söldner streckte die freie Hand aus und öffnete den mit Löchern versehenen Korkdeckel. Der Rabe reckte den Hals und leckte sich bereits den Schnabel. Der Wurm hob den Kopf, nur um ihn im nächsten Augenblick wieder in der lockeren Erde zu versenken. Respekt, im Gegensatz zu den meisten Opfern auf dem Schlachtfeld wusste das Kriechtier, wann es sich besser wegduckte.

Schmalhans, eben noch entspannt auf dem Bock sitzend, vollführte einen Luftsprung mit Hundertachtziggradkehre. Aufgebracht zischte er: »Du hast ihn verschreckt! Untersteh dich, meinem Wurm auch nur eine Borste zu krümmen, du Widerling.« Zärtlich klopfte er an die Glaswand. »Lass dir nichts gefallen, und sobald er dir zu nahe kommt, beiß ihm kräftig in die Finger, Borsti.«

»Dein mordsgefährlicher Wurm verkriecht sich lieber«, antwortete Brocken.

Raffael ignorierte die Bemerkung und wandte sich dem Vogel zu. »Nichts gegen dich, Korr. Ignoriere den ungeheuerlichen Vorschlag von diesem Wüstling, denn der Wurm gehört zur Familie. Und Familienmitglieder frisst man nicht.«

»Korr«, krächzte der Rabe und knabberte zum Ausgleich an Brockens Daumen.

Schmalhans schien zufrieden, zumal die Kopfbewegung des Vogels wie ein Nicken aussah.

»Pfft!«, machte Brocken und verschloss das Glas wieder. »Warte mal ab, bis Korr richtig Hunger bekommt.« Der alte Söldner wusste es besser, wenn es ums Überleben ging, Familie hin, Familie her. Seit fünfzig Jahren gab es für ihn keine Familie mehr.

Als die Sonne am höchsten stand, erreichte die Gemeinschaft das Tal und fuhr am Ufer des Flusses Nubil entlang, der die Stadt in der Mitte teilte. Über zwei gewaltige Brücken gelangten die Menschen jeweils auf die andere Seite, was jedoch selten vorkam, da sich die West- und die Oststadt spinnefeind waren. Das machte Drachenbein auch für Söldner attraktiv, denn die kleinen Scharmützel auf beiden Seiten brachten gutes Geld ein. Besonders beliebt waren Schlägereien in den zahlreichen Spelunken. Zudem umgaben sich die hohen Herrschaften stets mit gutbezahlten Leibwächtern. Zumindest war es bei Brockens letztem Besuch so gewesen, und warum sollte sich daran etwas geändert haben? Wenn er sich überhaupt auf etwas verlassen konnte, außer auf sich selbst, dann auf die Dummheit und Engstirnigkeit der Menschen.

Die strategische Lage im Talkessel machte es außerordentlich schwierig, die Stadt zu erobern. Hohe Felsen schützten sie im Westen und Osten, riesige Mauern im Norden und Süden. Obwohl sie mitten in der Grafschaft Dunkelberg lag, erhob der Landesherr keinen offiziellen Anspruch auf Drachenbein und ließ die Stadt halbwegs in Frieden. Ein geschickter Schachzug, so bot er den Bürgern wenig Grund aufzubegehren und sich abzunabeln. Hauptsache, die Steuereinnahmen landeten zu einem guten Teil bei ihm. Allerdings sorgte Graf Dunkelberg mit üblen Machenschaften dafür, dass der Zwist der Stadthälften andauerte. Ein geeintes Drachenbein konnte ihm nicht recht sein; inmitten seines Territoriums wäre es zu mächtig, zu unberechenbar. Wie alle Landesherren fürchtete er vor allem eine Unabhängigkeitserklärung, was umgehend einen Krieg inmitten seines Territoriums auslösen würde. In vielerlei Hinsicht stand Dunkelberg dem Grafen Garsick in nichts nach. Zusammen mit dem Adelstitel wurde den hohen Herrschaften offenbar auch die pure Gier in die Wiege gelegt. Mehr Gold, mehr Macht, mehr Ruhm. Jeder Söldner liebte diese geborenen Kriegstreiber. Sie sorgten für Aufträge und Kurzweil, wobei sein letzter Dienstherr eine Grenze überschritten hatte. Trotz erfolgreicher Erledigung aller Aufgaben wollte er Brocken töten lassen und hatte ihm eine Meute Söldner auf den Hals gehetzt. So etwas tat niemand ungestraft.

In der Ferne erblickten sie das Nordtor. Ein gigantisches Konstrukt aus Holz und Eisen, das nur mithilfe mehrerer Pferde bewegt werden konnte. In Friedenszeiten blieb es tagsüber offen, so auch augenblicklich.

Über die gepflasterte Straße hielten sie auf den Eingang der Stadt zu. Die vielen Menschen gingen ihrem Tagewerk nach, die Bauern, Händler und Handwerker beachteten sie kaum. Auf beiden Torflügeln prunkte das Stadtwappen von Drachenbein – ein gelber Schild, durch den sich von oben nach unten ein Fluss schlängelte.

»Langsam, Diego«, rief Schmalhans seinem Gaul zärtlich zu.

Brocken glaubte, sich verhört zu haben. Der Karren kroch doch bereits wie eine humpelnde Weinbergschnecke! Na gut, auf die Woche kam es jetzt auch nicht mehr an.

Die drei Gefährten passierten einen Schandkäfig zu ihrer

Linken, der am Ast einer alten Eiche baumelte. Darin befanden sich zwei verweste Leichen. Nicht nur Graf Garsick präferierte diese Form der Bestrafung. Käfer und Maden tummelten sich in den wenigen Fleischresten, ansonsten waren nur noch Kleiderfetzen und Knochen übrig. Eine eindrückliche Warnung für Augen und Nase sowie ein Zeugnis funktionierender Justiz. Selbst Korr schien den Schnabel zu rümpfen. Wortlos rollten sie vorbei. Schon tauchte am nächsten Baum ein weiterer Käfig auf, daran befestigt eine Schiefertafel, auf die jemand mit Kreide eine fünfzig geschrieben hatte. Darunter zählte der alte Söldner sechs mal fünf Striche.

Zwei Männer saßen reglos zwischen den Gitterstäben, zerlumpt und halb verhungert. Der entsetzliche Gestank menschlicher Ausdünstungen und Exkremente schwappte zu ihnen herüber. Einer der Gefangenen erfasste sie mit trübem Blick, zeigte jedoch keine Reaktion. In diesem Moment erwachte der andere aus seiner Lethargie und röchelte heiser: »Ein Stück Brot.«

Wieland kratzte sich am Hals, nicht ohne vorher den Zeigefinger durch seinen Ohrring gesteckt zu haben, und murmelte: »Wir sollten denen was zu essen geben.«

»Mische dich niemals in die Gerichtsbarkeit einer fremden Stadt ein, ganz besonders nicht, wenn sie Drachenbein heißt. Zudem würdest du so ihr Leiden nur verlängern«, antwortete Brocken.

»Was soll das heißen? Bleiben sie so lange im Käfig, bis sie elendig verhungert sind?«

»Nein, Bimsbirne. Ich denke, einer wird überleben.«

»Wie kommst du darauf?«

»Ich habe selbst mal gesehen, wie ein Gefangener vor lauter Hunger das Bein des anderen zur Hälfte abgenagt hatte. So überstand er neun Wochen Käfig.« Er warf einen weiteren Blick auf die beiden Delinquenten. »Dreißig Tage haben die beiden bereits hinter sich.«

»O je, o je.« Wieland zog an seinem Zopf. »Aber … wieso sind sie noch nicht verdurstet?«

Mit schmalen Lippen starrte der Gaukler in den Käfig, um sich dann mit Grauen abzuwenden. »Die Tafel weist darauf hin. Sie erhalten genügend Wasser zum Überleben, dafür sorgen die Wachen.« Er schüttelte den Kopf. »Warum tun Menschen anderen Menschen so etwas an?«

Brocken polterte: »Weiter jetzt! Ihr könnt euch nicht Gedanken um das Schicksal aller Halunken Drachenbeins machen. Nach diesem Schauspiel weiß jeder, was ihn in der Stadt erwartet, wenn er deren Regeln nicht befolgt.« Der alte Söldner warf Raffael einen Blick zu. Ob der Langfinger das beherzigen würde?

Sie passierten eine dritte Eiche mit einem leeren Käfig. Mit schmalen Lippen und blasser Nase schaute Schmalhans hinein. Obwohl die Gittertür weit offenstand, wirkte er alles andere als einladend.

Dann hingen alle ihren eigenen Gedanken nach. Der Pferdekarren ratterte über die groben Steinplatten an der Torwache vorbei. Grimmig dreinschauende Männer ließen sie ohne eine Regung passieren. Wer Drachenbein durch das Nordtor betrat, der gelangte in den Westteil der Stadt. Wer Richtung Süden hinauswollte, konnte dies nur vom Ostteil aus, das hieß, er musste eine der beiden Brücken passieren. Immer ein heikles Unterfangen, da sich die beiden Stadtteile nach alter Tradition nicht grün waren und auf Besucher von jenseits des Flusses äußerst misstrauisch reagierten.

»Ich suche den Schmied auf und lasse meine Kettenrüstung flicken«, erklärte Brocken. »Zudem werde ich noch ein paar andere Besorgungen machen. Wir treffen uns am frühen Abend auf der Insel.«

»Was für eine Insel?«, fragte Wieland, der noch nie in Drachenbein gewesen war. Oder es vergessen hatte.

»Die Bibliothek liegt auf einer Insel in der Mitte des Flusses. Wenn die Kirchturmuhr zur fünften Stunde schlägt, warte ich dort am Eingang«, sagte der alte Söldner. »Schmalhans, vergiss die Karte nicht.«

»Ich bringe sie mit. Ansonsten weißt du ja nun, wo sie ist.«

Das stimmte allerdings. Der Langfinger hielt sie in einem Geheimfach an der Unterseite des Pferdekarrens versteckt.

Einmal mehr überlegte Brocken, ob er nicht einfach die Karte nehmen und sich schnellstens verabschieden sollte. Alleine, auf eigene Faust – so wie seit fünfzig Jahren. Die beiden hielten ihn nur auf.

Stattdessen sagte er: »Und noch etwas: Bleibt auf dieser Seite der Stadt und verhaltet euch unauffällig. Geht auf keinen Fall über die erste Brücke in die Oststadt.«

»Ja doch«, meinte Raffael und verzog das Gesicht.

Was hatte er anderes von Schmalhans erwartet – freundlich und zuvorkommend galt immer nur für die anderen. Brocken sprang vom Karren, löste den Lederriemen, mit dem Gaul angebunden war, und saß auf.

In der Nähe der Mauer spielten zwei Gassenjungen mit ein paar Steinmurmeln. Nicht weit davon entfernt streckte ein Bettler seine fleckige Hand nach Almosen aus. Einige zeternde Händler strömten wild gestikulierend in Richtung Marktplatz vorbei, standesgemäß waren die nie zufrieden. Inmitten des ganzen Gewusels liefen auch noch Hunde, Katzen und Hühner herum.

Im Grunde alles wie immer – ein gigantischer dampfender Kackhaufen, dachte Brocken. Und genauso roch es.

Er gab Gaul einen Schenkeldruck, und ohne ein weiteres Wort trabte er ins westliche Handwerkerviertel. Bis auf die Bibliothek und das Rathaus auf der Insel, die mitten im Fluss als neutral galt, gab es in Drachenbein alles mindestens doppelt – nämlich an beiden Ufern des Nubil: Schmiede, Töpfer, Schreiner, Färber, Sattler, Fleischer, Bader, Kürschner. Und natürlich zwei Kirchen, zwei Kasernen, zwei Marktplätze, zwei Badehäuser, zwei Bordelle, wobei sich die Huren überall herumtrieben. Genau wie die Bettler und die Diebe. Im Grunde sorgten die noch am meisten für ein friedliches Zusammensein.

Die Leute glotzten ihn unverhohlen an oder besser, starrten zu ihm herauf. Er war zu groß, zu alt und zu grimmig, um nicht aufzufallen. Darüber hinaus lief er mit einer Kettenrüstung herum, wie man sie seit einem Jahrzehnt nicht mehr trug. Auch der Schaller, ein schmuckloser Helm groß wie ein Wagenrad, galt nicht unbedingt als die neueste Erfindung des Kopfschutzes. Seine weißen Haare quollen darunter hervor und fielen ihm auf die Schultern, den riesigen Zweihänder hatte er auf den Rücken geschnallt.

Brocken trabte quer über den Marktplatz an einem Scherenschleifer und einem Wurzelkrämer vorbei, doch sein Ziel war ein anderes. Auf der Westseite gab es nur einen Schmied – Roderick der Glühende. Bereits aus der Ferne roch Brocken das Feuer der stets brennenden Esse, die dem Schmied den Beinamen beschert hatte. Schon konnte Brocken es hören. Auf manche Dinge war Verlass. So auch auf Roderick, der mit seinem Schmiedehammer auf einen Metallrohling einschlug.

Als er den Söldner näher kommen sah, schnaufte er zwischen zwei Schlägen: »Ach nein. Wen haben wir denn da? Ich dachte, du wärst endlich tot.«

»Denken war noch nie deine Stärke. Doch stell dir vor, einer von diesen miesen Söldnern hat versucht, mich zu erstechen, aber anstelle meines Herzens hat das Schwert nur ein paar Kettenglieder zerstört.« Brocken zeigte auf seine Brust.

Der Schmied hielt inne. »Was für ein Herz?« Er wischte sich die Hände an seiner Lederschürze ab, woraufhin sie schmutziger waren als zuvor. Dann verzog er das Gesicht, sodass der Ruß bröckelte. »Wegen einer solchen Lappalie kommst du zu mir?«

»Verstehe ich auch nicht, wobei die beiden Hammerschwinger auf der Ostseite noch schlechter sind als du, Rod.«

Wie es sich für einen Schmied gehörte, glänzten Rodericks rußgeschwärztes Gesicht und seine muskulösen Arme vor Schweiß. Kopfhaar und Augenbrauen hatte längst die Glut gefressen, doch die hellen Augen blitzten lebenslustig. »Untersteh dich, die Dienste dieser Stümper in Anspruch zu nehmen, solange ich lebe.«

Die beiden Männer standen schweigend dicht voreinander und begafften sich wie erbitterte Feinde. Wer tat den ersten Schlag? Im nächsten Augenblick umarmten sie sich und klopften sich dabei deftig und kräftig auf den Rücken. Etwas weniger robuste Zeitgenossen hätten diese Form der Begrüßung nicht überlebt.

»Lass dich anschauen, Brock. Du siehst genauso aus wie bei deinem letzten Besuch. Hässlich und zerknittert wie ein vertrockneter Grottenolm. Wie machst du das nur?«

»Nicht so viel Sonne, keine Anstrengung – wenn Schwitzen, dann nur aus Vergnügen, und dazwischen Hurerei.«

»Hehe. Was willst du wirklich in dieser verfluchten Stadt? Ein verbogenes Kettenhemd allein führt so einen alten Menschenhasser wie dich doch nicht ausgerechnet nach Drachenbein.«

»Ich hatte Sehnsucht nach meinem alten Weggefährten Roderick.«

»Pah! Du weißt gar nicht, was Sehnsucht ist. Du bist gefühlskälter als mein Abschreckbecken, also erspare mir das. Bislang habe ich stets deine Ehrlichkeit respektiert, zerstör das nicht.«

»Hast recht. Ich muss in die Bibliothek.«

»Bücher, hätte ich mir denken können. Dabei taugen die für nichts. Nicht einmal fürs Schmiedefeuer. Entwickeln zu wenig Hitze und verbrennen viel zu schnell.«

Brocken schnallte den Zweihänder ab und zog das lädierte Kettenhemd aus.

Der Schmied nahm es entgegen und warf einen Blick auf das Schwert. »Du rennst tatsächlich immer noch mit dem klobigen Metallklotz herum. Dieses altmodische Teil wiegt mehr als mein Schmiedehammer. Inzwischen gibt es Besseres.«

»Nein, nein – das passt zu mir. Ich bin halt alt und modisch.«

»Sei bloß still. Deine Scherze waren noch nie gut.«

»Rod, nimmst du dir das Kettenhemd bis morgen vor?«

»Denke schon. Alles andere muss warten – immerhin verdanke ich dir mein Leben.«

»Pfft. Du weißt, ich bin nur zurückgekommen, weil ich meinen Bogen habe liegenlassen.«

»Ja, das behauptest du stets. Doch letztlich hast du mich aus den Klauen der Sumpfländer befreit. Die wollten mich gerade der Länge nach aufschlitzen.«

»Du übertreibst, die wollten dir lediglich den Kopf abschlagen.«

Roderick grinste breit und betrachtete das Kettenhemd näher. »Ich muss ein paar Glieder ersetzen, bis morgen früh geht das klar.«

»Gibt es sonst Neuigkeiten aus Drachenbein, die ich wissen sollte?«

»Die politische Lage ist verhältnismäßig stabil. Graf Dunkelberg ist zurzeit recht handzahm, da sich Holtmar als erste große Hafenstadt im Süden für unabhängig erklärt hat. Das kann dem Grafen nicht gefallen.«

»Verständlich. Eine potentiell feindliche Armee inmitten seines Herrschaftsgebietes darf er nicht dulden, falls Drachenbein auf den Gedanken kommt, es Holtmar gleich zu tun. Sorgt er nach wie vor für viel Zoff zwischen Ost und West, indem er die Stadtoberen beider Seiten ordentlich schmiert?«

»Geht die Sonne nach wie vor im Westen auf? Stettmeister Munnheimer hat alles im Griff. Die Bestechungsgelder vom Grafen reichen ihm, um eine loyale Stadtwache zu unterhalten, die seine politischen Ziele durchsetzt. Gerade jetzt braucht Graf Dunkelberg keine Störgeräusche in Drachenbein, da er eine kleine Armee gegen einen vorwitzigen Nachbarn im Osten in die Schlacht führt. Sie streiten um ein Gebiet am Ufer des Nubil, wo Gold gefunden wurde. Nun erheben beide Ländereien Anspruch darauf.«

»Alles andere hätte mich auch gewundert.«

Roderick legte das Kettenhemd über den Amboss. »Die Leute erzählen, Graf Garsick hätte im Nordwesten zwei Herzogtümer überfallen. Sag bloß, du hattest dabei deine Finger im Spiel.«

»Alle zehn. Die Bezahlung stimmte«, meinte Brocken.

»Graf Dunkelberg fürchtet Garsicks Machtgelüste. Noch ist der Norden weit weg, doch wenn der Krieg einmal richtig ins Rollen kommt …«

»Dieser Graf ist unberechenbar. Zurzeit will er sich meiner entledigen, weil er fürchtet, ich könne mich gegen ihn stellen. Daher hat er eine Horde Doppelsöldner beauftragt, mich zu töten.«

»Oh, dann hast du ein gravierendes Problem.«

»Bereits gelöst – was meinst du, wobei das Kettenhemd Schaden genommen hat?«

Mit einem Stirnrunzeln fragte Roderick: »Wann hörst du auf zu kämpfen und setzt dich zur Ruhe?«

»Nachdem ich gestorben bin. Aber vorher muss ich noch einiges erledigen.«

»Ich habe hier was für dich. Schau mal.« Roderick nahm einen riesigen Morgenstern aus dem Waffenregal hinter ihm. Die eiserne Kugel der wuchtigen Waffe war gespickt mit Dornen so lang wie Brockens Finger, der mächtige Stiel endete in einem Faustriemen. »Das gute Stück findet keinen Käufer. Zu schwer für die meisten Schlappschwänze. Und die wenigen, die kräftig genug sind, wollen nur noch Flegel. Ich geb ihn dir für ein Drittel des Preises.«

Brocken wog die meisterlich hergestellte Wuchtwaffe in der Hand. »Ich habe genug Waffen, Rod.«

»Ach was, überleg es dir, bis du dein Kettenhemd wieder abholst.«

»Das wird morgen gegen Mittag sein.« Er gab dem Schmied den Morgenstern zurück und verspürte eine Tatenlust wie lange nicht mehr. Seit die Karte der verfluchten Hexe wie aus dem Nichts aufgetaucht war, fühlte sich Brocken zehn Jahre jünger. Ein Jungbrunnen, randvoll mit Rachegelüsten. Er fletschte die Zähne. »Bis später, Rod.«

»Ich mache mich gleich an die Arbeit, Brock.«

Der Schmied

Raffael sah Brocken hinterher. Ein Mann, groß wie ein Turm, mit einem Kreuz, breit wie ein Tor. Unberechenbar und tödlich. Diesen alten Griesgram durfte er unter keinen Umständen mit normalen Maßstäben messen. Der Gedanke pochte zwischen seinen Schläfen – im Grunde wäre es das Beste, sich von ihm zu trennen. Was hielt ihn nur davon ab, diesen Schritt endlich zu tun?

Wieland folgte dem skeptischen Blick des Gauklers und sagte lächelnd: »Gut, dass er uns begleitet. Brocki ist eine Wucht.«

Unwillkürlich verdrehte Raffael die Augen. Wuchtig schon, das war über jeden Zweifel erhaben, doch wie schön, dass es für alles unterschiedliche Sichtweisen gab. Sein Gefährte schien es zu lieben, seine Gedanken zu lesen, um dann das Gegenteil zu behaupten. Dabei meinte Wieland stets, was er sagte. Raffael suchte seinen Blick. »Findest du nicht, dass … Brocki …«, voller Widerwillen wiederholte er die Verniedlichung, »… zeitweilig eine Spur zu egoistisch denkt und handelt?«

Wieland lächelte. »Natürlich tut er das. Aber auf seine Weise ist er ehrlich. Er verstellt sich nicht, sondern bleibt sich selbst treu.«

»Selten einen so ehrlichen und treuen Arsch erlebt, aber wenn du es so sehen willst.« Raffael kräuselte die Stirn.

»Glaube mir, wenn Brocken dir sein Wort gibt, dann hält er sich dran. Ein Versprechen würde er nie brechen.«

»Das Problem ist, dass er niemals irgendetwas verspricht, demnach kann er auch nichts brechen.«

»Sag ich doch.« Schon war Wieland zufrieden.

»Bocken denkt ausschließlich an sich, das heißt entweder an Spaß, Krieg oder Rache – wobei das bei ihm alles ein- und dasselbe ist. Die Hexe Aglaja will er nur aus einem Grund finden – um sie zu töten.«

Sein Freund zupfte an seinem Zopf – wie immer, wenn er eine Rede vorbereitete. »Auch das bleibt abzuwarten. Wenn ich es richtig verstanden habe, sucht er die Hexe seit einem halben Jahrhundert. Mithilfe deiner Karte hat er den ersten Hinweis auf ihren möglichen Aufenthaltsort gefunden. Doch wir haben keine Ahnung, zu welchem Landstrich der Kartenausschnitt gehört, und ob sich Aglaja wirklich dort befindet. Es ist nicht einmal sicher, ob sie überhaupt noch lebt.«

»Wohl wahr. Deshalb wollte Brocken nach Drachenbein und in der größten Bibliothek des Kontinents nach mehr Informationen suchen.«

»Nie zuvor bin ich in einer solch großen Stadt gewesen. Hier leben wahrlich eine Menge Leute. Wie viele davon kennst du?«

Überrascht hob der Gaukler den Kopf. »Im Grunde niemanden.«

»Oh!«, machte Wieland.

»Das ist in großen Städten meistens so. Obgleich hier etwa zwölftausend Menschen auf engstem Raum leben, sind die Leute unzugänglich. Oder vielleicht gerade deswegen.«

»Stillen wir erst einmal Durst und Hunger. Lass uns ein Gasthaus aufsuchen. Dann erzählst du mir mehr über Drachenbein.«

»Einverstanden. Komm, wir nehmen die Brücke. Wenn ich es richtig in Erinnerung habe, gibt es dort eine Wirtschaft direkt an der Ostseite des Flusses.«

Wieland stutzte. »Hat Brocki nicht gemeint, wir sollen auf dieser Seite der Stadt bleiben?«

»Brocken *meint* den ganzen lieben langen Tag – und zwar immer nur das, was gut für *ihn* ist.« Raffael runzelte die Stirn. »Oder glaubst du, der macht sich ernsthaft Gedanken um uns?«

»Klar, macht er das. Wir sind seine Gefährten.«

»Gefährten … wohlwollend ausgedrückt. Aus seiner Sicht träfe *unnütze Begleiter* es besser.«

»Du hast es mir selbst erzählt, nachdem ich es über Nacht wieder vergessen hatte. Brocken hat unser beider Leben gerettet, als die Strauchritter uns aufknüpfen wollten. Kaum auszudenken, wenn er nicht im letzten Moment mit Gaul und Bogen aufgetaucht wäre.«

»Und warum hat er das getan? Ganz sicher nicht aus Nächstenliebe, sondern nur, weil er die Karte der Hexe klauen wollte.«

»Das spielt eine untergeordnete Rolle, denn es läuft auf dasselbe hinaus. Manchmal solltest du einfach das Resultat für sich sprechen lassen.«

Erst nickte Raffael, denn er liebte Wielands unerschütterlichen Optimismus, dann schüttelte er hin- und hergerissen den Kopf. »Wie dem auch sei – jedenfalls ist er weder unser Kommandant noch unser Hauptmann. Also lass uns ins Gasthaus am Fluss gehen. Vorher bringen wir Diego in die Stallungen. Die Pferdejungen dort werden sich um ihn kümmern und auf den Karren samt Seesack und Borsti aufpassen.«

»Wenn du meinst. Letztlich ist es egal, wohin man geht. Viel wichtiger ist, mit wem«, stellte Wieland fröhlich fest und warf sich seinen blonden Zopf über die Schulter.

Sie hielten auf die Stallungen zu – ein langgezogenes Gebäude, an dessen Front sich ein breites Tor neben das andere reihte. Dort gaben sie Diego und den Pferdekarren in die Obhut des Stallmeisters. In der Gasse zum Markt erhoben sich links und rechts Fachwerkhäuser mit kleinen Balkonen – in diesem Teil der Stadt wohnten offensichtlich die betuchteren Bürger. Vor ihnen tat sich der Marktplatz auf, eine große freie Fläche, auf der zurzeit nur wenige Händler an ihren Ständen Waren feilboten. In der Mitte angekommen, stießen sie auf einen zerlumpten Mann, der an einem Pfahl angekettet war. Ihm war eine Schandgeige umgelegt worden – eine hölzerne Fessel, die den Hals und beide Handgelenke umschloss. Die Erschöpfung ließ ihn auf dem Stein knien. Hals und Schultern waren durch den Schandkragen wundgescheuert, sein Gesicht war kaum zu erkennen, blutige Beulen und Schrammen überzogen Stirn und Kopf.

»Der arme Teufel steht nicht erst seit heute am Pranger«,

stellte Raffael fest und betrachtete das Holzschild, das ans Ende des Pfahls genagelt worden war. Er trat zurück. Mit dem Lesen tat er sich schwer, deshalb dauerte es ein wenig, bis sich ihm der Sinn der Worte erschloss: 'Das Bewerfen mit festen Gegenständen ist untersagt'. Wie rücksichtsvoll.

Wieland warf einen schnellen Blick auf das Schild und meinte: »Da ein Gutteil der Stadtbevölkerung nicht lesen kann, nützt die Anweisung wenig.«

Der Gefangene begann zu zittern, vermutlich befürchtete er, dass sie ihn demütigen oder schlagen wollten. Durch die Halsgeige konnte er nicht einmal die Hände schützend vors Gesicht bringen.

»Lass uns weitergehen, Raffael. Hier gefällt es mir ganz und gar nicht.« Sie verließen den Marktplatz schnellen Schrittes.

»Wieland, du kannst aber gut lesen«, staunte der Gaukler.

»Der Pfarrer in meinem Dorf hat uns Kinder von klein auf Lesen und Schreiben gelehrt. Dreimal in der Woche hatten wir Unterricht bei ihm. Er war ein guter Mann.« Ein wenig Traurigkeit schwang in Wielands Stimme mit.

Raffael überlegte, ob er nachfragen sollte, doch er spürte, dass sein Freund dieses Thema im Moment nicht vertiefen wollte.

Wenig später marschierten die beiden über die erste Brücke, die einen steilen Bogen über den Fluss Nubil schlug. Alles halb so wild, niemand nahm von ihnen Kenntnis, als sie auf dem groben Steinuntergrund die andere Seite der Stadt erreichten. Einige Schritte weiter tauchte der Gasthof auf, den Raffael von seinem letzten Besuch noch kannte.

Sie saßen auf einer Holzbank vor dem Gasthaus *Zum einsamen Wolf* und prosteten sich mit zwei Humpen Bier zu. Die Städter zogen in Scharen vorbei und schenkten den beiden Neuankömmlingen nicht einen Blick. So kannte Raffael es, in Drachenbein bekam niemand irgendetwas geschenkt.

Untertauchen in der Anonymität der Masse – kein schlechtes Versteck, dachte er. Sein letzter Besuch hier war einträglich gewesen. Eine kleine Schneide zwischen Mittel- und Zeigefinger, geschickte Hände, viel Drängelei und schon war der ein oder andere Geldbeutel verschwunden. Nein, so konnte er es nicht stehen lassen – nicht verschwunden, er hatte lediglich den Besitzer gewechselt. Seine Geldmittel neigten sich langsam dem Ende zu, doch er war weit davon entfernt, sich hier etwas zu Schulden kommen zu lassen. Spätestens zum Winteranfang musste ihm etwas einfallen.

Er nahm einen großen Schluck aus seinem Bierkrug. Ein gutes Gebräu. Eine Brise streichelte seine Wangen, doch seine Nase rümpfte sich von ganz allein. Wenn es nur nicht überall so stinken würde. Egal, aus welcher Richtung der Wind wehte, stets trug er die Ausdünstungen und Ausscheidungen der Stadtbewohner mit sich. Und die der Schweine, Ziegen, Schafe, Rinder, Katzen und Hunde rochen auch nicht besser.

Buntes Gelächter, Gejohle und Gepfeife erscholl. Ein Pulk Menschen näherte sich; lautstark machten sie sich über etwas lustig. Schon kam das Ziel allen Spottes in Sicht: Ein Mann zog fluchend einen Esel hinter sich her. Darauf saß eine Frau – und zwar verkehrt herum. Das Gespann machte

Gesichter wie bei der eigenen Beerdigung, auch der Esel, der es offenbar nicht gewöhnt war, jemanden auf seinem Rücken zu transportieren, und schon gar nicht auf diese Weise. Begleitet wurde das Trio von aufmunternden Rufen des Volkes.

»Dirne!«

»Was für eine Schande!«

»Kebse!«

Einige Stadtbewohner, vornehmlich Frauen, wechselten sich mit wüsten Beschimpfungen ab. Zwischendurch warfen sie faules Obst, was den Esel noch störrischer machte. Empört blökend trat er nach hinten aus, sodass die Frau auf seinem Rücken einen Schrei ausstieß und mit den Armen ruderte. Sie schaffte es gerade eben, sich oben zu halten.

»Was bedeutet diese Prozession?«, fragte Wieland.

»Eine weitere Schandstrafe. Stettmeister Munnheimer ist bekannt für sein hartes Regiment. Der gehörnte Ehemann muss seine untreue Frau dieserart durch die Straßen führen.«

Der Esel bockte erneut, das Gelächter schwoll an, als die Frau mit aschfahlem Gesicht vom Esel kippte.

»Wieder hinauf mit der Ehebrecherin«, rief der Mob. »Die Runde ist noch nicht beendet!«

Viele Hände hievten die Frau wieder verkehrt herum auf das Grautier. Flankiert wurde der Riesenspaß von mehreren Soldaten der Stadtwache. Mit pflichtbewussten Mienen sorgten sie für einen reibungslosen Ablauf. Natürlich machte der Tumult den Esel noch schreckhafter, er trat nach hinten aus, was die Dame auf seinem Rücken ordnungsgemäß ordentlich durchschüttelte.

Welch großartige Belustigung, dachte Raffael. Auch Wieland verzog keine Miene und hob lediglich kurz die Schultern.

Langsam verschwand der Zug um eine Häuserecke. Der Gaukler war froh, als er nichts mehr davon sehen und hören musste.

Kurze Zeit später folgte die nächste Menschenansammlung: Fröhliches Musizieren in Form eines Spielmannszuges näherte sich. Pfeifen, Trommeln und Lauten jubilierten das Lied vom einfältigen Schustergesellen, der sich unsterblich in eine Königstochter verliebte. Vorneweg marschierte ein Mann in bunter Harlekinkleidung mit einem mehrzipfeligen Narrenhut, der unentwegt mit drei Bällen jonglierte. Etwa zwanzig Schritt von ihrer Sitzbank entfernt kam der Zug zum Stehen. Sie stimmten ein neues Lied an, einige Städter blieben stehen und begannen im Takt zu klatschen, was weitere Leute anzog.

Wieland meinte knapp: »Langweilig wird's hier nicht.«

Raffael nickte. »Ganz sicher nicht, dafür sorgen genügend Menschen, allen voran die Stadtoberen. Wobei diese Vorstellung mir schon deutlich besser gefällt.« Er begann das Lied mitzusummen.

Die Musikanten beherrschten ihre Instrumente. Raffael spürte, wie ihm der Rhythmus ins Blut ging und wie sehr ihm die Musik in den letzten Monaten gefehlt hatte. Er konnte selbst ein wenig Laute spielen. Der Harlekin drehte die Bälle durch die Luft wie Windmühlenflügel.

»Toll!« Raffael applaudierte begeistert.

Über seinen Bierkrug hinweg musterte Wieland ihn aufmerksam. »Wenn ich deine glänzenden Augen betrachte, denke ich, du trägst einen Spielmann in dir.«

Ja, tatsächlich, dachte Raffael. Oder besser, eine Spielfrau, doch das hast du glücklicherweise über Nacht wieder vergessen, guter Freund. Glücklicherweise! Er stutzte gedanklich. Oder bedauerlicherweise? Darüber dachte der Gaukler einen Augenblick nach. Es war ein gutes Gefühl gewesen, nach dem Kampf gegen die Doppelsöldner die Maskerade aufzugeben und offen über sein Geschlecht zu reden, zumal Wieland sehr verständig reagiert hatte. 'Für mich verändert sich dadurch gar nichts. So oder so schätze ich dich', hatte er gesagt. Dafür war Raffael ihm unendlich dankbar gewesen und mochte ihn seitdem noch mehr.

Später werde ich mich ihm anvertrauen, entschied er.

Er wollte den richtigen Moment abwarten. Wobei stets die Gefahr bestand, dass Wieland es erneut vergaß, denn nach einem zu langen Schlaf entfiel ihm alles, was sich seit dem Tag seiner schweren Kopfverletzung vor einigen Wochen ereignet hatte.

Eine Fanfare riss Raffael aus seinen Überlegungen. Eine Frau in einem grünen Ledergewand spielte die Busine. Lange hatte er dieses wundervolle trompetenartige Instrument nicht mehr gehört. Zur Einleitung einer jeden Strophe schmetterte sie kunstvoll eine kleine Melodie. Als Spielfrau mit den Fahrenden durch die Lande zu ziehen, wäre eine der wenigen Möglichkeiten für Raffael, um eigene Ziele und Sehnsüchte zu verwirklichen. Doch letztlich zählten in dieser Gesellschaft nur die Männer, daher war es die bessere Entscheidung, sich als ein solcher auszugeben.

Der Wirt ersetzte die leeren Humpen durch volle. Diesmal nippte Raffael nur an dem Krug und wischte sich mit seinem Hemdärmel den Schaum von der Oberlippe. Das machten Männer so. Mit den Jahren hatte er sich an das bittere Gebräu gewöhnt, für seine Tarnung war die Biertrinkerei unerlässlich. Auch an seinen Bewegungen hatte er von Beginn an gefeilt, er drehte die Schultern kraftvoller und bewegte die Arme eckiger. Bis auf im Stehen Pinkeln, beherrschte er inzwischen sämtliche männliche Allüren auffallend gut. Oder besser ausgedrückt: unauffällig gut. Was auch daran lag, dass er sich kaum noch Gedanken darüber machte, seine Weiblichkeit zu verbergen. Die Maskerade hatte er von Kopf bis Fuß verinnerlicht, denn sein Leben hing davon ab, dass diese nicht aufflog.

Die Kirchturmuhr schlug viermal.

»Ein wenig Zeit bleibt uns noch, dann sollten wir uns in Richtung Bibliothek aufmachen«, meinte Wieland.

Um den undurchsichtigen Brocken zu treffen, ergänzte der Gaukler gedanklich. »Ich rätsele immer noch darüber, wie wir zu dritt den Angriff durch dreißig Doppelsöldner überleben konnten«, sagte er plötzlich. »Wobei ich keine große Hilfe war.«

Wieland fasste sich an den Hinterkopf und fuhr mit dem Finger über die Stelle, an der Raffael das Loch mit einer Münze verschlossen hatte. »Ich erinnere mich beim besten Willen nicht daran. Den Stichwunden der Leichen zufolge, habe ich eine Handvoll davon mit meinem Rapier erwischt. Der zermatschte Rest muss auf Brockens Konto gehen.«

»Unglaublich.« Raffael schüttelte den Kopf. »Dabei handelte es sich nicht um ein paar Bauern mit morschen Knüppeln, sondern um bestens ausgebildete und ausgerüstete Soldaten. Aber auch du kannst verdammt gut kämpfen. Ohne dich hätte selbst Brocken den Überfall nicht überlebt.«

Der junge Söldner klopfte mit der flachen Hand auf sein Rapier. »Ja, ich kämpfe sogar verdammt *sehr* gut.« Er setzte ein bescheidenes Lächeln auf. »Was ist das eigentlich für eine Münze, die du in meinen Kopf eingesetzt hast?«

»Ich habe sie in Krims' Rucksack gefunden – eine alte Währung, die ich nicht kenne, die Umrisse eines Vogels sind darauf abgebildet. Die Größe hat optimal gepasst.«

»Ja, inzwischen ist sie in meine Schädeldecke eingewachsen.« Wieder streichelte Wieland über das Metall in seinem Hinterkopf.

Der Spielmannszug beendete sein Lied mit einem Trommelwirbel und verbeugte sich zum Beifall des Publikums. Nur der Jongleur machte weiter mit seiner Kunst. Raffael wusste nicht, was in ihn gefahren war, jedenfalls sprang er auf und lief ein paar Schritte auf ihn zu. »Hallo, mein Freund. Werft sie mir her, die Bälle.«

Der Harlekin guckte erstaunt, dann lachte er scheckig und ließ einen Ball in hohem Bogen zu Raffael wandern, der ihn lässig mit einer Hand auffing. Schon kam der nächste geflogen. Und auch der dritte verließ die Hand des Jongleurs. Für Raffael stellte dies keine Herausforderung dar. Schon rotierten alle drei Bälle über dem Kopf des Gauklers. »Sind das alle? Ich hoffe, Ihr habt noch mehr?«, fragte er wie beseelt, während seine Hände unentwegt fingen und warfen.

Der Harlekin griff in seinen bunten Mantel, holte einen weiteren Ball hervor und schleuderte ihn über den Kopf des Gauklers. Eine schnelle Bewegung und schon fügte Raffael auch diesen ansatzlos in seine artistische Darbietung mit ein. Ein Raunen ging durch die Menge, die Städter klatschten begeistert.

»Habt Ihr noch einen?«, rief Raffael, während seine Hände die vier Kugeln herumwirbelten.

Ungläubig starrte ihn der Jongleur an, griff dann wiederum in seinen Mantel und zog einen weiteren Lederball hervor.

Immer dichter drängten sich die Menschen um den Spielmannszug. Die Trommler setzten wieder ein. Mit einem schneller werdenden Wirbel steigerten sie die Spannung.

Der Harlekin wartete einen Moment, bevor er den Ball hoch in die Luft warf. Raffael zögerte nicht und griff zu, um ihn im gleichen Augenblick in seinem Kugelkarussell auf den Weg zu schicken. Die Zuschauer jubelten lauter als die Trommeln.

»Fünf Bälle! Unglaublich! Ihr seid ein wahrer Künstler!«, rief eine Dame hellauf begeistert.

Nun trompetete die Trompete ein wahres Fanfarenfeuerwerk. Voller Freude ließ der Gaukler die Bälle noch höher in den Himmel steigen. Zwischendurch flog einer unter seinem Bein hindurch, oder er drehte sich einmal um die Körperachse, ohne dass ein Ball verloren ging.

Lautes Brüllen übertönte plötzlich die Musik, den Jubel, die Freude. »RUHE! HÖRT SOFORT DAMIT AUF!«

Raffael drehte den Kopf. Seine Ballstafette geriet durcheinander, woraufhin zwei Lederkugeln auf den Boden purzelten, die restlichen fing er auf und hielt sie fest. Die Musik und die gute Laune rundherum erstarben.

Eine Patrouille der Stadtwache spaltete die Menge. Der Hauptmann marschierte energischen Schrittes voran. Sein Waffenrock leuchtete in den Farben der Stadt, auf der Brust prangte das Wappen – ein gelber Schild durch den sich von oben nach unten ein Fluss schlängelte. Wutentbrannt riss er der Frau die Busine aus der Hand. »Bist du von Sinnen? Diese Töne sind dem Militär vorbehalten.« Seine Augen blitzten. Er warf die Trompete auf den Boden und trampelte mit schweren Stiefeln darauf herum. Die Musikantin stand steif daneben und brachte keinen Ton heraus. Dicke Tränen liefen ihr die Wangen hinunter.

Gute Güte – welch Gehässigkeit! Fassungslos starrte Raffael auf das verbogene Blech des unbrauchbar gewordenen Instrumentes. »War das denn nötig?«, fragte er laut.

Ungläubig drehte der Hauptmann ihm den Kopf zu. »Wie bitte? Stellst du das Handeln der Stadtwache infrage?« Seine autoritäre Miene ließ keinen Widerspruch zu.

Raffaels Empörung klopfte stärker in seinem Herzen als Vernunft und Vorsicht. »Verzeiht, doch aus meiner Sicht hätte es lediglich einer Ermahnung bedurft. Nun aber habt Ihr ein Instrument der Freude zerstört.«

Die Gesichtsfarbe des Hauptmanns gewann an Intensität, seine Stimme auch: »WAS? Du wagst es, Unfrieden in unsere Stadt zu tragen? Du wagst es, Entscheidungen und Taten der Stadtwache infrage zu stellen? Du wagst es, dich aufzuspielen, als wenn du über Recht und Ordnung in Drachenbein zu entscheiden hättest?«

Verflixt! Brockens Ermahnung hallte in seinem Kopf: 'Mische dich niemals in die Gerichtsbarkeit einer fremden Stadt ein.' Er suchte nach Worten, während sich die meisten Zuschauer davonmachten.

Wieland verbeugte sich leicht vor dem Hauptmann. »Selbstverständlich respektieren wir die Stadtwache. Wir bedauern den Zwischenfall.« Dann wandte er sich seinem Gefährten zu. »Wir sind verabredet und sollten nun gehen.«

So leicht beabsichtigte der Hauptmann nicht, sie davonkommen zu lassen. »Sieh an! Du gehörst demnach zu diesem Aufwiegler?«, fuhr er den jungen Söldner an.

»Ganz recht. Ich bin sein Freund.«

Trotz der bedrohlichen Situation freute sich Raffael über die Ernsthaftigkeit und den Stolz in Wielands Stimme.

»Mitgegangen, mitgefangen, mitgehangen«, grinste der Hauptmann schäbig. »Wir haben noch Kerker und Käfige frei. Und wenn es sein muss, auch Galgen.«

»Wir sind nur einfache Spielleut, mein Herr«, sagte die Trompeterin. »Seht uns den Fehler mit der Busine nach. Wir haben auch keinen Ersatz.« Sie deutete auf die kümmerlichen Reste. »Es wird nie wieder vorkommen.«

Wie Raffael dieses devote Getue hasste, doch er hielt die Klappe und ballte in seiner Tasche sämtliche Fäuste, die er zur Verfügung hatte.

Ansatzlos schlug der Hauptmann der Spielfrau ins Gesicht. »Wer hat dich gefragt? Sei still, bis ich mich mit dir befasse.« Eine Ader an seinem Hals pochte auffällig, als er sich mit wütendem Blick wieder Raffael zuwandte. »Du kommst von der anderen Seite, ich habe dich über die Brücke kommen sehen.« Er spuckte aus. »Und kollaborierst mit den Fahrenden in der Oststadt. Sehr verdächtig!«

Die Soldaten der Stadtwache zogen den Kreis enger.

Der Trompeterin lief Blut aus der Nase. Mit geweiteten Augen begriff sie, dass es nun um ein größeres Verbrechen ging, und sagte erschrocken: »Nein, nein, das ist ein Missverständnis. Wir haben mit den beiden nichts zu schaffen. Es handelt sich lediglich um ein zufälliges …«

»STILL, WEIB!« Die Hand des Hauptmanns schlug erneut zu.

Er traf jedoch nicht ihr Gesicht, sondern Wielands Unterarm, der den Schlag in einer blitzschnellen Bewegung parierte.

Vor Wut bekam der Hauptmann kaum noch Luft. »Ihr … wagt es, die Stadtwache … anzugreifen«, keuchte er mühsam.

»Nein, mein Herr. Ich habe diese Frau verteidigt. Wenn ich Euch angreifen würde, könntet Ihr Euch jetzt nicht mehr so aufspielen.« Wielands Tonfall und Lächeln passten eher zu einem Techtelmechtel mit einer Magd als zu einem handfesten Streit mit der Stadtwache.

Der Hauptmann zog sein Schwert. Seine Unterlippe bebte zornig, als er zustach. Wie, wusste Raffael nicht genau, es ging viel zu schnell. Jedenfalls hielt Wieland bereits sein Rapier in der Hand, wehrte die Klinge des Hauptmanns mühelos ab, vollführte eine Drehbewegung mit dem Handgelenk und bugsierte dem Angreifer das Schwert aus der Hand. Scheppernd fiel es aufs Kopfsteinpflaster. Es blieb keine Zeit, die lässige Leichtigkeit, mit der all dies geschah, gebührend zu bewundern.

»Stimmt, wir sind ja verabredet. KOMM!«, rief Raffael, stieß eine der Wachen zur Seite und lief los.

Wieland reagierte umgehend und flitzte hinterher. Die Stadtwache hatte die Brücke, über die sie in den Ostteil gelangt waren, blockiert. Folglich verblieb nur die andere Brücke, um in den Westteil zu flüchten. Der Gaukler wusste, dass sie beide viel schneller rennen konnten, als die behäbigen Stadtsoldaten mit ihren schweren Waffenröcken und Stiefeln.

»HALT! STEHEN BLEIBEN!«, brüllte es hinter ihnen her. »ERGREIFT SIE!«

Langsam erarbeiteten sich Wieland und Raffael einen Vorsprung. Die Brücke kam bereits in Sicht. Es wäre vermessen zu behaupten, dass der Gaukler einem Plan folgte. Wenn überhaupt, dann seinem Instinkt, was für die wilde Flucht keinen Unterschied machte. Die anderen Stadtbewohner starrten hinter ihnen her, ließen sie jedoch unbehelligt, zumal das Rufen der Wache in der Ferne leiser wurde.

Hoffentlich laufen wir nicht im letzten Moment einer zweiten Patrouille direkt in die Arme, dachte Raffael.

In diesem Moment liefen sie einer zweiten Patrouille direkt in die Arme.

»Ihr da! Wovor flüchtet ihr? Stehen bleiben!«, rief ein Hauptmann, der dem anderen wie ein Zwillingsbruder glich.

In ihrem Rücken erscholl das »HALTET SIE!« Vor ihnen bauten sich die Wachsoldaten auf.

Mit einem Blick erfasste Raffael, dass sie es nicht bis zur Brücke schaffen würden. »Los – in den Fluss«, schnaufte er. Er vergewisserte sich, dass Wieland ihm folgte, und rannte mit unverminderter Geschwindigkeit zum Ufer des Nubil. Mit einem kleinen Schrei stürzte er sich in die Fluten. Im Grunde hatte er keine Ahnung, ob sie durch ihre Flucht die Situation nicht noch schlimmer machten, doch es blieb keine Zeit, darüber nachzudenken. Sein Instinkt sagte ihm, dass der Punkt weit überschritten war, eine gütliche Regelung mit der Stadtwache zu finden. Auf sie wartete eine empfindliche Strafe, egal in welchem Teil der Stadt.

Ein gutes Versteck

Eins, zwei, drei, vier, fünf läutete es um die Wette. Die Berge zu beiden Seiten der Stadt sorgten für ein ordentliches Echo der beiden Kirchturmuhren. Doch irgendwann verhallte auch der letzte Glockenschlag. Brocken lehnte sich mit dem Rücken an eine der der beiden Säulen, die das Pfortendach der Bibliothek von Drachenbein bildeten. Nimmermüde rauschte links und rechts der Nubil vorbei, gegenüber befand sich das Rathaus, das Domizil von Stettmeister Munnheimer, der mit fester Hand für Ordnung in der Stadt sorgte. Er residierte auf der Flussinsel und konnte somit weder dem West- noch dem Ostteil der Stadt zugeordnet werden. Nicht zuletzt deshalb galt er für beide Seiten als höchste Instanz, bei der alle politischen Fäden zusammenliefen. Manche Leute behaupteten, er sei noch mächtiger als Graf Dunkelberg.

Brocken spuckte auf den Boden.

Donnerschlag! Wo blieben die beiden Taugenichtse?

Das hatte er nun davon. Warten – eine vielschichtige, komplexe Tätigkeit. Für ihn gab es davon zwei Arten. Wenn *er* entschied zu warten, ging die Sache in Ordnung. Doch in diesem Fall bestimmte ausgerechnet Schmalhans, dass er sich sinnlos die Beine in den Bauch stand. Kaum auszuhalten.

Die Zeit verging. Mindestens zwanzig Herzschläge. Er verlagerte sein Gewicht auf das andere Bein und wartete. Jetzt sogar dreißig. Sein Unterkiefer mahlte den Takt dazu. Er hätte die Karte mit dem Tal der Hexe längst an sich nehmen sollen. Seit fünfzig Jahren suchte er Hinweise auf Aglajas Aufenthaltsort, gefunden hatte er lediglich mystische Geschichten über ihre dubiosen Taten, über Flüche und Zauber aus der Zeit der Vergessenen Legenden. Aglaja, die Letzte der Dreizehn, die mächtigste aller Hexen – gern hätte er diese Erzählungen als dummen Aberglauben abgetan, doch leider war er der lebende Beweis dafür, dass dieses hinterhältige Miststück existierte.

Brocken hieb die Faust der rechten Hand in die Handfläche der linken. Nun hatte ihm das Schicksal oder der Teufel oder wer auch immer, es lief auf dasselbe hinaus, dieses Pergament vor die Füße geworfen, und er musste nur zugreifen. Die Karte war mehr als ein Fingerzeig für die wichtigste und letzte Mission in seinem Leben – sie war ein Artefakt, ein Vermächtnis. Er musste sie endlich in die Hände bekommen und ihr Geheimnis entschlüsseln. Worauf wartete er noch? Einer wie Brocken nahm sich, was er wollte, so hatte er es immer gehalten. Und jeder, der dazu den Kopf schüttelte, verlor selbigen. Er war schließlich nicht zum Spaß auf der Welt – wer etwas anderes behauptete, wurde enthauptet.

Der nächste Gedanke wollte nicht so ganz in dieses Bild passen. Mehrfach hätte er die Gelegenheit gehabt, sich seiner Begleiter zu entledigen und die Karte zu sichern. Doch selbst unter dem Bann seiner rasenden Berserkerwut hatte er

Raffael und Wieland verschont, ein bislang einmaliger Vorgang. Die Frage stellte er sich seit den Geschehnissen am See immer wieder: Warum, zum Teufel, hatte er sie nicht auch erschlagen?

Fünfzig Herzschläge – genug gewartet. Brocken öffnete die Pforte der Bibliothek. Von außen wirkte der riesige graue Turmklotz eher abschreckend, doch kaum eingetreten, überraschte den Besucher das imposante siebenstöckige Atrium. Von allen Seiten bündelten sich dort die Sonnenstrahlen und erhellten die Halle bis unter das gewölbte Dach. Schwarz-weißer Marmor schmückte den Boden, und goldene Säulen rundherum stützten die Balkone mit den reich verzierten, gusseisernen Balustraden. In viele Wände waren Nischen eingearbeitet, aus denen Büsten der Urväter der Stadt herunterstarrten.

An sich ging ihm dieses verschnörkelte Allerlei am Arsch vorbei, doch das Gemäuer mit all seinen Büchern und Geheimnissen stellte etwas Besonderes dar. Kaum zu glauben, dass Menschenhände fähig waren, etwas derart Erhabenes zu erschaffen.

An der Wand gegenüber der Pforte stand ein Tisch aus schwarzem Granit. Mit krummem Rücken hielt sich ein Bibliothekar ein Augenglas vor das Gesicht, während er einen Folianten studierte. Bislang hatte er den Besucher nicht bemerkt, offenbar hörte er auch schlecht. In dem Moment flog die Tür hinter Brocken auf und zwei Männer stürmten herein – eine halbe Portion, der die dunklen Haare wie Pech auf dem Kopf klebten, der andere deutlich größer, schlank, mit einem blonden Zopf, der aussah wie eine zerstampfte Strohgarbe. Klatschnass und vollends außer Atem starrten sie ihn an.

»Brocken. Da … bist du ja«, brachte Schmalhans hervor.

Fürwahr, eine beeindruckende Feststellung. Verabredung hin, Verabredung her, mit solch überraschenden Überraschungen konnte der Kleine umgehen. Vielleicht brach ja noch mehr derartige geistige Erleuchtung aus ihm heraus. Abwartend verschränkte der alte Söldner die Arme vor der Brust.

»Wieland, haben wir sie abgehängt?«, fragte Schmalhans prompt.

»Glaub … schon«, hechelte Bimsbirne.

Eine stattliche Pfütze bildete sich unter ihren Füßen auf dem Marmorboden.

Schmalhans folgte Brockens Blick. »Wir … wir mussten in den Fluss springen, weil …« Er ruderte mit den Armen, so als schwömme er immer noch.

»Sag nicht, du hast mit der Karte gebadet«, grunzte der Söldner. Alles andere wollte er weder hören noch wissen.

»Dir geht es immer nur um diese blöde Karte«, meckerte der Kleine.

»Worum denn sonst, du Tropf? Also, wo ist sie? Wasser tut ihr sicherlich nicht gut.«

»Sie liegt unversehrt im Geheimversteck und hat mit unserer Flucht nichts zu tun.«

»Und wo steht der Pferdekarren?«

»In den Stallungen, westlich vom Marktplatz«, erklärte Raffael, während er sich die nassen Haare raufte. »Im

Grunde haben wir gar nichts angestellt, und dennoch hat die Ostwache einfach die Trompete zerstört.«

Brocken presste die Zähne aufeinander. Und diese beiden traurigen Wassermänner schimpften sich seine Gefährten. Seine Augen wurden schmal. »So, so, die Trompete. Und wieso Ostwache? Demnach seid ihr über die Brücke gegangen.«

Mit stolzem Lächeln erklärte Wieland: »Raffael hat mit fünf Bällen auf einmal jongliert.«

Schwer beeindruckt verschlug es Brocken die Sprache – über solch geballte Dämlichkeit.

»Und auf einmal kam die Stadtwache«, ergänzte Schmalhans und schaute drein wie ein Rehkitz beim Aufwachen.

»Donnerschlag! Ich sagte doch: *Verhaltet euch unauffällig*. Welches dieser drei einfachen Wörter habt ihr nicht verstanden?«

Außer pitsch und patsch keine Antwort.

»Habt ihr etwa gegen die Stadtwache gekämpft?«

»Wir sind schnell weggerannt, als sie uns verhaften wollten.«

»Und habt euch in den Nubil gestürzt und seid zur Bibliotheksinsel geschwommen«, kombinierte Brocken.

»Ganz recht, das war Raffis Idee«, lobte Wieland.

»Die Insel ist neutrales Gebiet. Nur so konnten wir uns vor ihnen in Sicherheit bringen.«

»Mag sein. Das gilt jedoch nur, wenn ihr nicht die Hand gegen die Wache erhoben habt. Denn andernfalls halten die Soldaten beider Stadtteile wie Pech und Schwefel zusammen und gehen gemeinsam gegen die Übeltäter vor. Darauf legt

Stettmeister Munnheimer gesteigerten Wert, und mit dem solltet ihr euch nicht anlegen. Wenn ihr es einmal auf die Gesucht-Liste geschafft habt, kommt ihr hier schwerlich in einem Stück heraus.« Er runzelte die Stirn. »Wobei ich dann endlich meine Ruhe hätte.«

Es plätscherte, als Wieland seinen Zopf auswrang. »Meckere nicht, alles halb so wild«, meinte er lapidar.

Der greise Bibliothekar schlurfte herbei und baute sich so gut er noch konnte vor den drei Besuchern auf. Es knackte erbärmlich, als er den Rücken durchdrückte und das Kinn vorschob. Dünnes weißes Haar wuchs ihm in Büscheln nur noch in den Ohren sowie über den Augen. »Verehrte Herren«, sagte er mit Grabesstimme und zeigte mit seinem Skelettfinger auf die Wasserpfützen, »Ihr verschandelt die dem Wissen und der Bildung gewidmeten Räumlichkeiten.«

»Seht es uns nach …«, setzte der Kleine an.

»Wartet!« Der Bibliothekar stopfte sich ein trichterförmiges Hörrohr ins linke Ohr.

»Wir geben uns alle Mühe, schnell zu trocknen«, erklärte Schmalhans freundlich.

»Das beruhigt mich, denn hier lagert der gesammelte geistige Reichtum vieler Generationen«, intonierte der Alte mit heiserem Flüstern, das dennoch gut zu verstehen war, da die Akustik des Atriums seine Worte verstärkte. »Merkt Euch: Feuer und Wasser sind die natürlichen Feinde des geschriebenen Wortes.«

»Verstehe. Gibt es auch unnatürliche Feinde des geschriebenen Wortes?«, wollte Raffael wissen.

»Aber ja, mein Herr.« Offensichtlich erfreute den Bibliothekar die Nachfrage. »Die Dummheit! Ja, die Dummheit gilt stets als der größte Zerstörer alles Weltlichen. Genau dagegen haben wir uns in diesen Hallen verschrieben und den ewigen Kampf aufgenommen.«

»Demnach stehen uns zwei unerbittliche Feinde gegenüber«, meinte Brocken. Er stellte sich schützend neben den Bibliothekar und schaute Wieland und Schmalhans vielsagend an.

»Hihi«, machte Wieland.

Schmalhans stemmte die Hände in die Hüften. »Was soll das heißen? Ausgerechnet in diesem Gebäude macht uns ein ungehobelter Barbar Vorhaltungen?«

Die Augenbrauenbüschel des Bibliothekars zuckten in die Höhe. »Meint Ihr mit diesen Worten etwa Bruder Brocken? Ich glaube, Ihr befindet Euch mit dieser Einschätzung auf dem Holzweg.«

»Bruhuder!?« Der Kleine rollte mit den Augen.

Nun wandte sich der Bibliothekar dem alten Söldner zu, breitete seine dürren Arme aus und drückte ihn innig an sich. Die faltigen Lider blinzelten, als er voller Freude verkündete: »Bruder Brocken, es ist mir eine wahre Freude, Euch in die Arme zu schließen. Euer letzter Besuch ist lange her.« Die blutleeren Lippen des Alten taten seinem herzlichen Lächeln keinen Abbruch.

»Bruder Marrandor. Wie recht du hast. Neun Jahre habe ich diese Gemäuer nicht mehr betreten. Wie schön, dich bei guter Gesundheit anzutreffen.«

Schmalhans' Stöhnen stöhnte durch die Halle. Es dauerte einen Moment, bis er sich gefangen hatte. »Duuu gehörst zu einer Bruderschaft? Wozu? Was hast du hier getrieben?«

Marrandor antwortete: »Nur wenige Menschen studierten über Jahre hinweg das geschriebene Wort wie Bruder Brocken. Daher verstehe ich Eure Einwürfe nicht, junger Mann.« Er presste sich sein Hörrohr noch fester an den Kopf.

Schmalhans schluckte. »Ich … wusste nicht einmal, dass er lesen kann.«

»Offensichtlich wisst Ihr über Bruder Brocken wenig. Er spricht drei Sprachen und ist Ehrenmitglied unseres Ordens 'Die Bruderschaft der lesenden Zunft'. Einen Gutteil der Folianten und Schriften im fünften Stockwerk hat er der Bibliothek vermacht. Nur durch seine großzügigen Spenden …«

»Der Rede genug, Marrandor«, unterbrach ihn Brocken. »Das alles geht niemanden etwas an. Allein von Bedeutung ist der Hinweis, dem wir nachgehen wollen. Dazu werden wir als Erstes im Saal der Geographie die Folianten mit den Landkarten wälzen müssen.«

»Ihr werdet alles weitgehend so vorfinden, wie Ihr es verlassen habt, Bruder Brocken. Die Dokumente über alle Welten werden im vierten Stockwerk zur Rechten aufbewahrt. Gegenüber lagern die bedeutendsten Enzyklopädien des Handwerks sowie der Wissenschaften.«

Der Kopf von Schmalhans ruckte hoch. »Da würde ich gerne einen Blick reinwerfen.«

»Deswegen sind wir nicht hier!«, entgegnete Brocken barsch.

Marrandor führte weiter aus: »Die Archivalien der Stadtschreiber liegen im dritten, die theologischen Abhandlungen im zweiten Geschoss. Direkt über unseren Köpfen findet Ihr historische sowie zeitgenössische Rechtsliteratur. Möget Ihr bei Eurer Suche erfolgreich sein.«

Brocken wandte sich den Nassauern zu: »Vorher brauchen wir die Karte mit dem Tal der Hexe. Ich werde zum Pferdekarren gehen und sie holen. Ihr wartet hier, verhaltet euch still, fasst nichts an und bewegt euch nicht von der Stelle.«

»Dürfen wir so lange trocknen?«, fragte Schmalhans mit lieblichem Knurren.

»Besser nicht mal das.« Der Söldner ließ die beiden stehen und machte sich auf den Weg.

In den Stallungen angekommen, fragte Brocken einen der Pferdejungen nach einem alten, klapprigen Karren, der auf seine Bestimmung im Ofen wartete.

»Ach der! Eine wahre Attraktion«, kam die prompte Antwort. »Tor elf, dann links. Nicht zu verfehlen.«

Seesack samt zusammengefaltetem Öltuch lagen unversehrt auf der Ladefläche, ebenso wie das Glas mit dem hässlichen Wurm. Der alte, klapprige Karren hatte etwas Gutes: Niemand vermutete darin etwas Wertvolles. Raffaels Rennpferd wühlte mit der Nase in einem Haufen Heu und sah dabei ganz zufrieden aus. Brocken bückte sich unter das Gefährt und schob das schmale Holzbrett unter dem Bock zur Seite. Ein gutes Versteck, für Nichteingeweihte kaum zu entdecken. Mit einem Griff zog er die Karte hervor. Außerdem offenbarte das Fach noch etliche Silberlinge und ein Goldstück. Kurzerhand steckte er auch die ein. Er beklaute einen Dieb, ja und? Warum nur hatte Schmalhans ihm dieses Geheimnis verraten?

Brocken mahlte mit dem Unterkiefer.

Weil er naiv ist! Vertraue nie einem Söldner! Der tötet sogar für Geld.

Als Brocken die Bibliothek wieder betrat, beugten sich Wieland und Raffael gerade zusammen mit Marrandor über den Folianten auf dem Granittisch.

»Die *Chirurgia Magna* – ein wahres Meisterwerk der Wundarznei und Heilkunde, meine Herren.« Der Bibliothekar schwelgte in seinem Element. »Verfasst und niedergeschrieben von Mantis Theodanis, Gründer des Theodanerordens, höchstpersönlich.« Er befeuchtete seinen Finger und blätterte mit ehrfürchtiger Miene um.

Schmalhans' staunende Augen fielen regelrecht in das Buch hinein. Sein Gesicht glühte wie im Fieber. »Das ... das ist ja unglaublich.«

»Wenn ich es richtig verstehe, dann führt Theodanis auf den ersten Seiten die Säftelehre ad absurdum. Er spricht von einem Kreis des Blutes.«

Seine Seh- und Hörschwäche kompensierte der gute Bruder Marrandor mit unentwegtem Geschwätz.

»Welch ein Wissen – ein unermesslicher Schatz.« Raffael strich mit den Fingern vorsichtig über die Seiten.

Brocken winkte mit der zusammengerollten Karte. »Das reicht jetzt, wir suchen Antworten hier drauf.«

»Diese unglaublichen Erkenntnisse helfen, kranke Menschen zu heilen«, überlegte Schmalhans in denkwürdigem Tonfall.

»Ja und, ich bin nicht krank«, erklärte Brocken, »komm jetzt.«

Sichtlich unwillig riss sich der Kleine los.

Die drei liefen die Treppe hinauf bis ins vierte Stockwerk und betraten den Saal der Geographie. Die Abendsonne fiel durch die Buntglasfenster und tauchte die Schriftensammlung in ein kirchliches Licht. Ein deckenhoher Spiegel an der Stirnwand verlieh dem Saal noch mehr Größe. Regale, vollgestopft mit unzähligen Folianten, Atlanten und Pergamentrollen, reihten sich hintereinander wie Dominosteine. In die Quergänge passten keine zwei Männer nebeneinander. Der Mittelgang hingegen war breit und links und rechts mit hohen Studiertischen gesäumt. Auf einem davon breitete Brocken die Karte mit dem Tal der Hexe Aglaja aus. Stempelförmige Beschwerer aus Blei auf den Ecken verhinderten das Zusammenrollen.

Verblüfft drehte sich Schmalhans einmal um die eigene Achse. Er bestaunte die Holzvertäfelungen, die gewölbte Decke und das dunkle Holz der verzierten Regale. »Was für ein unglaublicher Saal. Und alles fein säuberlich verstaut. Jedenfalls behandelt die Stadt Drachenbein ihre Bücher weitaus besser als ihre Bürger.«

Auch Brocken sah sich um, verzog dabei jedoch das Gesicht. Er brachte diese Örtlichkeit mit Ergebnislosigkeit und Enttäuschung in Verbindung. Obgleich er viele Wochen hier verbracht hatte, war er ohne brauchbare Hinweise auf den Verbleib der Hexe Aglaja geblieben.

Neugierig ging der Langfinger auf das erstbeste Regal zu, zog wahllos ein langes Pergament hervor und rollte es auf dem Tisch aus. »Eine Landkarte. Sag nicht, all diese Regale sind mit Landkarten vollgestopft.«

»Schmalhans, warum heißt dieser Abschnitt der Bibliothek wohl Saal der Geographie?« Brocken warf einen Blick auf das Pergament – ein schmaler Landstrich mit einer langen Küste im Osten. »Toladar«, las er vor und zuckte die Achseln. »Nie gehört. Hier gibt es Zeichnungen von Welten, bei denen ich nicht einmal sicher bin, ob sie überhaupt existieren.«

Fachmännisch widersprach Schmalhans, was auch sonst. »Kein normaler Mensch denkt sich so etwas einfach nur aus. Dieses Land muss es geben.«

Was weiß der schon von der Welt?, dachte Brocken. Verbrachte sein halbes Leben auf dem Kutschbock, mit nichts außer dem Arsch seines Pferdes vor der Rübe.

»Wie wäre es, wenn wir im Norden unseres Kontinents mit der Suche anfangen«, schlug Wieland vor, während Raffael das Pergament zusammenrollte und zurücklegte.

Ab und an kam sogar Bimsbirne mit einem durchdachten Vorschlag um die Ecke. »In den Regalen auf der Fensterseite befindet sich Kartenmaterial über die uns bekannte Welt.« Brocken deutete auf die Hexenkarte. »Ein großer Fluss führt durch das Tal, und im Nordwesten erhebt sich ein Gebirge mit einem Wasserfall. Es müsste doch mit dem Teufel zugehen, wenn wir nicht einen Hinweis finden, wo es gelegen ist.«

»Was bedeuten die Schriftzeichen unten auf der Karte?

Die meisten davon habe ich noch nie gesehen«, fragte Raffael.

»Es handelt sich um eine seltene oder längst ausgestorbene Sprache. Ich kenne ihre Bedeutung nicht«, antwortete Brocken.

»Hm, jedenfalls sind es die gleichen Lettern wie auf deinem Bidenhänder, nur spiegelverkehrt.«

Stumm sah Brocken den Kleinen an. Dann zog er seinen Zweihänder aus der Halterung hinter dem Rücken hervor. Zwischen den beiden Blutrinnen blitzte der Stahl im Licht. Die senkrechte Gravur war leicht zu erkennen, deren Sinn leider nicht. Er schnappte sich das Pergament und ging mit langen Schritten zum Spiegel an der Eingangspforte. Darin betrachtete er das Schwert und verglich die Lettern mit denen auf der Karte.

»Was für ein Geistesblitz! Die gleiche Sprache«, meinte Brocken und versuchte erst gar nicht, seine Verblüffung zu verbergen.

Raffael beugte sich über das Schwert. Vorsichtig glitt sein Daumen über Klinge und Inschrift. Danach versuchte er das Heft zu umklammern, ein lächerliches Unterfangen mit den kleinen Fingern. »Was sind das hier für drei Löcher?«, fragte der Kleine und popelte mit dem Zeigefinger am Knauf herum, an dessen Unterseite drei gleichmäßige Vertiefungen eingelassen waren.

Diese Frage hatte sich Brocken auch schon gestellt. »Ich denke, der Schmied hat sie nachträglich eingefügt für die optimale Gewichtsverteilung. Ich kenne keine andere Waffe, die so perfekt ausbalanciert ist.«

»Ausbalanciert klingt bemerkenswert im Zusammenhang mit diesem Trümmerschwert.« Raffael überlegte laut. »Diese mit der Karte verwandte Inschrift sieht mir nicht nach Zufall aus. Inwiefern könnte die Hexe Aglaja etwas mit dem Schwert zu tun haben? Woher hast du den Zweihänder überhaupt?«, wollte Raffael wissen.

Verflucht gute Fragen für diese halbe Portion. Ungehalten verzog Brocken den Mund. »Eine lange Geschichte. Drei Soldaten hatten die Waffe auf dem Alten Friedhof gefunden – ein mystischer Ort weit entfernt von hier im Norden. Sie hielten mich gefangen und wollten mich langsam zu Tode peitschen. Mithilfe des Schwertes habe ich sie eines Besseren belehrt.«

»Wir müssen herausfinden, was die beiden Inschriften zu bedeuten haben. Vielleicht finden sich auf dem Alten Friedhof noch mehr Hinweise«, brachte es ausgerechnet die Bimsbirne auf den Punkt. »Hast du den Männern das Schwert abgenommen?«, erkundigte er sich.

»Nein, sie haben es mir aus freien Stücken gegeben, damit ich mich ihrer erwehren kann.«

»Auch wenn drei gegen einen nicht gerade ehrenvoll ist, das Überlassen der Waffe war es dagegen schon«, tat Wieland seine Meinung kund.

»Kann man wohl sagen«, brummte Brocken, während er an die drei Soldaten mit den Peitschen dachte. Und an deren Gelächter, als der Knabe mit den dünnen Armen vergeblich versuchte, den Bidenhänder aufzuheben.

»Demnach hast nicht du das Schwert gefunden, sondern das Schwert dich«, folgerte Schmalhans.

Dieser Langfinger betrachtet die Dinge aus einem anderen Blickwinkel, wobei er sich alles andere als dämlich anstellt, dachte Brocken insgeheim.

Mit gemischten Gefühlen betrachtete der alte Söldner die Waffe, während sie zurück zum Tisch gingen. Seit fünfzig Jahren lief er mit dem Zweihänder herum und war die ganze Zeit über nicht auf die Idee gekommen, dass die Waffe etwas mit der Hexe Aglaja zu tun haben könnte. Doch die Lettern sprachen eindeutig die gleiche Sprache. Gefunden auf dem Alten Friedhof aus den Vergessenen Legenden, fuhr es ihm durch den Kopf. Viele Tagesreisen von hier entfernt, weit im Norden, dort wo sein Verderben und das der Gordonen seinen Lauf genommen hatte. Seit drei Jahrzehnten war er nicht mehr dort gewesen. Er schüttelte die Vergangenheit ab, vielleicht fanden sie hier noch weitere Hinweise.

In diesem Augenblick schlurfte der alte Bibliothekar herein.

»Bruder Marrandor, kennst du diese Gegend?«, fragte Brocken ihn in sein Hörrohr und deutete auf die ausgebreitete Karte.

Der Alte blinzelte durch seine weißen Wimpern. »Nein, an ein solches Tal würde ich mich bestimmt erinnern.«

»Und ist dir diese Sprache schon einmal untergekommen?«

Der alte Mann beugte sich vor, sodass seine Nase beinahe das Pergament berührte. Kopfschüttelnd sagte er: »Nein, diese Schriftzeichen müssen sehr, sehr alt sein. Vielleicht kann Bruder Tudor helfen.«

»Wer ist das?«, fragte Brocken.

»Tudor, Meister der Zeichen, Magus des Wortes, Schreiber und Gelehrter, Sprachkundiger, Philosoph und Dichter.«

»Wie viele sind das?«, knurrte Brocken.

»Nur einer, Bruder. Er ist vor vier Jahren zu uns gestoßen – Ihr solltet ihn erleben. Seine Enzyklopädie über *Das Sein und das Dasein* umfasst zurzeit dreizehn Bände. Wenn Euch jemand weiterhelfen kann, dann Tudor.«

Dreizehn! Brocken warf die Stirn in Falten, seine Laune verwandelte sich von schlecht in übel. Diese verhasste Zahl verfolgte ihn schon sein Leben lang. »Wo finde ich diesen Tudor?«, brummte er.

»Vor einigen Tagen ist er von Graf Dunkelberg als Schreiber gedungen worden – für den Kriegszug gegen das Herzogtum Brandmark. Geschuldet ist der ganze Wirbel einem Fischer, der auf dem Grund des Nubil ein paar Krümel Gold gefunden hat.«

Wie konnte es anders sein? Der einzige Mensch, der womöglich die Bedeutung der Schriftzeichen enträtseln konnte, tummelte sich auf einem Schlachtfeld, um die Goldgier seines Herrn für die Nachwelt festzuhalten. *Graf Dunkelberg und der güldene Fluss.* Brocken runzelte die Stirn. Wenn der Krieg verloren wurde, verging den Schreibern oftmals auch das Schreiben, zumal die Sieger ihnen in alter Tradition liebend gern als Erstes die Finger abschnitten. Solange der Schreiberling noch seinen gelehrten Kopf behielt …

»Es könnte sein, dass wir Graf Dunkelberg und Bruder Tudor einen Besuch abstatten. Lasst uns zunächst weiter nach Hinweisen suchen, in welcher Himmelsrichtung dieses vermaledeite Tal wohl liegen mag.«

Eindringliche Stimmen von der Pforte schallten bis unters Dach des Atriums. Brocken verließ den Saal der Geographie und blickte über die Balustrade nach unten. Eine Gruppe von Männern stürmte in die Bibliothek – mindestens fünfzehn Soldaten, angeführt von keinem Geringeren als Stettmeister Munnheimer höchstpersönlich.

Fürs Erste hatte Brocken genug gesehen. Zurück im Saal der Geographie zischte er: »Munnheimer gibt sich die Ehre und zwar samt Stadtwache. Er ist nicht dafür bekannt, sich um Lappalien zu kümmern. Was habt ihr Idioten verbrochen?«

»Öhm, eigentlich nichts«, flötete Raffael.

Eigentlich war ein beinahe so hässliches Wort wie *dreizehn*. Brocken schnaubte: »*Eigentlich* bedeutet stets das Gegenteil. Und das Gegenteil von *nichts* klingt nach verflucht viel. Ich frage noch einmal: Habt ihr Hand gegen die Stadtwache erhoben?«

»Der Hauptmann prügelte grundlos auf eine Trompeterin ein. Wieland hat sie nur schützen wollen«, erklärte Schmalhans schmallippig.

Marrandor konstatierte mit dem Trichter im Ohr: »Uh, Widerstand gegen die Stadtwache.«

»Bimsbirne, hast du etwa deine Stricknadel gezogen?«

»Nur, um den Schwertschlag abzuwehren.«

Marrandor stöhnte: »Uh, Angriff auf einen Hauptmann der Stadtwache.«

»Und dann?« Brocken konnte es nicht fassen.

»Dann sind wir weggerannt …«

»Uh, Ungehorsam gegenüber der Stadtwache.« Der Trichter wackelte aufgeregt.

»… und haben uns vor diesen widerwärtigen Ärschen in den Nubil gerettet.«

»Uh, Verunglimpfung der Stadtwache.«

»MARRANDOR? WO TREIBST DU DICH RUM?«, hallte es durchs Atrium.

Allmählich begriff Schmalhans den Ernst der Lage. »Gibt es hier einen zweiten Ausgang?«, fragte er mit gehetztem Blick.

Der Bibliothekar murmelte: »Hm, die Gepflogenheiten unserer Stadtwache sind mir wohlbekannt, oftmals handeln sie etwas voreilig. Missetäter erwartet eine harte Bestrafung.« Er sah Brocken fragend an.

Der zuckte gelangweilt mit den Schultern.

»Wir haben lediglich einer armen Spielfrau geholfen«, beteuerte Raffael.

»Deren Trompete die Stadtwache ohne wirklichen Grund zertrampelt hatte«, ergänzte Wieland.

Das treudämliche Gesicht von Bimsbirne brachte Backsteine zum Flennen. Marrandor seufzte. »Na gut, ich helfe euch. Zwar kann ich nicht mit einem zweiten Ausgang dienen, aber da hinten gibt es ein gutes Versteck – eine kleine Abstellkammer. Schnell, dort hinein mit euch.« Mit diesen Worten schlurfte der Alte aus dem Saal der Geographie der Stadtwache entgegen.

»Ich will mich nicht verkriechen.« Wieland zog sein Rapier. »Die sollen ruhig kommen«, sagte er fest entschlossen.

Mit einer schnellen Bewegung packte Brocken sein

Handgelenk und drückte zu. Bimsbirne riss erstaunt die Augen auf, ließ dann jedoch mit schmerzverzerrtem Gesicht die Waffe fallen.

»Bursche, Mut im falschen Moment ist Dummheit«, grollte Brocken. Er hob die Klinge auf. »Die behalte ich. Ihr versteckt euch jetzt in diesem Kabuff.«

Wielands Miene nach zu urteilen, war seine Begeisterung so begrenzt wie die verbleibende Zeit. Für eine Diskussion war es zu spät. Der Lärm schwoll an, schwere Stiefel stapften die Treppe hoch.

»Worauf wartet ihr? Rein da!«

Die beiden Gesuchten liefen zu der kleinen Kammer und drängten sich hinein. Die Tür war kaum sichtbar in die Wand eingelassen worden. Nachdem sie sie zugezogen hatten, kniff Brocken die Augen zusammen. Der Plan könnte funktionieren.

Keinen Moment zu spät, denn schon betraten die ersten Soldaten der Stadtwache samt Hauptmann mit gezückten Schwertern den Saal der Geographie. Kurz dahinter schritt Stettmeister Munnheimer wie ein Feldherr durch die Pforte. Er war ein großer, schlanker Mann mit einem grauen Backenbart und graugrünen aggressiv funkelnden Augen. Mit ernster, befehlsgewohnter Stimme schmetterte er: »Also ist es wahr! Brocken höchstpersönlich beehrt meine Stadt. Seit ich Euch kennenlernen musste, jagt Euch der Ärger.«

»Das seht Ihr falsch. Ich bin es, der den Ärger jagt!«, antwortete Brocken.

»Was letztlich auf dasselbe hinausläuft. Unglück und Unfrieden sind Eure ständigen Begleiter. Beides kann ich in meiner Stadt nicht gebrauchen. Was wollt Ihr hier?«

»Die Sehnsucht nach meiner Bruderschaft sowie der ewige Durst nach Wissen treiben mich immer wieder ins beschauliche Drachenbein zurück.« Brocken breitete die Arme aus. »Eure stattliche Bibliothek ist wie ein Heim für mich.«

»Seid Ihr sicher, dass Ihr nicht Euren ewigen Durst nach Blut meint?«, fragte der Stettmeister. Ohne eine Antwort abzuwarten, fauchte er den Bibliothekar an. »Und du, Marrandor? Du musst sie bemerkt haben. Wo sind die verdächtigen Männer?«

»Hier sind nur Bruder Brocken und meine Wenigkeit. Doch verzeiht, Herr, ich verbrachte einige Zeit auf dem Abort und kann nicht ausschließen, dass weitere Besucher den Weg in diese Hallen gefunden haben.«

»Und das soll ich dir glauben?« Der Stettmeister wandte sich seinen Männern zu. »Durchsucht gründlich Gänge und Regale! Und besetzt den Ausgang. Nicht einmal eine Ratte kommt hier raus, bis wir sie haben.«

»Was werft Ihr ihnen vor?«, fragte Brocken.

Mit kaltem Lächeln sah Munnheimer dem alten Söldner in die Augen. »Ich hoffe, Ihr habt mit den Strauchdieben, die sich in der Bibliothek verkrochen haben, nichts zu tun. Sie werden wegen vielerlei Verbrechen gesucht.«

»Ich kenne die beiden gar nicht.«

»Woher wisst Ihr, dass es zwei sind?« Munnheimers Stimme bebte vor Misstrauen.

Brocken zuckte mit den Schultern. »Ganz einfach. Ihr habt mit Euren Männern die Bibliothek betreten, und kurz danach eilten zwei merkwürdige Kerle in feuchter Kleidung die Treppe hoch.«

Der Hauptmann erschien und rapportierte: »Niemand zu finden, bis auf den da!« Mit dem Zeigefinger deutete er auf Brocken.

»Schlaues Kerlchen. Ist er deswegen Offizier?«, fragte der Gefundene interessiert.

Diese Frage verbesserte Munnheimers Laune keineswegs. »Ihr seid mir zu vorwitzig. Vielleicht sollte ich am legendären Brocken ein Exempel statuieren?« Er kraulte seinen Backenbart. »Wo sagtet Ihr, sind die beiden Halunken hingelaufen?«

»Ich sagte nichts dergleichen, aber warum fragt Ihr erst jetzt? Seht Ihr die Tür da hinten neben dem Regal? Dort verstecken sie sich in einer Abstellkammer.«

Ungläubig stierte Munnheimer in die angegebene Richtung und entdeckte die Tür. Er gab seinen Männern einen Wink, und die Soldaten bezogen vor der Wand Stellung. Todesmutig riss eine der Wachen die Tür auf. Zum Vorschein kamen zwei kauernde Gestalten.

Der Hauptmann der Stadtwache rief erbost: »Ohne Zweifel, das sind die beiden. Der da hat die Waffe gezogen und mich angegriffen.«

Munnheimer befahl: »Nehmt sie fest.«

»Ich habe mich schon gewundert, welch schräge Vögel sich neuerdings in der Bibliothek herumtreiben«, erklärte Brocken. »An ihnen solltet Ihr ein Exempel statuieren.«

»Mir wird schon was Passendes einfallen«, antwortete der Stettmeister. »Führt sie ab!«

Bruder Marrandor rieb sich verwundert die Nasenspitze – immerhin hielt er die Klappe. Mit dieser Entwicklung hatte der Bibliothekar nicht gerechnet.

Schmalhans auch nicht. Als er mit einem Fußtritt am Söldner vorbeigestoßen wurde, zischte er mit rotem Kopf: »Ich habe deinen schändlichen Verrat durch die Tür gehört. Du bist der schlechteste Mensch, den ich kenne.«

Wenn Blicke töten könnten, hätte der Kleine ihn in diesem Augenblick auf dem Gewissen, doch in der Realität tötete vorwiegend harter Stahl. Blicke hingegen gingen Brocken am Arsch vorbei. Gleichgültig zuckte er die Achseln.

Nachdenklich sagte Munnheimer: »Ich misstraue Euch zutiefst, Brocken. Wenn ich nicht um Eure Verdienste als Förderer dieser Bibliothek wüsste, würde ich Euch ebenso inhaftieren. Seht zu, dass Ihr nicht allzu lange in meiner Stadt verweilt, sonst könnte ich es mir nochmal anders überlegen.«

Die Stadtwache schob seine ehemaligen Gefährten unsanft aus dem Saal der Geographie. Munnheimer warf ihm noch einen letzten kalten Blick zu und verschwand dann ebenfalls.

Endlich Ruhe. Nun konnte Brocken ohne jede Störung Aglajas Karte studieren, weitere Nachforschungen betreiben sowie Pläne schmieden. Er beschloss, sich von Süden nach Norden vorzuarbeiten. Der Kontinent war durch Heerscharen von Geographen detailliert kartografiert worden. Der Söldner entrollte ein Pergament nach dem anderen, schlug Folianten auf und studierte Zeichnungen. Mit dem Finger malte er ein ums andere Mal sorgfältig den Verlauf der großen Flüsse nach, dennoch konnte er keinen Kartenausschnitt entdecken, in den das Tal der Hexe passte.

Weit im Süden, jenseits des Grünen Ozeans gab es weitere Ländereien. Vor zwei Jahrzehnten hatte Brocken viele Monate dort verbracht, stets auf der Suche nach Aglaja. Er erinnerte sich nur ungern an die Erfolglosigkeit der Reise, vor allem an die lange Fahrt zurück übers Meer. Ein einziger Kampf gegen Wellen, Wind und schlechte Laune. Er war kurz davor gewesen, die komplette Mannschaft samt Kapitän über Bord zu werfen, um sich dann in den Tod treiben zu lassen.

Eine Bewegung auf dem Fenstersims erregte seine Aufmerksamkeit. Zwei Raben saßen dort in der Abendsonne und putzten sich gegenseitig das Gefieder. Die schwarzen Federn des Weibchens schimmerten bläulich in der Sonne, der andere Rabe leuchtete schneeweiß. Nun schnäbelten sie wie die Uhus, als wollten sie Brocken eine Vorführung geben. Was für ein herrliches Schauspiel! Korr hatte eine Partnerin gefunden. Die beiden Raben hielten plötzlich inne und drehten ihm die Köpfe zu. Dunkle Knopfaugen erfassten ihn neugierig. Wie hypnotisiert starrte Brocken zurück, als er aus dem Augenwinkel an der Eingangspforte eine Bewegung wahrnahm. Sofort läutete sein innerer Alarm. Er hatte niemanden die Treppe hochlaufen gehört, Marrandors Schlurfen und Schnaufen wäre unverkennbar gewesen. Die beiden Vögel waren vergessen, zuerst musste er sich um den Eindringling kümmern.

Wachsam suchten Brockens Augen die Gänge zwischen

den Regalen ab. Außer dem gesichtslosen Wissen vergangener Generationen konnte er nichts entdecken. Schritt für Schritt näherte er sich der Tür. Niemand zu sehen, niemand zu hören. Doch die Sinne des erfahrenen Kriegers signalisierten ihm, dass er beobachtet wurde. Wie gebündelte Lichtstrahlen kribbelten die Blicke auf der Haut. Angst vor Geistern oder Toten kannte Brocken nicht. Und Furcht vor Lebendigen schon gar nicht, von Angst hatte er schon zu viele Menschen befreit. Rechts von ihm blitzte etwas im Augenwinkel.

»Zeig dich!«, zischte er in die Leere.

Die Pforte zum Atrium stand sperrangelweit offen, nach wie vor war niemand zu sehen. Nun stand Brocken direkt vor dem Spiegel und betrachtete stirnrunzelnd den Mann darin. Ein alter Krieger, groß gewachsen, mit langen grauen Haaren und eisblauen Augen, die wie zum Trotz vor Wut zu glühen schienen, runzelte die Stirn. Er grollte sein Ebenbild an, erwartungsgemäß grollte es zurück. In diesem Moment sah er im Spiegel eine Person hinter sich im Mittelgang stehen. In einer fließenden Bewegung fuhr er herum und zog dabei Wielands Rapier unter dem Waffenrock hervor – bereit anzugreifen oder sich zu verteidigen, was auch immer von Nöten war. Ein leerer Gang tat sich vor ihm auf, keine Menschenseele zu entdecken. Ungläubig sah er wieder in den Spiegel. Gefasst stand die Person hinter seinem Rücken und suchte seinen Blick. Sie versuchte sich an einem Lächeln, doch es wirkte hölzern, unwirklich, wie unter Qualen. Brocken blinzelte. Nein, diesen Menschen hatte er noch nie zuvor gesehen. Die Gestalt kam langsam näher – eindeutig, er war das Ziel. Dies brachte ihn in die Bredouille, denn er konnte sie nur im Spiegel sehen und dazu musste er ihr den Rücken zukehren. In schneller Abfolge sah er zwischen dem leeren Gang und dem Spiegel hin und her, während er der Leere mit dem Rapier drohte. Er dachte darüber nach, den Spiegel zu zertrümmern, obgleich die Person in keiner Weise bedrohlich aussah. Sie hob die rechte Hand zum Gruß. In der Linken hielt sie etwas Weißes – er konnte es nicht genau erkennen. Was wollte sie von ihm?

Dann verschwand die Gestalt, löste sich einfach in Luft auf. Der Spiegel zeigte nur noch den alten Krieger. Noch einmal drehte er sich um. Bevor er in den leeren Gang blickte, sagte ihm sein Instinkt, dass er wieder allein war.

Bedächtig ging Brocken zum Tisch zurück, auf dem sowohl die Karte mit dem Tal der Hexe als auch sein Bidenhänder auf ihn warteten. Zollte er seinem Alter Tribut, indem sein wirrer Verstand ihm Geister vorgaukelte? Ein dummer Streich der Sinne?

Korr und seine Freundin waren nicht mehr zu sehen. Brocken beschloss, den Vorfall zu vergessen, er hatte noch genug Arbeit vor sich.

Der Schatten

Mit unbewegter Miene betrat der Schatten das Domizil des mächtigen Kriegsherrn, dabei bewegte sich der purpurfarbene, goldbestickte Eingangsvorhang kaum. Er hielt sich für einen Mann schneller Entscheidungen, doch in diesem Fall hatte er tatsächlich länger als einen Wimpernschlag überlegt, ob er dem Ruf folgen sollte. Schlussendlich konnte der Schatten nicht widerstehen – der in Aussicht gestellte Auftrag versprach legendären Ruhm.

Die Wachen durchsuchten seinen Umhang und seine Hose gründlich. Selbst die Stiefel musste er ausziehen. Sie fanden nichts, keinen Dolch, kein Messer, nichts, was als Waffe dienen konnte.

Für wie dämlich hielten die ihn?

»Was tragt Ihr für einen seltsamen Gürtel?«, fuhr ihn ein Soldat an.

Fürwahr, ein ungewöhnlicher Leibriemen, aus feinstem Leder gefertigt, breit, mit etlichen kleinen Schlaufen, zwei davon gefüllt mit fingerdicken Phiolen.

»Was ist da drin?«, fragte der Soldat und deutete auf die Phiole mit der blauen Flüssigkeit.

»Meine Medizin für den Bauch. Ich kann sie nur empfehlen.«

»Und dort?« Der Soldat zeigte auf eine rote.

»Meine Medizin für den Kopf. Vorwiegend bei Vollmond sucht mich ein enervierender Hirnschmerz heim.«

»Enerwas? Wie auch immer – könnte auch Gift sein«, meinte der Mann skeptisch. Sein Blick blieb zwischen Umbrans Augen hängen. Kein Wunder, wenn er genau hinsah, konnte er erkennen, dass die linke Pupille blaugrau war, während es in der rechten grünlich schimmerte. Die einzige Auffälligkeit, die ihm von Geburt an gegeben worden war. Ein Grund mehr, die Augen für gewöhnlich leicht zusammenzukneifen. Zudem verbarg er dadurch das Weiße. Der Schatten hasste Helligkeit und Licht.

»Und diese Nadeln, wofür braucht Ihr die?«, befragte ihn die Wache in forschem Ton.

Tatsächlich befanden sich neben der Gürtelschnalle vier senkrecht gesteckte Nadeln, deren Spitzen in einem kleinen Pfropfen aus Kork endeten.

»Ihr seid sehr gewissenhaft«, lobte ihn Umbran. »Ich bin Schneider. Seht – meinen Umhang habe ich selbst genäht.«

»Damit könntet Ihr einem Feind die Augen auspieken.«

Was für ein grausamer Gedanke! Erschrocken fuhr Umbrans Hand vor seinen Mund. »Ich verstehe Eure Bedenken. Gut, ich ziehe den Gürtel aus und lasse ihn hier. Ich weiß, Ihr werdet gut auf mein Gift und die Augenpikser achtgeben.«

Mit geübtem Griff öffnete er die Schnalle und überreichte der Wache den Gurt. »Wenn mir vor dem Grafen gleich mein Beinkleid auf die Knie rutscht, gebe ich Euch die Schuld.« Er lächelte.

Die Wachen lächelten mit.

»Nun dürft Ihr eintreten, das heißt, wir bringen Euch zu unserem Herrn«, erklärte die Wache.

Mit je einem Soldaten links und rechts betrat er das Zelt, in dessen Mitte ein Holzpodest stand. Darauf rekelte sich sein reichlich gepolsterter Auftraggeber in einem reichlich gepolsterten Sessel. Wer behauptet, dass ein Thron ungemütlich sein müsse?

Davor stand ein Söldner mittleren Alters und sah zu seinem Herrn auf – gezwungenermaßen. Sein Waffenrock wies etliche Risse auf, Gürtel und Schwertscheide waren leer.

Der feine Herr auf dem Thron begrüßte ihn. »Natürlich, mein neuer Gast. Willkommen in meinem bescheidenen Zelt, Umbran.« Gleichzeitig scheuchte er mit einer lässigen Handbewegung die beiden Soldaten fort.

Zunächst herrschte nur Stille. Denn der Graf taxierte ihn wortlos von oben bis unten. Lediglich ein leichtes Zucken seiner Mundwinkel verriet, dass er etwas anderes erwartet hatte.

Umbran galt nicht als der stattlichste Vertreter seines Volkes. Mittelgroße Statur, durchschnittliches Gesicht, die Nase vielleicht etwas zu lang, die dunkelbraunen Haare nach hinten zu einem Zopf gebunden, gleichgültige Augen. Einen entscheidenden Vorteil hatte seine Erscheinung jedoch: Wenn die Menschen ihn überhaupt bemerkten, vergaßen sie ihn im nächsten Augenblick wieder. Diese langweilige Unscheinbarkeit stand im Gegensatz zu dem Ruf, der ihm stets vorauseilte. Wenn er Letzteren endlich eingeholt hatte, wurden die Gesichter lang, so wie bei diesem potenziellen Auftraggeber. Erwartungen – der Menschen größter Fehler.

Stets platzten sie beinahe vor lauter Erwartungen. Erwartungen an ihren Gott, an die Familie, an die Kinder, an den Dienstherrn, Erwartungen an die Zukunft. Manche hegten selbst Erwartungen an die Vergangenheit. Ach, hätte ich doch damals …

Wie auch immer – in den meisten Fällen wurden sie enttäuscht, aber schon jagten sie der nächsten Erwartung hinterher. Malten sich erneut in ihren Gedanken alles bis ins kleinste Detail aus und machten sich zum Sklaven ihrer Vorstellung. Oder ihres Glaubens. Dazu drangsalierten sie ihren Blick in die Zukunft mit so etwas Unnützem wie Befürchtungen, Hoffnungen und Vermutungen. Eine lächerliche Verzerrung der Realität, bis diese eintrat und sie in der Regel eines Besseren belehrte. Umbran hatte früh gelernt, jegliche Erwartungshaltung aus seinem Dasein zu verbannen. Es kam mal so, dann kam es anders. Egal, Hauptsache es kam. Auch wenn es fatalistisch klang, bislang fuhr er mit dieser Einstellung gut, denn er lebte noch – tot waren die anderen.

Ob er wollte oder nicht, über Graf Garsick hatte er im Vorfeld einiges gehört. Nach gängiger Moral nur Schlechtes, um genau zu sein. Das störte ihn jedoch ebenso wenig wie des Herrschers boshaftes Glitzern in den Pupillen.

»Seid gegrüßt, Graf Garsick.« Umbran beugte das Knie. Wenn der Kriegsherr Wert darauf legte, wäre er auch auf allen vieren drei Runden um den Thron gekrochen. Es spielte keine Rolle.

Garsick runzelte die Stirn. »Darf ich Euch meinen altgedienten, wertvollsten Offizier vorstellen? Siegbert. Viele nennen ihn den Sanften Siegbert.«

»Ich grüße Euch!«, sagte der Soldat mit einer Stimme weicher als ein Daunenkissen.

Der Schatten hatte schon von dem Mann gehört – es hieß, er wäre ein erfahrener Söldner, der bereits viele Schlachten geschlagen hatte. Dass er immer noch lebte, sprach für ihn. Erst jetzt, da er vor ihm stand, machte sich Umbran ein Bild von ihm. Die Nase war gebrochen, die Lippen blutig geschwollen, zudem waren ihm jüngst einige Zähne abhandengekommen, doch das schien ihn nicht zu kümmern. Schmerzen waren Teil des Solds. Das wettergegerbte Gesicht mit der Narbe auf dem Kinn, die Entschlossenheit in den Gesichtszügen und das breite Kreuz mit den muskulösen Armen wiesen eindrucksvoll darauf hin, ihn nicht zu unterschätzen. Ohne Zweifel ein gefährlicher Mann. Im Augenblick standen sie auf der gleichen Seite.

»Nun sind wir vollzählig«, stellte Garsick fest und verschränkte die Finger ineinander.

»Dann werdet Ihr mir sicher gleich sagen, wie ich Euch zu Diensten sein kann«, meinte Siegbert, ohne Umbran eines Blickes zu würdigen.

»Natürlich, mein Lieber. Dafür wollen wir gemeinsam Euren letzten Auftrag noch einmal … », die Wurstfinger der rechten Hand schnippten, »… aufleben lassen. Tötet den Söldner Brocken – Ihr erinnert Euch doch noch? Seid so gut und erzählt unserem Besuch, was geschehen ist.«

Der Sanfte Siegbert räusperte sich, seine Stimme klang wie ein zärtliches Flüstern. »Nach nicht einmal drei Tagen hatten wir die Spur der Verfolgten gefunden.«

»Bravo!«, lobte Garsick.

»Daher konnten wir sie am nächsten Abend am Ufer eines Sees in ihrem Nachtlager überraschen.«

»Natürlich! Ihr habt sie überrascht!«, wiederholte Graf Garsick begeistert. Dabei nahm sein Gesicht eine frische graugrüne Farbe an, die nicht so recht zu seinem Enthusiasmus passen wollte. »Wir stellen es uns vor: Dreißig Doppelsöldner überraschen drei ahnungslose Männer.«

»Bedenkt, bei einem davon handelt es sich um Brocken. Ihr wisst, der ist mit dem Teufel im Bunde«, erinnerte Siegbert.

Garsick stieß die Luft aus wie ein platzender Blasebalg. Die Finger seiner Hände rangen miteinander – die linke schien zu gewinnen. Schmallippig forderte er: »Erzählt unserem Besuch mehr von der … Überraschung.«

Zärtlich holte der Sanfte Siegbert Luft. »Wir umzingelten das Lager, stürmten also von beiden Seiten des Ufers gemeinsam auf die Verfolgten ein. Meinhardt befahl den Männern, sich auf Brocken zu stürzen, da von den anderen beiden keine Gefahr ausginge.«

Ein weiteres Schnauben des Grafen ließ ihn kurz innehalten.

»Daher sprang die Mehrheit der Söldner von den Pferden und stürmte auf Brocken zu, während gleichzeitig unsere Bogenschützen auf ihn anlegten.«

Garsick hielt hörbar den Atem an. »Obwohl ich der Geschichte zum zweiten Mal lausche, bin ich doch erneut gespannt, ob Brocken sich aus dieser schier aussichtslosen Situation retten kann.«

Der Offizier fuhr fort: »Der junge Kerl mit dem Rapier, dieser Wieland, kam ihm zu Hilfe und erledigte die Bogenschützen.«

»Ist das nicht jener, der vor Kurzem noch mit eingeschlagenem Schädel im Lazarett lag? Oder verwechsele ich da etwas?«

»Genau der ist es, mein Graf.«

»Sagt, mein Lieber. Wie viele hoch bezahlte Doppelsöldner standen auf Eurer Seite nochmal diesem Greis gegenüber?«, fragte Garsick mit unbedarfter Miene, so als erkundigte er sich, ob auf dem Rückweg die Sonne geschienen habe.

»Dreißig, wenn ich mich dazuzähle«, antwortete Siegbert zärtlich. Scham oder ein sonstiges unangenehmes Gefühl ließ er sich nicht anmerken – dazu war er viel zu abgebrüht. Der Söldner hatte mit Sicherheit schon einigen Herren mit charakterlichen Defiziten gedient, daher ließ er sich vom Grafen nicht so schnell aus der Reserve locken.

»Aber glücklicherweise hattet Ihr ja das Überraschungsmoment auf Eurer Seite«, betonte Garsick erneut.

Siegberts sanftes Nicken passte optimal zu seiner Stimme.

Des Grafen Finger trommelten auf die Lehne. »Und wie ging es weiter?« Er blickte seinen neuen Besucher an. »Hört gut zu – nun kommt mein Lieblingsteil.«

Der Sanfte ließ ihn nicht lange warten. »Dann haben die drei uns Mann für Mann zerlegt.«

Garsick hob die Hand. »Den Feldscher, der nicht einmal ein Küchenmesser gerade halten kann und dieses unbeschriebene Blatt mit dem eingeschlagenen Schädel dürfen wir kaum zählen. Übrig bleibt ein vollends unfairer Kampf. Denn folglich standen lediglich dreißig meiner besten Soldaten ganz allein diesem fiesen Brocken gegenüber.«

Die in beißenden Spott verpackte Provokation perlte an Siegbert ab wie ein Wassertropfen an einem Öltuch. »Fürwahr, es klingt unbegreiflich, doch im Grunde hat es sich so abgespielt.«

»Und der einzige Überlebende des Gemetzels steht hier vor uns«, zeigte sich Garsick zutiefst beeindruckt.

Für Umbran spielte das alles keine Rolle. Vorgeplänkel hier, Vorgeplänkel da, aber gut, wenn es die Gemütslage des Grafen erforderte. Geduldig wartete er auf das Wesentliche.

»Dreißig gestandene Männer haben es nicht geschafft, diesen alten Söldnersack zu töten.« Garsicks Stimme zitterte vor unterdrückter Wut. »Stattdessen hat der alte Mistkerl neunundzwanzig davon getötet. Nun bohrt er sich wie ein Stachel noch tiefer in mein Fleisch. Spätestens seit sein vermeintlich Vertrauter, dieser Kristan, ebenfalls mit einem Anschlag gescheitert ist, weiß Brocken, dass ich ihm nach dem Leben trachte. Das macht ihn für mich zum Todfeind.«

Umbran erwiderte den Blick des Grafen. Ein doppelzüngiges, doppelkinniges, doppelmoralisches Kerlchen, das vor Machtgier überquoll. Was spielte es für eine Rolle?

Garsicks Augen wurden schmal. »Ihr seht, ich interessiere mich aus gutem Grund für Eure Dienste. Wenn wir uns handelseinig werden, halte ich gleich zwei Aufträge bereit.«

»Ihr habt mich rufen lassen, ich bin gekommen. Demnach sind wir uns bereits einig«, entgegnete Umbran. Schließlich war der Preis für seine Dienste in diesen Kreisen bestens bekannt.

»Natürlich!« Ein schiefes Grinsen durchzog das Gesicht des Grafen, als sei er halbseitig gelähmt. »Wollt Ihr es wissen? Wollt Ihr die Namen der beiden Opfer wissen?«

»Brocken und Siegbert«, antwortete Umbran tonlos.

»Wie meint Ihr das?«, erkundigte sich der Söldner neben ihm auffällig unsanft.

Der Schatten sah ihn an. »Liegt es nicht auf der Hand? Der Graf hegt Groll ob Eurer verpatzten Mission. Daher beabsichtigt er, für die Zukunft auf Eure Dienste zu verzichten, zumal er für diese Aufgabe einen weitaus besseren Ersatz gefunden hat.«

Ächzend lehnte sich der Graf vor und funkelte den Söldner wütend an. »Brocken macht mich zum Gespött und stellt nun eine ernste Bedrohung dar. Daran ist Euer Versagen schuld.«

Der Sanfte Siegbert fuhr zu Umbran herum. Offensichtlich überlegte er einen kurzen Augenblick, ob er sich mit bloßen Händen auf den Neuankömmling stürzen sollte. Erwürgen, Daumen in die Augen drücken, Genick brechen, für einen Söldner dieser Klasse mit Sicherheit kein Problem. Doch Umbran stand ebenfalls unbewaffnet neben ihm und kratzte sich nachdenklich am Hinterkopf. Diese vermeintliche Harmlosigkeit ließ Siegbert kurz innehalten. Zögern offenbart Unentschlossenheit. Dieser Moment zwischen zwei Wimpernschlägen reichte aus. Umbrans Hand fuhr hinunter zum Hals des Sanften Siegbert. In seinem Nacken blieb eine Nadel zurück, die Umbran in seinem Zopf versteckt hatte. Nur ein kleiner Piks, doch der Söldner nahm ihm diesen krumm. Nun griff er an. Oder wollte angreifen, denn bevor er seinem Nebenmann mit bloßen Händen an die Gurgel springen konnte, erstarrte er an Ort und Stelle. Seine Muskeln verhärteten sich. Er hatte die Kontrolle über seinen Körper und seine Gesichtszüge verloren. In seiner Hilflosigkeit und den weit aufgerissenen Augen, die nicht einmal mehr blinzelten, konnte er Umbran leidtun – wenn dieser doch nur wüsste, was Mitleid war.

»Wache!«, rief Garsick, dem das Ganze offenbar unheimlich wurde. Augenblicklich stürzten drei Soldaten herein.

Der Schatten sagte: »Das tut nicht not. Seine Arme und Beine sind gelähmt, da die Nadel die Steuerung der Muskeln verhindert. Ansonsten ist er vollkommen unversehrt.«

Siegberts Gesicht verlor an Farbe, zu weiteren Regungen war er nicht fähig. »Was seid Ihr für ein Teufel?« Er brach in Schweiß aus. »Kämpft wie ein Mann! Ich werde es Euch zeigen!«

Umbran zuckte mit den Achseln. »Ich hätte noch einen Wirbel höher stechen sollen, denn bei einer Lähmung des Zwerchfells würde Eure Atmung versagen. Und ohne Luft müsste ich Euren Unsinn nicht ertragen.«

Graf Garsick grunzte belustigt. »Ich habe zwar noch nie von diesem Fell gehört, doch Eure Vorführung beeindruckt mich. Zweifelsohne, Ihr seid der Mann, nach dem ich suchte. Nun bringt Euren ersten Auftrag zu Ende.«

»Das … könnt Ihr doch nicht ernst meinen, Herr. Ich habe Euch treu gedient«, flehte der Sanfte Siegbert. Er stand immer noch da wie eine Steinstatue, nicht einmal in der Lage, mit dem Kopf zu wackeln.

Erstaunlich, wie erbärmlich sich ein gestandener Söldner im Angesicht des Todes aufführte. Er selbst hatte mit Sicherheit neben und auf dem Schlachtfeld unzähligen Menschen den Tod gebracht. Für Gold, genau wie Umbran, dennoch ließ er diesen Vergleich nicht gelten. Was bedeutete schon die rohe, stumpfe Gewalt mit dem Schwert gegenüber der Kunstfertigkeit des Schattens? Die Brillanz und Bosheit, mit denen er tötete, suchten ihresgleichen.

»Gebt mir eine zweite Chance. Ich werde Brocken erwischen«, presste Siegbert hervor.

»Wie viele Männer soll ich Euch diesmal mitgeben? Dreihundert? Nein, Ihr habt Eure Chance vertan. Ich kann Euer Antlitz nicht ertragen. Bis in alle Ewigkeit erinnert es mich an das ungeheuerliche Versagen meiner dreißig Doppelsöldner. Obgleich Ihr mir einen Haufen Gold gespart habt, überwiegt doch die Verärgerung.« Garsick schürzte die Lippen. »Sicherlich habt Ihr dafür Verständnis.«

Der Sanfte Siegbert zeigte sich jedoch ganz und gar nicht einsichtig. Er schien mächtig am Leben zu hängen, nur stand selbiges im Augenblick ziemlich still. Er ächzte und stöhnte vor Anstrengung, doch seine Muskeln wollten nicht gehorchen.

»Was ist jetzt? Gold gibt es nur, wenn dieser Versager tot ist«, meckerte der Graf.

»Warum die Ungeduld? Nichts ist so gewiss wie der Tod, eine unumstößliche Regel unseres Daseins. Im Grunde spielt es keine Rolle, ob jetzt oder später.«

»Ich habe Euch für jetzt engagiert.«

Plötzlich fing der Sanfte Siegbert an zu röcheln, blutiger

Schaum quoll aus seinem Mund, die versteiften Muskeln lockerten sich, und er brach zusammen. Sein Kopf krampfte ruckartig hin und her, er nässte sich ein, sprechen konnte er nicht mehr. Alles in allem kein schöner Anblick.

Der Graf grinste. »Was geschieht mit ihm?«

»Ich vergaß zu erwähnen, dass die Nadel in seinem Nacken vergiftet ist. Es dauert eine Zeit lang, bis es wirkt.«

Vor allem, wenn kein Gegengift zur Hand ist, ging es Umbran durch den Kopf. Niemals hantierte er mit tödlichen Substanzen ohne ein heilendes Serum in der Nähe. Er dachte an die blaue Phiole, die er der Wache übergeben hatte.

Belustigt schickte der Graf die drei Soldaten wieder hinaus und betrachtete den Sterbenden. Ein letztes Zucken, ein letztes Gurgeln, dann hatte der Sanfte Siegbert es hinter sich.

»Ihr schuldet mir zweihundert Goldstücke«, stellte Umbran klar und kniff das blaue Auge zu. Das tat er oft, wenn es um die Bezahlung ging.

»Die und weitere zweihundert bekommt Ihr, wenn Ihr Brocken erledigt habt. Schließlich stellte dieser Auftrag hier«, der Graf zeigte auf den toten Siegbert, »keine richtige Herausforderung dar.«

»Verzeiht, doch diese Vorgehensweise verletzt meinen Geschäftskodex. Im Gegensatz zu anderen Auftragsmördern verlange ich keine Anzahlung, sondern kassiere erst nach Vollzug.« Umbran deutete auf die gekrümmte Leiche am Boden. »Und der da sieht ziemlich nach Vollzug aus. Wenn ich einen Auftrag annehme, spielt es keine Rolle, wie gefährlich das Opfer ist oder wie lange ich es suchen muss.

Siegbert war es auch gleichgültig.«

»Zweihundert Goldstücke.« Garsick pfiff durch die Zähne. »Eine erkleckliche Summe für das bisschen Arbeit. Wer sagt mir, dass Ihr Brocken anschließend tatsächlich jagt und beseitigt? Mit Eurem Reichtum könntet Ihr Euch stattdessen etliche Monate im Hurenhaus vergnügen.«

»Das hier ist mein Vergnügen. Ihr habt den Schatten gerufen, weil er der Beste ist. Weil er noch nie einen Auftrag angenommen und dann nicht zu Ende geführt hat. Weil er zuverlässig und aufrichtig ist.« Zum Zeichen seiner Treue und Rechtschaffenheit öffnete er sein blaues Auge wieder.

Der Graf spitzte die wulstigen Lippen. »Ihr versteht es zu verhandeln. Einverstanden. Ihr bekommt Euren Lohn für den ersten Auftrag sofort und macht Euch dann umgehend auf die Suche nach Brocken. Es heißt, er sei auf dem Weg nach Drachenbein. Doch sicher ist diese Information nicht.«

»Habt Ihr eine Ahnung, was ihn dorthin führt?«

»Nein. Ich kann mir zudem nicht erklären, warum der alte Söldner, der stets als Eigenbrötler galt, mit diesem Feldscher und dem anderen jungen Kerl unterwegs ist.«

Umbran zuckte mit den Schultern. »Nun denn, im Grunde spielt es keine Rolle. Für unser Geschäft ist lediglich sein baldiges Ableben entscheidend. Ihr erwähntet Brockens Begleiter – was mache ich mit den beiden? Sollen sie sein Schicksal teilen?«

Garsick überlegte. »Die interessieren mich nicht. Was würde es denn kosten, sie mit auf die Liste zu setzen?«

»Ihr kennt den Preis.«

»Wie bitte? Auch für die beiden namenlosen Handlanger

fordert Ihr zweihundert Goldstücke?«

»Jedes Leben ist gleichermaßen von Gott gegeben. Das ihrige ist nicht mehr oder weniger wert als das des alten Söldners. Mein Dasein habe ich der Gerechtigkeit verschrieben und halte es für unmoralisch, ein Leben über ein anderes zu stellen.«

Der schräge Blick des Grafen störte ihn nicht. Vermutlich wunderte der sich über den von Moral fabulierenden Auftragsmörder.

Doppelte Moral hält besser, dachte Umbran beseelt. Ihm war es egal, ob ihn die Leute verstanden.

Es dauerte einen Moment, bis der Graf entschied: »Beschränkt Eure Dienste allein auf Brocken. Natürlich könnt Ihr die beiden anderen ebenfalls beseitigen, doch Geld gebe ich Euch keins dafür. Die zweihundert Goldstücke für den da«, zum Abschied trat er dem Toten in die Seite, »wird mein Zahlmeister Euch gleich geben.«

Umbran atmete tief ein, als er auf seinem Pferd das Feldlager verließ. Eine frische Brise trug den Geruch des Waldes mit sich. Der Schatten jagte nun den legendären Brocken. Vor einigen Jahren war er ihm bereits begegnet, hatte ihn bei einem Zweikampf auf Leben und Tod beobachtet. Lange hatte es nicht gedauert, bis der alte Söldner seinen Gegner zerteilt hatte. Umbran war der glückselige Blick Brockens, als dieser zum tödlichen Schlag ausholte, noch bestens in Erinnerung. Ein brillanter Todbringer, genau wie er selbst. Der Schatten verzog den Mund zu einem freudlosen Grinsen.

Es ist so einfach. Ich finde und töte ihn, dachte er. Dann bin ich ganz allein der Herr des Todes.

Ein Teil der Berühmtheit des alten Söldners würde auf ihn übergehen, und er könnte für alle nachfolgenden Aufträge dreihundert Goldstücke verlangen. Nicht dass es eine entscheidende Rolle spielte – im Grunde war es ihm egal.

Die Enge

Vor lauter Empörung bekam Raffael kaum noch Luft. Die Ketten an seinen Füßen klirrten unfreundlich. Dicht umgeben von den Soldaten der Stadtwache wurden sie abgeführt, ohne dass sich die geringste Fluchtmöglichkeit bot.

Brocken! Er hatte ihr Versteck verraten und dafür gesorgt, dass sie verhaftet wurden. Nun besaß er endlich die Karte und hatte sich Wielands Rapier geschnappt. Der alte Schweinehund war tatsächlich noch skrupelloser, als der Gaukler es je für möglich gehalten hätte. Raffael beschloss, ihm beim nächsten Aufeinandertreffen die Augen auszukratzen und nie wieder ein Wort mit ihm zu reden. Wenn er überhaupt noch einmal die Gelegenheit dazu bekam.

Die Stadtwache marschierte samt Gefangenen durch das breite Nordtor vor die Stadt. Unter einer Eiche machten die Soldaten halt und ließen den leeren Käfig mit der offenen Tür herunter. Mit Hammer und Dorn lösten sie die Fußketten, dabei erwischte ein Schlag versehentlich Wielands Knöchel. Obwohl ihm das Blut in die Schuhe lief, verzog er keine Miene.

»Rein da!« Die Piken der Stadtwache gaben die Richtung

vor, und das hieß mitten zwischen die dicken Eisenstäbe. Als sie noch vor wenigen Stunden Einzug in Drachenbein gehalten hatten, war dieser Schandkäfig noch verwaist gewesen – jetzt war er es nicht mehr.

»Wie lange werden wir eingesperrt?«, fragte Raffael mit entsetztem Blick auf die Enge ihres neuen Zuhauses.

»Bis Stettmeister Munnheimer wieder Zeit für euch hat. Die Drachenbeiner Gerichtsbarkeit tagt jeden Donnerstag.«

Ohne einen Wimpernschlag lang nachzudenken, wusste Raffael, dass heute Freitag war. Er schluckte bitter – das hieße, eine Woche Schandkäfig, nur um auf die Strafe zu warten. In seinem bisherigen Leben hatte es hunderte Situationen gegeben, in denen Verhaftung und Kerker oder Käfig begründeter gewesen wären. Rächte sich nun die Vergangenheit? Sogar Wieland sah in diesem Moment wenig vergnügt aus. Konsterniert ließ er Kopf und Zopf hängen und runzelte die Stirn. Grobe Hände schubsten sie in den Käfig. Dann wurde die Gittertür zugeschlagen. Dem metallischen Klirren wohnte eine hässliche Endgültigkeit inne.

Der Hauptmann schob den Riegel vor und sicherte ihn mit einem schweren Vorhängeschloss. Den Schlüssel verstaute er sorgfältig an seinem Gürtel.

»Ihr werdet genug Zeit haben, darüber nachzudenken, ob es sinnvoll ist, der Drachenbeiner Stadtwache Widerstand zu leisten. Gebt euch Mühe, allen Neuankömmlingen ein warnendes Bespiel zu sein. So wie die Männer in den anderen Käfigen«, gackerte er gehässig.

An der dicken Kette wurde der Käfig hochgezogen, bis er

in Schulterhöhe der Wachsoldaten unter der Eiche baumelte.

Mit angezogenen Beinen saß Raffael dicht an Wieland gepresst. Die Gitterstäbe drückten sich in seinen Rücken, es war jetzt schon unbequem. Furcht kroch ihm ins Gemüt und ließ ihn schwindeln. Würden sie nun in diesem eisernen Gefängnis elendig verrotten? Seine Furcht schlug in Wut um, womit er sich etwas besser fühlte. Angst frisst die Seele, Wut lediglich den Verstand. Wieder vergiftete die Wurzel allen Übels seinen Geist. Bei der ersten Gelegenheit hatte Brocken sie ausgeliefert – ohne zu zögern, kaltblütig, wie es sich für einen Eisklotz gehörte. Vom allerersten Augenblick an hatte Raffael die tiefe Verderbtheit des Söldners gespürt und sich dennoch in dessen Gesellschaft begeben.

Die Soldaten zogen ab. Einige Städter spähten neugierig in den Käfig, sagten jedoch nichts.

Wieland machte als Erster den Mund auf. »Wenigstens hängen wir unter dem Baum im Schatten.«

Der Gaukler starrte ihn an, unfähig zu antworten. Er hatte den Gefährten in den letzten Wochen sehr liebgewonnen, rätselte jedoch immer noch, ob Wieland hoffnungslos naiv oder ein genialer Lebenskünstler war, den vor allem sein unerschütterlicher Optimismus nährte.

Eine Weile lang saßen sie nur da – ihre Hauptbeschäftigung in den nächsten Stunden, Tagen, Wochen. Nein, daran durfte er nicht denken. Ab und an blies eine Brise den Gestank von Urin, Kot und Verwesung aus dem anderen Käfig herüber. Voller Schrecken dachte Raffael an die beiden Gefangenen mit der Fünfzig auf der Schieferplatte. Unendlich langsam krepierten sie in ihrem eigenen Dreck. Obgleich nur noch wenig Leben in ihnen steckte, hatte keine Form von menschlicher Würde mehr Platz im Käfig.

»Bitte ein Stück Brot«, wehte es immer mal wieder herüber. Schwach und flehentlich, doch niemand hielt an. In- und außerhalb des engen Gefängnisses taten sich eine Fülle von menschlichen Abgründen auf.

Raffael schob seine Verzweiflung zur Seite. Jammern half mit Sicherheit nicht weiter. Im Augenblick waren keine Soldaten zu sehen. »Überprüfe die Stäbe an deiner Seite, Wieland. Vielleicht können wir einen lockern«, sagte Raffael und rüttelte mit beiden Händen an den dicken Eisenstangen in seiner Reichweite. Nichts bewegte sich, der Schmied hatte ganze Arbeit geleistet.

Wieland tat es ihm gleich und kam zu demselben Ergebnis. »Ohne Hilfe kommen wir hier niemals raus.«

»Ja, verflixt! Alle fest und massiv. Ich sehe mir mal die Gittertür an.« Der Gaukler verrenkte sich beinahe den Hals beim Inspizieren des Schlosses. Mit Müh und Not konnte er es erreichen, nur wie sollte er es ohne Werkzeug öffnen? Er betrachtete die Türkonstruktion. Dicke Metallplatten ober- und unterhalb der Scharniere verhinderten ein Aushängen der Käfigtür. Zu gut durchdacht und erprobt für eine Schwachstelle. Sie waren auf Gedeih und Verderb der Gnade des Stettmeisters ausgeliefert.

Kein Entkommen möglich – welche Optionen verblieben? Er musste sich also gedanklich auf eine Verhandlung vorbereiten. Mit Feingefühl und einer schlüssigen Argumentation würde er die Gerichtsbarkeit überzeugen, dass Wieland und er keine gefährlichen Gesetzesbrecher waren, die einer harten Strafe bedurften. Nur Ehrenmänner, die aufgrund eines Missverständnisses einer Dame zur Seite stehen wollten.

Eine Soldatenpatrouille marschierte vorbei, sie sahen nicht einmal herüber, zu sicher waren sie sich ihrer Gefangenen. Leider mit Recht.

Die Sonne verschwand hinter den Mauern der Stadt, nun drängte sich auch noch die Dämmerung in den Käfig.

»Hier, versteckt es gut«, flüsterte eine Stimme.

Raffael riss die Augen auf, sofort keimte Hoffnung in ihm. Das Gesicht der Trompeterin des Spielmannszuges tauchte vor ihnen auf, sie drückte einen Laib Brot durch die Gitterstäbe.

»Kannst du uns hier rausholen?«, flüsterte Raffael.

Verbittert schüttelte sie den Kopf. »Ohne Schlüssel oder schweres Werkzeug gehen diese Käfige niemals auf. Und jeder Befreiungsversuch führt umgehend zur Todesstrafe. Sie würden mich direkt hier an dem Baum neben euch aufknüpfen. Euch das Brot zu geben, brächte mir schon zwei Tage Pranger.« Mit vor Furcht geweiteten Augen sah sie sich um. »Ich heiße Mona. Was geschehen ist, tut mir leid, doch ich muss nun gehen, wir ziehen weiter. Bloß fort aus dieser schrecklichen Stadt.« Sie schluchzte. »Danke für Eure Hilfe.« Mit diesen Worten verschwand sie hinter der Eiche. Ihre Schritte verhallten in der Dunkelheit.

Seite an Seite saßen die beiden im Käfig. Raffael versteckte das Brot unter seinem weiten Wams. Er spürte Wielands Wärme und dessen Zuversicht, auch diese Situation glimpflich zu überstehen. Woher nahm sein Freund nur den

Optimismus, zumal sich im Moment alles gegen sie verschworen hatte. Ihnen waren sechs lange Tage bis zur Verhandlung in diesem Käfig sicher und danach vielleicht noch einmal fünfzig. Raffael wollte lieber nicht wissen, was den Männern in den anderen Käfigen vorgeworfen wurde. Wie es wohl Diego und Borsti erging? Was geschah mit dem Karren und seinem Hab und Gut im Seesack? Die Karte war verloren, die hatte sich dieser Verräter unter den Nagel gerissen. Wie konnte ein einzelner Mensch nur so mies und verdorben sein? Sicherlich hatte er es von Anfang an so im Schilde geführt. Die Gitterstäbe drückten ins Fleisch, die Sorgen aufs Gemüt.

Irgendwann in der Nacht schlugen die Erschöpfung des langen Tages und die Dunkelheit über ihm zusammen, und er fiel in einen unruhigen Schlaf.

Äußerst verhalten tauchte die Sonne hinter dem Horizont auf, so als überlegte sie noch, ob sie überhaupt aufgehen sollte. Raffael hätte es ihr nicht verübelt, wenn sie darauf verzichtete, zumal er wenig Wert darauf legte, dass sie ihr Licht auf die ausweglose Situation im Käfig warf. Wieland neben ihm schlief noch.

In der Ferne öffneten sich die Flügel des Stadttores mit lautem Ächzen. Das Leben in Drachenbein erwachte. Raffael schloss die Augen, er wollte sein eigenes Elend nicht mitansehen, jedenfalls noch nicht.

»Georg! Was machst du denn hier?« Wieland sah ihn verwundert an.

Raffael brauchte einen Moment. »Sag nicht, du hast alles

wieder vergessen! Ich … ich weiß gar nicht, wie ich dir den ganzen Mist erklären soll.«

»Zeit haben wir doch genug – zumindest bis zu Munnheimers Gerichtsbarkeit nächste Woche Donnerstag«, meinte sein Freund.

Raffael spitzte die Lippen. »Du weißt also doch noch alles. Kein Wunder, tiefer Schlaf ist bei der Verrenkung kaum möglich. Du hast mich reingelegt.«

Mit schelmischem Grinsen erwiderte Wieland: »Ach was, es ist mir nur gerade wieder eingefallen.«

Der Gaukler konnte es kaum glauben. »Wie … wie kannst du in unserer Situation noch Scherze machen?«

»Die Lage ist schon ernst genug. Es hilft nicht zu verzagen.« Wieland reckte sich, indem er Arme und Beine durch die Gitterstäbe schob.

Eine Weile schwiegen sie. Raffael vergrub sein Gesicht in den Händen.

Die Vögel begannen mit ihrem Gezwitscher, der Wind rauschte in den Blättern der Eiche, Hufgetrampel näherte sich. Das Klappern auf den Pflastersteinen kam ihm irgendwie vertraut vor. Unwillig hob er den Kopf und linste durch Wimpern und Finger. Nein! Doch! Ein alter Pferdekarren näherte sich. Breitbeinig auf dem Bock saß eine riesige Gestalt und hielt die Zügel in der Hand.

»Schneller, Diego!«, rief er und ließ die Leinen auf die Kruppe klatschen, ohne die beiden Gefangenen eines Blickes zu würdigen. Hinten angebunden, folgte Gaul.

Schon hatte das Gefährt die Höhe des Käfigs erreicht.

»Brocken, du … du …«, krächzte Raffael und wollte ihn

unter einem Berg allerschlimmster Schimpfwörter begraben, nur fiel ihm in diesem Augenblick keines ein. »Du … Söldner!«

Wieland neben ihm wunderte sich. »Diego ist ganz schön schnell, wenn er will.«

»Bleib gefälligst stehen, du Verräter!«, zischte Raffael Brocken zu.

Der Beschimpfte dachte gar nicht daran. Unbeeindruckt fuhr er vorbei, ohne auch nur den Kopf zu drehen.

»Brocken!«, piepste Raffael, mehr ging nicht. Dann flüsterte er gleichermaßen entsetzt wie erschüttert: »Der lässt uns hier verrotten.«

»Ach was!«, meinte Wieland.

Gerade als Raffael überlegte, wie viel Pest, Pocken und Beulen er dem miesen Kerl an den Hals wünschte, hielt der Pferdekarren an. Raffael reckte den Hals und konnte gerade noch Diegos angelegte Ohren sehen.

»Blöde Schindmähre,« polterte Brocken.

Raffael vergaß zu atmen. Würde der Mistkerl das treue Pferd nun peitschen, damit es weiterfuhr? Allein die Vorstellung quälte ihn weitaus mehr als eine Woche in dem engen Käfig.

Der alte Söldner ließ die Leinen los, stieg vom Bock und marschierte die paar Schritte zum Käfig zurück. »Ich sehe, ihr habt es euch bequem gemacht«, begrüßte er seine ehemaligen Weggefährten.

Der Gaukler schnappte nach Luft. »Warum hast du uns der Stadtwache ausgeliefert, du treuloser, moralloser, hirnloser …«

»Guten Morgen, Brocken. Schön, dass du uns hier rausholst«, unterbrach ihn Wieland.

»So, so! Verrate mir nur, wie. Einen Schlüssel habe ich nicht. Am besten, du fragst deinen schmalhansigen Kumpel. Der weiß ja immer alles besser. Einem Kerl mit seiner Erfahrung und Intelligenz wird schon etwas einfallen.«

»Hau bloß ab, wir brauchen dich nicht! Aber lass Diego, Borsti und meinen Karren stehen, sonst … sonst…« Wütend rüttelte Raffael mit beiden Händen an den Gitterstäben.

»*Um*sonst, meinst du wohl – all die Aufregung. Spar dir die Kräfte für die nächsten Tage im Käfig.« Der alte Söldner verschränkte die Arme vor der breiten Brust und setzte einen fiesen Gesichtsausdruck auf. Nein, eigentlich hatte er immer einen fiesen Gesichtsausdruck. Dann sagte er: »Wieder einmal verkennst du die Lage. Diego, Borsti und den Karren brauchst du nicht mehr. Aber keine Sorge, ich kümmere mich um den Gaul und bringe ihm das Rennen bei.«

»Wir haben unsere Lektion gelernt. Jetzt lass gut sein und hol uns hier raus«, forderte Wieland in einem Ton, den Raffael noch nie von ihm gehört hatte. Wenn es noch eines Beweises bedurfte, dann hatte er ihn gerade geliefert. Sein Freund war tatsächlich hoffnungslos naiv und hatte jeden Bezug zur Realität verloren.

»Ach was, ihr gefallt mir gut in dem Käfig. Wenn ich mit Aglaja fertig bin, sehe ich vielleicht mal nach euch.« Er drehte sich um und ging zum Karren zurück.

»Selbst du kannst doch nicht so herzlos sein, Brocken! Besorge uns wenigstens eine Eisensäge oder irgendetwas, das uns hilft.« Verzweifelt rüttelte Raffael an den Gitterstäben.

»Nein, nein, nachher macht ihr noch den schönen Käfig kaputt. Das kommt nicht infrage«, brummelte der alte Söldner. Ohne sich noch einmal umzudrehen, stieg er auf den Bock und fuhr los.

Gerade als Raffael so laut und so lang brüllen wollte, wie er konnte, marschierte eine Patrouille der Stadtwache vorbei. Sein Verstand sagte ihm rechtzeitig, dass es unsinnig war, sie zu reizen, daher schluckte er seinen Schrei hinunter und verhielt sich ruhig.

Die Soldaten schauten kurz zu den beiden Käfigen herüber, während sie ihre Runde fortsetzten.

»Was sagst du nun zu deinem tollen Kotzbrocki?«, flüsterte Raffael. »Wenn Diego nicht angehalten hätte, wäre er ohne Federlesen einfach weitergefahren. Wir sind dem völlig egal.«

Wieland kratzte sich am Hals, dabei steckte er den Zeigefinger durch seinen Ohrring. »So sieht es im Augenblick aus, doch warten wir ab.«

Na toll, der hat es immer noch nicht kapiert – was auch sonst, dachte der Gaukler.

Hufgetrampel näherte sich, diesmal von der anderen Seite. Das Klappern auf den Pflastersteinen kam ihm irgendwie vertraut vor. Der Karren fuhr einmal um die Eiche herum und hielt hinter dem Käfig an. Brocken sprang vom Wagen und führte Diego mit beruhigenden Worten ein paar Schritte nach hinten, bis die Ladefläche genau unter dem Käfig stand. In aller Ruhe hob der Söldner den mächtigen Zweihänder an, stellte sich auf den Bock und holte aus.

Raffael blieb die Luft weg. Er war tatsächlich zurückgekehrt. Und nun? Der Käfig hing an einer dicken Stahlkette, deren einzelne Glieder so groß waren wie seine Hände. Wollte Brocken etwa diese Aufhängung mit dem Bidenhänder durchtrennen? Ein sinnloses Unterfangen, so viel war sicher – zumal unter Zeitdruck, denn die Wachsoldaten konnten jeden Moment wiederauftauchen. Kein Wort brachte Raffael heraus. Stummes Staunen. Auch Wieland hielt die Luft an. Egal was auch geschah, es geschah. Hier und jetzt.

Sehen konnte Raffael es nicht, nur hören. Mit einem mächtigen Hieb grub sich das Schwert in das Holz des Astes genau über ihm. Und noch einmal. Brocken schnaubte leise. Seine langen, muskulösen Arme holten hinter dem Kopf zum dritten Schlag aus. Mit brachialer Kraft schwang die Klinge durch die Luft, und mit ohrenbetäubendem Lärm rasselte die schwere Kette auf das Blech des Käfigdaches. Ein einziges Scheppern, Bersten und Rasseln. Der Käfig fiel zwei Handbreit nach unten, bis er auf die Ladefläche des Pferdekarrens krachte, sodass Raffael und Wieland kräftig durchgeschüttelt wurden. Direkt neben dem Wagen rauschte der abgeschlagene Ast der Eiche auf den Boden. Nein, der alte Söldner war definitiv kein Mann der leisen Töne, doch er hatte maßgenaue Arbeit geleistet, denn der herabstürzende Teil der Eiche hätte das Gefährt zertrümmern können. Diego erschreckte sich, blieb jedoch tapfer stehen. Bevor Raffael etwas sagen konnte, saß Brocken bereits wieder auf dem Bock. »Wir sollten schleunigst von hier verschwinden.«

Der Wagen setzte sich in Bewegung. Sie fuhren dicht am

anderen Käfig vorbei. Der überraschende Lärm hatte die Lebensgeister der beiden Gefangenen geweckt. Ungläubig glotzten sie durch die Gitterstäbe. Raffael streckte den beiden Gefangenen mit langem Arm das Brot entgegen. »Hier, nehmt!«

Mit zittriger Hand ergriff einer der Männer den Laib. Er röchelte etwas, es klang wie 'Habt Dank'. Mehr konnte der Gaukler nicht tun, vielleicht würden die beiden die fünfzig Tage Käfig überstehen.

Rufe ertönten in der Ferne, die Patrouille rückte an. Zum Glück waren die Soldaten immer zu Fuß unterwegs.

Mit lauter Stimme rief Raffael: »Lauf, Diego, lauf!«

Und das Pferd lief los. Nein, es stürzte los. Es trabte in einer Geschwindigkeit, in der andere Tiere galoppierten. Diego wusste offenbar genau, was die Stunde geschlagen hatte. Sie rasten in Richtung Sonne, die inzwischen beschlossen hatte aufzugehen.

Ein Wunder war geschehen. Zwar steckten Wieland und Raffael noch immer in diesem Dreckskäfig, doch sie hingen nicht mehr unter dem Baum, sondern hoppelten auf dem Pferdekarren in Richtung Freiheit. Tapfer trabte Diego weiter, Brocken musste ihn nicht anspornen, das Pferd wusste genau, wann es drauf ankam. Das zu ziehende Gewicht des Karrens war enorm, allein der Käfig wog bestimmt so viel wie die drei Menschen zusammen.

Nachdem sie sich ein gutes Stück in Sicherheit gebracht hatten, fuhr Brocken langsamer.

»Du bist zurückgekommen«, sagte Raffael tonlos.

»Glaub nicht, wegen euch. Mir ging es nur darum, dem

arroganten Munnheimer den Käfig zu klauen. Ich hätte mir auch den anderen aussuchen können«, grantelte Brocken. Aufmerksam spähte er in alle Richtungen.

»Werden sie uns verfolgen?«

»Schwer zu sagen, Schmalhans. Wegen euch beiden Nichtsnutzen reitet niemand hinter uns her, solange ihr der Stadt fernbleibt. Doch Munnheimer wird sich über das Verschwinden seines schwebenden Gefängnisses ärgern.«

Täuschte sich Raffael oder schwang ein wenig … Lebenslust in Brockens Stimme mit?

»Hihi«, machte Wieland. »Das hat bestimmt noch niemand gewagt.«

»Ho, kurze Pause, Diego«, rief der alte Söldner. Als der Karren angehalten hatte, schwang er sich nach hinten und breitete das Öltuch über dem Käfig aus. »Da habe ich ja zwei schöne Früchtchen vom Baum gepflückt. Die Elster und der Dompfaff auf Reisen – macht es euch gemütlich. Aber haltet am besten den Mund, dann komme ich nicht an jeder Ecke in Erklärungsnot.«

»Bring uns zu einem Schmied, der uns hier rausholen kann«, meinte Raffael.

»Es ist noch ein ziemliches Stück des Weges bis zum nächsten Dorf. Also Ruhe jetzt.«

Raffael schwieg. Im abgedunkelten Käfig sah er nur die Umrisse von Wielands Kopf. Brocken hatte sie tatsächlich befreit, oder vielmehr den Käfig.

Sie wackelten eine Weile vor sich hin. Plötzlich fragte eine fremde Stimme: »Grüße! Was habt Ihr denn da hinten auf Eurem Karren?«

»Eine Elster und einen Dompfaff in einem Käfig«, hörte er Brocken antworten.

»Schon gut, man wird ja noch mal fragen dürfen«, meinte die Stimme beleidigt.

»Kann man, doch es geht dich einen Scheiß an.«

Daraufhin schwieg der Fremde.

Der gute Zustand der Straße ermöglichte es Diego, das schwere Gefährt den halben Tag lang hinter sich herzuziehen, doch allmählich wurde es Zeit für eine Rast. Nicht nur für das Tier – Raffaels Blase drückte. »Brocken, ich muss mal pinkeln«, rief er.

»Bis nächsten Donnerstag müsst ihr im Käfig bleiben, Strafe muss sein. Also benutz den Abort.«

»Welchen Abort?«

»Such dir eine Ecke aus oder steck den Schwanz durchs Gitter.«

»Idiot. Hol uns hier raus – egal wie!«

»Weit und breit kein Schmied in Sicht, nicht mal ein Dorf«, grummelte es von vorn.

»Verflixt!«, fluchte der Gaukler. Allein der Gedanke ekelte ihn – musste er nun in die Hose pinkeln?

Wenig später hielt der Karren an. Mit einem Ruck zog Brocken das Öltuch vom Käfig und fummelte an dem klobigen Vorhängeschloss herum. »Hm, das kriegen wir ohne Schlüssel nicht so schnell auf.«

Raffael sah sich um. Weit und breit kein Haus, geschweige denn eine Schmiede zu sehen. Stattdessen standen sie einsam mitten auf einem Feld zwischen zwei Hecken. Ihm blieb die Spucke weg. »Wie? Was? Und nun?«

»So groß bist du doch nicht. Stell dich hin und pinkel durchs Gitter.«

»Ich will aber nicht.«

»Kannst du nicht, wenn andere zusehen?«

»Das nicht.« Jetzt kam er wahrlich in die Bredouille. Seine Blase wurde immer größer, sein Handlungsspielraum immer kleiner.

»Willst du es ihm vormachen, Bimsbirne?«

»Nee, muss nicht«, meinte Wieland.

»Hol uns doch irgendwie hier raus. Bitte, versuche es wenigstens«, flehte Raffael.

»*Versuchen* ist ein Wort für Schwachköpfe wie dich, Schmalhans«, knurrte der alte Söldner. »Ich versuche es nicht! Ich tue es!«

Die Hoffnung ob der letzten Worte wollte sich bei Raffael nicht so richtig breitmachen, dafür war der Käfig auch zu eng. »Und … und wie? Hast du etwa einen speziellen Dietrich? Vielleicht bekomme ich das Schloss damit auf.«

Brocken rümpfte die Nase. »Nein, ich besitze nichts dergleichen. Ich muss keine Türen knacken, ich trete sie ein. Ich muss nichts klauen, ich nehme es mir einfach. Und nun hole ich euch raus.«

Wollte der Eisklotz sie lediglich mit leeren Versprechen ärgern?

Brocken kreiste mit den Schultern. Dann umfasste er zwei der dicken Eisenstäbe und spannte die Oberarme an.

Gute Güte. Was sollte denn dieser alberne Versuch? Bisher hatte sich lediglich Wieland mit einer gewissen

Naivität hervorgetan, Brocken noch nie. War der alte Mann so wirr im Kopf zu glauben, er könne den massiven Stahl allein durch Muskelkraft biegen?

Der Harndrang wurde unerträglich – wenn der Gaukler genug Platz im Käfig hätte, würde er nun von einem Bein aufs andere hüpfen.

Brocken hielt die dicken Eisenstangen immer noch fest. Seine Wangenknochen traten vor, er biss die Zähne aufeinander. Die Handknöchelchen seiner beiden riesigen Fäuste wurden weiß. Langsam bewegten sie sich auseinander. Es dauerte drei Herzschläge, dann ließ der alte Söldner die Stäbe los und trat zurück. Ungläubig starrte Raffael auf die ovale Lücke zwischen dem gebogenen Stahl, groß genug, um durchzuschlüpfen. Was für übermenschliche Kräfte! Diese Pranken konnten einen Oberarm wie eine überreife Birne zermanschen.

»Wie … wie hast du das geschafft?«

»Früher war ich jung und stark. Heute bin ich nur noch stark«, erklärte Brocken. »Die Öffnung sollte für dich reichen, Bimsbirne. Für Schmalhans mit Sicherheit, der hätte sich auch vorher schon durchs Gitter quetschen können, war jedoch zu blöd, es zu bemerken.«

Wieland zwängte sich als Erster durchs Loch. »Danke, Brocken«, sagte er knapp.

Nun kletterte der Gaukler hinterher, wobei es sich eigentlich mehr um ein Kriechen mit anschließendem Hinunterplumpsen von der Ladefläche handelte. Seine Beine gaben nach, sodass er stöhnend umfiel. Sein verrenkter, gestauchter Körper musste sich erst an die neuen Freiheiten gewöhnen.

»Du hast dich doch die ganze Zeit ausgeruht, also stell dich nicht so an«, murrte Brocken.

Raffael benötigte alle Luft, die er kriegen konnte, um sich aufzurappeln. Seine Beine kribbelten. Er zog sich am Karren hoch. »Das Gitter hättest du schon vor ein paar Stunden aufbiegen können, Brocken«, grollte er, so tief er konnte.

»Stimmt, aber so hatte ich fast einen ganzen Tag lang Ruhe«, erklärte der alte Söldner. »Ich habe es genossen.«

»Du bist der widerlichste, gemeinste …«

»Wolltest du nicht in die Büsche?«

Raffael schluckte alles andere hinunter und verschwand schleunigst hinter der Hecke. Brocken hatte sie befreit, da biss die Maus keinen Faden ab. Und er hatte sie ordentlich schmoren lassen. Zwischen all der Wut empfand Raffael vor allem Dankbarkeit. Nachdem er sich erleichtert hatte, ging er zu Diego und streichelte und klopfte ihn. »Guter Junge! Nachher kümmere ich mich um dich.« Dann betrachtete er die Ladefläche. Rechts vom Käfig lagen Bogen, Köcher, Schwerter und andere Waffen von Brocken. Dahinter entdeckte er den Seesack mit Borstis Glas. Fühlte er Wut, Erleichterung, Freude? Er wusste es nicht. Seine Augen wurden feucht. Schnell wischte er sich mit dem Ärmel übers Gesicht.

Wieland stand neben ihm und rieb sich mit beiden Händen kräftig die Glieder. »Lass uns den hässlichen Käfig loswerden«, sagte er nur.

Zu dritt schoben sie das ehemalige Gefängnis vom Karren. Raffael warf einen letzten verächtlichen Blick darauf, bevor er neben Wieland auf die Ladefläche kletterte.

Brocken setzte sich auf den Bock und schnalzte. »Wir fahren nur noch ein kurzes Stück weiter. In der Nähe gibt es einen guten Lagerplatz direkt an einem Bach.«

Es dauerte eine Weile, bis Raffael seine Gedanken und Gefühle sortiert hatte und wieder des Sprechens mächtig war. »Wieso lieferst du uns erst ans Messer und holst uns dann aus dem Käfig?«

»Wieso, wieso? Wieso musst du jedem Scheiß auf den Grund gehen und ihn dabei dreimal umdrehen, riechen und schmecken?«, grunzte Brocken.

»Ich will es begreifen und …« Raffael bemerkte, wie dünn seine Stimme klang. Im Grunde wollte er den Söldner begreifen, denn der alte Mann blieb ihm ein Rätsel.

Ausgerechnet Wieland erklärte in lockerem Plauderton: »Brocki hat damit gerechnet, dass sie uns in den leeren Käfig vor der Stadt stecken. Dort musste er uns nur noch einsammeln. Eine geniale Möglichkeit, uns unbeschadet aus der Bibliothek und aus der Stadt hinauszubekommen.«

»Stimmt das, Brocken?«, fragte Raffael leise.

»Blödsinn! Bimsbirne hat keine Ahnung. Ihr hattet nur Glück, dass die Spur zum Tal der Hexe wieder zurück nach Norden führt. Wenn ich durch das Südtor hätte fahren müssen, wäre ich nicht bei euch vorbeigekommen. Und sag ihm, dass er mich nicht Brocki nennen soll, sonst teile ich es ihm mit.« Er streckte seine riesige Hand in die Höhe und ballte sie zu einer riesigen Faust.

»Das ist seine Art zu sagen, dass ich den Nagel auf den Kopf getroffen habe«, grinste Wieland.

»Blödsinn! Der dämliche Gaul hat einfach angehalten. Ansonsten würdet ihr noch immer unter der Eiche im Käfig kuscheln«, brummte es von vorne.

»Und hier liegt ja auch mein Rapier. Gut, dass du es an dich genommen hast, sonst hätte die Stadtwache es nun in ihrem Besitz.« Wieland schnallte sich seine geliebte Waffe um. »Danke, Brocki.«

Vorne schnaubte es. Schwer zu sagen, ob es von Diego oder dem alten Söldner kam. Raffael konnte es immer noch nicht glauben, dass der alte Griesgram und Verräter auf einmal der Held sein sollte. Er griff nach dem großen Glas und sah nach Borsti. Der Wurm rekelte genüsslich alle Glieder, und davon besaß er eine ganze Menge.

»Hört zu! Wir fahren gen Osten. Ich muss diesen Magus des Wortes finden. Laut Marrandor kann der uns mit der Bedeutung der Schriftzeichen auf Schwert und Karte weiterhelfen«, erklärte der alte Söldner.

Ungläubig schaute der Gaukler zwischen Brockens breitem Rücken und Wielands breitem Grinsen hin und her. Noch vor wenigen Atemzügen hatten sie in einem Schandkäfig gehockt, mit höchst zweifelhafter Zukunft, und nun war im wahrsten Sinne des Wortes auf einen Schlag alles wieder wie früher. Was für ein Erlebnis! Der Gaukler hob den Kopf und sah nach hinten. »Besteht die Gefahr, dass die Stadtwache uns verfolgt?«

»Nein, die interessiert sich nicht dafür, was außerhalb von Drachenbein geschieht. Ihr solltet euch nur gut überlegen, ob ihr jemals dorthin zurückkehrt.«

Der Entschluss war längst gefällt. Nie wieder wollte

Raffael in diese grässliche Stadt reisen. Weder in den Ost- noch in den Westteil.

»Was ist mit der Karte?«

»Was soll damit sein?«

»Wo ist sie?«

»Dir geht es immer nur um die blöde Karte«, quengelte der Söldner und imitierte dabei Raffaels Tonfall.

Der beschloss, sich nicht zu ärgern. »Das war keine Antwort auf meine Frage, Bruder Brocki.«

Ein unwilliges Brummen ertönte: »Liegt im Geheimfach.«

Mit gemischten Gefühlen saß Raffael dort, wo sonst der Söldner seinen Platz hatte. Er benötigte Zeit, um über die Geschehnisse nachzudenken. Hatte er dem grantigen Söldnersack Unrecht getan? Er konnte es sich nicht eingestehen, weil er es beim besten Willen nicht wusste. Er drehte den Kopf und betrachtete Brockens breiten Rücken. Verflixt, wie er es auch drehte und wendete, der Eisklotz hatte ihm zum wiederholten Mal aus der Patsche geholfen. Als er sich Munnheimers dämliches Gesicht vorstellte, wenn der bemerkte, dass die Gefangenen nicht nur entflohen waren, sondern auch noch ihr Gefängnis mitgenommen hatten, verbesserte sich seine Laune.

In gemütlichem Schritt ging es weiter, bis sie an eine Kreuzung gelangten. Dort nahmen sie den Weg nach Osten, der sich durch einige brachliegende Felder schlängelte. Am frühen Abend erreichten sie einen Bach, der von einigen Buchen gesäumt wurde.

»Nachtlager!« Brocken verlor nicht viele Worte.

Ein schöner Platz, friedlich und erhaben, dachte Raffael.

Allerdings nicht für jedermann. Wieland schwelgte schon wieder im Kampf. »Brocken, trainieren wir gleich noch? Im Käfig konnte ich schlecht üben.«

»Hör mal, Bimsbirne. An sich mag ich deinen Eifer ja, doch was nützt es, wenn ich dich unterrichte und du das Erlernte bei der nächsten Gelegenheit wieder verpennst?«

Wieland zog an seinem Zopf. »Ich hoffe, das passiert nicht. Ich habe schon den Eindruck, dass sich meine Koordination stetig verbessert.«

»Das reicht nicht. Du musst lernen, gemeiner zu kämpfen. Zynischer und gemeiner!«

»Wie meinst du das?«

»Attackiere deinen Gegner von hinten, wirf ihm Erde in die Augen, spucke ihn an, sorge dafür, dass er die Nerven verliert. Vermeide tunlichst alles Ehrenhafte und Ehrenvolle. Wenn du dich hinterher richtig mies und schlecht fühlst, hast du alles richtig gemacht.« Brocken drehte sich zu Wieland und sah ihm in die Augen. »Weil du dich noch mies und schlecht fühlen kannst, während dein Feind beginnt, in seinen Fäkalien zu verrotten.«

Wieland begriff.

Raffael auch. Entzückend. Dieser alte Söldner war Gift und Gegenmittel in einem – und verflucht alt damit geworden.

Der schöne Morgen

Innig streichelte Raffael die Blesse seines Pferdes. »Ich bin froh, dass du wohlauf bist und ich bei dir sein kann, alter Freund. Danke, dass du beim Käfig angehalten hast, vermutlich wäre es sonst anders gekommen.«

Diego wieherte mit breiter Brust und stupste ihn mit seinem großen Kopf tröstlich an die Schulter. Ein klares Zeichen, dass er ihn verstanden hatte. Der Gaukler nahm sich alle Zeit beim Striegeln. Es tat gut, einen Moment mit dem Pferd allein zu sein, zumal es ihm durch seine sanfte, geduldige Art half, seine Gedanken zu sortieren.

Die weitausladenden Äste der Buche, unter der die Gefährten ihr Nachtlager aufgeschlagen hatten, reichten bis zum Pferdekarren. Menschen mochten ein Dach über dem Kopf, auch wenn es nur aus Blättern bestand. Der Gaukler verspürte einen Anflug von Geborgenheit. Woher dieses Gefühl kam, wusste er selbst nicht so genau. Lag es an seinen Gefährten? Was Wieland anging, gab es dazu ein klares Ja, doch dem alten Grantler war nicht zu trauen. Oder lag es an der Mission, die Raffael zu erfüllen gedachte? *Folge dem Stern, es wird sich lohnen, glaube mir. Das ist … deine Bestimmung.* So lauteten Krims' letzte Worte. Und genau dieser Stern war auf Aglajas Karte abgebildet. Und noch etwas hatte Krims gesagt, bevor er starb. *Ich kenne dein Geheimnis. Es ist gut.* Sein alter Freund hatte gewusst, dass Raffael eine Frau war. Das machte seine Botschaft noch mächtiger.

Mit einem Klaps verabschiedete er sich von Diego für die Nacht und kümmerte sich um seinen anderen tierischen Begleiter – ein weiteres Erbe des alten Krämers. Er öffnete das Glas, holte vorsichtig den Wurm heraus und setzte ihn auf einen Hügel aus weicher Erde. »Bohre dich aber nicht zu tief rein, Borsti, hörst du? Nicht dass du dich verläufst … äh … verkriechst oder dich ein Maulwurf oder ein anderes fieses Raubtier erwischt. In der Zwischenzeit bekommt dein Zuhause frische Erde und Blätter.«

Zur Antwort reckte und streckte sich der Wurm zu voller Länge, um dann einen Kopfstand im Boden vorzuführen.

»Angeber!«, kommentierte Raffael die Leibesübungen.

Brocken kam hinter einem Busch hervor und nestelte seine Hose zu. »Du merkst schon noch, dass du mit einem dämlichen Wurm redest?«

»Wurm ist richtig, dämlich ist falsch. Borsti ist ein äußerst schlaues Tier.«

»Woran erkennst du das?«

Raffael dachte: Kein anderer Wurm kann so gut zuhören, ist so treu, kriecht im richtigen Moment aus dem Ärmel und lässt sich so elegant aus der Nase anderer Leute ziehen.

Doch vor dem alten Grantler musste er sich nicht rechtfertigen. »Das geht dich eine feuchte Bohne an.«

»Aha!« Brocken mahlte mit dem Unterkiefer. »Bist du sicher, dass das so heißt?«

»Ganz sicher«, bekräftigte Raffael.

»Dann ist ja gut«, meinte Brocken.

Zehn Schritte weiter saß Wieland mit übereinander geschlagenen Beinen auf der Erde und putzte und schliff emsig an seinem Rapier herum. Das tat er oft und gerne. Kein Wunder, dass die Klinge so schmal und dünn aussah. Es schien, als sei er tief in Gedanken versunken, doch plötzlich warf er mit einer entschlossenen Handbewegung seinen Zopf über die Schulter zurück und fragte: »Also Brocki, habe ich das richtig verstanden? Du hast im Saal der Geographie auch keinen brauchbaren Hinweis auf das Tal der Hexe gefunden. Es könnte demnach weiterhin überall und nirgendwo sein.«

Stummes Nicken.

»Und nun hoffen wir, dass die Zeilen auf der Karte Aufschluss bringen – uns bestenfalls sogar verraten, wo sich Aglajas Aufenthaltsort befindet. Da keiner von uns der Sprache mächtig ist, suchen wir nun diesen Magus des Wortes, damit er es übersetzt.«

»Ganz schön helle für eine Bimsbirne – so ist es«, entgegnete der alte Söldner. »Ihr habt es selbst von Marrandor gehört: Tudor heißt der Gelehrte und verdingt sich während des Kriegszuges gegen Herzog Brandmark als Schreiber von Graf Dunkelberg.«

Mit sparsamer Begeisterung stellte Raffael fest: »Demnach ziehen auch wir in die Schlacht.«

»Du kannst dich jederzeit verziehen«, sagte Brocken. Es klang nach einem Vorschlag.

»Nein, denn genau wie du beabsichtige auch ich, dieses

Tal zu finden«, antwortete der Gaukler ruhig. »Aber natürlich steht es dir frei, deiner Wege zu gehen. Wer weiß, vielleicht treffen wir uns eines Tages am Ziel.«

Brocken setzte wieder seinen Gletscherblick auf und holte zu einer frostigen Antwort aus.

Doch bevor es dazu kam, sprang Wieland auf und fragte: »Wollen wir trainieren?« Er wirbelte sein Rapier durch die Luft, dass es nur so pfiff und zischte.

Ein kurzes Stutzen, doch dann antwortete der alte Söldner: »Einverstanden. Immerhin bist du Linkshänder, das macht es für mich etwas herausfordernder.« Er ging zum Pferdekarren und kam schwer beladen zurück. »Such dir die Waffe aus, die dein Leben beenden wird: Schwert, Zweihänder, Morgenstern.«

»Och, das ist mir gleich.« Wieland lächelte.

Ungläubig schaute Raffael auf das Arsenal an Tötungswerkzeugen. »Wie viele Waffen brauchst du denn noch?«

»Nur noch eine weitere, Schmalhans«, erklärte Brocken und ließ den Morgenstern genüsslich in seiner rechten Hand kreisen. »Der riecht ganz frisch und hat noch kein Blut geschmeckt. Lass uns damit beginnen, Bimsbirne. Wenn ich dir mit dem auf den Schädel klopfe, kann selbst unser Schmalhans nichts mehr für dich tun.«

»Dafür musst du mich erst treffen.«

»Kein Problem, Bimsbirne. Du bist nur gut im Verlieren.«

Warum bleiben Männer immer Kinder?, fragte sich Raffael, verkniff sich jedoch wohlweislich jeden Kommentar.

Die beiden gingen in Stellung. Der alte Hüne mit dem dornenbespickten Prügel und der junge Schlaks mit seinem grazilen Rapier. Wenn die beiden in blutigem Ernst aufeinanderträfen, konnte der Kampf nicht lange dauern, denn ein Treffer mit der Stachelkeule beendete jedes Leben. Verfehlte diese aber ihr Ziel, würde sich das flinke Rapier umgehend in den Leib des Gegners bohren. Nun ging es los. Brocken schlug zu wie ein Erdbeben, und Wieland bewegte sich wie ein Wiesel. Egal, aus welcher Richtung Brocken zum Schlag ansetzte, stets duckte, sprang, bewegte sich Wieland bereits in die andere Richtung. Natürlich war Letzterem klar, dass er die urgewaltigen Schläge mit seiner Waffe nicht parieren konnte, somit konzentrierte er sich auf das Ausweichen und den Gegenangriff.

Glücklicherweise übten die beiden nur, sodass sie weder die volle Kraft noch die volle Geschwindigkeit in ihre Aktionen legten. Trotz Raffaels ablehnender Haltung gegenüber Gefechten faszinierten ihn die beiden Kämpfer. Mit offenem Mund verfolgte er die schnelle Abfolge von Angriffen, Finten und Manövern. Sie spielten ein Spiel, dessen Regeln beide perfekt beherrschten. Brocken holte mit der Stachelkeule zum Schlag aus, Wieland wich aus und setzte seinerseits zum Angriff an. Wider Erwarten agierte der alte Söldner beweglicher, als Raffael es je für möglich gehalten hätte, sodass die Klinge des Rapiers Brocken entweder verfehlte oder er sie mit seiner Waffe parierte. Schon schwang die Keule erneut auf Wielands Kopf zu. Der bückte sich und versuchte mit Ausfallschritt und langem Arm, Brockens Brust zu erwischen. Als hätten es die beiden vorher abgesprochen, drehte sich der Söldner im selben Augenblick zur Seite, sodass Wielands Stich nur Luft erwischte.

Eine ganze Weile ging es hin und her, die Bewegungen wurden sogar noch flinker und fließender. Raffael hatte keine Ahnung, ob einer von beiden die Oberhand gewonnen hatte, als sie plötzlich innehielten.

Schwer atmend standen sie sich gegenüber.

Wieland verbeugte sich. »Es war mir ein Vergnügen, alter Mann. Ich kann noch einiges von dir lernen.«

»Ein guter Kampf. Du kleiner Stinker erahnst nicht nur meinen nächsten Schlag, sondern auch den darauffolgenden«, fluchte Brocken.

Dann veränderten sich seine Falten. Manche glätteten sich ein wenig, sodass sie beinahe verschwanden, dafür kamen andere neu hinzu. Raffael biss vor Überraschung die Zähne zusammen. Sah er im Gesicht des alten Söldners etwa den Anflug eines Lächelns? Bevor er genauer hinschauen konnte, drehte der Hüne ihm den Rücken zu, hob die Waffen auf und brachte sie zurück zum Pferdewagen.

Wie gewohnt, übernahm Brocken die erste Wache und weckte dann Wieland, da sich herausgestellt hatte, dass der nach nur kurzem Schlaf nicht alles vergaß, was sich seit seiner Kopfverletzung ereignet hatte. Somit blieb der frühe Morgen Raffael vorbehalten.

Als ihn Wieland zur Wachablösung anstupste, stand er sofort auf und rüstete sich für den neuen Tag. Sein Freund dagegen rollte sich noch einmal auf seinem Nachtlager zusammen. Brocken lag mit geschlossenen Augen auf seiner Decke, die Hände auf der Brust gefaltet wie auf einer Bahre. Selbst im Schlaf sah der alte Söldner mies gelaunt aus.

Raffael stieg auf den Bock seines Pferdekarrens. Ein erster Lichtstreif im Osten kündigte den neuen Tag an.

Ein Schnaufen ließ ihn herumfahren.

»Kannst dich wieder hinlegen, Schmalhans. Es reicht, wenn ich wach bin«, knurrte es.

»Nein, schon gut, Brocken. Es macht mir nichts aus, ich mag den frühen Morgen und sehe gerne die Sonne aufgehen.«

Der alte Söldner setzte sich neben ihn auf den Bock. »Wieso das?«

»Die Welt riecht noch frisch, nach Aufbruch und Neubeginn.«

»So, so. Mir geht es ähnlich.«

Ungläubig drehte ihm Raffael den Kopf zu. Klang das etwa nach einem Einstieg in ein halbwegs normales Gespräch?

»Jeden Morgen stehe ich munter und hoffnungsfroh auf, bis ich den ersten Menschen treffe.«

»Du kannst dich gern wieder verpissen«, schlug der Gaukler vor.

»Genau, pissen muss ich auch noch.«

Es knirschte gedanklich, als Raffael den Begriff *halbwegs* dehnte und streckte, um Brockens Gepflogenheiten halbwegs gerecht zu werden. Der Gaukler dachte über die Möglichkeit nach, *den ersten Menschen* nicht auf sich zu beziehen, zumal der alte Mann aus irgendeinem Grund neben ihm sitzen blieb. »Wenn Diego nicht angehalten hätte, würden wir dann immer noch im Käfig sitzen?«, fragte Raffael frei heraus.

»Ihr seid nicht mehr gefangen, sondern hier«, erklärte Brocken und rückte den riesigen Helm auf seinem Kopf zurecht.

»Du weichst aus.«

»Blödsinn! Brocken weicht nur feindlichen Schlägen aus.«

»Also – hattest du vor, uns zu befreien?«

»Was spielt das für eine Rolle?«

»Ich will es wissen.«

»Wozu?«

Raffael stöhnte. Warum war dieser Kerl nur so furchtbar sperrig? »Es hat etwas mit Vertrauen zu tun.«

»Zum Rattenarsch! Was willst du hören, Schmalhans?« Brockens Stimme klirrte vor Kälte. »Dass ich in jedem Fall angehalten hätte, um euch zu befreien, weil ich euch so lieb habe?«

Stumm sah der Gaukler seinen Nebenmann an.

Dieser Blick schien den Eisbrocken noch mehr zu reizen. »Das fehlte noch. Als ob es dir nur einen Deut weiterhülfe. Ja, ich hätte in jedem Fall angehalten. Brockens Ehrenwort drauf.« Er würgte fast so, als müsse er kotzen. »Und nun. Zufrieden? Vertraust du mir ab jetzt? Oder will ich dich nur täuschen und habe gelogen?«

Raffael ärgerte sich über diese Worte, doch mehr noch über den überheblichen, abfälligen Tonfall, entschloss sich aber, ruhig zu bleiben. »Du machst es einem nicht einfach.«

»Habe ich das je behauptet? Ganz im Gegenteil, ich habe mich nie verstellt, niemandem etwas vorgegaukelt.«

Raffael presste unwillkürlich die Lippen zusammen. Wie meinte er das? Ahnte er etwas?

Brocken fuhr fort. »Egal, was ich sage, es gibt keinen Grund, mir zu vertrauen. Kapiere endlich, dass Lippenbekenntnisse nichts als verbrauchte, ausgestoßene Luft sind.«

Was musste dieser Mann erlebt haben, um derart verbittert zu sein? Doch egal, was es war, es konnte nicht als Entschuldigung, nicht einmal als Erklärung für seinen fürchterlichen Charakter dienen. Immerhin war der alte Söldner konsequent. Ein konsequentes Arschloch. Bestimmt wäre er einfach weitergefahren. Dem waren Menschen gleichgültig – sie dienten ihm höchstens dazu, dass er sie erschlagen konnte.

Der Gaukler und sein Nebenmann schwiegen um die Wette. Raffael fühlte sich nicht wohl in seiner Haut, er schauderte. Lag es an dem Mann mit dem Herz aus Eis neben ihm?

In der Morgenstille fröstelten sich die beiden Gestalten auf dem Pferdekarren noch eine Weile gegenseitig an. Niemand konnte so dröhnend schweigen wie Brocken. Raffaels Ohren taten weh. Dieser Mann verbreitete allein durch seine Anwesenheit Schmerzen, dafür musste er nicht einmal sein klobiges Schwert ziehen.

Erleichterung erfasste den Gaukler, als der Söldner sich erhob und verschwand.

Drei Tage lang folgten sie dem Nubil flussabwärts. Brocken und Raffael hatten eine Art Waffenstillstand geschlossen, sie stritten kaum, was zum Teil auch daran lag, dass ohnehin wenig geredet wurde. Stattdessen schlugen Brocken und Wieland jeden Abend mit ihren Waffen aufeinander ein.

Scheingefechte statt Wortgefechte, warum nicht? Ausgerechnet beim Kämpfen verstanden sich die beiden Weggefährten wunderbar, was Raffael durchaus verwunderlich fand. Die beiden unterschieden sich in fast allen Belangen, doch ausgerechnet das Handwerk des Tötens verband sie.

Währenddessen kümmerte sich Raffael um die Tiere. Mit Borstis Glas auf dem Schoß saß er am Lagerfeuer, als die Gefährten ihre Waffenübungen beendeten und sich zu ihm gesellten.

Zärtlich klopfte der Gaukler an die Glaswand. »Obwohl ich Borsti frische Walderde eingefüllt habe, wie er es gerne mag, kriecht er nicht hinein, sondern macht sich auf der Oberfläche lang.«

»Vielleicht ist er krank«, meinte Wieland.

Bestürzt schlug Brocken die Hand vor den Mund. »Oh nein, das wäre ja schrecklich!«

»Spar dir deine falsche Anteilnahme. Er zeigt uns damit nur, dass Regen bevorsteht.«

»Blödsinn. Keine Wolke ist am Himmel zu sehen. Woher will das Stück Vogelfutter das wissen?«

Am nächsten Tag regnete es wie aus Kübeln. Wieland und Raffael saßen zusammengekauert auf dem Bock und hielten sich einen Teil des Öltuches über den Kopf.

Brocken hingegen fläzte sich ohne Schutz mit ausgestreckten Beinen auf der Ladefläche, als sonne er sich. »Stellt euch nicht so an. Es ist Sommer, und ein wenig Regen erfrischt«, lautete seine Empfehlung.

Wie jemand diese Sintflut als *ein wenig Regen* bezeichnen

konnte, blieb Raffael ein Rätsel und Brockens Geheimnis. Offenkundig verhielt es sich so: Je mieser das Wetter, desto besser die Laune des alten Söldners.

Mit beiden Händen über dem Kopf hielt Wieland das Öltuch leicht schräg, damit das Wasser ablaufen konnte. »Lenk den Karren in den Fluss, da ist es trockener«, schlug er vor.

»Damit würden wir uns genau zwischen die Fronten begeben, Bimsbirne, denn wir nähern uns dem umkämpften Gebiet. Diese Seite des Flusses gehört zur Grafschaft Dunkelberg, die andere zum Herzogtum Brandmark. Das heißt, ab jetzt könnte es brenzlig werden.«

Wieland fragte: »Und wem gehört nun das Gold in der Mitte des Flusses?«

»Dem Stärkeren«, erklärte Brocken.

»Und um herauszufinden, wer das ist, hauen sich alle ordentlich in die Fresse«, kommentierte der Gaukler und verzog den Mund.

Der alte Söldner rieb sich die Hände. »Genau! Was ist daran verkehrt?«

»Wie wäre es, wenn der Graf und der Herzog gegeneinander antreten und die Angelegenheit in einem Zweikampf regeln? Schlussendlich wollen doch beide unbedingt an das Gold und werden es auch allein für ihre Machtgelüste ausgeben. Warum müssen sie an ihrer statt hunderte von Menschen in den Tod schicken?«

»Du denkst zu viel nach. Deine abstrusen Vorschläge machen mich überflüssig, Schmalhans. Das kann mir nicht gefallen.«

»Es wäre aber vernünftig.«

»Vernunft und Feigheit sind enge Verwandte.«

In diesem Moment galoppierten ihnen einige Reiter in den Farben des Grafen entgegen. »Stehen bleiben!«, rief der Anführer schon von Weitem, obwohl Diego längst angehalten hatte. Immerhin konnte Raffael den Befehl als willkommene Alternative zu 'Halt' durchgehen lassen.

»Was tun wir?«, fragte er und erinnerte sich widerwillig an seine letzte Begegnung dieser Art, die für ihn als Feldscher im Dienst von Graf Garsick geendet hatte.

Brocken meinte: »Ihr seid doch die beiden Frohnaturen. Für euch sollte es ein Leichtes sein, die Soldaten durch Nettigkeit und Diplomatie von unseren guten Absichten zu überzeugen. Ich mache mir da keine Sorgen.«

»Gute Idee. Ich übernehme das gerne«, antwortete Wieland.

Nun hatte der Trupp sie erreicht und baute sich mit aufmerksamen Blicken vor dem Pferdekarren auf, allesamt die Hand am Schwertgriff.

Der Anführer, dem Abzeichen nach ein Weibel, fletschte die Zähne, während er den Karren mit den beiden Männern auf dem Bock musterte. Der Gaukler schätzte ihn auf vierzig Jahre. Als Erstes fiel ihm seine krumme, knubbelige, knollige Nase auf, die er sich anscheinend bei jeder Schlacht mindestens einmal gebrochen hatte. Oder er fiel ständig vom Pferd direkt aufs Gesicht. Haare guckten keine mehr unter seinem Helm hervor.

Schlecht gelaunt blökte er: »Was soll das hier werden? Ihr befindet euch mitten in einem Kriegsgebiet. Jeder Unbekannte wird als Feind oder Spion behandelt.«

»Dann machen wir uns doch bekannt. Ich heiße Wieland. Und neben mir sitzt mein Freund Raffael. Es ist schön, Euch zu begegnen.« Passend zu seinem Lächeln ließ der Regen etwas nach, und ein Lichtstreif am Horizont verhieß trockenere Zeiten.

Der Offizier wurde puterrot, während das Wasser von seiner Knollennase tropfte. »Willst du mich verarschen, Knilch? Die Lage ist ernst. Nach Honigsprüchen steht mir nicht der Sinn. Also erzähl mir nichts. Könnt ihr euch ausweisen?«

»Ausweisen? Womit?«, fragte Wieland.

»Genug geredet. Runter vom Gefährt. Vorerst steht ihr unter Arrest. Vielleicht spioniert ihr im Auftrag des Feindes unsere Seite des Flusses aus. Den verfluchten Brandmarks ist alles zuzutrauen.«

»Aber …«

»Ihr weigert euch?!« Der Weibel untermauerte den Nachdruck seiner Frage, indem er sein Schwert zog. Die anderen Soldaten taten es ihm gleich, ein beunruhigendes Klirren von Metall.

Raffael hörte hinter sich ein heiseres Raunen. »Grandios, Bimsbirne. Einfach grandios, wie du die Dummbeutel im Griff hast.« Der Wagen wackelte wie ein Ruderboot, als Brocken sich erhob und von der Ladefläche sprang. Wasser spritzte zu allen Seiten, als er sich einem riesigen Wolf gleich schüttelte. Die Soldaten starrten ihn an, als sei er ein Flussgeist.

Verblüfft wandte sich der Weibel dem alten Söldner zu.

»Wer seid Ihr denn?«

Der Angesprochene antwortete nicht, sondern schnallte sich in aller Gemütsruhe den Zweihänder auf Brusthöhe um.

»Ist das nicht … Brocken?«, fragte einer der Soldaten in der zweiten Reihe.

»*Der* Brocken!? Nein, das glaube ich nicht, der führt doch weit im Norden einen Schlachtzug an«, meinte ein anderer.

Der Offizier kniff die Lippen zusammen, sodass sein Mund vollends verschwand, was seiner lädierten Nase noch mehr Gewicht verlieh und ihm nicht zwangsläufig zum Vorteil gereichte. Der nicht vorhandene Mund sprach. »Brocken? Dass ich nicht lache! Ihr seid alle verdächtig. Wir konfiszieren den Karren und eure Waffen.« Er winkte einige Männer heran. »Werft sie vom Bock und nehmt dem da das Schwert ab!«

Brocken stellte sich genau vor das Pferd des Offiziers. Obwohl dieser hoch zu Ross saß, befand er sich auf gleicher Augenhöhe. »Sieh mich an, du Pinsel. Einen Scheiß werdet ihr tun. Ich bin nicht so alt geworden, weil ich jedem Dahergelaufenen bei der ersten Aufforderung mein Schwert in die Hand drücke.«

Ungläubig starrten der Weibel und seine Männer auf den Hünen. Ihre Fäuste umklammerten das Heft ihrer Klingen fester.

Verflixt! Wahrlich ein Ausbund an Diplomatie und Nettigkeit. Alle Muskeln in Raffael spannten sich an, auch die, von deren Existenz er bislang nichts gewusst hatte. Noch war das Wetter viel zu mies, um zu sterben.

Der Anführer wurde erst rot, dann weiß, dann vernünftig.

Er rang sich ein schräges Grinsen ab. »Wahrhaftig! Ihr müsst Brocken sein. Kein Geringerer würde es wagen, so mit einem Offizier Graf Dunkelbergs zu reden.«

»Bestens, nun bin ich kein Fremder mehr. Ich suche Tudor, den Schreiber des Grafen.«

»Was wollt Ihr von dem Tintenkleckser?« Tonfall und Mimik verrieten seine Geringschätzung gegenüber dieser Person.

»Kannst du uns zu ihm führen?«

»Hm, auch wenn Ihr Brocken seid, wer sagt mir, dass Ihr nicht auf Seiten des Herzogs kämpft? Schlussendlich seid Ihr ein Söldner und nur Gold gegenüber loyal.«

»Erstens: Darüber kannst du dir später noch den Kopf zerbrechen. Das ist Beweis genug für meine friedliche Gesinnung. Zweitens: Glaubst du allen Ernstes, dass mich Herzog Brandmark mit diesen beiden Hungerhaken auf einem klapprigen Karren in der Gegend herumtrödeln lassen würde, anstatt sein Heer zu befehligen? Drittens: Was meinst du, wie der Feind sich in die Hosen scheißt, wenn er hört, dass Brocken, der Söldner, der noch nie eine Schlacht verloren hat, ihnen gegenübersteht?«

Der Weibel wog die Argumente ab, passend dazu schwankte seine Nase mal zur einen, mal zur anderen Seite. »Einverstanden. Folgt uns!«

Er steckte das Schwert in die Scheide; seine Männer taten es ihm gleich.

Brocken kletterte wieder auf die Ladefläche, nicht ohne vorher Raffael und Wieland einen So-geht-das-ihr-Hungerhaken-Blick zuzuwerfen.

Die Soldaten teilten sich auf und umzingelten den Karren. Langsam machte sich der Trupp auf ins Feldlager.

Raffael atmete tief durch. Brocken war halt legendär. Legendär arglistig, arschlochig und arrogant. Und auf seine Weise legendär erfolgreich.

Hinter sich hörte Raffael ihn fragen: »Wer ist euer Feldmarschall?«

»Der Graf persönlich führt die Armee an«, lautete die Antwort.

»Gab es schon Kriegshandlungen?«

Erstaunlich bereitwillig erklärte der Offizier: »Nur ein kleineres Scharmützel, drei Stunden Wegstrecke weiter östlich auf Höhe der Furt. Für die Reiterei ist dort der beste Ort, um den Nubil zu überqueren. Wir konnten die Feinde vertreiben.«

»Wie sehen die Pläne des Grafen aus? Will er zunächst die Furt sichern?«

»Darüber sollte ich keine Auskunft geben«, meinte der Weibel und gab seinem Pferd die Sporen, sodass er nach vorne verschwand.

»Sein Gesicht war Antwort genug. Es ist genau so, wie ich vermute«, brummte Brocken. Dann erhob er die Stimme: »Benehmt euch im Feldlager wenigstens diesmal unauffällig! Das gilt insbesondere für dich, Schmalhans. Wir werden diesen Tudor schon auftreiben.« Brocken warf ihm einen seiner grobfühligen Frostblicke zu.

»Das musst du mir nicht sagen, was denn sonst«, antwortete Raffael.

Offenbar spielte Brocken auf die Erlebnisse in Drachenbein an, wobei der Gaukler sich diesen Stiefel nicht anzog. Schließlich war er unauffällig geblieben, nur alle anderen hatten sich auffällig verhalten. Unschuldig spitzte er die Lippen. »Wir fragen Tudor nach der Übersetzung der alten Sprache und verduften dann schnellstmöglich.«

Brocken konnte sogar, ohne einen einzigen Ton von sich zu geben, grollend und knurrend nicken.

Es hatte aufgehört zu regnen, der Himmel klarte auf und wenig später leuchtete er blau, als könne er kein Wässerchen trüben. Nur der knöcheltiefe Matsch allerorts erinnerte an die Sintflut. Die Patrouille geleitete sie ins Feldlager. Die Zeltreihen, die Latrinengräben, die Pferdekoppeln, die Proviantwagen und nicht zuletzt die Soldaten mit ihrem Diensteifer und Gehorsam, aufgesetzt oder nicht – alles wirkte auf den ersten Blick eigentümlich vertraut. Kein Wunder, es galten dieselben militärischen Regeln und Maßstäbe. Und – Raffael presste die Lippen aufeinander – ein wahrer Männerspaß. Frauen hatten hier nichts zu suchen, außer im Hurenzelt und gelegentlich in der Feldküche. Doch dann fiel ihm ein Unterschied zu Garsicks Feldlager auf, in dem er als Feldscher gedient hatte. Hier gab es keine Verteidigungsanlagen, keinen Wall, keine Palisaden, keine Gräben.

Das am meisten verwendete Wort lautete: Brocken. Rasend schnell hatte sich herumgesprochen, dass die lebende Legende, der größte Feldherr des Kontinents, der unbesiegte Söldner das Lager betreten hatte.

Sie wurden zu einem Zelt mit einigen einfachen Holzbänken gebracht. Links und rechts des Weges standen die Soldaten aus Neugier Spalier und tuschelten wie die Waschweiber.

»Nehmt Platz«, wies der Weibel sie an.

»Wo finde ich den Schreiber?«, fragte Brocken.

»Ich kann Euch nichts sagen, bis Euer Status geklärt ist.«

»Dann holt Dunkelberg her, und wir machen klar Schiff.«

»Der Graf ist nicht hier.«

»Schon klar, weil er in Ermangelung an Brücken den einzigen Platz sichert, an dem der Nubil ohne großen Aufwand überquert werden kann. Daher versuchen beide Seiten, die Furt einzunehmen, denn wer sie kontrolliert, besitzt einen strategischen Vorteil. Ist der Schreiber bei ihm?«

»Ihr seid hartnäckig. Ja, der Schreiber begleitet den Grafen. Schließlich soll er die Heldentaten des Herrn für die Nachwelt aufzeichnen«, antwortete der Offizier.

»Wo befindet sich Brandmarks Armee?«

»Das wissen wir nicht genau, der Bericht des letzten Auskundschafters ist zwei Tage alt.«

Brocken mahlte mit dem Kiefer. »Ihr habt also sowohl den Feind als auch die eigenen Truppen aus den Augen verloren.«

»Was geht Euch das an?«

»Alles, was wir wollen, ist ein freundschaftliches Gespräch mit dem Schreiber Tudor, danach ziehen wir weiter.«

Sämtliche Blicke richteten sich auf den alten Söldner, Raffael wurde hier nicht gebraucht und konnte die Zeit besser nutzen. In aller Ruhe spannte er Diego aus und rieb ihn trocken. Ein ungewollt vertrautes Gefühl beschlich ihn, als er über den Rücken des Pferdes hinweg in der Ferne das Lazarettzelt erblickte.

Er stapfte ins Lager zurück. Über ihm verdunkelte sich der Himmel, und Vogelgeschrei erfüllte die Luft. Ohne darüber nachzudenken, wanderte sein Blick zu Brocken. Der alte Söldner war aufgestanden und legte den Kopf in den Nacken, soweit es sein Helm zuließ; dabei beschattete er seine Augen mit der flachen Hand. Wie ein Mahnmal stand er dort und studierte den Himmel. Ein Vogelschwarm zog seine Kreise über dem Lager wie eine verirrte Gewitterwolke. Für den unbedarften Betrachter nichts Ungewöhnliches, doch aus der Erfahrung bei seinem ersten Zusammentreffen mit Brocken erkannte Raffael sofort das Besondere an diesem Phänomen. Die Krähen, Schwalben und Elstern flogen miteinander, als gehörten sie zu einer großen Familie.

»Donnerschlag«, fluchte Brocken. »Der Feind rückt an. Und zwar auf unserer Seite des Flusses von Westen her. Die Furt im Osten ist ihnen egal, vermutlich haben sie flussabwärts Flöße gebaut.«

»Wie kommt Ihr denn darauf?«, fragte der Weibel. »Wenn es stimmt, macht Ihr Euch mit solch einem Wissen verdächtig. Wenn es nicht stimmt, macht Ihr Euch lächerlich.«

»Für das Versagen anderer kann ich nichts. Liegen deine Auskundschafter im Tiefschlaf? Wie viele Soldaten sind im Lager geblieben?«

»Etwa zweihundert«, antwortete der Weibel und knetete seine Knollennase.

»Das Lager muss in Bereitschaft versetzt werden. Sofort! Uns bleibt nicht viel Zeit, bis die feindliche Armee angreift.«

Der Offizier schüttelte den Kopf. »Wir kommen gerade aus dieser Richtung und haben keinerlei Feindbewegung entdecken können.«

»Weil ihr euch nur auf drei harmlose Reisende konzentriert habt, anstatt das Umfeld abzusichern. Hör zu, Weibel. Ein fähiger Offizier erkennt die Zeichen der Zeit. Du offenbar nicht.«

»Was soll das heißen?«

»Dass du ein Idiot bist.«

Jetzt rastet er aus und lässt uns alle in Ketten legen, dachte Raffael.

Der Weibel wurde rot wie Mohn. Nebenbei ballte er die Fäuste und zischte erstaunlich gefasst: »Ihr habt den Bogen überspannt.«

»Noch lange nicht.« Brocken schnappte sich aus der Traube der ihn stumm anglotzenden Soldaten die beiden erstbesten. »Nehmt euch ein schnelles Pferd und kundschaftet das Flussufer Richtung Westen aus. Sofort!«

»Ihr habt hier nichts zu befehligen«, regte sich der Weibel auf.

Erstaunlicherweise sahen die beiden Soldaten das anders und eilten zu den Pferdekoppeln. Auf halbem Weg blieben sie stehen, denn im Lager ertönte lautes Gebrüll. »FEINDE FLUSSAUFWÄRTS! SIE GREIFEN AN!« Ein Reiter preschte ins Lager und ruderte mit beiden Armen.

Raffael erschrak. Verflixt, er hatte doch geschworen, sich von Kriegen fernzuhalten, und schwups, stand er schon wieder mitten in einem solchen.

»Brocken, der Schreiber Tudor ist offenkundig nicht hier. Also lass uns schleunigst verschwinden. Das ist nicht unser Krieg.«

Die stahlblauen Augen des alten Söldners durchbohrten ihn. Für einen winzigen Moment schien er es tatsächlich abzuwägen, dann antwortete er: »Nein! Noch nie bin ich vor einer Schlacht weggelaufen – ganz im Gegenteil. Ein wahrer Krieger sucht den Krieg.«

»Das ist doch Irrsinn.«

Ohne Spott oder Arroganz antwortete Brocken: »Sieh es so: Wenn wir Graf Dunkelberg nicht helfen, wird er vom Feind vernichtet. Zuerst geht dieser Teil der Armee unter, danach der Rest. Die Chance, den Schreiber lebend in die Finger zu bekommen, sinkt mit jedem Augenblick.«

Entsetzte Rufe erschollen von mehreren Seiten: »DIE GANZE ARMEE MARSCHIERT AUF DAS LAGER ZU!«

Es blieb keine Zeit. Der Krieg hatte bereits begonnen, und es sah nicht gut aus. Zeit für Wunder, und genau ein solches konnten sie nun gebrauchen.

Brocken verzog keine Miene.

Der Weibel wurde weiß wie Milch.

Wasser ist dünner als Blut

ZU DEN WAFFEN!« Brockens Befehl schallte über den Platz. Immerhin waren die meisten Männer bereits gerüstet und trugen das typische Kurzschwert am Gürtel. Die Pikeniere rannten zu den Waffenständern.

Der alte Söldner schnappte sich den Auskundschafter, indem er ihn einfach von seinem Pferd herunterzog und vor sich hinstellte. »Du hast sie also gesehen. Wie viele sind es?«

Der Mann riss überrascht die Augen auf. Hilflos irrte sein Blick umher, denn er kannte Brocken nicht und wunderte sich über den großen, alten Krieger, der offenkundig das Kommando übernommen hatte. Er entdeckte Knubbel-Weibel, dessen Anwesenheit den Auskundschafter beruhigte.

»Ich habe nicht den ganzen Tag Zeit. Wie viele?«, knurrte Brocken.

»Etwa sechshundert Mann.«

»Was für Einheiten? Verflucht, rede!«

»Ein … ein Großteil Armbrustschützen, fast die Hälfte.«

Das erstaunte Brocken. Die Herstellung einer Armbrust kostete mindestens das Zehnfache verglichen mit den verbreiteten Stangenwaffen.

»Was noch?«

»Der Rest teilt sich in Schwertkämpfer und Pikeniere auf, dazu kommen noch zwei Handvoll Ritter auf Pferden. Ich … glaube, Herzog Brandmark selbst führt die Armee an.«

»Na also!«, grunzte Brocken. Er ließ den Mann stehen und schulterte seinen Reflexbogen. Zudem nahm er den Morgenstern sowie den Bidenhänder hinten vom Karren und stellte sich aufrecht auf den Bock, um sich einen besseren Überblick zu verschaffen. Etwa fünfzig Männer mit Stangenwaffen und ungefähr doppelt so viele Schwertkämpfer versammelten sich um den Wagen – immerhin sahen sie wie erprobte Soldaten aus. Offenbar hatte Graf Dunkelberg darauf verzichtet, sein Heer mit mistgabelbewaffnetem Bauernpack aufzustocken. Erwartungsvoll blickten die Soldaten zwischen Brocken und dem Weibel hin und her.

»SAMMELN UND MIR NACH!«, rief der alte Söldner. »Wir ziehen uns in die Flussbiegung zurück! Dort bauen wir unsere Verteidigung auf.«

»Das Lager aufgeben? Auf keinen Fall«, entgegnete der Weibel. Vor Aufregung knubbelte er seine Nase und biss sich auf die Unterlippe.

Eine Vogelscheuche hat weniger Stroh im Kopf als dieser Kerl, dachte Brocken.

Die Gesichter der Männer wurden so lang wie ihre Stangenwaffen – kein Wunder, eine Schlacht stand unmittelbar bevor, und sie wussten nicht, wessen Befehlen sie gehorchen sollten. Unruhiges Geflüster machte die Runde.

Der alte Söldner schob den Weibel zur Seite wie einen Stuhl, der im Weg stand. Mit lauter Stimme rief er: »Soldaten!

Brocken werde ich genannt. Viel Zeit für lange Reden bleibt uns nicht. Das Feldlager bietet zu wenig Deckung. Es gibt keine Gräben, es gibt keine Palisaden, nicht einmal einen Baum. Es ist zu allen Seiten offen angreifbar. Nur die Flussbiegung bietet uns genügend Rückenschutz. Dort können sie uns nicht umzingeln, und verteidigen müssen wir uns nur nach zwei Seiten. Wenn ihr überleben wollt, dann hört auf mein Kommando. Ihr entscheidet!« Brockens riesige Arme stießen den Morgenstern und den Zweihänder gen Himmel. Seine Augen glühten und versprühten unbedingten Siegeswillen – und, was noch wichtiger war, unbedingte Zuversicht. Mit offenen Mündern starrten die Soldaten den alten Söldner an.

»Er ist es! Der legendäre Brocken! Seht nur seine Größe und seine Waffen an!«, rief einer laut.

Einige jubelten, andere flüsterten, alle staunten.

»Genug geredet! Lasst uns siegen!« Mit einem Satz sprang der alte Söldner vom Bock. »MIR NACH!«

Ohne Zögern marschierten sie ihm hinterher. Knubbelnase hielt sich zurück. Vollends überfordert, überließ er ihm die Initiative, was den Soldaten als stilles Einverständnis reichte.

»Was sollen wir beide tun?«, fragte Raffael, der zusammen mit Wieland neben Brocken herlief.

»Dich, Bimsbirne, brauche ich an meiner Seite. Und du, Schmalhans, spannst Diego wieder an, schwingst dich auf den Karren und fährst flussabwärts hinter die Biegung. Nimm Gaul mit.«

Keine Widerrede, keine Rückfrage, der Kleine gehorchte

umgehend. Jedenfalls war er schlau genug zu erkennen, dass er das Schlachtfeld Brocken überlassen sollte.

Schnell verschaffte sich der alte Söldner einen Überblick. Er wusste genau, wohin er seine Blicke richten musste. Die Fuhrwerke, auf denen Proviant, Zelte, Schilde und Waffen transportiert worden waren, standen am Rand des Feldlagers. Er breitete die Arme aus. »Männer! Auf dieser Linie bauen wir alle Wagen aus dem Tross hintereinander auf. Los, holt die Karren.«

Einige Soldaten schwärmten aus, um den Befehl umzusetzen.

Kurz vor der Biegung verbreiterte sich der Nubil etwas. Die Strömung war hier weniger stark, und Gefahr drohte von der anderen Flussseite keine. Kurze Zeit später reihten sich die Transportwagen aneinander.

»Die beiden Karren hier müssen noch enger zusammen«, befahl Brocken.

Umgehend wurde die Lücke geschlossen.

»Wie viele Bogenmänner haben wir?«, fragte Brocken den Knubbel.

Der haderte mit versteinertem Gesicht noch mit seinem Schicksal, die Befehlsgewalt an Brocken verloren zu haben, doch er hatte erkannt, dass sich ihre Chancen durch die erfolgten Maßnahmen zumindest nicht verschlechterten. Daher sagte er knapp: »Vierzig.«

Das klang gut, denn es waren mehr, als Brocken gedacht hatte. Die Fernwaffenkämpfer bildeten in dieser Situation die wichtigste Einheit. »Lass sie antreten!«

Umgehend rief der Weibel die Bogenschützen zusammen. Mit kritischem Blick schritt Brocken die Reihen der Männer entlang und befragte einige nach ihren bisherigen Schlachterfahrungen. Was er hörte und sah, stellte ihn halbwegs zufrieden. Zum überwiegenden Teil handelte es sich um erfahrene Schützen mit Kurz- oder Langbögen, die ihre Pfeile in schneller Folge abschießen konnten. Und Pfeile gab es zuhauf, sie hatten sämtliche Vorräte aus dem Feldlager hergebracht.

Brocken teilte die Männer in zwei Gruppen und gab auch ihnen Instruktionen.

Es dauerte nicht lange, bis in der Ferne der erste Kampflärm erscholl, sehen konnten sie noch nichts. Brockens Puls beschleunigte sich. Das Tonwerk einer jeden Schlacht – ein Fest für die Ohren. Eine willkürliche Komposition der Gewalt, als Rhythmus das Schlagen von Metall auf Metall, als Crescendo die Todesschreie der Soldaten.

Aus der Ferne erscholl Jubel herüber. Die feindliche Armee wähnte sich bereits als Sieger, nachdem sie das Feldlager verlassen vorfand, so als wären die Feinde Hals über Kopf geflohen.

Gänzlich kampflos sollen sie ihren Triumph jedoch nicht bekommen, grollte Brocken sich selbst an.

Er rückte seinen Helm zurecht, überprüfte die Gurte der Rüstung und den Zustand von Bogen, Bidenhänder und Stachelkeule. Dann ließ er seine Handknochen knacken. Nun galt es – sein liebstes Spiel begann. Töten oder getötet werden.

Brocken lief vor den Karren auf und ab, dahinter hielten sich die vierzig Bogenmänner bereit.

Die ersten feindlichen Soldaten kamen ins Sichtfeld. Wie erwartet, schritten die Fernkämpfer in Gestalt der Armbrustschützen voran. Über dreihundert an der Zahl.

Fünf Schritte neben Brocken schoss ein junger Kerl den ersten Pfeil in Richtung Gegner ab. Nur ein absoluter Glückstreffer konnte auf diese Entfernung Schaden anrichten.

»NOCH NICHT SCHIESSEN!«, brüllte Brocken. Er stürzte zu dem voreiligen Schützen und zerrte ihn hinter dem Wagen hervor. Vor Schreck ließ dieser den Bogen fallen. Der alte Söldner hob den jungen Mann mit einer Hand wie eine Strohpuppe über seinen Kopf und rief: »Dem Nächsten, der ohne mein ausdrückliches Kommando schießt, drehe ich den Hals um.«

Absolute Disziplin war für diese Schlacht unerlässlich.

Er ließ den Kerl fallen und konzentrierte sich wieder auf die feindlichen Reihen, deren Fernkämpfer nun in Reichweite kamen. Sie schienen ihrer Sache sicher, denn sie näherten sich noch um gut zwanzig Pferdelängen, bevor der Befehl zum Anhalten ertönte.

Brocken wartete ab, obwohl er wusste, dass die Armbrüste geladen und einsatzbereit waren. Unterschätzen würde er seinen Feind gewiss nicht, schließlich hatte Brandmark sich gegenüber Graf Dunkelberg als der bessere Stratege erwiesen, so viel war jetzt schon klar. Er hatte den Haupttrupp des Grafen an der Nase herumgeführt, denn der befand sich nun auf der falschen Seite des Flusses, während er das Feldlager mit den restlichen Soldaten und Vorräten dem Erdboden gleichmachen konnte. Sicherlich war ihm zugetragen worden, dass Graf Dunkelberg weder Schutzwälle noch Gräben hatte errichten lassen. Somit rechnete er beim Angriff auf das Feldlager mit einem leichten Spiel, schließlich hielten Zeltwände keine Armbrustbolzen auf. Brocken hatte sogar schon erlebt, dass die Geschosse einfach durch drei Menschen nacheinander hindurchgeflogen waren. Die stählernen Wurfarme dieser Fernwaffen speicherten erstaunliche Kräfte.

»Die … werden uns zerfetzen!«, schlotterte Knubbel. »Auch die Karren bieten zu wenig Schutz vor den Bolzen.«

»Dann sterben wir halt«, beruhigte ihn Brocken.

Nun wurde es höchste Zeit. Die Armbrustschützen nahmen Aufstellung.

»LEGT DIE KARREN AUF DIE SEITE! ALLE NACH VORNE UMSTOSSEN!« Für einen Moment trennte sich Brocken von seinen Waffen, hob mit beiden Armen den Karren vor ihm an und kippte ihn um. Die Männer links und rechts taten es ihm gleich.

Nachdem die ersten Fuhrwerke auf der Seite lagen, wurde auch dem letzten Zweifler klar, dass die massiven Planken der Unterböden einen deutlich besseren Schutz boten. Aus der Entfernung konnten selbst die Armbrustbolzen das verstärkte Holz nicht durchstoßen. Innerhalb von wenigen Wimpernschlägen entstand eine stattliche Palisade. Die Anzahl der Karren reichte allerdings nicht aus, um den gesamten Bereich zu umfrieden, daher schickte Brocken die Pikeniere in die verbliebene Lücke – mit ihren breiten nach vorne gerichteten Eichenschilden.

Spätestens jetzt erkannten die Männer, dass der alte Söldner ganz genau wusste, was er tat. Sie gierten regelrecht nach seinem nächsten Befehl.

Die Augen der Bogenmänner waren allesamt auf ihn gerichtet – entschlossene Gesichter, die darauf warteten, seine Anweisungen umzusetzen.

»In Deckung«, sagte Brocken in normaler Lautstärke. Jeder hörte es, die Männer zogen die Köpfe ein.

Zur Antwort schallte der Befehl von Herzog Brandmark herüber: »FEUER!«

Im letzten Augenblick suchte der alte Söldner Schutz hinter einem Mehlwagen. Ein Bolzen pfiff über ihn hinweg, zwei schlugen mit einem lauten PLOCK in den Karrenboden ein.

»ANNOCKEN!«, brüllte Brocken.

Die Bogenmänner stellten sich auf und legten ihre Pfeile ein.

»FEUER! VIER PFEILE!«

Die Schützen zogen die Sehnen in einem Zug bis zum Unterkiefer zurück, zielten einen Wimpernschlag lang und ließen los. Während die Pfeile noch ihr Ziel suchten, griffen sie bereits nach den nächsten und wiederholten den Vorgang.

Im Gegensatz zu den feindlichen Schützen, die ihre Füße erst in die Spannschlaufen ihrer Armbrüste stecken, die Sehne ins Schloss ziehen und danach den Bolzen sorgfältig unter den Halter schieben mussten, nockten die Bogenschützen einen Pfeil nach dem anderen ein. Erfahrungsgemäß kamen auf einen abgeschossenen Bolzen mindestens fünf Pfeile.

Die Salven zeigten Wirkung. Wie ein tollwütiger Heuschreckenschwarm stürzten sie in dunklen Wolken auf die angreifende Armee nieder. Schreie und Flüche unterstrichen die Wirkung der Einschläge. Nach vier Schüssen duckten sich die Bogenmänner wieder hinter die Palisade. Keinen Augenblick zu früh, denn schon ertönte erneut Brandmarks Befehl zum Abschuss der Bolzen. Doch auch dieser Angriff blieb weitgehend folgenlos.

»Feuer!« Diesmal musste Brocken es nur flüstern. Die Bogenmänner hatten begriffen, sofort machten sie sich für vier weitere Schüsse bereit.

Kaum hatten sie diese abgefeuert, rief er: »Deckung!«

Der blutige Ernst begann von Neuem.

Herzog Brandmark kapierte schnell, dass er einen Armbrustschützen nach dem anderen verlor, ohne dem Feind nennenswerte Verluste zuzufügen. Dennoch blieb seine Armee deutlich in der Überzahl. Der Herzog änderte seine Strategie. Er beorderte die Armbrustschützen zurück und befahl den Pikenieren vorzurücken. Brocken sah es den feindlichen Soldaten an – eben hegten sie noch den Glauben, sie würden einen schnellen, einfachen Sieg erringen, und nun standen sie vor einer massierten Wagenburg, die zwar in Windeseile aus dem Boden gestampft worden war, sich ihnen aber dennoch nicht minder trotzig und trutzig in den Weg stellte.

»Schießt, was die Bögen hergeben«, befahl der alte Söldner und griff selbst nach seinem gordonischen Reflexbogen.

In schneller Abfolge schoss er ein Dutzend Pfeile ab. Noch bevor die Schmerzens- und Todesschreie herüberwehten, wusste er, dass sie allesamt ihr Ziel finden würden. Brocken bemerkte, dass ein Teil der Bogenmänner ihn in einer Mischung aus Erstaunen und Bewunderung anstarrten. »Ihr sollt nicht glotzen, sondern schießen!«, polterte er.

Brandmarks Pikeniere rückten weiter vor. Brocken legte den Bogen zur Seite, ergriff mit der Rechten den mächtigen Bidenhänder und mit der Linken den neuen Morgenstern. Es wurde Zeit, dass Letzterer Blut schmeckte. Breitbeinig stellte er sich auf eine der Wagenseiten und streckte Schwert und Stachelkeule gen Himmel, so als wolle er die Götter beschwören, ihn zu unterstützen – oder als würde er sie bedrohen, wenn sie ihm nicht halfen, je nach Sichtweise.

»IHR KÄMPFT GEGEN BROCKEN!«, brüllte er dem Feind entgegen. »ICH WERDE EUCH VERNICHTEN!«

Staunen, Stocken, Stolpern schwappte ihm als Reaktion entgegen. Die Ereignisse verunsicherten Brandmarks Fußsoldaten. Beinahe zögerlich erreichten die Ersten die Wagenpalisade. Brocken hatte zwischenzeitlich die Bogenmänner nach hinten beordert. Die Stangenwaffen seiner Pikeniere ragten weit über die Fuhrwerke hinaus, der provisorische Wall erfüllte seinen Zweck besser als erwartet. Weder das Fußvolk noch die gegnerischen Reiter hatten eine Chance durchzubrechen.

Die ersten Kämpfe Mann gegen Mann brachen los, und Brocken stürzte sich mit seinen übergroßen Waffen hinein. Wie so oft reagierten die feindlichen Soldaten überrascht ob der brachialen Kraft und Gewalt, die wie ein Wirbelsturm auf sie niederfuhr. Der alte Söldner kämpfte an vorderster Front gegen ihre Piken, Schwerter und Äxte, doch vor allem gegen ihre Moral. Und nichts zersetzte Moral so gut wie Angst, geschürt von Überraschung und Unsicherheit.

Ein Signal ertönte, wobei Brandmarks Truppen ihr Heil bereits in der Flucht suchten. Der militärische Ausdruck dafür lautete *Rückzug*. Der Herzog würde seine Truppen ordnen und neu aufstellen müssen. Den Auftakt der Schlacht hatte er verloren.

Die Gesichter von Dunkelbergs Soldaten hellten sich auf. Nun wusste Brocken alle Männer bedingungslos auf seiner Seite. Sie würden ihm bis in die Hölle folgen. Dabei mussten sie das gar nicht, denn die Hölle war im Begriff, zu ihnen zu kommen.

Der Weibel hatte berittene Boten flussaufwärts entsandt, die so schnell wie möglich die Furt überqueren und Graf Dunkelberg benachrichtigen sollten. Es wäre zu reizend, wenn der Trottel seine Armee dorthin führte, wo sie gebraucht wurde.

Der halbe Nachmittag verging, bis wieder etwas geschah. In der Ferne bauten sich mehrere Reihen Pikeniere auf. Wollten sie tatsächlich anstürmen? Nur unter hohen Verlusten konnten sie die Abwehrreihen erreichen und mit Glück durchbrechen, denn Brockens Bogenmänner würden ihnen eine tödliche Pfeilsalve nach der anderen entgegenschicken. Doch nicht umsonst hatte der alte Söldner viele Schlachten geschlagen. Oftmals kam es anders, als es aussah. Handelte es sich nur um ein Ablenkungsmanöver?

Aufmerksam beobachtete er das Geschehen rundherum

– deshalb sah er als Erster die beiden Flöße, auf denen sich die verbliebenen Armbrustschützen dicht aneinanderdrängten. Eine breite Holzwand an der Seite bot Schutz vor Pfeilbeschuss. Brocken verstand sofort: Der Herzog wollte seine Fernschützen im Rücken des Feindes ans gegenüberliegende Ufer bringen. Von dort aus konnten sie ihre tödlichen Bolzen auf die deckungslosen Gegner abfeuern, während die Pikeniere von vorne anrückten.

Er entdeckte ihn auf dem ersten Floß – den Mann in einer Lederrüstung mit bronzenen Nieten und einem goldenen Helm, zu dem alle anderen auf dem überladenen Floß einen kleinen Abstand hielten. Seine Haltung verriet Selbstsicherheit und Macht. Brocken würde seinen Schaller darauf verwetten, dass es sich um Herzog Brandmark handelte. Wieso ausgerechnet seinen Helm? Ganz einfach, weil er ihn nicht mehr auf dem Kopf trug, sondern in der Hand hielt. Ohne länger darüber nachzudenken, ließ er ihn zusammen mit seinen beiden Waffen fallen und stürzte sich in den Fluss. Vielleicht hätte er vorher sein Kettenhemd ausziehen sollen, doch die Zeit wurde knapp, denn die Flöße näherten sich schnell. Tauchen musste er nicht, seine schwere Rüstung zog ihn hinab. Mit zügigen Schwimmbewegungen näherte er sich der Flussmitte. Keinen Augenblick zu früh, denn schon sah er über sich den viereckigen Schatten des ersten Floßes. Mit beiden Beinen stieß er sich kräftig vom Grund des Flusses ab. Brocken schaffte es, die Baumstämme an der Barrikadenseite zu ergreifen, sodass die Soldaten ihn nicht sehen konnten.

»Mein Herzog, ich bin mir sicher, dass einer unserer

Gegner ins Wasser gesprungen ist«, hörte er jemanden sagen.

»Mag sein, doch was will ein einzelner Idiot ausrichten? Gleich erreichen wir das Ufer.«

Also handelte es sich tatsächlich um Wolfram Brandmark. Brocken klammerte sich an das Holz des Schutzwalles und zog sich hoch. Das Floß befand sich ohnehin in leichter Schräglage, nun neigte es sich noch mehr. Der alte Söldner erkannte, dass er es nicht schaffen würde, es ganz umzudrehen, doch er verwandte sein ganzes Gewicht darauf, es stärker zu kippen. Prompt verloren die ersten Armbrustschützen das Gleichgewicht und plumpsten ins Wasser. Der Herzog zog sein Schwert und versuchte, Brocken zu attackieren, doch das schwankende Floß erschwerte einen gezielten Schlag oder Stoß. Der alte Söldner hatte nicht vor, gegen Brandmark zu kämpfen, jedenfalls nicht inmitten seiner Männer auf einem Floß. Er schaffte es, auf den Schutzwall zu klettern und für einen Augenblick breitbeinig darauf zu balancieren. Keiner der Armbrustschützen hielt die Waffe zum Schutz der eigenen Männer auf dem engen Floß einsatzbereit, sodass nur der Herzog eine unmittelbare Gefahr darstellte. Auf der anderen Seite hob sich das Floß deutlich aus dem Wasser. Nun verlor auch Brocken das Gleichgewicht, doch der kurze Moment der Kontrolle reichte ihm. Er stieß sich mit den Füßen ab und rammte seine Schulter gegen die Brust des Herzogs. Beide fielen sie in den Fluss. Mit der rechten Hand packte Brocken Brandmarks Schwertarm und mit der linken seinen Hüftgurt. Gemeinsam sanken sie zum Grund des Nubil, während der Herzog strampelte und sich nach Leibeskräften wehrte.

Brocken verwandte seine gesamte Kraft darauf, ihn weiter zu umklammern. Ihre Gesichter berührten sich beinahe, die weit aufgerissenen Augen seines Feindes starrten ihn lidlos an. In den Pupillen nahm Entsetzen Gestalt an. Es sah nicht so aus, als wenn auch nur einer der Untertanen des Herzogs den Versuch machen würde, seinen Herrn zu retten. Der Mann begriff, dass er hier und jetzt ertrinken würde. All seine Macht, sein Gold und sein Können nützten ihm in diesem Augenblick nichts mehr. Seine Bewegungen wurden langsamer, die Kraft in den Armen und Beinen ließ nach. Auch Brockens Körper schrie nach Luft, doch er widerstand dem Reflex einzuatmen.

Die gequälte Miene des Herzogs verriet Kapitulation, er konnte es nicht länger hinauszögern. Er öffnete den Mund und schnappte nach Luft, doch nur Wasser strömte in seine Lungen. Seine Augäpfel quollen hervor, und die Pupillen wurden glasig. Er spuckte und röchelte. Letzte verzweifelte Blasen stiegen empor. Brocken ließ ihn los. Ein wahrlich teuer erkaufter Sieg, denn sofort folgte der nächste Kampf auf Leben und Tod. Ein Kampf gegen die Müdigkeit, den Luftmangel, das Gewicht der Kettenrüstung und der verstärkten Nietenhose sowie der vollgelaufenen Stiefel. Luft war alles, was er denken konnte. Luft! Mittels mehr aus Verzweiflung denn aus Kraft bestehenden Armzügen, schwamm er dem Licht entgegen. Er kam kaum vorwärts. Hielt ihn die Strömung oder sein Gewicht auf dem Grund? Du willst Luft? Dann atme, brüllte ihn jeder Teil seines Körpers an. Nur sein Kopf weigerte sich. Seine Kräfte schwanden. Donnerschlag! Das Licht über ihm schien noch so weit weg wie die Sonne, doch dort gab es Leben, gab es Luft. Seine Lungen schienen zu bersten. Dieser Schmerz war alles andere als süß. Elendig ersaufen wie eine Ratte in einem Regenfass? Kein Tod für einen wahren Krieger. Seine Armbewegungen verlangsamten sich. War er dem Licht überhaupt näher gekommen? Seine Sinne schwanden, die starken Arme ließen ihn im Stich, der Körper gehorchte nicht mehr. Er konnte es nicht mehr schaffen, dabei befand sich die rettende Wasseroberfläche nicht einmal eine Pferdelänge über ihm. Durch das Wasser glitzerte ihn die rettende Luft höhnisch an. Es ließ sich unmöglich weiter hinauszögern, er musste atmen, atmen, atmen.

Nein, tu es nicht. Wasser in den Lungen ist dein Tod.

Dieser letzte Gedanke verbrauchte seine letzte Kraft. Trotz des kalten Wassers erfasste ihn Wärme in jedem seiner schmerzenden Muskeln. Lava brodelte durch seine Adern.

Das Ungetüm

Raffael verbrachte die Schlacht hinter den Linien. Über den Fluss hinweg hatte er eine gute Sicht auf das Geschehen – so recht darüber freuen konnte er sich nicht, vor allem, wenn er sich die Umstände des Ganzen ins Gedächtnis rief. Nur um diesen Gelehrten zu befragen, bei dem nicht einmal feststand, ob er ihnen überhaupt weiterhelfen konnte, rutschten sie mitten in einen Krieg hinein, der sie nichts anging.

Das Bollwerk aus Wagen und Menschen in der Flussbiegung leistete erbitterten Widerstand. Was war das für ein brillanter Schachzug gewesen! Zudem setzte Brocken die Bogenmänner äußerst geschickt gegen die Armbrustschützen ein. Doch auch Raffael war klar, dass dies gegen die Übermacht nicht ausreichte. Das Rauschen des Flusses untermalte die Schlachtgeräusche, geduldig und friedfertig. Niemals würde Raffael sich an das Stechen, Stöhnen und Sterben gewöhnen, zumal er die Sinnhaftigkeit des Ganzen nicht verstand.

Die erste Angriffswelle wurde zurückgeschlagen, es entstand eine kleine Feuerpause.

Gelegentlich wehte der Wind einige Befehle des alten Söldners herüber. Ohne Brocken hätte Herzog Brandmark das Feldlager längst mit Mann und Maus dem Erdboden gleichgemacht.

Gemütlich kam ein riesiges Floß flussabwärts gefahren, vollbepackt mit Armbrustschützen, die sich hinter querliegenden Holzbalken verschanzten. Verflixt! Man musste kein großartiger Militärstratege sein, um ihr Vorhaben zu begreifen. Sie wollten sich gegenüber von Raffael auf der äußeren Seite der Biegung des Nubil aufstellen. Von dort aus hatten die gefährlichen Bolzen freie Bahn auf die Gegner.

Die Kämpfe am Flussufer gingen unverändert weiter, bemerkten Brockens Truppen die drohende Gefahr nicht? Was war das? Atemlos verfolgte Raffael, wie eine riesenhafte Gestalt aus dem Wasser emporschoss und sich an das Floß klammerte. Das Gefährt geriet in Schräglage, als der Hüne auf die Schutzmauer kletterte. Das Floß schwankte, einige Fernkämpfer fielen ins Wasser. Mit einem Hechtsprung riss der Riese einen der Feinde um und verschwand mit ihm in den Fluten des Nubil.

Ohne zu blinzeln und ohne zu atmen, verfolgte der Gaukler das Geschehen. Brocken war verschwunden und bislang nicht wieder aufgetaucht. Wie von sich eingenommen musste man sein, mit einer Kettenrüstung in den Fluss zu springen? Immerhin hatte er vorher seinen dämlichen Helm abgenommen.

Auf dem Floß herrschte heilloses Chaos. Ein Drittel der Armbrustschützen stürzte unfreiwillig ins Wasser und strampelte auf das gegenüberliegende Ufer zu. Die anderen hielten sich krampfhaft aneinander fest, während sie den Fluss hinuntertrieben.

Die Kampfhandlungen vor der Wagenburg ebbten ab. Die Pikeniere zogen sich unter dem Pfeilbeschuss zurück.

Raffael blickte in alle Richtungen. Bislang war kein feindlicher Soldat zu ihm durchgedrungen. Den höheren Mächten sei Dank, zumal der Gaukler nicht einmal ein Schwert zur Verteidigung besaß, denn das hatte die liebenswürdige Stadtwache von Drachenbein einkassiert.

Wo steckte Brocken? Kein Mensch konnte so lange unter Wasser bleiben.

Mache ich mir etwa Sorgen um den grantigen Eisklotz?, ertappte er sich.

Wie gebannt sah er mit heißen Augen auf die Wasseroberfläche. Nichts zu entdecken. Hatte der Nubil tatsächlich den legendären Söldner verschluckt und in die Hölle gespült? Raffael biss sich auf die Unterlippe. Er konnte und wollte nicht glauben, dass es so zu Ende ging. Seine Augen wurden trocken und brannten, er blinzelte. Der Nubil glitt dahin, unberührt, ungerührt, wie seit tausend Jahren. Einen Steinwurf weiter flussabwärts schoss ein Kopf aus den Fluten empor und schnappte nach Luft. Nur wenige Herzschläge später stapfte Brocken aus dem Fluss wie eine wandelnde Wasserleiche. Seine langen weißen Haare klebten an seinem faltigen Gesicht, Wasserpflanzen hingen ihm über den Kopf und die Schultern und hatten sich zudem in den Gliedern der Kettenrüstung verfangen. Der mächtige Brustkorb des Algenmonsters hob und senkte sich. Dieser Kampf hatte Brocken an die Grenze seiner Kräfte gebracht – nein, darüber hinaus. Angewidert schüttelte der alte Söldner das Wasser ab. Bislang hatte er keinen Ton von sich gegeben, Raffael war sich nicht einmal sicher, ob er ihn überhaupt bemerkt hatte.

»Brocken, was ist los?«, sprach er ihn an.

Mit einem animalischen Wutschrei stürzte sich das Ungetüm auf ihn. Die Wucht des Angriffs riss ihn von den Beinen, sein Hinterkopf knallte auf den Boden, der Fluss drehte sich und floss plötzlich bergauf, während die Wolken herabfielen. Alles drehte sich. Eine Hand wie ein Schraubstock legte sich um seinen Hals.

»Br…rgh…ken«, gurgelte Raffael zu Tode erschrocken und riss die Augen auf. Schlingpflanzen und Haare hingen dem alten Söldner wie ein dichter, weiß-grüner Vorhang ins Gesicht. Dahinter schien es rot zu glühen – Augen im Fieberwahn? Rot? Leuchteten die eisblauen Augen etwa wie Feuer? Ganz sicher war der Gaukler in diesem Moment nicht. Überraschung, Todesangst, Schwindel und Luftmangel ließen keinen klaren Gedanken zu. Stocksteif lag er am Uferrand, während Brocken seine Gurgel umfasste und zudrückte. Raffael dachte an die Gitterstäbe des Schandkäfigs. Die rohen Kräfte dieses Mannes konnten ihm ohne größere Anstrengung den Kopf abreißen. Ob er hören würde, wie seine Halswirbel brächen? Das reichte offenbar nicht, denn nun holte Brocken zusätzlich mit der rechten Faust aus, um sein Gesicht zu zerschmettern. Noch nie hatte Raffael einen solchen Hass gespürt – auf die Welt und alles, was in ihr lebte. Ein gieriger Schlund saugte sämtliches Blut aus ihm heraus und pumpte dafür Eiswasser in seine Adern. Er erlahmte, er erstickte, er erfror. Das reichte für mehrere Tode.

Mit einem letzten Reflex öffnete Raffael den Mund. Seine Stimmbänder versagten, die Lippen formten nur ein verstörtes, gequältes *Brocken.*

Der Griff um seinen Hals wurde lockerer. Brockens rechte Faust öffnete sich, er wischte sich die Haare zur Seite. Eine dunkle, raue Stimme ertönte: »Schmalhans?«

Als Antwort röchelte der Gaukler zustimmend. Was war denn nur in diesen idiotischen Eisklotz gefahren?

Der alte Söldner ließ ihn los und stand auf.

Raffael entspannte sich etwas. Es dauerte, bis wieder Blut durch seine Adern und vor allem in seinen Kopf floss. Er setzte sich auf und rieb sich den Hals. Brocken hätte ihm beinahe den Kehlkopf zerquetscht. »Was … soll das?«, brachte er unter Mühen hervor.

Brocken benötigte eine Weile für die Antwort. »Stell dich nicht so an, Schmalhans, es ist doch nichts passiert. Ich dachte, du bist ein Feind. Durch die Haare und mit Wasser in den Augen konnte ich kaum was sehen.«

Raffael sammelte Kraft für eine gebührende Entrüstung. Dazu brauchte es viel Kraft. Gerade als er eine passende Antwort geben wollte, entdeckten ein paar Soldaten in der Ferne den alten Söldner.

»DA IST ER! ER IST NICHT ERTRUNKEN!«

»BROCKEN!«

»ER IST UNBESIEGBAR!«

Die Rufe und der aufbrandende Jubel lenkten sämtliche Aufmerksamkeit auf das Ufer flussaufwärts.

Mit großen Schritten marschierte der alte Söldner auf die Soldaten zu. »Brandmark liegt wie ein Stein auf dem Grund«, knurrte er den Weibel an, der ihm den Schaller entgegenstreckte.

Mit stoischer Ruhe nahm Brocken seinen Helm entgegen und stülpte ihn sich über sein nasses Haar. Er griff nach dem Zweihänder und der Stachelkeule, die in der Nähe auf dem Boden lagen, und begab sich zum Entsetzen der feindlichen Pikeniere wieder vor die Wagenburg.

»FOLGT EUREM HERRN IN DEN TOD!«, brüllte er.

Raffael blieb zurück und bemühte sich, das soeben Erlebte zu sortieren, zu erklären und zu verkraften.

Der Tod des Herzogs und der missglückte Plan, die Armbrustschützen in Stellung zu bringen, erstickte wenig später auch den Widerstand der noch kämpfenden Soldaten. Die meisten flohen, einige wenige warfen ihre Waffen fort und ergaben sich.

Im Laufe des Abends wurden die feindlichen Fuhrwerke und Pferde ins Feldlager gebracht. Die Schlacht war geschlagen, zurück blieben die Taten und die Toten – alles unumkehrbar wie verschüttete Milch. Der übrig gebliebene Haufen schimpfte sich Gewinner, obgleich sie nahezu die Hälfte ihrer Kameraden verloren hatten. Ohne Erfolg hielt Raffael nach den Gefangenen Ausschau.

Brocken, der müde wirkte, wenngleich seine Augen wieder tiefblau leuchteten wie der Ozean bei Sonnenschein, tauchte zusammen mit Wieland neben ihm auf. Er warf seine Waffen hinten auf den Pferdekarren – der Meisterkrieger benötigte seine blutverschmierten Todeswerkzeuge heute nicht mehr. Für solche Gemetzel atmete der Söldner. Und einmal mehr ging er als Held hervor, der Mann, der den Unterschied machte, der Vielumjubelte, Retter und Heilsbringer für die Sieger, Teufel und Wurzel allen Übels für die Verlierer. Die lebende Legende hatte ihren Erfolgen ein weiteres Kapitel hinzugefügt. Zahlenmäßig hoffnungslos unterlegen, hatte er seine Männer vor einer Niederlage bewahrt und vermutlich ihrer aller Leben gerettet. Nebenbei hätte er ihn beinahe getötet. Der Mann war ein verrückter Gefährlicher und gefährlicher Verrückter.

Brocken verschwand wieder. Wieland setzte sich auf den Boden und lehnte sich mit dem Rücken an eines der Wagenräder. Der Karren stand immer noch hinter der Flussbiegung abseits des Feldlagers. Blutbesprenkelt und schweißüberströmt wie er war, hatte der Kampf gegen die Pikeniere auch ihn gezeichnet, glücklicherweise war der Freund bis auf eine Fleischwunde am Knie unversehrt geblieben.

Raffael untersuchte das Bein. »Ist nicht tief und relativ harmlos, immer vorausgesetzt, die Wunde entzündet sich nicht. Ich lege dir einen ordentlichen Verband an.« Der Gaukler hatte stets saubere Leinenstreifen in seinem Bündel.

Wieland hörte gar nicht richtig zu, sondern schwärmte: »Brocki hat im richtigen Moment die richtigen Entscheidungen getroffen und es wieder einmal hingebogen.«

»Wie die Gitterstäbe des Schandkäfigs«, meinte Raffael.

»Brandmark befehligte doppelt so viele Männer, die auch noch das Überraschungsmoment auf ihrer Seite hatten. Aber wir haben Brocken. Er ordnet das Chaos, er beherrscht das Schlachtfeld, er bringt jeden Einzelnen seiner Männer dazu, über sich hinauszuwachsen. Unglaublich, welche Zuversicht er verbreitet. Auch weil er sich selbst für nichts zu schade ist. Und wie bei der Schlacht gegen Bodenstein hat er den feindlichen Kriegsherrn besiegt.«

Raffael spürte seinen immer noch schmerzenden Hals. Nicht nur aus diesem Grund konnte er Wielands Begeisterung kaum teilen. Sollte er ihm von dem merkwürdigen Erlebnis erzählen? Nein, vielleicht später, denn allmählich kroch die Erleichterung in sein Bewusstsein, lebendig aus diesem Schlamassel herausgekommen zu sein. »Wie kann jemand mit einer Kettenrüstung, die so viel wiegt wie mein Karren samt Diego, in den Fluss springen?«, fragte er.

»Spätestens seit er uns aus dem Käfig geholt hat, kennen wir seine unmenschlichen Kräfte.«

Unmenschlich passt gut, dachte Raffael. Vom Teufel getrieben. Der alte Mann blieb ihm ein Rätsel.

Der Nubil rauschte nach wie vor beruhigend vorbei, als sei nichts geschehen. Eine Leiche trieb an der Oberfläche. Der Fluss verteilte bereits die Zeugnisse des Krieges in seinem unendlichen Nass. Wieland und Raffael fuhren auf dem alten Karren ins Feldlager zurück.

Die Mahlzeit

Das tagelange Reiten machte Umbran wenig aus, obwohl er Pferde nicht sonderlich mochte. Lange Reisen gehörten zu seiner Profession wie das Ableben seiner Opfer. Ein notwendiges Übel, denn diese kamen in der Regel nicht zu ihm, sondern er zu ihnen. Er ritt auf einem alten Grauschimmel, saß in einem noch älteren Sattel, zudem führte er ein ebenso betagtes Packpferd, beladen mit diversen belanglosen Utensilien mit sich; nicht einmal eine brauchbare Waffe hing an seinem Gurt. Weder der Kram noch die Reittiere weckten Begehrlichkeiten, somit stellte er für Diebe und Wegelagerer alles andere als eine lohnende Beute dar. Natürlich war auch dies keine Garantie dafür, bei einem Überfall ungeschoren davonzukommen, schließlich gab es genug Sadisten, die nur aus Spaß an der Freud töteten, doch es erhöhte die Chance.

Vergnügt summte er sein Lied:

Die Erste für die letzte Nacht,
für todesgleichen Schlaf die Zweite,
die Drei für der Wahrheit Macht,
die Letzte führt zur and'ren Seite.

Die Spur führte nach Süden, immer weiter nach Süden. Nach einer scharfen Rechtskurve der schlammigen Straße tauchten in der Ferne einige Häuser auf, zunächst nur einfache Hütten mit Strohdächern, doch dann folgten aufwendigere Bauten aus Stein und Ziegel. Das hölzerne Skelett eines im Bau befindlichen Kirchturms sprang ihm ins Auge. Er trabte auf das Gotteshaus zu.

Rechter Hand wies ein Schild mit einem überschäumenden Bierkrug auf ein Wirtshaus hin – ein willkommener Ort, ein Pfuhl der Informationen. Der Schatten band seine Pferde an einen Querbalken vor dem Eingang fest, drückte die einfache gusseiserne Klinke und betrat die Schenke. In ausgelassener Stimmung redeten und tranken etwa zwanzig Dörfler alle durcheinander. Wenn einmal eine Pause im Stimmengewirr einsetzte, rülpsten sie.

Umbran rümpfte die Nase, eine solche Anhäufung von Menschen roch stets – hier nach kaltem Bier, kaltem Schweiß und kaltem Rauch. Zudem warfen die Dörfler dem Neuankömmling kalte Blicke zu. Ihm machte das nichts aus, es spielte keine Rolle. Umbran reagierte nicht darauf, im nächsten Augenblick hatten ihn die meisten bereits vergessen.

Hinter dem Tresen hing ein polierter Eisenschild an der Wand. Die leichte Wölbung verzerrte die Realität. Wessen Realität, welche Realität? Und um wie viel? Umbran starrte auf das Metall. Die tiefen, engen Augenhöhlen warfen Schatten und gaben seinem Gesicht das Aussehen eines Totenschädels. Die Nase wirkte noch länger, das dunkelbraune strähnige Haar stand im Kontrast zu der aschfahlen Stirn und den bleichen Wangen.

Der Raum war nicht sonderlich groß. An der Seite befand sich ein kleines Fenster, aus dem man vermutlich vor einem Jahrzehnt einmal hatte rausgucken können. Nun schützte eine daumendicke Schmutzschicht das Glas. In einer Nische neben dem Tresen köchelte ein Rest Suppe in einem Kessel über dem offenen Feuer.

»Ich habe Fragen«, machte er den Wirt auf sich aufmerksam.

»Ich habe am liebsten Menschen mit Durst«, antwortete der Mann hinter dem Tresen. »Was darf es sein?« Er breitete die fleischigen Oberarme aus, vielleicht um den Anschein einer unerschöpflichen Auswahl zu suggerieren. In der Realität, die auch der spiegelnde Schild kaum beschönigen konnte, gab es genau eine Sorte Bier und eine Sorte Rotwein. Und Suppe aus dem Kessel.

»Was darf ich Euch geben?«, fragte der Wirt erneut.

»Antworten!« Umbrans schmale Lippen wurden noch schmaler, auch seine Augen verengten sich.

»Daran verdiene ich nichts«, seufzte der Mann hinter dem Tresen.

»Bring noch 'ne Runde!« Einer der Säufer schwankte herbei und rempelte Umbran an. »He, wo kommst du hässlicher Bursche denn her?« Er blinzelte. »Du siehst aus wie 'ne blutarme Kröte. Was willst du hier?«

»Ich sagte es bereits, ich suche Antworten, keine Fragen.«

Der Kerl schnäuzte sich in seinen Ärmel. »Kommt hier rein und klopft Sprüche. Trink ein Bier, Fremder. Und noch eins. Dann sieht die Welt schon freundlicher aus.«

Umbran ignorierte ihn und sprach den Wirt erneut an. »Ich bin auf der Suche nach Brocken, dem legendären Söldner. Er soll hier Halt gemacht haben.«

»Jawohl! Er hat hier … Halt gemacht und die Strauchritter kalt gemacht«, erklärte der Säufer und freute sich über seinen grandiosen Reim. »Er ist ein großer Held«, fuhr er fort. »Er hat das Dorf vor den Dieben und Mördern gerettet. Hundert von den miesen Hunden hat er umgelegt. Was willst du von ihm?«

»Ihn finden.«

Diese knappe Antwort schien dem Mann nicht zu reichen, er verzog den Mund, sodass der Speichel heraustropfte. »Weißt du was, Fremder, wir mögen keine Fremden.«

»Brocken war auch ein Fremder, bis er das Dorf gerettet hat.«

»Du bist ein ganz Schlauer, was? Hast auf alles eine Antwort, was? Solche kann ich besonders gut leiden.« Er tropfte wieder.

Der Schatten beschloss, die Bemerkung zu ignorieren. »Weiß jemand, wo Brocken hinwollte? War er auf dem Weg nach Drachenbein?«, fragte Umbran in die Runde, denn inzwischen folgte die Mehrzahl der Gäste dem Gespräch am Tresen.

Die Missachtung ärgerte den Säufer. »He, hast du nicht gehört? Ich mag dich nicht«, meckerte er.

Der Wirt hinter dem Tresen vermittelte. »Lass den Mann in Frieden, Rondo.«

»Dich mag ich auch nicht«, fuhr dieser den Wirt an.

Der lächelte nur, vermutlich hörte er das nicht zum ersten Mal.

»Warum hat Brocken das Dorf gerettet?« Die Frage flutschte Umbran einfach so heraus wie ein nasses Stück Seife aus den Fingern. Seinem Tonfall war zu entnehmen, dass ihn diese Tatsache verwunderte – wenn er darüber nachdachte, sogar enorm verwunderte. Der Schatten pflegte seine Opfer zu studieren, er wollte sie kennenlernen, sie lesen, sie verstehen und die Welt durch ihre Augen betrachten, bevor er sie tötete. Das war er ihnen schuldig. Durch dieses Einfühlungsvermögen starb mit jedem Auftragsmord auch ein Stückchen von Umbran. Das machte die Ausführung seiner Aufträge noch delikater und den Tod bittersüß.

Hier stolperte er über einen Widerspruch wie über eine hochstehende Wurzel. Nach allem, was er über Brocken gehört hatte, kümmerte sich dieser einen feuchten Kehricht um das Schicksal anderer Leute. Stets hatte es geheißen: Hilfe des alten Söldners muss für einen erklecklichen Haufen Gold erkauft werden. Dabei spielten moralische Aspekte oder andere Ideale keinerlei Rolle. Schlicht und einfach zusammengefasst: Der Kerl mordete für den Meistzahlenden, daher hatte er auch solch durchwachsenen Gestalten wie Graf Garsick gedient. Das gefiel Umbran, er fühlte eine gewisse Verbundenheit.

Von all diesen Gedanken wusste Rondo nichts. Der Säufer ereiferte sich: »Warum Brocken uns geholfen hat? Was fragst du so komisch? Glaubst du uns etwa nicht? Er hat sie getötet, einen nach dem anderen, kurz bevor sie die Mädchen vom Bürgermeister aufhängen konnten. Aus purer

Menschenliebe ist er eingeschritten, ohne etwas dafür zu verlangen. Weil er ein Held ist, ein Mensch mit Herz und Güte.«

»Wenn ihr das glauben wollt.« Umbran zuckte mit den Schultern. Herz und Güte!?

»He, Fremder. Das klingt, als seist du nicht davon überzeugt. Wir haben Brocken zum Ehrenmitglied unseres Dorfes ernannt. Willst du etwa sein Ansehen beschmutzen?«

Der Schatten wunderte sich. Üblicherweise beachteten ihn seine Mitmenschen nicht, doch hier kam es anders. Kaum war er diesem legendären Söldner auf der Spur, fand er sich in einer ungewohnten Situation wieder. »Nein, das liegt mir fern«, sagte Umbran.

Nicht beschmutzen, nur umbringen, dachte er.

»Raus mit der Sprache – was führt dich zu unserem Ehrenbürger?«, fragte Rondo, der auf einmal gar nicht mehr so betrunken wirkte.

Ein paar andere Kerle erhoben sich von ihren Stühlen und kamen näher. Der Schatten drückte seinen Hintern an den Tresen. Er war es nicht gewohnt, im Mittelpunkt zu stehen. Ein störendes, betörendes Gefühl – eine neue Erfahrung. Er genoss jeden Herzschlag.

»Ich habe ihm eine wichtige Botschaft von Graf Garsick zu überbringen.« Das entsprach im Grunde der Wahrheit.

»Garsick? Dieser widerliche Kriegstreiber?« Der Wirt hinter ihm spuckte aus. »Weißt du was? Mit dir stimmt was nicht. Du scheinst etwas Übles gegen unseren Helden zu hegen.«

Oh, damit hatte er seinen einzigen Fürsprecher verloren,

die Situation in der Schenke gewann an Bedrohlichkeit.

Ein weiterer Kerl schob sich vor und stemmte wichtigtuerisch die Arme in die Hüften. »Ich bin hier der Dorfschulze. Am besten, du verlässt uns wieder. Am besten schnell und sofort.«

»Was seid ihr nur für hohle Geschöpfe. Versoffene Dummbatzen, mit denen ich ohnehin keine Zeit mehr zu verschwenden gedenke.« Umbran packte so viel Verachtung, Hohn und Spott in sein Grinsen, wie er aufbringen konnte. Nein, sogar noch mehr.

Den ersten Tritt und den ersten Schlag sah er kommen. Dann schloss er sowohl sein blaues als auch sein grünes Auge, hob die Fäuste vors Gesicht und senkte sein Kinn auf die Brust, um den Hals zu schützen. Schon prügelten die Dörfler auf ihn ein. Er stürzte auf die Knie, die Prügel gingen weiter. Seine Nase drückte sich in den Lehmboden, es roch ekelhaft – eine schmierige, stinkende Grütze. Nach unzähligen Schlägen packten zwei von ihnen jeweils ein Bein und zogen ihn aus der Schenke. Sein Hinterkopf holperte schmerzhaft über die Türschwelle. Schwere Stiefel verabschiedeten ihn nachdrücklich, der Dorfschulze stand daneben und lachte gehässig. »Sorg dafür, dass du mir nie wieder unter die Augen kommst, Kröte. Keinem von uns!«

»Das … das mache ich«, stöhnte er. »Versprochen!«

»Hehe, schnapp dir deine beiden Klappergäule und verschwinde! Kommt Männer, gehen wir wieder rein. Nach dem Spaß spendiere ich eine Runde.«

Das musste er seinen Saufkameraden nicht zweimal sagen, sie ließen den Dorfschulzen hochleben und verschwanden daraufhin in der Schenke.

Umbran wand sich auf dem Boden und sortierte seine Knochen von unten nach oben. Seine Zehen schienen in Ordnung, das Fußgelenk auch. Es dauerte eine Weile, bis er zum Hals kam. Gebrochen schien nichts. Er schmeckte Blut auf den Lippen, er leckte links und rechts, doch anscheinend lief es aus der Nase. Egal. Die wichtigen Organe hatte er mit seinen an die Seite gepressten Ellenbogen halbwegs schützen können, sodass er sich langsam erholte. Er rappelte sich hoch. Ein Stechen im Knie und ein Pochen im Hinterkopf ließen ihn stöhnen. Er sog die frische Abendluft ein und reckte sich genüsslich, der nachlassende Schmerz verzückte ihn. Behutsam humpelte er zu seinen beiden alten Gäulen, band sie los und führte sie ein Stück abseits des Weges ans Ende des Dorfes. Er klopfte seinem Packpferd auf den Hals und entnahm dem linken der beiden groben Säcke am Sattel einen Blechtopf mit passendem Deckel. Zudem löste er einen prallgefüllten alten Lederbeutel vom Gurt und entnahm diversen kleinen Behältern weitere Ingredienzien. Das linke Bein konnte er nicht richtig beugen, daher schaffte er es nicht, sich hinzuknien. Der Schatten ließ sich auf den Hintern plumpsen und entfachte im Sitzen ein kleines Feuer aus Reisig. Er öffnete den Lederbeutel und kippte den Inhalt in den Topf. Er betrachtete sein Werk. Ein Klumpen Erdpech in einem Blechbehälter. Nur langsam erhitzte sich die dunkle Masse, dadurch wurde sie flüssiger. Eine erste Blase verriet, dass es gleich kochen würde. Umbran öffnete eine Phiole und kippte eine graue Flüssigkeit dazu. Nun folgte die wichtigste Zutat, jene, die eine besondere Würze mit ins Spiel brachte. Gewissenhaft zählte er die gelben Schwefelkristalle ab, die er seinem Eintopf beimengte. Ein vorzügliches Mahl stand kurz vor der Fertigstellung. Bis dahin rieb Umbran sein Knie, es schmerzte schon weniger. Er legte den Deckel auf den Topf. Noch ein paar Handgriffe und zurück ging es mit der besonderen Suppe in Richtung Dorfmitte. Er zog sich die Kapuze seines Überwurfs tief ins Gesicht und stellte erfreut fest, dass er kaum noch humpelte. Auf dem Weg dorthin kam er an einem Schuppen vorbei, neben dem ein Haufen alter Bretter lag. Gutgelaunt klemmte er sich eines davon unter den Arm – die Länge müsste hinkommen.

Es waren nur noch wenige Schritte bis zur Schenke, als plötzlich ein Kind seinen Weg kreuzte. »Guten Abend«, begrüßte ihn das Kerlchen höflich. Umbran schätzte ihn auf sechs oder sieben Jahre. Seine Augen waren fast so groß wie seine Segelohren.

»Hallo Kleiner, was machst du denn zu so später Stunde noch auf der Straße?«, fragte Umbran.

»Mama sagt, ich soll Papa aus der Schenke holen. Damit er sich nicht die ganze Nacht betrinkt.« Er zeigte auf das Schild mit dem überschäumenden Bierkrug.

»Aha. Und warum kommt sie nicht selbst?«

»Auf mich hört Papa eher als auf sie.« Der Junge nickte stolz. »Deswegen bin ich auch kein Kleiner mehr.«

»Verstehe«, lächelte Umbran. »Wie heißt du denn, Großer?«

»Flinn.«

»Ich sag dir was, Flinn. Geh zurück zu deiner Mama und

richte ihr etwas von mir aus. Du bekommst auch einen Silberling dafür.«

Geräuschvoll zog der Junge die Stupsnase hoch. »Ehrlich? Einen ganzen Silberling?«, fragte er misstrauisch.

»Ja, versprochen.«

Der Kleine überlegte. »Im Voraus?«

Furchtbar diese Welt! Wenig Redlichkeit führt zu noch weniger Vertrauen, das lernen die Menschen schon von Kindesbeinen an.

Er nickte und hielt dem Knaben die Münze vor die Nase.

Das Kerlchen nahm sie vorsichtig in seine kleine Hand. Was hatten Kinder nur für niedliche Finger!

»Was soll ich denn ausrichten?«, fragte er mit riesigen Augen, offenbar neugierig, welche Nachricht solch ein Vermögen wert war.

»Sag ihr, sie muss dich nicht mehr schicken, nie wieder.«

»Oh, das wird sie freuen«, grinste der Junge. »Ich sag Papa nur noch schnell Bescheid.«

»Das ist nicht nötig, ich kümmere mich um ihn.«

»Na gut.« Flinn presste sein Fäustchen um den Silberling. »Was hast du da in dem Topf?«

»Ich habe etwas gekocht, eine Überraschung.«

Flinns Augen leuchteten. Das Wort *Überraschung* war für Kinder stets ein Freudenfest.

»Sagst du jetzt deiner Mama Bescheid?«, fragte Umbran sanft.

»Mach ich!« Mit erstaunlichem Tempo zischte Flinn ab, in die Richtung, aus der er gekommen war.

Umbran sah ihm nach, bis er hinter einer Häuserecke

verschwunden war. Dann stieg er die Stufe zum Eingang des Gasthofes hinauf. Es wurde Zeit, denn das Erdpech durfte nicht zu sehr abkühlen, das war er der feinen Gesellschaft schließlich schuldig. Er stellte das Brett ab und öffnete die Tür. Noch immer roch es nach kaltem Bier, kaltem Schweiß und kaltem Rauch. Das würde sich gleich ändern.

So schnell wie sein lädiertes Bein es zuließ, lief Umbran zur Feuerstelle, holte tief Luft und schüttete seine Mixtur in die Glut. Sofort ließ das Erdpech die Flammen hochlodern.

»Was zum Teufel soll das? Die Kröte traut sich tatsächlich noch mal hier rein«, entfuhr es dem Wirt.

»Der hat immer noch nicht genug«, staunte der Dorfschulze, stand von seinem Stuhl auf und ballte die Fäuste.

Dunkle, ölige Rauchwolken waberten inzwischen unter dem Kessel hoch. Umbran hielt den Atem an und presste Lippen und Augen zu. Blind machte er die paar Schritte zur Tür. Eilig schloss er sie hinter sich und verkeilte das Brett unter der Klinke.

Laute Stimmen ertönten, dann Geschrei, unterbrochen von Husten und noch mehr Gebrüll.

Ja, verschwendet nur eure Luft!, frohlockte der Schatten.

Von innen versuchte jemand, die Tür zu öffnen, doch das Brett verhinderte, dass die Klinke nach unten gedrückt werden konnte. Schon wurden die Bemühungen weniger, Keuchen und Stöhnen ebbten ab, für Wutschreie fehlte längst die Kraft. Nicht einmal für ordentliche Todesschreie reichte es. Ein ganz Gewitzter kratzte an dem kleinen Fenster herum. Zu spät. Friedliche Stille legte sich über das Dorf.

Er wartete noch einen kleinen Augenblick, dann trat er das Brett zur Seite. Mit dem Tuch vor dem Mund schob er die Tür auf. Das erwies sich als anstrengender als gedacht, da sich dahinter die Leichen stapelten. Umbran blieb auf der Schwelle stehen und blickte auf die verkrümmten Körper mit den qualvoll verdrehten Augen und den heraushängenden Zungen. Seine Mahlzeit wirkte zuverlässig und schnell. Sobald die schwefeligen Dämpfe mit der Feuchtigkeit von Augen und Mund in Berührung kamen, bildete sich ätzende Säure. Binnen weniger Herzschläge hatten die Männer das Bewusstsein verloren, etwa dreißig Atemzüge später waren sie alle tot. Pech gehabt – das passierte, wenn man sich mit dem Schatten anlegte.

»Wie versprochen – ab jetzt werde ich euch nie wieder vor die Augen treten.«

Obgleich es ihnen nun egal sein konnte. Der Tod hatte gewütet. Der Tod war sein stärkster Verbündeter. Der Tod liebte den Schatten, denn er sorgte auf vielfältige Art für ihn.

Auch wenn er von den Dorfbewohnern nichts erfahren hatte, so wusste er doch von dem kleinen See südlich von hier. Dort hatte laut dem Sanften Siegbert der Kampf der Doppelsöldner gegen Brocken und seine beiden Gefährten stattgefunden.

Die toten Dorfbewohner würden sich mit Sicherheit nicht mehr an ihn erinnern, und der kleine Flinn hatte ihn im Dunkeln kaum gesehen. Zufrieden humpelte Umbran zu seinen beiden alten, kostbaren Pferden. In dieser schlimmen Welt war es ein Privileg, alt zu werden.

Wortmeister

Blutende Männer wurden auf Tragen ins Lazarett gebracht, nur die eigenen natürlich, die feindlichen ließen sie einfach liegen. Qualvolles Dahinsiechen bis zum Tod gab es in den meisten Kriegen als Zugabe. Ein innerer Ruck ließ Raffael einen Schritt vortreten, bevor er seinen Verstand zusammenkramte, der ihm riet, sich wieder schweigend zurückzuziehen. Besser, er unterdrückte seinen Drang zu helfen. Das letzte Mal, als er sich hatte hervortun wollen, war er kurze Zeit später im Käfig gelandet.

Jubel ertönte, dazu schmetterten Fanfaren. Ein Trupp Berittener, bestehend aus Offizieren und Rittern in kostspieligen Rüstungen, preschte ins Lager – allen voran ein schlanker Mann auf einem schwarzen Hengst. Er war etwa in Raffaels Alter, sein Gesicht glänzte vor Stolz wie sein polierter goldfarbener Helm. Ein schmucker Kerl mit großen braunen Augen und einem gepflegten Bart rund um das schmale Kinn. Er folgte den Blicken der Männer und kam direkt neben dem alten Söldner zum Stehen.

»Ich bin Graf Dunkelberg, und Ihr müsst Brocken sein«, stellte er mit majestätischer Stimme fest. Heroisch schwang er sich aus dem Sattel.

Zur Antwort erhielt er zunächst lediglich das charakteristische stumme Nicken. Das genügte dem Grafen vollends. Theatralisch breitete er die Arme aus und drückte den Söldner an sich wie einen alten Kameraden. »Ein großartiger Sieg! Wir sind gerade zur rechten Zeit gekommen, ansonsten hätte der Feind mit Sicherheit diesen Teil meiner Truppen vernichtet und das Feldlager eingenommen.«

Zu dieser eigenwilligen Sichtweise der Geschehnisse schwieg Brocken. Der Graf löste sich, machte einen Schritt zurück und betrachtete seinen neuen Freund. »Natürlich habt Ihr auch Anteil daran. Ihr werdet Eurem Ruf in jeder Hinsicht gerecht.«

So viel Ehre – der alte Söldner verzog keine Miene.

Raffael hingegen schnappte nach Luft. Hatte er richtig gehört? Zur rechten Zeit gekommen? Ungläubig betrachtete der Gaukler die unbefleckte Rüstung und das rosafarbene Gesicht des Grafen – kein Blut, kein Schlamm, nicht einmal der Fleck eines Regentropfens trübte den Gesamteindruck. Der große, siegreiche Feldherr hatte noch in aller Ruhe Helm und Rüstung polieren lassen, sich dann heldenmutig in Schale geworfen, bevor er *nach* der Schlacht auftauchte und große Töne spuckte. In Wirklichkeit war er mit dem Großteil seiner Männer mit der falschen Strategie auf der falschen Seite des Nubil hirnlos wie nutzlos in der Gegend herumgeirrt. Sein Gegner, Herzog Brandmark, hatte den weitaus besseren Schlachtplan geschmiedet. Allein Brockens Führung hatte dem Grafen zum Sieg verholfen. Und was tat der alte Söldner, um das richtigzustellen? Nichts. Raffael öffnete den Mund, doch dann merkte er, wie Wieland ihm sanft auf den Fuß trat und ganz leicht den Kopf schüttelte.

Der Gaukler verstand, dass auch Wieland sich Gedanken über den glorreichen Grafen machte, es jedoch für besser erachtete, sich nicht einzumischen.

Du hast recht, ich halte lieber die Klappe, sah der Gaukler ein und hielt lieber die Klappe.

»Und das sind wohl Eure beiden Diener.« Großzügig sah der Graf einen ganzen Wimpernschlag lang zwischen Raffael und Wieland hindurch.

Diener!? Was sagte der alte Söldner dazu? Natürlich nichts! Nicht einmal ein faltiges Zucken.

Der Graf klopfte Brocken auf die Schulter. »Ich sehe, Ihr seid kein Mann der vielen Worte, doch zweifelsohne habt Ihr meine Dankbarkeit verdient. Lasst es mich wissen, wenn ich Euch einen Wunsch erfüllen kann.«

In diesem Augenblick schoben zwei Soldaten jemanden durch die Menge vor sich her. »Macht Platz, wir müssen zum Grafen«, riefen sie. Als sie vor ihm standen, verbeugten sie sich tief und fragten: »Herr, diese Frau gehört zu den Gefangenen. Sollen wir auch sie töten?«

Kaum im Feldlager zurück, hatte der Graf offenbar den Befehl erteilt, die Gefangenen hinrichten zu lassen. Raffael beschloss, diesen Bastard zu hassen.

Dunkelberg störte das wenig. Gut gelaunt betrachtete er die Gestalt, die in ein beiges Leinenkleid mit einem goldbestickten Überwurf gekleidet war. Einen Gutteil ihres Gesichts verbarg sie unter einem gelben Seidentuch.

»Zeig dich Weib! Oder willst du der Welt dein hässliches Antlitz ersparen?«, rief er und riss ihr mit einer schnellen Handbewegung das Tuch vom Kopf. Ein Raunen ging durch die Reihen der Männer, so als hätte der Graf ein meisterhaftes Monument enthüllt, wobei die Realität nicht weit davon entfernt war. Zum Vorschein kam eine Frau von außergewöhnlicher Schönheit. Sie war um die dreißig Jahre alt, ihr lockiges, dunkelrotes Haar stand in einem auffälligen Kontrast zu ihrer hellen Kleidung und der weißen Haut. Ihre großen Augen mit den langen, sanft gebogenen Wimpern huschten scheu umher, der Mund mit den vollen Lippen blieb geschlossen.

»Was gibt es Gefälligeres für einen Mann, als nach einer siegreichen Schlacht in das Antlitz einer schönen Frau zu schauen«, grinste der Graf linkisch, um dann in barschem Ton zu fragen: »Was bist du für eine?«

Angsterfüllt blickte sie ihn an, jedoch funkelte in ihren Pupillen ein Anflug von Trotz. »Mein Name ist Dana. Ich gehöre zu Herzog Brandmark.«

»Jetzt nicht mehr, es sei denn, du willst ihm auf dem Grund des Nubil Gesellschaft leisten.« Der Graf lachte selbstzufrieden.

Die Dame schlug die Augen nieder, dabei errötete sie leicht, was sie noch attraktiver machte.

»Eine Hure, die noch rot werden kann? Welch Posse!«

»Ja, ich war eine Hure, bis der Graf mich zu seiner Mätresse gemacht hat«, sagte Dana ohne jeden Stolz und ohne jede Scham.

»Hure oder Mätresse, wo ist da der Unterschied?«, grinste Dunkelberg. Ein gefährliches Funkeln glitzerte in seinen Pupillen, als er laut befahl: »Sorgt dafür, dass sie sich wäscht, und bringt sie mir heute Abend in mein Zelt.« Seine

Augäpfel betasteten die Frau schon jetzt am ganzen Körper.

»Euch werde ich niemals zu Diensten sein«, sagte diese trotz aller Furcht mit fester Stimme und dachte gar nicht daran, dem gierigen Blick des Grafen auszuweichen.

Ihr Mut beeindruckte den Gaukler, zumal sie genau zu wissen schien, was für Konsequenzen ihr Handeln nach sich ziehen konnte.

Die Wangenknochen des Grafen verhärteten sich. Eine solch offene Zurückweisung hatte er wohl nicht erwartet – und das im Dabeisein seiner Gefolgschaft. Geschwind hatte er seine Gesichtszüge wieder im Griff, als er mit sanfter Stimme entgegnete: »Du verschmähst mich und ziehst demnach den Tod vor? Als Brandmarks Hure bist du in den Krieg gezogen, und als eine solche wirst du behandelt.« Theatralisch legte er sich die Hand aufs Herz. »Meine Untertanen kennen mich als großzügigen Menschen. Deinem Wunsch sei stattgegeben – ich verspreche, ich werde dich nicht anfassen.« Ein treuherziges Schniefen folgte, dann fuhr er fort: »An meiner statt wirst du meine braven Soldaten glücklich machen, ohne auch nur einen Kupferling dafür zu verlangen.« Er breitete die Arme aus und rief: »Nach alter Tradition gehört den Gewinnern der Schlacht alles. Also nehmen wir uns alles.« Er riss ihr den Überwurf von den Schultern, sodass mehr von ihrem Körper zum Vorschein kam. Ein erneutes Raunen ging durch die Gruppe der Soldaten, als deren Blicke über die ansehnlichen Rundungen der Frau rutschten.

»Diese Schönheit ist ganz wild nach euch, Soldaten. In der nächsten Nacht macht sie es euch umsonst. Zeigt ihr, was für Männer die Grafschaft Dunkelberg hervorbringt. Kümmert euch bis zum Morgengrauen um sie.« Er lachte scheckig.

Die Söldner und Soldaten tuschelten; eine bedrohliche, animalische Stimmung kam auf.

Die Frau senkte den Kopf, sie wusste, was auf sie zukam.

Der Graf sonnte sich in ihrem Entsetzen, er schob die Zunge im Mund hin und her. »Heute Abend feiern wir unseren Sieg mit einem Lagerfest. Die Dame ist eine willkommene Attraktion. Richtet ein Hurenzelt für sie her und habt Acht, dass sie sich nichts antut, zumindest, bis sie voller Hingabe ihrer Profession nachgegangen ist.«

Fassungslos stand Raffael mitten im Geschehen und fühlte sich zwangsläufig als Teil dieser Tragödie. Auf einmal sah er durch die Augen eines Mädchens, ganz allein in der Nacht der brennenden Windmühlenflügel. Betroffen dachte sie an das Leiden und die Schreie der Mutter, als die Soldaten sie nach dem Überfall missbrauchten. Tränen drückten in den Augen.

Die Männer waren von ganz anderen Gelüsten getrieben. Erste Rufe ertönten: »Mich lässt die Schönheit zuerst ran!«

»Warum dich? Ich werde vor dir da sein.«

»Ich will sie auch«, grunzte ein dicker Kerl mit speckigem Vollbart und kniff Dana gierig in den Hintern.

Sie bewegte sich nicht, stumme Verzweiflung ließ sie wie versteinert dastehen.

»Finger weg! Bis heute Abend rührt sie keiner an, das erhöht die Vorfreude«, befahl Graf Dunkelberg.

Raffaels Blick wanderte zu Brocken. Warum, wusste er

nicht genau. Hilfe hatte die Hure von dem sicherlich nicht zu erwarten. Oh, ganz im Gegenteil! Brocken begaffte die Frau ebenso. Der Ausdruck in den eisblauen Augen erschreckte den Gaukler. Wild und fremd, nahezu verschlingend starrte er Dana an. Mit einem Stich in der Brust wandte Raffael den Blick ab. Was hatte er erwartet? Warum sollte ausgerechnet der brutale Eisklotz ein gutes Wort für Dana einlegen? An Primitivität übertraf der die anderen Männer mühelos. Trotz seines Alters schien er es kaum erwarten zu können, sich an diesem schönen Körper zu verlustieren.

»Bereitet das Lagerfest vor. Brocken, Ihr seid natürlich herzlich eingeladen. Gibt es sonst noch einen Wunsch, den ich Euch erfüllen kann?«

»Könnt Ihr«, sagte der alte Söldner, während sein Blick die Gefangene keinen Moment losließ.

Raffael fühlte einen Anflug von Erleichterung. Würde Brocken nun doch Partei für Dana ergreifen?

»Wo finde ich Tudor, Euren Schreiber?«, fragte dieser indes.

»Ich lasse Euch zu ihm führen, doch das kann nicht alles sein, was ich für Euch tun darf. Vielleicht fällt Euch noch etwas Besseres ein. Niemand soll sagen, Graf Dunkelberg zeige seine Dankbarkeit nicht und bleibe etwas schuldig. Das kannst du sicherlich bestätigen, holde Maid, nicht wahr?« Er zwinkerte der Hure vielversprechend zu. »Schließlich bekommst auch du, was du verdienst – die ganze Nacht.« Er quittierte seine Großzügigkeit mit einem rauen Lachen. »Jetzt fort mit ihr.«

Drei Soldaten schoben die Frau aus der Männertraube hinaus und verschwanden mit ihr zwischen den Zelten. Nach diesem Erlebnis fühlte Raffael sich schlecht. Die eigentliche Mission rückte in den Hintergrund, ständig musste er an Dana denken. Und an das, was ihr bevorstand.

Um sich abzulenken, beschloss er, Aglajas Karte aus dem Geheimversteck unter dem Karren zu holen. Unbedingt nötig war es nicht, schließlich reichte es völlig, Tudor die Abschrift der Zeilen zu zeigen, doch schaden konnte es auch nicht. Möglichst unauffällig kroch er unter den Wagen und schob das Brett zur Seite. Er fand die Karte an ihrem Platz, nicht jedoch seine Geldmünzen. Wer, wenn nicht Brocken, hatte sie genommen? Da klaute der Eisklotz tatsächlich des Gauklers sauer verdientes Geld.

Wutschnaubend machte er sich auf den Weg, um ihn zur Rede zu stellen, und fand ihn zusammen mit Wieland im Gespräch mit einem Soldaten vor, der anbot, sie zum Schreiber Tudor zu geleiten. Na endlich! Für den Moment schluckte der Gaukler seinen Ärger hinunter. Zu dritt folgten sie dem Mann durch das wieder bezogene Feldlager bis zum Eingang eines unscheinbaren Zeltes. Als sie eintraten, erblickten sie einen älteren Herrn mit kleinen Augen, einer Hakennase und einem langen weißen Bart. Er stand hinter einem Pult und drückte gerade einen Korken in ein Tintenfass. Sie hatten ihn gefunden – Tudor, Meister der Zeichen, Magus des Wortes, Schreiber und Gelehrter, Sprachkundiger, Philosoph und Dichter. Er trug ein graues Gewand aus Baumwolle und einen flachen Hut, den er auffallend schräg über seine grauen Locken gestülpt hatte. Seine vorstehenden

Augäpfel erinnerten an einen Frosch, die vorstehenden Zähne an einen Biber. Vor ihm auf dem Tisch befanden sich ein hölzerner Becher mit Schreibfedern, ein kleines Messer zum Kürzen der Federkiele sowie ein weiteres Tintenfass.

»He! Es heißt, du kannst uns weiterhelfen.« Der alte Söldner klang wie ein aufkommendes Gewitter und zog den Bidenhänder hinter dem Rücken hervor.

Die Augen und Zähne des Gelehrten rutschten noch mehr nach vorn. »Nein, bitte, tut mir nichts. Ich bin ein Mann des Wortes, nicht des … äh … Ihr wisst schon. Ich kenne Euch doch gar nicht. Steckt das … Ding wieder weg.«

»Keine Angst. Bruder Marrandor hat mich zu dir geschickt. Ich will dir nur die Inschriften auf der Klinge zeigen.«

Die Wangen des Gelehrten flatterten. »Oh, du bist auch ein Bruder des Ordens? Ihr kommt demnach aus Drachenbein. Studiert er immer noch dieses … Zeug? Ich hatte ihm geraten, sich mehr auf diese … äh, wie heißt es … zu konzentrieren.«

Brocken warf seinen Gefährten einen Blick zu und runzelte dabei die Stirn, was bei der Anzahl seiner Falten jedoch kaum eine Rolle spielte. »Du wirst diese Inschriften für uns übersetzen.« Er legte die mächtige Waffe auf das Pult. »Gib ihm die Landkarte, Schmalhans.«

Raffael hielt dem Schreiber das zusammengerollte Pergament hin.

»Gerne sehe ich es mir an. Zuerst die Klinge.« Mit beiden Händen versuchte Tudor, das Schwert vor seine Nase zu heben, doch hierfür reichte seine Kraft nicht aus. Also musste die Nase zum Schwert, dafür beugte er sich tief über die Waffe.

Brocken mahlte mit dem Unterkiefer. »Und?«

»Hm. Diese Schriftzeichen habe ich lange nicht mehr gesehen. Zuletzt im Ding … äh … ich komm gleich drauf.«

»Demnach kannst du sie lesen.«

»Es mag sein, dass sie im Dasein vorkommen. Oder etwa doch im Sein?«, überlegte der Gelehrte.

Ob die Sprache der Inschrift in Tudors dreizehnbändiger Enzyklopädie vorkam?

»Diese Schriftzeichen sind dir in der Vergangenheit also bereits begegnet«, sagte Brocken.

»Ja, die Vergangenheit schläft nie, sie wird stets …«

»Lassen wir das Geschwätz.« Tonfall und Miene des alten Söldners lieferten ernstzunehmende Hinweise, dass er drauf und dran war, die Geduld zu verlieren. Wobei … Raffael überlegte: Wie konnte Brocken etwas verlieren, was er gar nicht besaß?

Brocken polterte: »Mich interessiert nur, ob du die Lettern lesen kannst.«

Tudor blinzelte erneut auf die Klinge. Dann rollte er die Karte auf und strich sie mit der Handkante glatt. Seine Unterlippe schob sich vor und zurück. Er beugte sich über die Schriftzeichen, sodass seine grauen Locken sein Gesicht verdeckten.

»Ja, ich kann sie lesen.« Zufrieden richtete sich der Gelehrte wieder auf und rollte die Landkarte zusammen.

Die Stille ließ die Zeit stillstehen.

Brockens Miene glich angebranntem Sauertopf. Er murmelte zu sich selbst: »Ich erschlage ihn. Stellt sich nur noch die Frage, ob mit der Faust oder dem Zweihänder?«

Tudor war nicht nur ein Meister der Zeichen, sondern auch der Selbsterhaltung, denn er erkannte, dass Brocken weder ein Magus des Humors noch der Geduld war. Die drohende Todesgefahr ließ ihn in hilfsbereitem Ton fragen: »Wollt Ihr auch ihre Bedeutung wissen?«

»Es würde mich an den Rand der Glückseligkeit bringen, Bruder«, würgte Brocken hervor. Raffael hätte nicht gedacht, dass das Wort Bruder derart brutal klingen konnte.

Tudor kratzte sich an der Stirn. »Sie lautet folgendermaßen: Das … das Dingens, äh … gleich – ich suche noch nach dem richtigen Ausdruck. Zeigt noch einmal die Landkarte.« Schnell rollte er das Pergament wieder aus und fokussierte seine Genialität auf die Zeilen. »Interessant, interessant das … äh«, murmelte er.

Wieland flüsterte: »Er hat sich als Schreiber verdingt. Vielleicht nimmt er das etwas zu wörtlich.«

Es gab eine Stelle an Brockens Hals, die wie ein offenes Herz pulsierte.

»Es handelt sich um dieselbe Sprache, nur in Spiegelschrift«, erklärte der Gelehrte.

Brocken schloss für einen kurzen Moment die Augen. »RAUS DAMIT, DU TINTENKLECKSER. Wie … lautet … der … Sinn … der Worte?«

»Ich hab's gleich.« Tatsächlich hellte sich Tudors Gesicht merklich auf. »Aha, nun verstehe ich – es ist ganz einfach.« Er lächelte stolz.

»Ich höre …«, hauchte Brocken. Mit aller Selbstbeherrschung balancierte er auf dem Rand der Glückseligkeit.

Raffael hielt den Atem an, denn der alte Söldner stand kurz vorm Platzen. Für solche Gespräche besaß selbst der stärkste Mann der Welt nicht genügend Kraft.

Mit bedeutsamer Geste hob der Magus des Wortes den Zeigefinger. »Auf dem Pergament steht: Es führt zum Ziel das Zeug im … äh … Dingens … ich komme gleich drauf.« Triumphierend blickte er von einem zum anderen.

Doch nicht lange. Brockens Pranken umfassten den Schädel des Gelehrten und drehten ihn unsanft hin und her, sodass seine Mütze herunterfiel. Im ersten Moment dachte Raffael, der Söldner würde Tudor den Kopf abreißen wie einer Margerite die Blüte, doch dann ließ er ihn wieder los und murmelte: »Keine Münze zu entdecken.«

Empört bückte sich der Gelehrte nach seiner Kopfbedeckung und setzte sie sich wieder auf. Natürlich schräg, was wahrlich schräg aussah.

Brocken riss der Faden. Er beugte sich vor und schaute dem Gelehrten tief in seine vorstehenden Augen. Mit brennender Liebenswürdigkeit fragte er: »Hör zu, Bruder. Könntest du dich ein klein wenig verständlicher ausdrücken?« Er leckte sich über die Lippen und betrachtete interessiert den Becher mit den Schreibfedern. »Ich meine, bevor ich dir das Zeug in den Dingens stecke, sodass du monatelang … oha … wie heißt es nochmal?«

Die Drohung zeigte Wirkung, vor allem, da sie der Fantasie enorm schmerzhaften Freiraum ließ. Der Gelehrte nickte eifrig. »Ich verstehe, ich verstehe. Doch lasst Euch gesagt sein, ich finde das nicht … äh … schön. Euer Betragen ist gar nicht nett.«

»Die beiden da sind schön und nett«, bellte Brocken und deutete auf seine Begleiter. »Ich bin hässlich und grässlich. Und banal und brutal – also wird's bald!«

»Lasst mich nachdenken.« Der Magus des Wortes legte den Kopf schräg, sodass die Mütze auf einmal gerade saß.

Raffael konnte die Stille der Besinnung nahezu greifen, kneten und walzen.

Es dauerte. Und dauerte.

Tudor fragte: »Soll ich auch die zweite Zeile übersetzen?«

»Ich zerquetsche ihm den Schädel«, knirschte es.

»Schon gut, schon gut.« Die Augen des Gelehrten fielen fast aus ihren Höhlen. »Das schwimmende Schwert … hm … das gibt wenig Dings, doch …« Tudor rieb erschöpft seine Schläfen. »Ihr habt mir weh getan, müsst Ihr wissen.«

»Keine Sorge, gleich spürst du nichts mehr. Vertrau mir.« Brocken untermalte sein Flüstern mit einem bedrohlichen Knacken seiner Fingerknochen. »Das Sein, das Dasein und das war's.«

Raffael betrachtete den Gelehrten, plötzlich rutschte ihm heraus: »Tudor, sammelt Euch und schreibt bitte beide Zeilen auf ein Pergament.«

Der Gelehrte starrte ihn an, dann lenkte er seinen Blick wieder auf die Schriftzeichen. Mit neuer Entschlossenheit griff er nach einer Feder, tauchte diese in eines der beiden Tintenfässer und begann zu schreiben. In eleganten Schwüngen brachte er zwei Zeilen zu Papier.

Alle beugten sich über seine Schulter und Brocken las laut vor:

»Es führt zum Ziel, das Ruder im Nordmeer,
mit dem schwimmenden Schwert in der Gruft Behältnis.«

Brocken brüllte seine aufgestaute Ungeduld heraus: »DAS STEHT DA? BIST DU SICHER?«

»Ja, ich bin mir ganz sicher.« Überzeugt wackelte die Hakennase rauf und runter.

»Und was soll der Scheiß bedeuten?«

Der Gelehrte zuckte mit den Achseln, schließlich war er ein Magus des Wortes und nicht einer der Auslegung selbiger.

»Das Nordmeer ist doch ein Hinweis«, meinte Raffael. »Vielleicht liegt das Tal in der Nähe der Küste oder auf einer Insel.«

»So, du Wortklauber, kommen wir zurück zur Inschrift auf dem Schwert. Was steht auf der Klinge?«, fragte Brocken.

Tudor blinzelte. Seine Lider passten kaum über die hervorstehenden Augäpfel. »Das Dingens … äh, weist den … mir fällt es gleich ein.«

»Besäßest du die Güte, das ebenfalls aufzuschreiben?«, griff Brocken tief in den Honigtopf.

»Ja, natürlich. Schließlich bin ich ein … äh …« Der Magus des Wortes machte sich an die Arbeit. Die Tintenfeder huschte über den Bogen. »… Schreiber, ja richtig, Schreiber. Es ist vollbracht!« Er pustete sanft auf das Papier, damit die Tinte schneller trocknete.

Brocken las alles noch einmal vor:

»Karte: Es führt zum Ziel, das Ruder im Nordmeer,
mit dem schwimmenden Schwert in der Gruft Behältnis.
Schwert: Das Abbild des Alten Friedhofs weist den Weg.«

Seine Miene verdüsterte sich. »Der Alte Friedhof? Der liegt weit im Norden, in der Nähe des Nebelklammgebirges. Von dort stammt meine Klinge und dort habe ich einen Teil meiner Jugend verbracht.«

»Habt Dank, Tudor. Ihr wart eine große Hilfe«, meinte Raffael.

Dazu grunzte Brocken nur. Dass er dem Schreiber bislang nicht den Kopf nach hinten gedreht hatte, war Lob genug.

Die Übersetzung schwirrte im Kopf des Gauklers hin und her. Ein *schwimmendes Schwert?* Ob der Schreiber mit der Übersetzung wohl richtig lag?

Nachdem sie das Zelt des Gelehrten verlassen hatten, fragte Raffael: »Hast du mein Geld aus dem Geheimfach gestohlen, Brocken?«

»Wieso gestohlen? Ich hab's genommen«, knurrte es.

Mittlerweile überraschte ihn der verdorbene Charakter des Eisklotzes nicht mehr, doch dass er diese Dreistheit so freimütig zugab, hätte er nicht erwartet. »Die Münzen gehören mir, du Dieb. Gib sie wieder her.«

»Du nennst mich einen Dieb?« Zwischen Brockens Augenbrauen furchte sich eine senkrechte Betroffenheitsfalte ihren Weg. »Es handelt sich um Geld von einem Verbrecher im Schandkäfig, also Allgemeingut, und ich hab's gefunden.«

»Red nicht, her damit.« Raffael spürte Zorn in sich aufsteigen.

Brocken blieb unbeeindruckt. »Reg dich nicht auf, Schmalhans. Du solltest dich ein wenig entspannen – das bringt mich auf eine Idee – du hast den Grafen gehört, gleich empfängt die Hure die ersten Freier in ihrem Zelt. Eine günstige Gelegenheit, es kostet keinen Kupferling. Gehen wir zusammen hin, ich lasse dir sogar den Vortritt. Schließlich kommt der Beste zum Schluss.«

Immer wenn Raffael dachte, Brocken hätte die Spitze der Skrupellosigkeit erreicht, setzte er noch einen drauf. »Du magst ja ein noch so belesener Ordensbruder sein, doch im Grunde versteckt sich dahinter nur ein primitiver Bastard. Lass mich bloß in Frieden.«

Brocken sah Wieland an: »Kommst du mit?«

Der schüttelte den Kopf. »Nein, ich finde das nicht richtig, was der Graf gemacht hat.«

Der alte Söldner schnitt eine Grimasse. »Hab ich mir schon gedacht, du bist auch so ein moralverdorbener Weichling.«

»Im Normalfall würde Dana für so einen wie dich niemals die Beine breit machen«, wütete Raffael.

»Muss sie gar nicht, es reicht, wenn sie es mir mit dem Mund macht.«

Raffael fluchte. »Du … Schwein. Vermutlich kriegst du

alter Sack ihn doch gar nicht mehr hoch.«

Brocken zuckte die Achseln. »Wozu auch? Hauptsache, er wird sauber.«

»Hihi«, machte Wieland.

Der alte Söldner erhob sich und zog ab in Richtung Vergnügen.

In Raffael kochte es. »Und du findest das auch noch amüsant«, zischte er.

Wieland gab sich Mühe, das schiefe Grinsen aus seinem Gesicht zu verbannen.

Der Gaukler machte ein paar Schritte, sodass er dem alten Söldner hinterherblicken konnte. Vor dem Hurenzelt hatte sich eine beeindruckende Schlange von Männern gebildet, die in freudiger Erwartung derbe Scherze machten. Jedenfalls schallte ihr schmutziges Lachen herüber. An einer der beiden Eingangsstangen wehte das gelbe Seidentuch als Willkommensgruß. Tatsächlich marschierte Brocken geradewegs darauf zu.

Wutschnaubend lief Raffael in die entgegengesetzte Richtung zum Pferdekarren. Heute würde er auf der Ladefläche schlafen. Vom Feldlager und den Gepflogenheiten darin wollte er nichts mehr wissen.

Im Hurenzelt

Als der Gaukler am frühen Morgen hinten auf dem Pferdekarren aufwachte, fiel ihm als Erstes die Begegnung mit Dana ein. Der zweite Gedanke galt Brocken und dessen Gesichtsausdruck, als er die Frau begafft hatte. Gaukler beklauen und Frauen schänden, das konnte der legendäre Eisklotz. Der Zorn auf den alten Söldner ließ ihn schnell hellwach werden. Ob die Frau überhaupt noch lebte? Vielleicht brauchte sie Hilfe? Er beschloss, zum Hurenzelt zu gehen und nach ihr zu sehen. Am Vortag hatte er ihr schweres Los nicht verhindern können, doch wenigstens das konnte er tun.

Das erste Morgenrot traute sich hervor, bis auf wenige Wachen schliefen die Männer noch. Kein Wunder, denn das rauschende Fest hatte bis in die frühen Morgenstunden gedauert. Mit jedem Schritt näher zum Hurenzelt wuchs Raffaels Wut auf den Grafen, auf die Soldaten und auf Brocken. Ein Scheißkrieg um vermeintliches Gold im Fluss, ein mieser, eitler Landesherr und ein Reisegefährte, der fernab von jeder Moral agierte. Zugegeben, Raffael hatte schon einiges geklaut und erschwindelt, er war selbst kein Engel, doch eine solche Niedertracht kannte er nicht. Noch nie hatte er einen Kameraden bestohlen. Plötzlich stand

Raffaels Entschluss fest. Genug war genug – in Zukunft würde er wieder seiner eigenen Wege gehen. Die Gesellschaft des kaltblütigen Stinkstiefels ertrug er nicht länger. Dessen Zynismus, Rücksichtslosigkeit und Brutalität wollte er schleunigst aus seinem Leben verbannen. Ganz zu schweigen davon, dass dieser ihn gestern um ein Haar erwürgt und erschlagen hätte. Wie hatte seine einzige Entschuldigung gelautet: *Stell dich nicht so an, Schmalhans.* Wieland würde sich entscheiden müssen, ob er mit seinem Waffenbruder Brocki oder mit ihm weiterzog.

Er erreichte das Hurenzelt. Das gelbe Tuch hing nicht mehr am Eingang, dadurch unterschied es sich kaum von den anderen Behausungen. Raffael schob die Wolldecke zur Seite und trat ein. »Dana!«, flüsterte er. Seine Augen gewöhnten sich nur langsam an das Halbdunkel im Zelt. Auf einem einfachen Holzschemel stand ein Weidenkörbchen – vermutlich für ein paar freiwillige Münzen, wenn sie den Männern besonders viel Spaß bereitet hatte und diese sich als besonders großzügig erwiesen. Raffael verzog den Mund, das Körbchen war leer.

Auf dem Boden lagen mehrere in grobes Leinen eingeschlagene Strohmatratzen und zahlreiche Kissen – von der Frau keine Spur. Ob sie die Hure getötet hatten, so wie die anderen Gefangenen?

Raffael erschrak, als plötzlich jemand hinter ihm auftauchte und fragte: »Wie kann ich Euch weiterhelfen?« Dort stand Dana mit vor der Brust verschränkten Armen und verschlossenem Gesichtsausdruck. Sie trug ein verziertes Seidenhemd und einen rostroten Rock als Obergewand. Ein

Gürtel schnürte diesen eng an ihren Körper, was ihre weiblichen Formen betonte.

»Ich … wollte wissen, wie es dir ergangen ist … und ob ich helfen kann.«

Ihre Augen verengten sich. »Ich kenne dich. Du hast gestern mit dem Hünen ganz in der Nähe von Graf Dunkelberg gestanden, als ich diesem vorgeführt wurde.«

»Ja«, antwortete Raffael ein wenig schuldbewusst. Mit den beiden Männern in Verbindung gebracht zu werden, fühlte sich unangenehm an.

Entsprechend misstrauisch musterte die Hure ihn. Sie überlegte offenbar, was er im Schilde führte und inwieweit sie ihm trauen konnte. Ihre Wangenknochen wurden etwas weicher und die Haltung entspannter. »Ich sehe es dir an, dass du nicht hergekommen bist, um dich zu vergnügen.«

Der Gaukler erklärte: »Nein, nein. Wir gehören nicht zu Dunkelbergs Armee, wir sind Reisende.« Er überlegte, ob er das *wir* näher erklären sollte oder das *Reisende.*

»Gestern Abend war der Hüne hier«, sagte Dana in diesem Augenblick. Ihre Lippen bebten, ihre Pupillen nahmen einen seltsamen Ausdruck an.

Unwillkürlich zog Raffael eine Grimasse. Er wollte nicht daran denken, was der Eisklotz ihr wohl angetan haben mochte. »Brocken heißt dieser Kerl. Ich schäme mich für ihn. Bisher sind wir zusammen gereist, da wir ein gemeinsames Ziel haben, doch nun bin ich fest entschlossen, mich von ihm zu trennen.«

Dana stieß ein fremdartiges Seufzen aus. »Setzen wir uns.« Sie deutete auf einen Stuhl an der Zeltwand, auf dem

Raffael Platz nahm. Dann wischte sie das Körbchen vom Holzschemel und ließ sich darauf nieder.

Sie suchte Raffaels Blick. »Was ist das für ein Mann, dieser Brocken? Natürlich habe ich wilde Geschichten über ihn gehört, doch ich weiß nicht, was ich davon halten soll.«

»Er ist ein skrupelloser Söldner, ohne jeden Anstand. Am liebsten macht er sich über andere Menschen lustig, wenn er sie nicht vorher tötet. Er macht keinen Unterschied zwischen Freund und Feind. Vermutlich, weil er diesen gar nicht kennt.«

Dana zog die Augenbrauen hoch: »Tatsächlich?« Dann murmelte sie leise. »Wie dem auch sei, Brocken hat mich vor der schlimmsten Nacht meines Lebens bewahrt, und das will etwas heißen.«

»Ja, er ist schwer zu ertragen, weil er ein ganz mieser … wie bitte? Was sagtest du?« Raffael musste sich verhört haben.

Ihre Brust hob und senkte sich schneller. »Vermutlich hat er mir sogar das Leben gerettet. Ich bin ihm unendlich dankbar.«

»Häh?« Raffael konnte sich selbst kaum zuhören. Sein *Häh* klang noch dämlicher, als ein Häh es normalerweise tat.

Dana wischte ein paar Locken aus ihrem Gesicht. »Gestern standen bestimmt dreißig Männer vor dem Zelt. Schließlich hatte der feine Herr Graf mich ja feilgeboten wie Schlachtvieh auf dem Wochenmarkt. Als der erste gerade eingetreten war und sich ohne ein Wort auf mich stürzen wollte, kam der Hüne herein. Der Kerl zischte ihn an, er solle sich verpissen oder sich hinten anstellen. Im nächsten

Augenblock warf er mich brutal in die Kissen und öffnete seine Hose. Der Hüne packte ihn mit einer Hand und schleuderte ihn in hohem Bogen aus dem Zelt. Über welch unfassbare Kräfte verfügt dieser Mann?«, meinte sie mit versonnenem Gesichtsausdruck.

»Ja, klar, weil … weil er dich als Erster haben wollte!«

»Das glaube ich kaum, er hat mir kein Haar gekrümmt – nicht einmal versucht, mich anzufassen.«

Raffael atmete tief ein – dies half ihm, eine einfache Erklärung zu finden. »Es handelt sich um eine Verwechslung – ich denke, wir reden über zwei verschiedene Männer. Brocken ist auch groß, hat lange weiße Haare und trägt einen uralten Helm auf seinem faltigen Schädel.«

»Genau den meine ich. Von der Sorte gibt es bestimmt keinen zweiten. Glaube mir, wenn der nicht gewesen wäre, könnte ich jetzt nicht halbwegs munter neben dir sitzen.«

Der Gaukler schluckte. »Ich verstehe, dass ich nichts verstehe. Wie ging es weiter?«

»Brocken trat vors Zelt und erklärte das nächtliche Vergnügen offiziell für beendet, bevor es angefangen hat.«

»Wie bitte? So etwas hat er niemals gesagt.«

Sie überlegte. »Na gut – es klang eher wie: *Ficken fällt flach, ihr Bumsbirnen.«*

Der Gaukler nickte. »Was inhaltlich auf dasselbe hinausläuft. Wie haben die Soldaten reagiert?«

»Sehen konnte ich es nicht, nur hören. Natürlich haben einige Kerle gemurrt und gemeckert, doch nach mehreren dumpfen Geräuschen herrschte draußen Ruhe. Es klang, als wären die Bumsbirnen kräftig gegeneinander geknallt.«

Spätestens jetzt glaubte Raffael, dass sie tatsächlich über denselben Mann sprachen, auch wenn es ihn fassungslos machte. »Und dann?«, hörte er sich flüstern.

»Er kam wieder herein, setzte sich auf den Boden und schlug die Beine übereinander. Ich dachte, jetzt würde er sein Recht einfordern und sich zu mir legen.« Für einen kurzen Moment schob sie die Lippen vor. »Da er mir die anderen vom Hals geschafft und mich beschützt hatte, wäre ich gar nicht so abgeneigt gewesen, doch er saß nur mit übereinander geschlagenen Beinen da und schwieg. Nach einer Weile versammelten sich wieder ein paar Soldaten vor dem Zelt. Er stand auf und sorgte draußen mittels seiner überzeugenden Argumente erneut für Ruhe.«

»Er … er hat dich tatsächlich beschützt?«

Sie nickte sanft. »Ich habe ihn gefragt, warum er mir hilft, doch er hat nicht geantwortet.«

»Er hat die ganze Zeit über keinen Ton gesagt?«

»Doch. Er hat mich gefragt, woher ich ihn kenne.«

Der Gaukler sah sie erstaunt an.

Dana winkte ab. »Ich verstand diese Frage nicht, da ich ihn noch nie zuvor gesehen habe. Das erklärte ich ihm auch. Danach schwieg er.«

»Brocken hat den Herzog getötet, du warst dessen Mätresse. Hegst du keine Rachegefühle?«

»Nein, Brandmark hat mir ein pompöses Zuhause gegeben. Das war alles. Geliebt habe ich ihn nicht. Und ich denke, umgekehrt verhielt es sich genauso – er wollte lediglich meinen Körper.«

»Ist sonst noch etwas in der Nacht geschehen?«

Sie zuckte mit den Schultern und schüttelte gleichzeitig den Kopf. »Jedenfalls blieb der Hüne bis zum Morgengrauen bei mir, ohne Anstalten zu machen, sich zu mir zu legen. Anfangs kam mir die Situation merkwürdig vor, doch … ich habe mich selten so sicher gefühlt wie in der letzten Nacht.« Nun schüttelte sie den Kopf, als könne sie es selbst kaum glauben.

»Warum hat er das getan?« Die Verwirrung im Kopf des Gauklers hielt an.

Dana hob die Schultern. »Vielleicht, weil er ein anständiger Kerl ist.«

Diese Aussage musste Raffael erst einmal verkraften. Sein Kopf wurde so schwer, dass er ihn mit beiden Händen stützen musste. »Puuuh!«, war alles, was er herausbrachte. Sollte er lachen oder weinen? Er konnte sich nicht erklären, wo Brockens herzensgutes Verhalten auf einmal herkam. So liebreizend Dana auch war, höchst unwahrscheinlich, dass sich der alte Grantler auf den ersten Blick derart unsterblich in sie verliebt hatte. Nicht der Brocken, den er kannte. Oder etwa doch? Nein!

Raffael erhob sich. »Was geschieht nun? Lässt Graf Dunkelberg dich ziehen?«

Dana senkte den Kopf. »Ich habe ihn vor seinen Männern gekränkt, das war ein großer Fehler. Und mit Sicherheit ist ihm bereits zugetragen worden, dass die beabsichtigte Bestrafung nicht stattgefunden hat. Ich glaube kaum, dass er mich ungeschoren davonkommen lässt.«

Raffael flüsterte: »Solltest du nicht besser fliehen? Im Moment ist die Gelegenheit günstig – die meisten Soldaten schlafen noch ihren Rausch aus.«

»Ich habe auch schon darüber nachgedacht, durch den Fluss zu schwimmen, doch wie weit würde ich kommen? Zudem verlöre ich dabei einen Großteil meines Besitzes.«

»Besser als das Leben.«

Eine weitere Diskussion erübrigte sich, denn in diesem Augenblick wurde die Decke am Eingang zur Seite geschoben und mehrere Schatten blockierten den Ausgang.

»Zu spät für eine Flucht«, flüsterte Raffael.

Dunkelbergs Stimme gab ihm recht. »Komm heraus, Hure. Ich habe gehört, du hattest eine langweilige Nacht – so hatten wir das nicht vereinbart.«

»Ich stelle mich ihnen, schlüpf du auf der anderen Seite unter dem Zelt durch«, flüsterte Dana. »Ich kenne solche Männer, du kriegst sonst nur Ärger!« Bevor der Gaukler antworten konnte, trat Dana vor das Zelt. Raffael hörte sie sagen: »An eine Abmachung kann ich mich nicht erinnern. Dennoch haben Eure Soldaten gestern hier Schlange gestanden.«

»Mag sein, mehr aber auch nicht. Das kann mir nicht gefallen.«

»Sie hatten zu wenig Mumm, sich das zu nehmen, was Ihr großzügig in Aussicht stelltet und ich die ganze Nacht feilbot. Fragt sie, ich habe mich nicht verweigert.«

Raffael dachte gar nicht daran, einfach heimlich zu verschwinden. Er verließ das Zelt und gesellte sich zu Dana. Der Graf stand in voller Uniform zwischen drei Rittern seiner Leibgarde. »Ah, haben wir dich also bei der Ausübung deines Gewerbes gestört«, stellte Dunkelberg mit einem bedrohlichen Funkeln in den Augen fest.

»Nein, nur ein Gespräch unter Freunden«, erklärte Dana.

Mit listigem Lächeln meinte Graf Dunkelberg: »Meine Leibwache hat genügend Mumm, dafür zu sorgen, dass deine Strafe auch eine Strafe wird.« Sein verächtliches Schnaufen verhieß nichts Gutes.

Mit blassem Gesicht bedeutete Dana dem Gaukler zu verschwinden, Raffael jedoch überlegte fieberhaft, wie er helfen konnte.

Die Pupillen des Grafen blitzten aggressiv. »Du hast dich als Kriegsgefangene dem Landesherrn verweigert. Du bist noch dümmer als hübsch. Solange ich mir überlege, was ich mit dir mache, binden wir dich nackt dort hinten an den Pfahl. Ich bin sicher, es wird meine Soldaten nicht stören.«

Einer der Leibgardisten lachte kehlig: »Ganz im Gegenteil.«

So und nicht anders kannte Raffael die ehrenwerten Ritter. Anstatt moralische Grundwerte zu verteidigen, erfüllten sie in der Regel blind die Befehle ihrer Herren. Schon nahmen zwei Männer die Hure in ihre Mitte.

»Runter mit den Kleidern und an den Pfahl mit ihr!«

Einer der Männer packte den Kragen von Danas Hemd und zerriss den Seidenstoff, sodass ihre Brüste sichtbar wurden. Sie presste die Lippen zusammen, aber sie wehrte sich nicht und machte auch keinerlei Anstalten, ihre Blöße zu bedecken. Vermutlich hatte sie gelernt, dass alles andere die Herren amüsierte und ihre Situation nur noch verschlimmerte.

In diesem Moment erblickte Raffael ihn. In aller Gemütsruhe näherte sich der alte Söldner der Versammlung vor dem Hurenzelt.

Graf Dunkelberg sah ihn erst spät, da er mit gierigem Gaffen beschäftigt war. »Ah, da kommt der Verursacher der kleinen Verstimmung.«

Ohne mit dem Mund zu zucken oder die Wimpern zu verziehen, antwortete Brocken: »Seht es mir nach, Graf. Ich wollte die Hure für mich allein.«

Dunkelberg schob seine Zunge hin und her. »Nun denn, ich gestehe, so hatte ich mir die Bestrafung nicht vorgestellt. Und genauso wenig Eure Belohnung, zumal Ihr eine solche nicht eingefordert habt.«

»Wo Ihr dies gerade ansprecht, mir ist etwas eingefallen, was Ihr für mich tun könntet.« Brocken hob seine grobschlächtige rechte Pranke, der Zeigefinger schoss aus der Faust und deutete eindeutig auf Dana. »Ich will sie!«

»Nach den Vorkommnissen überrascht mich das kaum. Ist Eure Kampfeslust im Bett noch höher als auf dem Schlachtfeld?«

»Ich sorge für eine angemessene Bestrafung«, erklärte der alte Söldner.

Die Hure sah von einem zum anderen und wusste offenbar nicht, was von der Szene zu halten war. Und genauso erging es Raffael. Er verzichtete darauf, sich die Augen zu reiben. Setzte sich Brocken etwa für einen Menschen ein, der nicht Brocken hieß? Das passte so wenig zu ihm wie ein bunter Blumenkranz. Wieso hatte der Eisklotz einen solchen Narren an Dana gefressen? Der war doch sonst keines

Gefühls fähig und so etwas wie Liebe traute Raffael ihm am wenigsten zu. Nun denn, im Moment war seine Hilfe jedenfalls willkommen.

Graf Dunkelberg tat sich schwer mit Brockens Forderung. Deutlich war ihm anzusehen, dass er der Erfüllung seines Wunsches nur äußerst ungern nachkam. »Bisher hatte ich den Eindruck, Ihr agiertet mehr als ihr Beschützer, denn als ihr Peiniger. Was macht die Dirne so wertvoll für Euch?«

Brocken antwortete gelassen. »Unerheblich. Sie ist bei Weitem nicht so wertvoll wie dieser Landstrich hier mit diesem Teil des Flusses. Das Gold wird Euch über alles andere hinwegtrösten.«

»Ah! Eine fabelhafte Argumentation. Und gleichzeitig eine elegante Erinnerung daran, wem ich den Sieg zu verdanken habe. Euer Verstand ist so scharf wie Euer Schwert.« Der Graf hob die rechte Hand. »Dennoch obliegt die Entscheidung allein mir.«

»Womit Ihr recht habt, es ist allein Eure Entscheidung, Graf Dunkelberg. Erweist Euch als großzügig und gewährt Eurem Diener diesen Wunsch.«

Der Gaukler traute seinen Ohren nicht. Brocken konnte tatsächlich geschickt verhandeln und im richtigen Moment sogar ein wenig Demut zeigen. Allerdings kannte er ihn besser. Alles nur gespielt.

Die Arroganz des Grafen jedoch verhinderte, dies zu erkennen. In Wirklichkeit fühlte er sich geschmeichelt, dass der legendäre Brocken sich derart respektvoll zeigte. »Nun gut. Ich entspreche Eurer Bitte. Nehmt sie und verlasst das Lager noch heute Vormittag.« Er wandte sich an die Ritter, die Dana nach wie vor festhielten. »Lasst sie los.« Dunkelberg drehte sich um und schritt von dannen. Wie die Gänseküken watschelten die Männer hinter ihm her.

Brocken sah den Gaukler an und hob spöttisch einen Mundwinkel. »Georg, was macht du denn hier? Hast du es dir anders überlegt und willst doch dein Glück bei der Hure versuchen?«

Raffael schwieg.

Brocken knurrte Dana an. »Pack die Titten und deine Klamotten ein, wir brechen in Kürze auf, bevor Dunkelzwerg es sich anders überlegt. Komm zum Pferdekarren.« Damit drehte er sich um und ging davon.

Dana verschwand im Zelt.

Ungläubig schaute der Gaukler dem alten Söldner hinterher. So kannte er ihn. Genau so und nicht anders. Und doch hatte er die Hure gerade vor einem üblen Schicksal bewahrt und sie darüber hinaus die ganze Nacht beschützt.

Die Abstimmung

Jetzt hatte er diese Hure auch noch an der Arschbacke, das hieß, er durfte sich ab sofort mit drei seltsamen Vögelchen herumschlagen. Als wenn Bimsbirne und Schmalhans nicht schon anstrengend genug wären. Was wollte er eigentlich von dem Weibsbild? Wieso hatte er sie vor Graf Dunkelberg gerettet? Nun ja, er war seinem Instinkt gefolgt, weil es der Zufall so wollte. Denn den Zufall schickte nur der Teufel persönlich, und diesen Zeitgenossen sollte er nicht ignorieren, zumal er ihm irgendwann einmal den Ziegenfuß schütteln würde. Folglich war der Zufall kein Zufall.

Brocken mahlte mit dem Kiefer. Dana war auf ihn zuspaziert, hatte ihn angelächelt und gegrüßt. Verflucht noch eins – er kannte diese Frau. Sie dagegen tat so, als könne sie sich an nichts erinnern, das irritierte den alten Söldner, doch er würde der Sache auf den Grund gehen, sobald sie hier verschwunden waren. Fragmente einer Erklärung pochten in seinem Hirn – weil sie nicht wirklich dort gewesen war, sondern nur im Spiegel. Einen Irrtum schloss er aus. Die Hure Dana war die Person aus dem Spiegel im Saal der Geographie der Drachenbeiner Bibliothek.

Brocken wuchtete seine Waffen auf die Ladefläche des Karrens, wo die Rucksäcke seiner Begleiter schon lagen. Die beiden lehnten sich gemütlich daran und drehten Däumchen. Wer fehlte noch? Die Hübschlerin natürlich, obwohl sie am meisten Grund haben müsste, diesem Ort schnellstmöglich den Rücken zu kehren.

Das Feldlager würde noch einige Zeit fortbestehen. Graf Dunkelberg beabsichtigte, nur einen kleinen Teil der Truppen von hier abzuziehen. Er plante mit seinen Architekten, einen größeren Wehrwall am Ufer des Nubil zu errichten, um das Gebiet mit seinem potenziellen Goldaufkommen künftig besser verteidigen zu können. Immerhin zeigte sich der Schnösel lernfähig.

»Wann kommt deine neue Freundin?«, fragte Schmalhans und drehte seine Däumchen schneller.

Brocken sah ihm seine Verwunderung an. Der Kleine wusste halt nichts über Zufälle, nichts übers Kämpfen und nichts über Frauen. Wovon hatte der überhaupt Ahnung? Ach ja, er konnte prima meckern, sich fürchten und Tote zusammenflicken. In seinem Hinterkopf meldete sich eine Stimme zu Wort. Das geschah selten, und normalerweise verdrängte er sie sofort.

Du hast es wieder getan. Oder besser, du hast es wieder *nicht* getan, flüsterte es.

Bereits zum zweiten Mal hatte er als Berserker Raffaels Leben verschont. Es verging zwar einige Zeit, bis der Funke Vernunft den dicken, roten Nebel aus Wut und Gewalt durchdringen konnte, doch dann hatte er von ihm abgelassen. Und nicht nur das – so schnell hatte Brocken sich noch nie vom Berserkertum zurückverwandelt und erholt. Der Kleine schien ihn nicht nur in seinem Wahn zu erreichen, sondern auch besänftigen zu können.

»Meine Freundin? Wer von uns beiden ist denn früh am Morgen zu ihr gerannt, um Händchen zu halten?«, fragte Brocken zurück.

»Du hast recht – ich freue mich, dass du dich für sie eingesetzt hast. Ein wahrlich feiner Zug, wenn auch ungewohnt. Jetzt wüsste ich nur gerne, warum.«

»Ich auch«, antwortete Brocken und beabsichtigte, die Diskussion damit zu beenden. Doch Schmalhans litt an einer lästigen, nicht behandelbaren Krankheit, genannt Hartnäckigkeit.

»Du scherst dich doch sonst einen Dreck um andere Leute. Also, raus mit der Sprache.« Der Langfinger klang ungläubig und schnippisch.

»Pfft, seit wann glaubst du, ich schulde dir eine Antwort?«

»Jedenfalls schuldest du mir einen Haufen Geld, seit meine Münzen aus dem Geheimversteck verschwunden sind.«

»Als einen Haufen Geld kann man die paar Taler nicht gerade bezeichnen. Wie kann man bei all deinen Tugenden nur so nachtragend sein?«

Raffael verengte die Augen. Das tat der Kleine immer, wenn er sich ärgerte. Der hatte das mit den Münzen tatsächlich persönlich genommen. Brocken klimperte demonstrativ mit seinem ledernen Geldbeutel, den er an einer Stahlkette gut gegen Diebstahl gesichert in einer Gürtelschlaufe trug. »Außerdem ist das Geld nicht verschwunden, sondern hier drin.«

»Du darfst es behalten – sag mir nur, warum du Dana die ganze Nacht nicht angerührt und sogar beschützt hast.«

»Auch wenn ich es dir nicht erkläre, darf ich das Geld behalten«, meinte der alte Söldner.

»Du weichst der Frage aus. Warum?«

Brocken legte die Hand auf seine Brust. Wenn er jetzt noch ein wenig Feuchtigkeit in seine Augen drücken könnte, wäre der Auftritt perfekt. »Ich konnte sie nicht ihrem Schicksal überlassen, weil ich ein warmherziger, mitfühlender Bursche bin.«

Knubbelweibel kam des Weges und unterbrach unbeabsichtigt die muntere Unterhaltung. Seine Verbeugung fiel steif wie ein Grabstein aus, dann druckste er: »Äh, bevor Ihr … aufbrecht, wollte ich mich verabschieden. Ohne … Eure Hilfe wären unsere Truppen hoffnungslos unterlegen gewesen. Der Graf hat mir eine Beförderung versprochen.«

Brocken regte keinen Gesichtsmuskel, sondern nickte nur stumm. Der Weibel drehte sich um und verschwand zwischen den Zelten.

»Immerhin hat der Trottel sich helfen lassen und nicht seine Soldaten auf mich gehetzt«, murmelte der alte Söldner mehr zu sich selbst – um dann laut zu schimpfen: »Wo bleibt die verfluchte Hure? Ich hasse Warten.«

In der Ferne marschierte Dana mit einem großen Lederbeutel über der Schulter heran und vergaß trotz der ganzen Last ihren Hüftschwung nicht. Außer Atem stellte sie das Gepäck vor dem Karren ab. Sie warf einen Blick in die Runde, bevor sie den Beutel mit großer Mühe auf den

Karren hievte. Brocken sah interessiert zu.

Bimsbirne begrüßte sie mit seinem typischen Lächeln. »Mein Name ist Wieland. Nicht wie Wasser, sondern wie Land.« Bevor sie lachen oder weinen konnte, fragte er: »Uh, eine Menge Sachen. Was hast du denn da alles drin?«

»Nur das Nötigste«, versicherte Dana und nickte ihm freundlich zu.

»Können wir jetzt los?« Brockens Fuß tappte auf dem Boden auf und ab.

Dana riss die Augen auf. »Oh, nein. Wartet. Ich habe noch zwei solcher Säcke. Hilft mir bitte einer tragen?« Um den nachfolgenden Wimpernaufschlag noch einmal zu erleben, hätte sich ein Gutteil der Soldaten in ihr Schwert gestürzt.

»Nimm nur das mit, was du selbst tragen kannst, lautet eine alte Devise der Reisenden. Also lass den anderen Scheiß hier«, knurrte Brocken. »Und … uns musst du keine schönen Augen machen. Darauf fällt hier keiner rein.«

»Ich helfe dir«, rief Wieland mit glühendem Eifer und sprang begeistert auf.

Die beiden zogen ab, um Danas restliche Habseligkeiten zu holen.

Kurze Zeit später war es endlich so weit. Aus dem Trio war ein Quartett geworden. Mal sehen, wie lange. Brocken schwang sich in Gauls Sattel, die Hure nahm hinten im Wagen Platz, Raffael und Wieland teilten sich den Bock, Diego trabte ganz vorne, und der dämliche Wurm rekelte sich in seinem Glas.

Schmalhans und die Hübschlerin wirkten sichtlich erleichtert, als sie das Feldlager verließen. Einige Soldaten jubelten Brocken zum Abschied zu oder verbeugten sich tief. Sie wussten genau, wem sie den Sieg und vermutlich ihr Leben zu verdanken hatten. Stoisch nahm der alte Söldner die Huldigungen entgegen. Dafür konnte er sich nichts kaufen, und der Hexe brachte es ihn auch nicht näher.

Sie folgten der Uferstraße, die sich Richtung Nordosten schlängelte. Am frühen Nachmittag würden sie die Furt erreichen, wo sie den Nubil überqueren mussten, da der Weg nur auf der anderen Seite des Flusses passierbar war.

Jeder hing seinen Gedanken nach; Brocken lauschte dem Rauschen des Flusses, dem Knarzen des alten Karrens und dem Hufgetrampel der beiden Gäule. Vertraute, gleichförmige Geräusche, die gelegentlich vom Zwitschern der Singvögel übertönt wurden. Der alte Söldner entspannte sich. Nach der hektischen Betriebsamkeit im Feldlager tat diese Ruhe gut. Er war nicht mehr der Jüngste – die Schlacht, der Kampf gegen Brandmark im Fluss sowie die schlaflose Nacht im Hurenzelt forderten ihren Tribut. Gordonen können beim Reiten schlafen, hatte es in ferner Vergangenheit geheißen. Er verlagerte einen Gutteil seines Gewichtes in den Sattel, so konnte er nicht vom Pferd fallen, sein Kinn sackte auf die Brust.

»Es gibt einiges zu besprechen«, plärrte Raffael in den Frieden hinein.

»Ach ja?«, gähnte Brocken. Allein das Wort *besprechen* ermüdete ihn – und das *einiges* davor machte die Sache nicht besser.

»Als Erstes sollten wir klären, was mit Dana geschieht.«

»Du meinst, ob sie bei uns bleibt?«, fragte Wieland.

»Ich falle euch bald nicht mehr zur Last«, meldete sich die Hure zu Wort.

»Wo willst du denn hin?«, fragte Raffael.

»Weiß nicht.«

»Wo ist dein Zuhause?«

»Das existiert nicht mehr, seit Herzog Brandmark tot ist. An seinem Hof kann ich mich nicht mehr blicken lassen, die meisten Adligen lehnen mich aufgrund meiner Herkunft ab. Das Geläster und Gezeter war riesig, als Wolfram mich an den Hof geholt hatte. Im Moment weiß ich nicht genau, wohin ich gehen soll. Bringt mich einfach ins nächste größere Dorf. Ich finde schon eine Anstellung. Huren werden überall gebraucht.« Sie sagte es sachlich, ohne eine Spur von Selbstmitleid.

Ihr Glück – nur ein einziges Schluchzen oder Tränchen, und Brocken hätte sie vom Karren geworfen. Spiegelfrau hin, Spiegelfrau her.

»Wer wird der Nachfolger von Herzog Brandmark?«, fragte Raffael.

»Herzog Brandmark«, antwortete Dana. »So wie das üblich ist. Wolfram hat einen neunjährigen Sohn. Bis dieser zwölf ist und offiziell die Regentschaft des Herzogtums übernehmen darf, wird sich sein Bruder Bertram um die Ländereien kümmern.«

»Nett von Bertram. Wenn der Junge die nächsten drei Jahre mal überlebt …«, meinte Brocken.

Die Hure hob die Achseln. »Jedenfalls kann ich nur

empfehlen, so wenig Zeit wie möglich im Herzogtum Brandmark zu verbringen.«

Das gilt für jeden Landstrich, in dem Menschen wohnen, grollte Brocken in sich hinein.

»Wohin reisen wir eigentlich?«, fragte Wieland. Seine Stimme klang neugierig, dabei spielte es für ihn kaum eine Rolle. Der würde stumpf hinter Schmalhans herlaufen, selbst wenn er geradewegs in die Hölle tapste. So viel war sicher.

»Mensch, Bimsbirne – denk doch nach, oder hast du wieder mal zu lange gepennt? Welche Erkenntnisse haben wir durch den Gelehrten Tudor gewonnen?«

Wieland hob gewichtig den Zeigefinger. »Es führt zum Ziel das Zeug im … äh … Dingens … ich komme gleich drauf«, erinnerte er sich genau.

»Hihi«, machte Raffael.

Die Hübschlerin wirkte hübsch verwirrt.

Brocken stemmte sich in den Sattel. Für einen Moment wünschte er sich wieder den Schandkäfig samt Öltuch für die beiden Spaßvögel herbei. »Hört genau zu, ich hasse das! Dieser Magus des Wortes hat mich mindestens drei Lebensjahre gekostet. Ich will nichts mehr von Zeugs und Dings hören. Nie wieder!«

»Liegt das Werkzeug neuerdings hinten?«, fragte Raffael unschuldig.

»Allerdings. Genau neben dem Lederzeug«, antwortete Wieland.

Die beiden Blödmänner kicherten wie Krabbelkinder und stupsten sich gegenseitig mit dem Ellenbogen in die Seite. Bimsbirne klopfte sich dabei sogar auf den Oberschenkel.

Wenn er diese Körperbeherrschung auch beim Fechten an den Tag legen würde.

»Erspart mir euren Mist – so kommen wir nicht weiter«, knurrte Brocken. Früher wären an dieser Stelle Köpfe gerollt. Genau zwei. Danach hätte er sie aufgehoben und noch einmal zusammengeschlagen. Und heute? Er holte Luft. »Tudors Übersetzung lautet: *Es führt zum Ziel, das Ruder im Nordmeer, mit dem schwimmenden Schwert in der Gruft Behältnis.*«

Raffael wischte sich eine Träne aus dem Augenwinkel. Dann ergänzte er mit ernster Miene: »Und die Inschrift auf dem Zweihänder bedeutet: *Das Abbild des Alten Friedhofs weist den Weg.* Zudem haben wir herausgefunden, dass Schwert und Karte auf gewisse Weise zusammenhängen. Vermutlich steckt die Hexe Aglaja hinter der Verbindung. Schließlich war Krims ihr Ururenkel.«

Endlich gab der Kleine mal etwas Brauchbares von sich. Brocken sagte: »Wie bereits erwähnt, stammt die Klinge von einem alten Friedhof im Norden. Dort will ich hin, denn ich denke, dort finden wir die erwähnte Gruft.« Er wusste noch einiges mehr über diesen Ort, doch das behielt er für sich.

»Vielleicht ist auch eine Familiengruft gemeint, solche gibt es vielerorten. Und mit *Gruft Behältnis* könnte eine Urne gemeint sein«, überlegte Schmalhans.

»Mein Bauchgefühl sagt mir: Die Lösung ist auf diesem Friedhof zu finden, zumal in dessen Nähe alles angefangen hat.«

Raffael drehte die alte Karte in den Händen. »Dein Bauchgefühl in allen Ehren, Brocki, aber der Friedhof liegt ziemlich weit entfernt. Dorthin zu gelangen, bedeutet für uns eine Reise quer über den Kontinent.«

»Ihr müsst mich nicht begleiten. Ohne euch komme ich deutlich schneller voran. Außerdem bin ich zu alt, um mich mit Menschen zu umgeben, die mir auf den Sack gehen«, stellte der alte Söldner klar.

»Als wärst du vor dreißig Jahren anders gewesen«, antwortete Schmalhans.

»Ach was, tu doch nicht immer so grantig. Du hast uns doch längst liebgewonnen«, meinte Wieland.

»Was weißt du denn schon, Bimsbirne!«

Schmalhans warf Brocken einen wütenden Blick zu. »Hör mal, Kraftprotz. Wie wäre es, wenn du mal kräftig nachdenkst. Wir sind eine Gemeinschaft, du kannst nicht alles allein entscheiden. Jetzt werden die Würfel neu gemischt.«

Die Hure runzelte die Stirn, was sie mindestens zwei Tage älter aussehen ließ. Erstaunt guckte sie von einem zum anderen. »Geht ihr immer so miteinander um?«

»Nein, normalerweise streiten wir uns«, meinte Brocken.

»Verstehe ich gar nicht. Dabei hast du doch immer recht, wenn deine Lippen sich bewegen«, sagte Dana mit einem verschmitzten Lächeln.

»Halt's Maul, Hure!«, schnaubte er. »Jetzt mal Klartext. Einigen wir uns auf mein gemeinsames Ziel und setzen unseren Weg zusammen fort.«

Schmalhans verdrehte die Augen: »War das eine Frage oder eine Feststellung?« Er wartete die Antwort nicht ab, sondern nickte. »Nun gut, ich bin dabei. Nennen wir es Zweckgemeinschaft.«

Ganz recht, echte Begeisterung wollte nicht aufkommen, weder bei Raffael noch bei Brocken, doch der alte Söldner wusste inzwischen, dass er sich trotz aller Meinungsverschiedenheiten auf den kleinen Dieb verlassen konnte. Widersprüchlich und widersinnig, wo nahm er das Vertrauen nur her?

»Klar, warum nicht?«, meinte Bimsbirne. »Ich habe gerade nichts anderes vor.«

»Ich würde auch mitkommen, wenn ich darf«, erklärte Dana.

Eine Weile sagte niemand ein Wort.

Brocken spürte Raffaels Blick auf der Haut – was glotzte der Kleine ihn so an? »Verflucht! Ich bin es nicht gewohnt, in Gesellschaft zu reisen und mit einer Frau schon gar nicht. Das ist eine schwere Entscheidung.«

»Ah, ich komme nicht drauf. Wer hat uns denn nur diese schwere Entscheidung … einge*brockt*?«, fragte Schmalhans noch schnippischer als sonst.

Der alte Söldner fühlte Ärger hochsteigen. »Das war es doch, was du wolltest. Ich habe die Frau vor dem Grafen und seinen Männern gerettet. Wenn ich nur an deinen mitleidigen, verkniffenen Brocken-tu-doch-irgendwas-Blick denke, als Dunkelberg der Hure die Kleider vom Leib gerissen hat …«

»Die Hure heißt Dana und sitzt hier«, erinnerte die Hübschlerin ihren Reisebegleiter.

»Halt's Maul, Hure! Das geht dich nichts an«, knurrte Brocken.

Die Frau schmunzelte nur leicht. Das reichte, um ihm zu

zeigen, dass sie es besser wusste und sich nicht so einfach einschüchtern ließ. Zweifelsohne war sie den Umgang mit Männern gewohnt.

»Sollen wir abstimmen?«, fragte Raffael mit einem listigen Funkeln in den Augen.

Kunststück, er rechnete mit Bimsbirnes sicherer Stimme.

Brocken betrachtete die Frau. Donnerschlag, was hatte sie nur in dem Spiegel verloren gehabt? Er musste es rauskriegen. »Dana, bist du schon einmal mit der Hexe Aglaja in Berührung gekommen?«, fragte er, während Gaul direkt neben dem Karren herlief.

Sie schüttelte den Kopf. »Nein, diesen Namen habe ich vorhin zum ersten Mal im Zusammenhang mit irgendeinem Ururenkel gehört.«

»Hast du schon mal ein merkwürdiges Erlebnis mit einem Spiegel gehabt?«

»Na klar, des Öfteren. Manche Männer stehen darauf.«

»Wir denken nicht das Gleiche«, stöhnte Brocken. Obwohl die beiden anderen Vögel auf dem Bock ihm den Rücken zuwandten, tauchte ihr breites Grinsen förmlich am Hinterkopf auf. Die Hure wusste nichts, die Hure konnte nichts – außer dem einen –, er sollte sie zum Teufel jagen.

Sie zuckte mit den Achseln.

»Korr«, ertönte es über ihnen.

Ein weißer Rabe zog schnittig seine Bahnen über dem Pferdekarren. Dann ließ er sich auf Brockens Schulter nieder und pickte nach seinem Ohrläppchen. »Na, alter Halunke.«

»Was für ein schöner Vogel«, staunte Dana.

Eifrig plusterte Korr die Kehlfedern auf.

»Hör bloß auf damit. Das Vieh ist schon eitel genug«, meinte der alte Söldner. »Autsch!« Der Schnabel pickte in seine Wange.

»Wo hast du deine Freundin gelassen?«, fragte Brocken. Das letzte Mal hatte er den Vogel auf dem Fenstersims in der Bibliothek gesehen – genau zu dem Zeitpunkt, als die Hure im Spiegel aufgetaucht war. »Was ist mit dir, Korr? Erinnerst du dich an dieses Weibsbild?«

Zur Antwort flog der Rabe auf Danas Schulter. Sie erschreckte sich leicht, hielt jedoch ganz still. »Nicht ins Ohr hacken, hörst du?«

Mit widersprüchlichen Gefühlen betrachtete der alte Söldner die Frau und den Vogel. Korr schien Dana zu mögen, schließlich setzte er sich nicht bei jedem Menschen auf die Schulter. Nach Brockens Beobachtung waren es bisher genau drei: die Hure, Schmalhans und er selbst. Der Rabe flatterte, dabei streifte eine Flügelspitze Danas Wange.

»Uh, das kitzelt«, lachte die Hure. Eine kleine, weiße Feder schwebte in ihren Schoß. Mit spitzen Fingern klaubte Dana sie auf und sagte: »Die ist aber weich. Darf ich die behalten?« Verzückt streichelte sie mit Daumen und Zeigefinger darüber und als Korr nicht widersprach, verstaute sie das Geschenk behutsam in ihrer bestickten Gürteltasche.

Brocken kniff die Augen zusammen, während er sie anstarrte. Plötzlich verstand er: Im Spiegel der Bibliothek hatte sie etwas Weißes in der Hand gehalten – das war eine Feder gewesen. Eine Feder! Worin zum Teufel lag der tiefere Sinn dieses Spuks?

Der alte Söldner lehnte sich im Sattel vor: »Hör zu, Hübschlerin. Wir haben abgestimmt. Du kannst vorerst bei uns bleiben. Doch jedes Mal, wenn du nervst, werfe ich einen deiner Kleidersäcke in den Straßengraben. Und beim vierten Mal bist du selbst fällig.«

»Aha, Brocken hat abgestimmt«, stellte Wieland fest.

»Solange er das abstimmt, was ich auch gewählt hätte, ist es in Ordnung. Wir müssen ihm das Gefühl geben, dass er der alleinige Anführer ist«, meinte Raffael wohlwollend.

»Solange ihr das tut, was ich sage, könnt ihr mich mal«, erklärte der alte Söldner. »Saupack!«

Die Hure lächelte. Kein künstliches Hochziehen der Mundwinkel, um Freier zu locken, es wirkte wie ein echtes Lächeln.

Der Rabe flog zu Schmalhans auf die Schulter, der ihm seine Hand hinhielt, sodass er auf seinen Daumennagel picken konnte. Warum der Vogel an dem Langfinger einen Narren gefressen hatte, blieb Brocken ebenfalls ein Rätsel.

Erinnerungen

Sanft krallte sich Korr in seine Schulter. Raffael freute sich stets, wenn der Rabe auftauchte. Er mochte den munteren Vogel – nicht nur, weil er ihm bereits zweimal das Leben gerettet hatte. Ein Kichern entfuhr ihm, als ihn die Federspitzen im Gesicht kitzelten. Mit leichtem Flügelschlag erhob sich der Rabe und setzte sich auf Brockens Schulter. Kein Wunder – dort hatte er am meisten Platz.

»Na, du alter Rumtreiber!«, sagte Brocken. Wie immer, wenn er mit Vögeln sprach, klang seine Stimme beinahe freundlich. »Wo hast du gesteckt?«

»In Korr natürlich, wo sonst?«, antwortete Wieland.

»Korr«, bestätigte Korr.

Brocken warf Wieland einen tödlichen Blick zu. Der Griesgram verstand noch weniger Spaß, wenn es um seine gefiederten Kameraden ging.

Die dunklen Augen des Raben wanderten hin und her. Er schien sich in Gesellschaft dieser vier unterschiedlichen Menschen wohlzufühlen.

Der alte Söldner tätschelte ihm mit dem Zeigefinger die Brust. »Und wo hast du deine Freundin gelassen?«

Freundin? Unwillkürlich sah Raffael sich um. Tatsächlich – auf einmal flog ein zweiter Rabe über seinen Kopf, pechschwarz und etwas kleiner als Korr. Doch die Rabendame traute sich nicht näher als eine Pferdelänge an die Reisenden heran, daher drehte sie nur eine Weile krächzend ihre Kreise.

Wieland kratzte sich am Hals und steckte dabei seinen Zeigefinger durch den Ohrring. Ein untrügliches Zeichen, dass ihn etwas stark beschäftigte. »Es gibt eine Henne, eine Pute, eine Gans und sogar eine Schwänin. Weiß einer, wie man ein Rabenweibchen nennt?«

»Schmalhans, schau mal nach, ob bei ihm die Münze noch richtig sitzt«, empfahl Brocken trocken.

»Weshalb so unwirsch, Brocki? Du bist doch der Vogelfachmann – interessiert dich das überhaupt nicht?«

»Einen Dreck! Frag die Hure, Bimsbirne, die kennt sich mit Vögeln aus.«

Dana hob sanft die Augenbrauen, ohne eine einzige Falte auf der Stirn zu verursachen. In höherer Tonlage als sonst rief sie: »Was für ein Krieger – noch geistreicher als stark! Nun wird mir bewusst, in welch respektabler Gesellschaft ich reisen darf. Hoffentlich kann ich mich diesem Niveau anpassen.« Sie pustete sich eine Locke aus dem Gesicht und fuhr in sachlichem Ton fort: »Ich erkläre es mir so: Der Mensch hat nur den Nutztieren zweierlei Namen verpasst. So hat die Ente ihren Erpel, die Gans ihren Ganter und die Henne ihren Hahn.«

»Ach was!«, machte Brocken.

Dana ließ sich nicht provozieren. »Die armen Wildvögel indes bekamen keine weibliche Form. Es gibt einfach keine Rabin, keine Krähin und keine Uhin. Ein weiterer Beweis dafür, dass wir in einer wilden, männlichen Welt leben.«

Der alte Söldner stöhnte. »Fahre fort – ich könnte dir den ganzen Tag zuhören.«

Sie lächelte, stolz und schön, wie eine Pfauin mit ausgebreiteter Federkrone, auch wenn eine solche in der wilden, männlichen Welt keinen Platz hatte.

Je länger Raffael darüber nachdachte, desto besser gefiel ihm Danas Erklärung. Brocken ächzte immer noch und stemmte sich mit beiden Händen vorne auf den Sattel. Er warf der Hure einen schrägen Blick zu; und dies zum wiederholten Mal, wie der Gaukler bemerkt hatte. Nein, Wärme oder gar Liebe steckte nicht darin, zumal der Eisklotz zu solchen Gefühlen gar nicht fähig war. Es musste etwas anderes sein. Was sollte nur diese Frage nach dem Spiegel? Wieland hingegen schien eher Interesse für die Hure zu empfinden. Die Frau war aber auch verteufelt hübsch. In Raffaels Eingeweiden bohrte etwas. Zunächst verdrängte er es, doch dadurch fühlte er sich nicht besser. Er überlegte, was die Ursache sein könnte. Erst als er seinen Zustand ohne Rücksicht auf eigene Befindlichkeiten analysierte, formte sich ein Gedanke. Stichelte da etwa eine unterschwellige Eifersucht? Und wenn ja, Eifersucht auf was? Auf Danas weibliche Schönheit? Oder Wielands Aufmerksamkeit? Verstohlen warf er seinem Freund neben ihm auf dem Bock einen Blick zu. Mit seinem blonden Zopf, dem Ohrring und dem gütigen Zug um die Mundwinkel sah er aus wie immer. Und seine Augen? Waren die wirklich immer so blau oder lag es am Himmel, der sich darin wiederfand? Verflixt und zugenagelt! Raffael lief seit so vielen Jahren für sich selbst

und für andere als Mann herum – solche Gedanken waren neu für ihn, die konnte er gar nicht gebrauchen.
Sie kamen nur langsam voran, auch weil der Boden vom starken Regen des Vortags noch matschig war. Zudem erschwerten Pfützen das Fahren. Keiner konnte vorhersagen, wie tief diese ausfielen. Wenn möglich, lenkte Raffael den Karren drum herum. Ein Achs- oder Räderbruch käme ihnen reichlich ungelegen.

Schon am späten Nachmittag wurde klar, dass sie die Furt bei Tageslicht nicht mehr überqueren konnten. Brocken preschte voran, um einen geeigneten Lagerplatz für die Nacht zu suchen. Der Himmel bewölkte sich wieder regenverdächtig, daher wählte er einen Unterschlupf in einem Fichtenwäldchen.

Am Abend saßen sie im Kreis um ein kleines Lagerfeuer herum. »Wie immer übernehme ich die erste Wache«, bestimmte Brocken.

»Und ich die zweite«, rief Dana schnell, während sie abwechselnd in ein Stück Brot und ein Stück Käse biss.

»Wieso das? Eine Frau und Wache halten?« Brocken gab sich keine Mühe, seine Geringschätzung zu verbergen.

In aller Ruhe kaute die Frau zu Ende, dann entgegnete sie: »Ich brauche keine Sonderbehandlung. Ich halte Wache, genau wie jeder andere. So schwer ist das ja wohl nicht. Ich habe gute Augen und gute Ohren. Wenn mir etwas verdächtig vorkommt, wecke ich ganz hurtig meine Helden. Und als Ersten natürlich den großen Helden.«

»Brocki, nach den Strapazen der letzten Tage wirkst du müde. Du bist heute sogar fast im Sattel eingeschlafen. Also verzichtest du diese Nacht auf die Wache und schläfst dich mal so richtig aus«, schlug Wieland vor. »Nach Dana bin ich an der Reihe und zum Schluss Raffael.«

Erstaunlich – der alte Söldner nickte. »Einverstanden. Aber nenn mich nicht Brocki.«

Brocken und Wieland kümmerten sich um die Pferde. Kurze Zeit später legten sie sich zur Ruhe.

Raffael breitete seine Schlafrolle aus. Eine dicke Schicht Fichtennadeln bot einen wunderbaren Untergrund für ein gemütliches Nachtlager, zudem mochte er den würzigen Geruch. Sein letzter Gedanke vor dem Einschlafen drehte sich um die Hure. Auf der einen Seite faszinierte ihn diese Frau, auf der anderen wusste er noch nicht, ob er sich über ihre Gesellschaft freuen sollte.

Es war noch dunkel, als Dana ihn wachrüttelte. Raffael setzte sich auf und rieb sich die Augen. »Warum weckst du mich und nicht Wieland?«, fragte er.

»Auch der sah gestern Abend furchtbar müde aus. Deshalb habe ich seine Wache übernommen und ihn ruhen lassen. Ich … bin es gewohnt, mit wenig Schlaf auszukommen.«

Auch das noch, dachte Raffael.

Hellwach krabbelte er zu seinem Kameraden, der rechts von ihm schlief. Sanft schüttelte er ihn an der Schulter.

Verschlafen drehte sich Wieland zu ihm um, dann riss er die Augen auf. »Ach, du bist es, Georg. Was machst du denn hier?«

»Georg?«, fragte Dana verwirrt.

»Und wer bist du, schöne Frau?«, fragte Wieland die Verwirrte.

Noch halb im Schlaf balzte er direkt los. Raffael erklärte tonlos: »Eine lange Geschichte. Jedoch nicht so lang wie die, die ich heute noch erzählen muss.«

Von dem Stimmengewirr war auch Brocken längst aufgewacht. Breitbeinig stand er am Fußende der Schlafstätte und verschränkte die Arme vor der Brust.

»Dort … steht ja Brocken, der berühmte Söldner, mein Feldmarschall«, rief Wieland aus.

»Na toll. Bimsbirne sind wieder mal einige Wochen aus dem Kopf gefallen. Wieso hat er so lange geschlafen?«

»Ich ... verstehe nicht. Ich habe ihn nicht geweckt, weil ich dachte …«

»Schon gut, Dana. Wir hätten es dir gestern erklären müssen«, sagte Raffael. »Aufgrund einer schweren Kopfverletzung, die er vor einiger Zeit erlitten hat, vergisst er alles, was seit dem Schlag geschehen ist. Aber nur, wenn er lange schläft.«

Die Frau senkte den Kopf und schwieg.

Wieland richtete sich auf und sah sich um. »Wo ist das Feldlager? Wir kämpfen doch für Garsick!? Was ist geschehen?«

»Och, nicht viel, kaum der Rede wert, Bimsbirne«, meinte Brocken.

Es dauerte den ganzen Vormittag, den Freund wieder einigermaßen auf den aktuellen Stand zu bringen. Raffael saß neben ihm auf dem Bock und berichtete, wie sie gegen Herzog Stoderring gekämpft hatten, danach zu dritt Richtung Süden gezogen waren, von den Doppelsöldnern überfallen wurden, Drachenbein besucht hatten und jüngst in den Krieg gegen Brandmark geraten waren. Die ganze Zeit über hörte auch die Hure auf der Ladefläche aufmerksam zu.

»Und nun reisen wir zum Alten Friedhof, von dem Brockens Bidenhänder stammt, wenn ich es richtig verstanden habe«, resümierte Wieland.

»Richtig«, sagte Raffael.

Dana kniete auf der Ladefläche in Fahrtrichtung und streckte ihren Kopf zwischen die beiden. »Das sind ja unglaubliche Abenteuer. Und jede Menge gefährliche Situationen, die ihr gemeistert habt.« Sie lachte hell. »Unglaublich, wie Brocken euch aus dem Schandkäfig befreit hat.«

Erst jetzt fiel Raffael auf, dass der alte Söldner im Endeffekt bei all den Erzählungen viel zu gut wegkam. Dana musste ihn nun für den mutigsten, selbstlosesten, gerechtesten und edelsten Ritter aller Zeiten halten.

»Und er hat auch mich gerettet«, ergänzte sie prompt mit glänzenden Augen. »Du bist unser Held«, rief sie Brocken zu, der auf seinem Gaul nebenher ritt.

Der alte Söldner reagierte überhaupt nicht. Eisklotzig starrte er vor sich hin.

»Und so bescheiden«, befand Dana.

»Genau! Viele aufregende Situationen haben wir miteinander durchgestanden«, bestätigte Wieland stolz und betastete die Münze in seinem Hinterkopf. »Und all das hätte ich gar nicht erleben dürfen, wenn der großartige Wundarzt Wolther nicht gewesen wäre.«

Es dauerte einen Moment, bis Raffael begriff. »Wie … wie kommst du denn darauf?«

Wieland überlegte. »Der hat mir doch von seiner großartigen Operation meines Kopfes erzählt.«

Mit keinem Wort hatte der Gaukler den Aufschneider und Lügner Wolther erwähnt – aus seiner Sicht im Nachhinein ein völlig unwichtiges Detail, das er längst abgehakt hatte. Er versteifte sich, sein Herzschlag rutschte höher und höher und wurde schneller und schneller.

Jetzt meldete Brocken sich erstmalig zu Wort: »Hör zu, Bimsbirne! Dein Schädel sah aus wie ein eingefallener Dachstuhl. Der Medikus und ich hätten keinen Kupferling auf dein Überleben gewettet. Schmalhans ganz allein hat dich gerettet.«

»Verstehe.« Wieland kratzte sich am Kinn. »Also nicht Wolther. Aber wer ist denn dieser Schmalhans?«

»Warum hast du so etwas Wichtiges wie deinen wahren Namen bisher ausgespart, Georg?«, fragte Brocken süffisant.

»Verstehe, das bist du«, meinte Wieland und strahlte Raffael an.

Der bemühte sich, seine Nerven zu beruhigen. »Ja, Wolther hat dich damals belogen. Nur geschah dies *nach* deiner Kopfverletzung. Bislang konntest du dich noch nie an diese Zeit erinnern. Fällt dir noch mehr ein?« Kaum war die Frage ausgesprochen, schon bereute der Gaukler es. Er hätte auf einen Moment mit seinem Freund unter vier Augen warten sollen, doch der hatte ihn vollends auf dem kalten Fuß erwischt, sodass er nicht klar denken konnte.

Wieland überlegte und zog dabei an seinem Zopf. »Du hast mir den Kampf am See gegen die Doppelsöldner geschildert. Mir schwirren dazu weitere Details im Kopf herum. Irgendetwas Merkwürdiges ist dort geschehen. Etwas Überraschendes, ich komme gleich drauf.« Er steckte seinen Zeigefinger durch den Ohrring und kratzte sich am Hals.

Alle spitzten die Ohren und Raffael beeilte sich zu sagen: »Kein Wunder, aufgrund meiner Ohnmacht habe ich nicht alles vom Kampf mitbekommen. Wenn dir noch etwas einfällt, sag Bescheid. Jetzt lass uns überlegen, wie wir mit dem Karren am besten über die Furt kommen. Seht, da vorne ist sie!« Er streckte den Arm aus.

Tatsächlich wurde der Nubil flacher, das Wasser gluckerte lauter, und kleine weiße Bögen schäumten kreuz und quer durch den Fluss. Viele Spuren von Rädern, Hufen und Schuhen im Uferschlamm deuteten auf den Flussübergang hin. Die Ablenkung war geglückt. Im Augenblick dachte Wieland nicht weiter über ungewöhnliche Ereignisse am See nach.

Es kostete einige gemeinsame Anstrengungen, mit dem Pferdekarren den Fluss zu durchqueren. Dana hatte ihren Rock hochgebunden und watete voran. Diego zog, Brocken, Wieland und Raffael schoben. Genau genommen, vergaß Wieland ab und an das Schieben, weil er viel zu sehr damit beschäftigt war, der Hure auf die Beine und den Hintern zu glotzen. Einige Male stemmte der alte Söldner den Wagen fast allein hoch, wenn er im Schlamm steckenblieb oder ein Stein auf dem Grund die Räder blockierte. Als sie am anderen Ufer angekommen waren, setzten sich alle halbwegs trocken auf die Ladefläche, obgleich es dort inzwischen recht eng wurde durch die Rucksäcke, Danas große Lederbeutel, Brockens Waffen und den Seesack. Wieland und Raffael ließen die Beine hinten über die Ladekante baumeln, während Brocken und Dana sich an die Wand zum Bock lehnten. Sie ruhten sich einen Moment aus, tranken ein paar Schlucke aus ihren Schläuchen und blickten zurück auf den Fluss, dessen klares Wasser silbrig in der Sonne glitzerte. Einfach so entstand ein großartiger Moment, weil weder Streit noch Zeitdruck herrschte, sondern eine stillschweigende Besinnung auf die wundervollen Dinge im Leben und das gemeinsame Ziel.

»Ein Anblick voller Frieden«, lächelte Wieland und stupste Raffael kameradschaftlich an die Schulter.

So empfand es auch der Gaukler, insbesondere, wenn der junge Söldner von Frieden sprach. »Das Leben kann so schön sein«, seufzte er.

»Seit wann, Schmalhans?«, grunzte es hinter ihm.

Hätte er bloß nichts gesagt. »Pah! Du kennst das Wort *schön* doch gar nicht, Brocken.«

»Du redest ganz schönen Mist. Genug gefaulenzt. Weiter geht's, der Weg ist noch weit!« Der alte Söldner sprang über die Seitenwand und fuhr Raffaels Pferd an: »Das gilt er auch für dich, du dämliche Schindmähre.« Er klopfte Diego mit der flachen Hand auf den Hals. Zur Antwort ertönte ein stolzes Wiehern. Seltsamerweise hatte sich das Tier an den

Eisklotz gewöhnt, jedenfalls kamen die beiden erstaunlich gut miteinander aus.

Beinahe flüsternd sagte Raffael: »Wieland, wenn dir noch etwas einfällt, ich meine, aus der Vergangenheit nach der Kopfverletzung, dann komm zu mir.«

»Na klar, mach ich«, antwortete dieser auf seine übliche unbeschwerte Art, schlug die Fußsohlen zusammen und sprang von der Ladekante.

Für den Moment war der Gaukler damit zufrieden. Nicht zum ersten Mal überlegte er, ob er den Freund in sein Geheimnis einweihen sollte. Doch wie sinnvoll war dies, wenn er es doch beim nächsten längeren Schlaf vergaß? Oder vielleicht nicht? Schon wurde die Welt wieder kompliziert. Auch der Gaukler sprang vom Karren.

Der Rest des Tages verlief ereignislos. Sie kamen gut voran, denn der Zustand der Wege verbesserte sich, je trockener die Erde wurde. Auf einer Landstraße zwischen eingefriedeten Feldern kamen ihnen gelegentlich Menschen entgegen. Meistens huschten sie schnell vorbei, jeglichen Augenkontakt vermeidend. Es konnte auch daran liegen, dass Brocken sie von seinem Riesenross grimmig anfunkelte. So ging es über Stock und Stein, Feld und Wiese, Lehm und Sand – ein wildes Geflecht aus Straßen, Wegen und Pfaden, die Dörfer, Gehöfte und Weiden miteinander verbanden.

Kindermund

Die Oberfläche des Sees glänzte spiegelglatt in der Mittagssonne. Nichts Besonderes tagsüber bei absoluter Windstille. Er kniff die Augen noch mehr zusammen als sonst, er hasste Helligkeit, so wie das Weiße in seinen Augen. Doch Umbran schätzte Wasser – wenn auch keineswegs, weil es glitzerte und er es trinken konnte, sondern weil es zuverlässig, leise und sauber tötete. Mit Vorliebe ertränkte er seine Opfer – ein Kinderspiel, vor allem, wenn er den Todgeweihten vorher ein Betäubungsgift verabreichte. Einmal hatte er eine komplette Schiffsbesatzung auf diese Weise um die Ecke gebracht. Selig versanken die Matrosen in der See, ein ehrliches, angemessenes Grab.

Angefangen hatte es mit dem Sack voller Katzenjungen, den er auf Geheiß des Vaters in den Fluss bringen sollte. Damals war er gerade sieben Jahre alt geworden. Er erinnerte sich gut daran, denn kurz zuvor hatte er einen Spaten zum Geburtstag bekommen.

»Und komm bloß nicht ohne Sack wieder«, hatte Vater ihn ermahnt.

Am Fluss angekommen, öffnete er die Verschlusskordel, ließ die Kätzchen im dichten Schilf am Ufer frei und schlenderte zurück. Er hatte nicht ahnen können, dass Mama Katze ihre Jungen in Windeseile aufspürte und eines nach dem anderen stolz zurück zum Haus trug. Vaters Begeisterung hielt sich in Grenzen. Diesmal sah er zu, wie sein Sprössling Sinn und Zweck der Aufgabe gewissenhaft wiederholte. Mit dem Spaten. Viele Monate waren ihm die blutigen, kleinen Fellknäuel nicht aus dem Kopf gegangen. Im nächsten Jahr, Mutter Katze hatte es diesmal sogar auf sieben Kitten gebracht, ließ er den Sack zu. Es ging schnell, nur ein kleines Ruckeln, kein Fauchen, kein Mauzen, kein Blut, allein das immerwährende Gurgeln des Flusses. Den leeren Sack brachte er zurück.

Das war lange her – schlussendlich hatte er sich auf das Töten von Menschen spezialisiert. Mit diesem Gedanken riss er sich aus seinen Kindheitserinnerungen und fand sich am Ufer des kleinen Sees wieder. Er führte sein Pferd am Zügel einmal komplett um den See herum. Die vielen verrotteten Leichen am Uferrand hatten schon etwas Besonderes. Zeugnisse eines brutalen Kampfes auf Leben und Tod, jetzt Heim, Brutstätte und Nahrung für Maden, Würmer und Käfer, nachdem sich die aasfressenden Vögel weitgehend gütlich daran getan hatten. Die Totenschädel glotzten ihn hohl an. Umbran hörte genau hin, jede Leiche erzählte ihm ihre Geschichte, er sah genau hin, stellte sich die unglaublichen Szenen vor, die sich hier abgespielt hatten. Nach den Schilderungen des Sanften Siegberts handelte es sich um neunundzwanzig Tote. Bisher hatte Umbran die Geschichte für eine typische Übertreibung gehalten. Ein Grund mehr für ihn, diesen Ort aufzusuchen und sich mit eigenen Augen ein

Bild zu machen. Es stimmte, neunundzwanzig Geschichten. Unfassbar! Wie konnten diese gestandenen Krieger den ungleichen Kampf verlieren? Nun denn, sie hatten ihr Versagen teuer bezahlt. Vor allem Brocken musste mit seinem Zweihänder gewütet haben wie ein ausgehungertes Rudel Wölfe im Hühnerstall. Zerstückelte, halbierte, zertrümmerte Leichen überall. Spätestens jetzt beschloss Umbran, seinen Gegner nicht zu unterschätzen.

Dieser See befand sich genau auf der Strecke nach Drachenbein. Es stimmte also – die drei Gesellen trieb es in die große Stadt.

Der Schatten machte es sich in der Nähe der Leichen für die Nacht gemütlich. Erfahrungsgemäß mieden die Menschen einen Platz voller Todesgestank und Ungeziefer. Umbran nicht, ganz im Gegenteil, hier konnte er in Ruhe schlafen, zumal ihn die Insekten und das Gewürm nicht belästigten. Sie mieden ihn wie der Teufel das Weihwasser – woher diese unheilige Allianz kam, wusste er selbst nicht so genau. Vielleicht, weil er als Bote des Todes stets für Nahrungsnachschub sorgte.

Wenig später fiel er in einen traumlosen Schlaf.

»Was haben wir denn da?«, murmelte der Schatten.

Er war am Ziel. Von einer Anhöhe blickte er auf die Stadt Drachenbein hinunter. Inmitten eines langgezogenen Tals stapelten sich die Häuser links und rechts des Nubil die steilen Felswände empor. Von hier oben sah die Stadt recht sauber aus, doch Umbran wusste es besser. Unten würde er einen verlogenen Stinkhaufen vorfinden, strotzend vor

Dreck, Kloake und Abschaum. Richtig, er mochte keine Städte und keine Menschen. Was sollte er demnach von einer Stadt voller Menschen halten? Die Symmetrie des Ganzen machte den Anblick nicht besser. Manche verglichen Drachenbeins Stadtbild mit einem riesigen Schmetterling. Nun denn, mit viel gutem Willen erkannte Umbran allenfalls eine hässliche, pelzige Motte.

Er zuckte die Achseln, im Grunde spielte seine Einstellung keine Rolle. Der Auftrag entschied über die Erfordernisse, und seine Aufgabe bestand nun mal darin, diese Ansammlung von Unvermögen zu besuchen, folglich würde er dies tun.

Bedächtig trabte er über das Kopfsteinpflaster auf den Eingang der Stadt zu. Die braven Bürger Drachenbeins beachteten ihn kaum. Auf den hölzernen Torflügeln prunkte das Stadtwappen – ein gelber Schild, durch den sich von oben nach unten ein Fluss schlängelte.

Links von ihm baumelte ein Schandkäfig mit zwei verwesten Leichen. Nichts Außergewöhnliches. Zum einen hatte jede größere Stadt zur abschreckenden Begrüßung ein solches Schauspiel parat, zum anderen befanden diese sich, im Vergleich zu den menschlichen Überresten am See, in einem deutlich erträglicheren Zustand.

Die nächste Eiche schmückte ein weiterer Käfig. Die beiden Männer darin lebten noch, wenn man es denn so nennen konnte. Umbran schielte auf die Schiefertafel mit einer Fünfzig und acht mal fünf Strichen darunter. Die hatten es bald hinter sich, so oder so.

Der letzte Baum wirkte angeschlagen, im wahrsten Sinne des Wortes – die Schnittstelle eines Aststumpfes leuchtete hell.

»Ho!« Sein Pferd hielt an. Er betrachtete die Eiche und den Boden darunter. Ganz klar, hier hatte vor nicht allzu langer Zeit ein dritter Schandkäfig gehangen.

Gemächlich passierte er die Wachen und befand sich nun in der Stadt Drachenbein. In der Nähe der Mauer spielten zwei Gassenjungen mit ein paar Murmeln. Dazu knieten sie auf dem Lehmboden, und jeder versuchte seine eigenen Steinkügelchen mit dem angewinkelten Zeigefinger als Erster in ein kleines Loch zu stoßen.

Nach den jüngsten Geschehnissen verspürte Umbran wenig Verlangen, eine Gaststätte aufzusuchen. Schließlich gab es noch andere Wege, um an Informationen zu gelangen.

»He, Burschen. Ihr seht aus, als hieltet ihr stets eure Augen und Ohren offen. Habt ihr schon mal von Brocken gehört? Dem großartigsten Söldner des Kontinents?«

Misstrauisch zuckten die beiden Gassenjungen zusammen. In der Regel brachte es entweder Schimpf und Gemecker oder Strafen in Form von Tritten, Prügeln und Ohrenziehen, wenn sie von Erwachsenen angesprochen wurden. Natürlich spielte hierbei das in ihrem Alter dauerhaft schlechte Gewissen, weil sie ständig etwas ausgefressen hatten, eine gewichtige Rolle.

Hektisch packte der eine die Murmeln rund um das Loch ein und machte Anstalten wegzulaufen. In diesem Fall half nur eins: Die Gier musste größer werden als die Angst. Mit Daumen und Mittelfinger schnippte Umbran einen Kupferling direkt in das Murmelloch. Und einen zweiten hinterher. Die Jungen staunten ihn nur kurz an. Katzengleich packten sie zu, mithin hielt jeder der beiden eine Münze in der Tatze.

»Nein, kennen wir nicht«, log der andere argwöhnisch.

»Von dem müsst ihr schon gehört haben. Der ist berühmt und so groß und breit wie das Stadttor.«

Der mit den Murmeln murmelte: »Jetzt, wo Ihr ihn beschreibt, Herr, fällt mir etwas ein. Ein solcher Mann war vor einigen Tagen hier. Er soll den Bücherturm besucht haben.«

»Das heißt die große Bibelteek«, erklärte ihm der andere. »Lass uns verschwinden, der ist mir unheimlich.« Der Kindermund dachte gar nicht daran zu flüstern, sondern tat die Wahrheit kund.

»Warte!«, zischte der mit den Murmeln und fragte mit listigem Funkeln in den Pupillen: »Schafft Ihr den Trick mit der Münze ins Loch noch einmal? Bestimmt nicht, oder?«

Der Schatten lächelte gutmütig. »Ich mache euch einen Vorschlag: Wenn ich es erneut schaffe, zwei Kupferlinge dort zu versenken, beantwortet ihr mir meine Fragen. So wie unter Freunden.«

Die beiden nickten eifrig und schielten auf das Loch.

Geschickt ließ Umbran erneut zwei Kupferlinge dort hineinfliegen. Die Knaben stürzten sich darauf. Nachdem sich jeder eine Münze geschnappt hatte, schauten sie ihn erwartungsvoll an. Umbran versuchte sich an einem freundlichen Gesicht, er wusste, er war nicht gut darin. »Habt ihr sonst noch etwas gehört? Wo ist Brocken nach dem Besuch der Bibliothek hingegangen?«

»Ich habe gehört, dass er die Stadt nach nur einer Nacht

wieder verlassen hat«, meinte der eine.

»Auf einem alten Pferdekarren, hat Friedhelm von der Stadtwache erzählt«, ergänzte der andere.

»War noch jemand bei ihm?«

Beide schüttelten überzeugend den Kopf.

Obgleich dieser Umstand den Schatten verwunderte, glaubte er den Jungen.

»Was ist mit der alten Eiche vor dem Stadttor geschehen?«

Die beiden Murmler stupsten sich gegenseitig an. »Da hing bis vor Kurzem noch ein Schandkäfig«, grinsten sie um die Wette.

Der andere gewann. »Jetzt nicht mehr«, erklärte er.

»Wie das? Ist er etwa weggeflogen?« Umbran setzte sein fragendes Gesicht auf, eine unwissende, ulkige, hirnverbrannte Fratze. Die Jungen lachten hell, der Bann war gebrochen, spätestens jetzt würden sie ihm alles erzählen.

»Nein, jemand hat den Ast, an dem der Käfig hing, durchgeschlagen und ist damit abgehauen.«

»Mit dem Ast?«

»Nein, mit dem Käfig natürlich«, prustete der eine Junge.

»Wer um Himmels willen klaut denn einen Schandkäfig?« Umbran klatschte sich an die Stirn. »Und jetzt sagt nicht, da war jemand drin.«

»Natürlich!« Die Jungen sonnten sich sichtlich in ihrem Wissensvorsprung. »Wir haben sie nicht gesehen, doch kurz vorher hat die Stadtwache zwei Fremde festgenommen und dort eingesperrt.«

»Wie bitte? Was haben die denn verbrochen?«

»Die waren so dämlich, ihre Waffen gegen die Stadtwache zu ziehen.«

»Und anstatt schleunigst abzuhauen, haben sie sich im Bücherturm versteckt«, ergänzte der eine Junge.

»Das heißt Bibelteek«, erklärte ihm der andere.

»Was wollten sie dort?«

Als hätten die Jungen es vorher geübt, zuckten beide gleichzeitig mit den Schultern.

Für Umbran war die Sache klar. Der junge Söldner und der Feldscher hatten sich dusselig angestellt und waren dann vor der Stadtwache zu Brocken in die Bibliothek geflohen. Damit stand seine nächste Anlaufstelle fest.

»Gibt es sonst noch etwas, das ich wissen sollte?«

Während der eine noch überlegte, nickte der andere. »Seit dem geklauten Schandkäfig ist Stettmeister Munnheimer wütend wie nie. Vor zwei Tagen hat er ein Dutzend Leute an den Pranger stellen lassen, weil sie ihn nicht ehrfürchtig genug gegrüßt hatten.«

»Donnerwetter, Jungs, ihr wisst, was in eurer Stadt vorgeht. Drachenbein kann stolz auf euch sein. Ich muss jetzt weiter.«

Der eine und der andere winkten ihm emsig hinterher.

Umbran stieß die Pforte der Bibliothek auf. Bisher war er noch nie in dem hohen Gebäude auf der Insel zwischen den beiden Stadthälften gewesen. Das turmhohe Atrium erschien ihm als grobe Platzverschwendung. Auf dem schwarzweißen Marmorboden konnte man Dame spielen und von den vielen Balustraden rund herum zusehen.

An der Wand gegenüber der Pforte stand ein Tisch aus schwarzem Granit. Mit krummem Rücken hielt sich der Bibliothekar ein Augenglas vor das Gesicht, während er einen Folianten studierte.

Erst als Umbran unmittelbar vor ihm stand, hob der Greis den Kopf. »Willkommen im Haus des Wissens. Mein Name ist Marrandor. Wie kann ich Euch zu Diensten sein?«, fragte er mit knarrender Stimme.

»Ich suche einen Freund von mir. Er soll vor einigen Tagen hier in der Bibliothek gewesen sein. Brocken wird er genannt.«

Das kurze Glimmen in den Augen verriet, dass der Alte genau wusste, von wem die Rede war.

»Brocken? Den habe ich lange nicht mehr gesehen.« Mit einer Geste des Bedauerns und der Unschuld streckte der Greis ihm beide Handflächen entgegen. So alt und immer noch ein schlechter Lügner.

»Sagt, Marrandor, wisst Ihr denn, wo ich ihn finden kann? Es ist wichtig.«

Der Bibliothekar stopfte sich einen Horchtrichter ins linke Ohr und flackerte mit den weißen Wimpern. »Was sagtet Ihr?«

»Bis eben konntet Ihr mich noch recht gut verstehen«, stellte Umbran fest.

»Fragt mich nach Büchern, nicht nach Menschen, dann geht es meinen Ohren direkt besser«, erklärte der Alte und schob sein Kinn vor.

»Ich muss den alten Söldner finden. Ich habe eine Aufgabe zu erfüllen.«

Ein Mann kam die Treppe herunter, winkte und rief: »Auf Wiedersehen, Marrandor. Ich komme morgen wieder.«

Der Bibliothekar hob ebenfalls die Hand zum Abschiedsgruß.

Umbran hatte darauf geachtet, dem Besucher den Rücken zuzukehren – nur ein dunkler Umhang mit Kapuze hörte er ihn hinterher sagen.

Der Schatten schlug den Überwurf zurück. Einige Schlaufen beherbergten kleine Phiolen mit unterschiedlichen Flüssigkeiten, doch für diese hatte der Schatten im Augenblick keine Verwendung. Er betrachtete die vier senkrecht gesteckten Nadeln in seinem Ledergürtel neben der Schnalle. Großartige Meisterwerke eines Kunstschmiedes, hohl im letzten Drittel, um einem Tropfen Flüssigkeit Platz zu bieten. An der Spitze jeder Nadel befand sich ein Korkpfropfen als Verschluss. Natürlich existierte auch noch die Nummer Fünf, die tödliche Nadel in seinem Zopf, die kürzlich im Thronsaal von Graf Garsick ihre Anwendung fand. Wenn er noch leben würde, könnte sich der Sanfte Siegbert sicherlich daran erinnern. *Die Drei für der Wahrheit Macht.* Er zog die Nadel aus der dritten weichen Lederschlaufe. Der Alte sah seine Hand kaum kommen, nur ein kleiner Stich in den Hals, kaum der Rede wert – nicht einmal ein Blutstropfen war zu sehen.

»Was habt Ihr getan?«, fragte der Bibliothekar und fuhr sich mit der flachen Hand an den Hals, als wolle er nach einer Mücke schlagen.

»Etwas, das Eurer Erinnerung hilft. Medizin für Kopf und Geist«, erwiderte der Schatten freundlich.

Die grauen Augen im grauen Gesicht des Alten verblassten. Er stützte seinen Kopf mit den Händen ab, indem er beide Ellenbogen auf den Tisch stellte. »Ihr seid ein Bastard.«

»Ah, es wirkt schon«, freute sich Umbran.

»Ich bin müde.«

»Sind wir das nicht alle?« Der Schatten beugte sich über die schwarze Granitplatte. »Wie heißt Ihr, guter Mann?«

»Mein Name ist Marrandor«, antwortete der gute Mann.

»Wie lange dient Ihr schon in der Großen Bibliothek von Drachenbein?«

Marrandor kniff ein Auge zu. »Im nächsten Monat feiere ich Jubiläum. Vierzig Jahre.«

»Eine lange Zeit. Ich bin beeindruckt. Kennt Ihr einen Söldner namens Brocken?«

»Aber natürlich. Schön, dass Ihr nach ihm fragt. Er ist ein Ehrenmitglied unseres Ordens 'Die Bruderschaft der lesenden Zunft'. Einen Gutteil der Folianten und Schriften im fünften Stockwerk hat er der Bibliothek gespendet.«

Mit Daumen und Zeigefinger hielt Umbran die Nadel vor seine Augen. Wirkte das Serum bei dem alten Sack nicht richtig oder war es falsch dosiert? Das klang nicht nach dem legendären Söldner Brocken oder zumindest nicht nach dessen Bild in Umbrans Kopf. Stirnrunzelnd stellte er die nächste Frage: »Wieso ist er Euer Freund?«

»Einer der früheren Stettmeister wollte mich loswerden und einen seiner Neffen auf meinen Platz setzen. Brocken hat mir zu jener Zeit beigestanden. Ich kenne seinen Ruf, doch sein Benehmen mir gegenüber war stets untadelig.«

Das wurde ja immer besser. Redeten sie über denselben Brocken?

Wie war er bei seinem letzten Besuch gekleidet?«

»Oh, wie immer hatte er sein Kettenhemd angelegt – mit hochgegurtetem Bidenhänder. Und auf dem Kopf den Schaller. Genau so habe ich ihn vor Jahrzehnten kennengelernt.«

»Warum kam er hierher?«

»Er hat eine Karte mitgebracht und wollte nachforschen, wo sich der Landstrich darauf befindet. Das Pergament enthielt Zeilen in einer seltenen Sprache, die wir jedoch nicht übersetzen konnten.« Der Bibliothekar stöhnte. »Mein Kopf dröhnt.«

»Wo wollte Brocken als Nächstes hin?«

»Ich habe ihm empfohlen, Tudor, den Magus des Wortes, aufzusuchen. Wenn jemand es übersetzen kann, dann dieser Gelehrte. Seine Enzyklopädie über *Das Sein und das Dasein* umfasst zurzeit dreizehn Bände.«

»Interessant. Das klingt so philosophisch wie dialektisch. Wo finde ich diesen Gelehrten?«

»Graf Dunkelberg hat ihn als Schreiber in seine Dienste genommen.«

»Und das bedeutet?«

»Dass er die Stadt verlassen hat und mit dem Grafen gegen Herzog Brandmark in den Krieg gezogen ist.«

»Ich habe davon gehört. Des schnöden Goldes wegen. Wisst Ihr wo?«

Der Alte nickte müde. »Von Drachenbein aus … einfach dem … Nubil flussabwärts folgen.« Sein Kopf sackte auf den

Tisch, der Bibliothekar war eingeschlafen.

Das Serum hatte gewirkt – der Schatten wusste nun, was er wissen musste. Behutsam steckte er Nadel Drei wieder in den Gürtel zurück. Daraufhin packte er mit zwei Fingern die Nadel ganz links im Gürtel und entfernte den Pfropfen. *Die Erste für die letzte Nacht.*

Der Schatten schüttelte den Kopf. »Leider weißt du nun zu viel über mich, Marrandor. Vierzig Jahre werden es nicht mehr.« Er klappte die linke Ohrmuschel des Alten zurück und stach dort tief in die Haut. Der Bibliothekar würde bald aufwachen und nach Hause gehen wie jeden Abend. Vermutlich würde er vor der Nachtruhe noch etwas essen und trinken. Danach würde er friedlich einschlafen. Er hatte es verdient.

Der Schatten hüllte sich in seinen Kapuzenumhang und huschte auf leisen Sohlen aus dem Gebäude.

Die Attraktionen

Am dritten Tag der Reise erreichten sie das Städtchen Naskatt, die letzte Ortschaft im Herzogtum Brandmark, bevor sich ihm nördlich die Grafschaft Großeich anschloss. Zumindest gab diese Information Raffaels alte Karte her, die er am Vorabend studiert hatte. In Naskatt wollten sie ihre Vorräte auffüllen und andere kleinere Besorgungen tätigen. Die gepflasterte Straße mit den gepflegten Fachwerkhäusern links und rechts zeugten von genügend Geld im Stadtsäckel.

Als erahnte sie Raffaels Überlegungen, erläuterte Dana: »Naskatt ist die reichste Stadt im Herzogtum. Die Brandmarks haben die Region stets gefördert – so kreuzen sich hier nicht ganz zufällig zwei der bedeutendsten Handelsrouten des Kontinents. Zudem haben sie hier ganz in der Nähe eine Sommerresidenz errichtet. Und die Brücke vor uns haben sie gebaut.«

Tatsächlich kam eine beeindruckende Holzkonstruktion in Sichtweite, die zweispurig über den Nubil führte.

Es war so viel einfacher und gemütlicher, den Fluss mithilfe der Brücke zu überqueren. Die mächtigen Holzbalken unter den Rädern bollerten rhythmisch, als Raffael den Pferdekarren hinüberlenkte. Die Brückenhäuschen waren nicht einmal besetzt, und so kostete die Überfahrt keinen Kupferling. Am Nordende der Brücke begann das eigentliche Stadtzentrum von Naskatt.

Bevor sie die Menschen sehen konnten, hörten sie die ausgelassene Fröhlichkeit in Form von Musik und Gejauchze. Kurze Zeit später tat sich ein Jahrmarkt in vollem Gange vor ihnen auf. Attraktionen, Saufstände, Aussteller, Saufstände, Akrobaten und Saufstände an jeder Ecke. Nun gut, zu essen gab es auch – ein überwältigender Geruch nach Gebratenem schwebte über dem Platz. Gebratene Würstchen, gebratene Schnitzel, gebratenes Huhn, gebratener Fisch, gebratene Pilze, gebratene Äpfel, gebratene Zwiebeln.

Raffael lenkte Diego an den Rand der großen Dorfwiese. Eine Weile starrten sie auf das vielfältige Gewusel.

»Ein beknacktes Volksfest!« Brocken verzog das Gesicht.

Kaum verwunderlich, meckerte der Eigenbrötler doch stets gegen Gesellschaften, deren Größe über den alten Söldner hinausging. Mit einer Ausnahme natürlich: zwei Armeen, die aufeinanderkrachten. Volksfest, Schlachtfest, Schlachtfeld – so lautete die einzig wahre Verkettung. Und auf Letzterem konnte es Brocken kaum eng genug zur Sache gehen.

Raffael genoss den Ausblick auf das bunte Treiben. Hier fühlte er sich heimisch. Bei solchen Gelegenheiten hatte er früher seinen Geldbeutel gut füllen können. Wehmütig wünschte er sich Krims herbei, hier hätten sie als Wunderheiler eine Menge Phiolen mit Entengrütze verkaufen können. Doch auch als Akrobat und Gaukler könnte er an jeder Ecke auftreten. Wobei er darunter auch seine Begabung als Taschendieb fasste. Unwillkürlich streckte und beugte er seine zehn Finger, dass es knackte.

»Die Gasthöfe werden alle belegt sein, daher sollten wir uns am Rand der Stadt einen Lagerplatz suchen«, schlug Wieland vor.

»So ist es. Die sind mir ohnehin zu trunken, zu laut und zu lustig«, knurrte Brocken.

»Das ist ja der Sinn des Ganzen. Erst trunken, dann laut, dann lustig«, erklärte Raffael. »Stellen wir den Karren erst einmal hier ab und sehen uns um.« Es zog ihn magisch ins Getümmel.

Immer noch auf der Ladefläche sitzend, schlang Dana ein braunes Tuch eng um ihren Kopf. »Ich bleibe besser hier und passe auf unsere Sachen auf. Solange wir uns in Brandmarks Gefilden aufhalten, fühle ich mich nicht sonderlich wohl inmitten seiner Vasallen.«

»Und du leistest ihr Gesellschaft?«, fragte der Gaukler Brocken, da der nach wie vor angewidert in die Menschenmenge starrte und keine Anstalten machte mitzukommen.

Der alte Söldner nahm den Schaller vom Kopf und schepperte ihn auf den Karren. Danach holte er sich einen zerknäulten Lederumhang aus einer Satteltasche, warf sich diesen um und zog die daran befestigte Kapuze über sein langes weißes Haar. »Fertig. Die Hübschlerin kann hübsch auf sich selbst aufpassen. Du glaubst doch nicht, dass ich euch beide wieder allein losziehen lasse.«

»Jetzt fang nicht wieder mit Drachenbein an«, beschwor Raffael ihn. »Da gab es nur eine Verkettung unglücklicher Umstände.«

»Ich erinnere mich gut, Schmalhans, denn am Ende dieser Kette habe ich einen Käfig gefunden – mit zwei Trotteln drin. Also gehen wir.« Mit diesen Worten schnallte er sich den Gurt mit dem Bidenhänder um.

Zunächst drängelten sie sich über den Tiermarkt, oder genauer gesagt, der alte Söldner ging vor und schob die Menschen aus dem Weg, mal grob, mal unsanft. Die stolperten fluchend zur Seite, beschwerten sich lautstark, warfen ihm böse Blicke zu, beließen es jedoch dabei, als ihnen das gewaltige Ausmaß des Ärgernisses gewahr wurde.

Auf diesem Teil der Dorfwiese wurde so ziemlich alles verkauft, was vier Beine oder zwei Flügel hatte – Ziegen, Gänse, Kühe, Schafe, Schweine, Hühner, Enten – und lautstark von den Verkäufern angepriesen.

Der nächste Abschnitt des Marktes bestand überwiegend aus Schaustellern, Sängern und Gauklern, die auf verschiedenste Art und Weise den Leuten den ein oder anderen Taler abgewinnen wollten. Ein Feuerschlucker hatte eine große Traube Städter um sich versammelt und zauberte gerade ein Flammenmeer über seine Nase. Brocken hatte kein Auge für ihn, sondern hastete weiter.

Sie passierten einen kurzbeinigen Tisch, auf dem drei Eimer mit jeweils zwei faustgroßen Löchern im Deckel standen. Dahinter stolzierte ein grün gekleideter Herr mit einer roten Zipfelmütze auf und ab. Mit weit ausgebreiteten Armen forderte er die Menschen auf, ihm Gehör zu schenken. »Ihr lieben Leut, schaut her! Lasst Euch diese Attraktion nicht entgehen. Ein untadeliges Vergnügen, ein Wettstreit der Sinne. Stellt Euch der ungewohnten Herausforderung für nur drei Kupferlinge! Der Gewinner bekommt sogar sein Geld zurück.«

»Warte mal, Brocki, so eilig haben wir es doch nicht«, rief Wieland.

Unwillig drehte sich der alte Söldner um, zumal er gerade eine Schneise in die Menschenmenge geschlagen hatte.

Auch zwei junge Bauernburschen blieben stehen und betrachteten neugierig die Eimer. »Was ist da drin?«, fragte einer.

»Verehrter Herr, aufrichtige Gratulation, Ihr stellt die richtige Frage. Es ist an Eurer Fingerfertigkeit und Findigkeit, dies herauszufinden. Es kostet nur drei Kupferlinge, das Geheimnis zu lüften. Schafft Ihr es vor Euren Mitstreitern, dürft Ihr Euch Meister Extremissimo nennen und bekommt Euer Geld zurück.«

Die jungen Männer stupsten sich gegenseitig an. »Sollen wir?«, fragte einer.

»Einverstanden, klingt nach Spaß«, antwortete sein Nebenmann, knüpfte den Geldbeutel am Gürtel auf und zählte dem Mützenmann die Kupferlinge in die Hand.

»Nur noch ein Unerschrockener, ein Entdecker, ein Pionier, und wir können den Wettstreit beginnen. Der Platz zu meiner Linken ist noch frei. Wer traut sich? Wer hat den rechten Mut?«

Wieland strahlte. »Aufregend – ich mache mit. Wobei … äh … hast du mal drei Kupferlinge? Geliehen natürlich.«

Raffael drückte ihm das Geld in die Hand, und er reichte es an den Mützenmann weiter.

»Hervorragend. Applaudiert unseren Helden. Lasst uns

den Wettstreit der Sinne beginnen!«, brüllte der Aussteller.

Das zog direkt weitere Schaulustige an. Neugierig reckten immer mehr Menschen ihre Hälse. Es wurde enger und enger, Brocken stand nun wie ein Fels in der Brandung direkt neben Raffael in der Zuschauertraube.

»Wir wollten Proviant besorgen. Was soll das hier?«, knurrte er.

»Schau doch mal, wie viel Spaß Wieland hat. Berührt das nicht auch dein Herz?«

»Häh? Wieso denn das? Was haben Bimsbirnes Albernheiten mit meinem Herzen zu tun?«

Raffael gab es auf. Hier war es auch zu eng und zu laut für das Fortsetzen dieser Diskussion.

»Tretet vor, Ihr mutigen, furchtlosen Streiter. Hinein ins Dunkle mit den Händen! Erforscht das Unbekannte!«, lockte der Mützenmann.

Mit gewichtigen Mienen stellten sich die drei Entdecker vor die Eimer und ließen ihre Hände tief in die Öffnungen gleiten.

Ihre Gesichter spiegelten die gefühlte Anspannung wider, die Lippen pressten sich aufeinander, und die Augen wurden schmaler und schmaler. Alle schienen den Inhalt ihres Eimers regelrecht zu greifen, zu kneten und zu rühren. Wielands Augen leuchteten, Raffael sah ihm den Spaß an der Sache an.

»Eine Pastete!«, rief der in der Mitte siegessicher.

Der Mützenmann schüttelte den Kopf. »Ein grandioser Versuch, aber nein, das ist es nicht. Der Wettstreit geht weiter. Höre ich neue Vorschläge?«

»Pudding«, mutmaßte der zweite Bursche und erntete nur lautes Kopfschütteln des Veranstalters.

»Sülze«, schlug Wieland vor.

»Nein, weiter geht's! Fühlt genau hin!«

»Grütze?«

»Könnte man meinen, aber ist es auch wahr? Nein, es kommt der Sache nicht mal nah«, reimte die Mütze voller Begeisterung.

Wieland konzentrierte sich und senkte dabei den Kopf leicht. Plötzlich kräuselte sich seine Nase, dazu gesellte sich ein Stirnrunzeln. Ungläubigkeit machte sich auf seinen Gesichtszügen breit. Er schien zu überlegen, was seine Erkenntnis für Folgen nach sich zog. »Ein … Kuhfladen.«

Immer mehr Menschen drängelten sich näher. Sie sahen sich fragend an und begannen zu kichern. Erwartungsvoll staunend richteten sich alle Blicke auf den Mützenmann.

»Hört, hört! Der Herr mit dem Zopf macht einen achtbaren Vorschlag. Nur um ganz sicherzugehen, wollt Ihr kurz noch den Gaumen ins Spiel bringen und schmecken?«

»Hihihi«, machte die Menge.

Der Mützenmann nahm seine Kopfbedeckung ab und warf sie hoch in die Luft. »Huraaa! Jaaawohl! Wir haben einen Sieger!«, rief er vollauf begeistert und fing die Mütze wieder auf. »Gratuliert dem tapferen Streiter zu meiner Linken.«

Nun hielten auch die beiden anderen Männer in ihren Bemühungen inne, blickten sich kurz an und zogen dann ruckartig die Hände aus den Eimern. Mit grünlich braun verschmierten Fingern hob der in der Mitte den Deckel hoch und verzog das Gesicht. »Was für eine Kacke!«

Tosendes Gelächter rundherum. Selten hatten die Zuschauer Männer mit so viel Hingabe und Wonne in Kuhscheiße herumwühlen sehen.

»Ein besonderes Handgeklapper für den Meister Exkremissimo. Natürlich erhaltet Ihr Euer Geld zurück, werter Champion. Doch bevor ich Euch die Münzen gebe – schaut, was ich Euch drüben am Ende des Tisches empfehlen kann.«

Ein Helfer hatte einen Eimer mit Wasser und ein Stück Seife unter dem Tisch hervorgeholt. Als sich herausstellte, dass dieser zuvorkommende Dienst zur Händereinigung drei Kupferlinge extra kostete, wurde der allgemeine Jubel über diese gelungene Vorstellung noch lauter. Der Mützenmann grinste gefällig. Die drei Mutigen hatten längst erkannt, dass sie Mittelpunkt einer ordentlichen Verballhornung waren. Für seinen Sieg erhielt Wieland immerhin ein kostenloses Händewaschen, er lächelte sein Lächeln. Auch seine Mitstreiter machten gute Miene zum schmutzigen Spiel. Der eine entrichtete bereitwillig den Obolus, der andere sparte lieber und wischte sich die Hände an seiner Hose ab.

»Iiiih!«, erschallte es von den Umstehenden. Sie mussten sich zum Teil gegenseitig stützen, um nicht vor Lachen umzufallen. Auch Raffael kicherte wie lange nicht mehr. Tränen standen ihm in den Augen. Wieland neben ihm prustete mit, sodass er Schluckauf bekam.

Nur einer im Tumult verzog keine Falte. Brocken! Mit dem gleichen versteinerten Gesicht hielt er auch kurz nach Mitternacht Wache.

»Was für'n Scheiß«, knurrte er.

Dieser Kommentar trug nicht gerade dazu bei, Raffaels Lachanfall Einhalt zu gebieten. Es dauerte noch etwas, bis sie weitergehen konnten.

»Ich glaube, diese Nacht schlafe ich besonders lange, damit ich das schnell vergesse«, grinste Wieland so breit wie Brockens Schultern.

»Untersteh dich!«, schmunzelte Raffael. »Das wird das Erste sein, was ich dem Meister Exkremissimo am nächsten Morgen erzähle.«

Sein Freund fing wieder an zu kichern. Für diese Lebensfreude liebte ihn der Gaukler und auch dafür, dass er sich nicht ganz so ernst nahm und auch mal über sich selbst lachen konnte.

»Können wir jetzt weiter!?«, dröhnte es humorlos von oben. Ohne eine Antwort abzuwarten, flogen bereits Menschen links und rechts zur Seite. Brocken sorgte für eine wahrlich hochherrschaftliche Gasse.

Am Ende der Wiese führte eine breite Straße zur Stadtmitte. Vor dem Brunnen knubbelten sich ganz besonders viele Menschen um eine echte Jahrmarktsattraktion: ein Hau den Lukas. Mit einem Hammer so lang wie Brockens Bidenhänder machte sich ein muskulöser junger Mann bereit, auf den gefederten Kopf im Podest zu schlagen. Über eine Wippe wurde ein rattengroßer schwarzer Metallzylinder durch eine senkrechte Schiene nach oben katapultiert. Je fester der Schlag, desto höher flog der Bolzen. Eine daneben angebrachte beschilderte Skala gab Auskunft über den Erfolg des Probanden.

»Halt, Brocken, lass uns den Lukas ausprobieren.« Begeistert rieb sich Wieland die Hände, derweil er die Schilder von unten nach oben laut vorlas:

»Waschweib
Schwannendrücker
Tagedieb
Eselstreiber
Edelmann
Rittersmann
König der Helden.«

Ganz oben am Ende der Skala befand sich eine bronzene Glocke. Wer den Bolzen dagegen trieb, galt wahrlich als König.

»Ein Schlag zwei Kupferlinge, drei Schläge nur fünf«, lockte der Betreiber.

Ein junger Kerl packte den Hammer mit beiden Händen und holte aus. Vier andere, die Kleidung voller kleiner Späne, feuerten ihn lautstark an, vermutlich waren sie alle Holzfäller aus der Gegend.

Schon ließ der Mann den Hammer niederkrachen. Zack! Der Bolzen schaffte es knapp bis zum Eselstreiber, bevor er wieder hinunterschepperte.

»Schwach, ganz schwach. Da darf man auch fest draufschlagen«, lachten seine Kumpel. Die Männer hatten schon ordentlich gebechert, entsprechend lautstark fiel das Gegröle aus.

»Ich will auch mal«, freute sich Wieland und stellte sich hinten an.

»He, Bimsbirne, lass dir erklären: Du musst nicht bei

jedem Scheiß mitmachen.«

»Nur noch das hier, Brocken. Ich bin gut darin. Komm, mach auch mit.«

»Niemals! Wofür soll das gut sein? Ich kenne kaum etwas Sinnentleerteres.«

Das sah Wieland völlig anders. Deutlich spürte Raffael dessen kindliche Vorfreunde und drückte ihm fünf Kupferlinge in die Hand, bevor sein Freund danach fragen musste.

»Danke! Oh, das reicht für drei Schläge.« Wieland gab dem Aussteller die Münzen. »Was ist mit dir, Raffael? Du bist doch mit dabei, nicht wahr?«

Das fehlt gerade noch, dachte der Gaukler.

»Ich kann das nicht«, erklärte er schlapp und fühlte sich noch schlapper.

»Ach was! Kann ich nicht, gibt es nicht. Schau dir einfach an, wie ich es mache.«

In der Zwischenzeit holte der zweite Holzfäller bis weit hinter dem Rücken aus, atmete tief ein, als würde er einen halben Tag unter Wasser tauchen wollen, und ließ den Hammer niedersausen. Was für ein Schlag! Doch auch der trieb den Bolzen nur bis knapp unter den *Edelmann*.

»Hohoho«, machten seine Kumpel wenig beeindruckt.

»Das Ding funktioniert nicht richtig«, verteidigte sich der Fast-Edelmann. »Den ganzen Tag arbeite ich mit der Zweihandaxt und habe voll getroffen. Ich wette, niemand schafft es noch höher!«

Nun kam Wieland an die Reihe. »Alles eine Frage der Technik«, lächelte er und führte den Hammer nur bis über den Kopf. »Nicht zu weit ausholen, sonst leidet die Präzision. Ein fester Stand und dann die Kraft nicht aus den Armen, sondern aus dem ganzen Oberkörper holen.« Raffael sah genau hin. Wielands rechte Hand umfasste den Schaft des Hammers ganz am Ende, seine linke etwas weiter oben. Mit Wucht und Genauigkeit hieb er auf den Lukas. Der Bolzen schaffte es deutlich bis zum Ritter. Ein gelungener Schlag, die Zuschauer applaudierten. Bis auf die Holzfäller, die schauten wütend drein, sagten jedoch nichts.

»Wir haben noch zwei Schläge. Los, jetzt du, Raffael.« Wieland hielt ihm den Hammer hin.

Verflixt, wieso hatte Raffael ihm *fünf* Kupferlinge gegeben? Der Gaukler wollte kein Spielverderber sein, zumindest bis zu dem Moment, als er den Hammer entgegennahm. Fast hätte er ihn sich auf den Fuß plumpsen lassen. Das Ding war nicht nur so groß wie Brockens Bidenhänder, sondern auch so schwer.

O nein, ich hätte lieber beim Kuhfladenkneten mitmachen sollen, dachte der Gaukler. Hierfür bin ich ganz und gar nicht geschaffen.

Doch aufgeben wollte er jetzt auch nicht mehr. Das kam ihm noch schlimmer vor, als sich einmal kurz zu blamieren und die Sache schnell abzuhaken. Mit Wielands Ratschlägen sollte er es doch bis zum Waschweib schaffen. Wieso eigentlich Waschweib? Egal jetzt. Er trat vor, suchte einen festen Stand, packte den Hammer genauso wie sein Freund vorher und hievte ihn todesverachtend über den Kopf.

»Du musst den Stiel anders herum fassen. Du bist doch Rechtshänder«, rief Wieland. »Die starke Hand muss zum Führen nach oben.«

Starke Hand? So etwas besitze ich überhaupt nicht, dachte Raffael. Für sowas habe ich rechts überhaupt keine Kraft und links nicht einmal die Hälfte davon.

Was nun? Er stand vor dem dusseligen Gerät, stemmte mit verbissenem Mund den Hammer in die Höhe, bar jeder Idee, wie er den jemals wieder über den Kopf nach vorn bringen und dabei noch das Podest treffen sollte. Er wankte und schwankte. O nein, für diesen Spaß hatte er auch noch bezahlt! Wobei die Zuschauer durchaus auf ihre Kosten kamen. Ein fröhliches Guck-dir-mal-den-an-Kichern machte die Runde. Das Blut, das ihm in den Kopf stieg, hätte in den Muskeln mehr geholfen. Der Hammer wurde immer schwerer, seine Finger verkrampften. Es ging nicht mehr, das Gewicht riss ihn nach hinten. Er verlor das Gleichgewicht, ließ den Hammer fallen, zog dabei die Hacken ein und fiel rückwärts um. Zum Glück neben das monströse Schlagwerkzeug.

Die umstehende Menge tobte vor Lachen.

Einer der Holzfäller grinste auf ihn herunter. »Wie kann man nur so dusselig sein?«

Einer seiner Kumpel fragte den Aussteller johlend: »Was ist noch schlechter als Waschweib?«

»Halt den Mund!«, fuhr Wieland ihn an, während er Raffael die Hand hinstreckte, um ihm aufzuhelfen.

»Redest du Klugscheißer mit mir?«, blökte der Holzfäller. »Du hältst dich wohl für was Besseres?«

»Nein, bestimmt nicht!« Lächelnd hob Wieland den Zeigefinger. »Wenngleich, bei Hau den Lukas schon, Herr Eselstreiber.«

Nach kurzem Nachdenken erkannte der Bursche die Provokation. Er tauschte mit seinen Kumpeln Blicke aus. Die Freude auf eine ordentliche Verprügelei stand ihnen bereits ins Gesicht geschrieben. Gemeinschaftlich nahmen sie Wieland in die Mitte. Den ersten beiden Schlägen wich er geschickt aus, während er einem die Nase blutig schlug. Dann boxte ihm der Fast-Edelmann in den Magen. Wieland krümmte sich vor Schmerzen nach vorn, ein Stiefel traf ihn ins Gesäß. Er stürzte, und die Männer begannen auf ihn einzutreten.

»Ihr Schweine!«, rief Raffael und stürzte sich auf den Erstbesten. Der schüttelte ihn ab und traf ihn dabei am Kinn. Raffael ging zu Boden. Sofort kniete der Kerl über ihm und holte zu einem zweiten Schlag mitten ins Gesicht aus.

Er wird mir die Nase oder den Kiefer brechen oder beides, dachte der Gaukler und kniff die Augen zu, so fest er konnte.

»HALT!«, donnerte es. Die engstehenden Häuser des Marktplatzes warfen ein beeindruckendes Echo zurück, das alle anderen Geräusche übertönte.

Verdutzt unterbrachen die Holzfäller ihr Vergnügen und drehten dem Störenfried den Kopf zu. Mit einer Hand hielt der alte Söldner den Arm des Angreifers fest und sagte in höflichem Ton zu den Holzfällern: »Verzeiht, dass ich euren Spaß unterbreche – ihr dürft gleich weitermachen, versprochen. Vorher haben wir aber noch einen Schlag. Also macht mal Platz.« Mit diesen Worten baute Brocken sich mit all seiner Körperlichkeit vor den Burschen auf, was diese jedoch nicht sonderlich beeindruckte, da sie selbst größer und stärker als die meisten anderen Menschen waren. Immerhin ließ der Holzfäller Raffael los und auch die anderen hielten mit ihrer Treterei auf Wieland ein.

Der Gaukler rieb sich das Kinn. *Ihr dürft gleich weitermachen*, hatte Brocken gesagt. Er schluckte – es schmeckte nach Blut.

Der Betreiber des Lukas nickte, froh darüber, dass die geschäftsschädigende Keilerei zunächst aussetzte. »Ganz richtig, die Herrschaften haben für drei Schläge bezahlt. Und prügeln könnt ihr euch dahinten.« Er zeigte in die Ferne – Hauptsache weit weg.

»Das da brauche ich.« Der alte Söldner drängelte sich durch die Kerle und hob den Hammer auf. »Oh, der ist aber schwer.« Er verzog das Gesicht.

»Und du bist aber groß für dein Alter«, scherzte der Eselstreiber und sonnte sich im lauthalsigen Lachen seiner Kumpel. »Na gut, Opa, beeil dich! Danach versohlen wir dich direkt mit.«

Brocken neigte sich mit väterlichem Ausdruck zu ihm. »Dir fehlt der Respekt vor dem Alter, Jüngelchen.«

Der Holzfäller lachte kehlig. »Alter schützt vor Keile nicht.«

»Da hast du ausnahmsweise recht, Jüngelchen. Du entschuldigst mich einen Moment.« Brocken wandte sich dem Hau den Lukas zu, seine Augen wurden schmaler, er atmete ein. Mit der rechten Hand ließ er den Hammer spielerisch über dem Kopf kreisen und dann auf das Podest niedersausen. Er atmete aus.

Raffael kniff ungläubig die Augen zusammen. Mit *einer* Hand – das konnte nicht wahr sein.

BIIIING!

Ungläubiges Staunen und Raunen waberte durch die Menge. Der Bolzen schoss nach oben und traf die Glocke. Doch nicht nur das. Das Ganze geschah mit einer solchen Wucht, dass der Bolzen sie einfach aus der Verankerung riss. Mit einem unwirklichen Klimpern tanzte die Glocke neben dem Podest auf dem Kopfsteinpflaster. Und der Bolzen? Der war noch unterwegs, wer weiß wohin.

»Fertig. Nun zu euch. Wo waren wir stehen geblieben?« Brocken krempelte sich die Ärmel hoch.

»Wir … wir wollten dem jungen Edelmann gerade hochhelfen«, erinnerte sich einer.

»Genau, so ist es.« Ein anderer zog Wieland auf die Beine, freundschaftlich klopften sie ihm den Sand aus der Kleidung.

»Jetzt treibt eure Esel, jedenfalls geht mir aus den Augen«, stauchte Brocken die Holzfäller zurecht.

Die fünf schoben ohne einen weiteren Wortwechsel ab.

»Können wir jetzt weiter, ihr beiden Helden?«, knurrte der alte Söldner und verschränkte seine Arme.

»Danke für deine Hilfe, Brocken«, stöhnte Wieland, während er sich die Hüfte rieb. »Geht schon wieder.«

»Ich hoffe, du hast jetzt von den Attraktionen die Schnauze gestrichen voll«, grollte es.

Wieland jedoch schielte bereits mit glänzenden Augen zu einem schwarzen Bretterverschlag, der sich über vier Pferdelängen hinzog. *Geisterbude* stand darüber geschrieben.

»Nichts da!«, knurrte Brocken. »Du gibst dem bimsbirnigen Kindskopf keinen Kupferling mehr, Schmalhans. Wir kaufen jetzt die Vorräte ein und verschwinden.«

Auf dem Marktplatz boten die meisten ortsansässigen Handwerker und Kaufleute ihre Waren feil. Die drei ließen einen Stand mit Korn, Hopfen und Gewürzen links liegen und stellten sich schräg gegenüber an, wo es verschiedene Käsesorten gab. Raffael wählte ein großes Rad Ziegenkäse aus und bezahlte bereitwillig den ersten Preis, den der Händler nannte. Der konnte sein Glück kaum fassen und verabschiedete ihn als seinen neuen Lieblingskunden.

»He, Schmalhans, wieso verhandelst du nicht? Willst du nicht oder kannst du nicht?«, fragte Brocken unwirsch. »Ich hasse Geldverschwendung.«

»Och, sei nicht so geizig. Der Preis ist doch angemessen. Schau mal, ganz schön schwer der Käse. Der könnte reichen, bis wir den Norden erreicht haben. Vielleicht sogar bis zum Friedhof.«

Der alte Söldner knurrte: »Ist ja dein Geld.«

Auch beim Bäcker, dem Fleischer sowie dem Obsthändler bezahlte der Gaukler bereitwillig die aufgerufenen Preise aus seiner Börse.

Auf dem Rückweg schulterte Wieland einen Sack Äpfel links und einen mit Rüben rechts, Raffael trug den Rest.

»Wieso fasst du nicht mit an, Brocki?«, fragte Wieland.

Der Hüne antwortete: »Ich trage schon meinen Bidenhänder und die Verantwortung. Ihr schafft das allein. Und du sollst mich nicht so nennen.«

»Hab dich nicht so, du darfst auch Bimsi zu mir sagen«, meinte Wieland.

Ein Knurren wie von einem wutentbrannten Werwolf folgte.

Trotz der schweren Last huschte ein Schmunzeln über Raffaels Gesicht.

Unverhofft

Schon aus der Ferne sahen die drei, dass Dana nicht mehr auf dem Karren weilte. Wieland und Raffael stellten ihre Last auf der Ladefläche ab.

Brocken grollte: »Wo ist die verfluchte Hure?«

»Ich bin hier unten«, flüsterte es, und unter dem Karren krabbelte Dana hervor. »Ich wollte mich verstecken – denn einige Städter haben mich erkannt und beschimpft. So als sei ich für den verlorenen Krieg gegen Graf Dunkelberg verantwortlich.«

»Und das ist ein Grund, sich im Dreck zu verkriechen wie der verdammte Regenwurm?«, meckerte Brocken.

»Das ist nicht alles. Sie sind zwar wieder abgezogen, doch dann … haben sie mich aus der Ferne beschossen. Das da hat mich kurze Zeit später nur um eine Handbreit verfehlt.« Sie deutete auf den Boden. Ein rattengroßer schwarzer Metallzylinder hatte einen eindrucksvollen Krater direkt neben dem Wagen ins Gras geschlagen.

Au weia!, dachte Raffael.

»Au weia!«, meinte Wieland.

»Das Ding hätte mich beinahe zerfetzt. Was für ein Schwein schießt mit so etwas auf wehrlose Frauen?«, fauchte sie. »Wisst ihr, was das sein könnte?«

Wieland beugte sich über das Objekt des Anstoßes, breitete seine Arme aus wie der Engel der Unschuld persönlich und flötete: »Ein wahrlich merkwürdiges Geschoss. Noch nie gesehen.«

Raffael presste die Lippen zusammen, um nicht antworten oder kichern zu müssen. Neugierig auf etwaige Erläuterungen schielte er verstohlen zu Brocken. Auch Wieland schien äußerst gespannt auf die Reaktion des alten Söldners zu sein.

Der stutzte und betrachtete den Bolzen mit düsterem Gesicht. »Vielleicht eine neuartige Riesenarmbrust. Wenn wir den Kerl erwischen!«

Der Gaukler musste sich umdrehen und sich fest in den Arm kneifen, um nicht laut aufzulachen. Ganz sicher war er sich nicht, aber hatte der alte Söldner ihm eben zugezwinkert? So oder so – ausgerechnet bei dieser hanebüchenen Geschichte kroch Brocken zum ersten Mal mit ihnen unter eine Decke und bewies Solidarität. Solidarität unter Männern wohlweislich, aber daran sollte der Gaukler sich nun wahrlich nicht stören. Doch schon im nächsten Augenblick verflog die Freude über diesen Moment mit einem Donnerschlag.

»DONNERSCHLAG! Jemand hat mein Geld geklaut!« Brocken nestelte an seinem Geldbeutel herum, der gut gesichert, gleichwohl abgemagert, an der Kette in seiner Gürtelschlaufe steckte. »VERFLUCHT! Das ist mir noch nie passiert!« Er zog den schlaffen Lederbeutel auf und untersuchte den Boden. »Aufgeschlitzt!«, wütete er. »Heute gibt's noch Tote! Wo kann das geschehen sein?«

»Öhm, bei dem Gedrängel … für einen Meisterdieb … überall auf dem Markt.«

»Blödsinn, Schmalhans. Aus dem Grund lasse ich niemanden derart nah an mich heran. Wobei …« Brockens Gesicht nahm einen neuen Ausdruck an. Die Wut verwandelte sich in Argwohn, äußerst argen Argwohn sogar. Seine Augen wurden kleiner, die Mundwinkel rutschten noch tiefer als sonst, der Unterkiefer mahlte, dass die Zähne nur so knirschten. Dann schoss es aus ihm heraus wie der Bolzen aus dem Lukas: »DUUU!«

»Wen meinst du mit *du*?« Raffael drehte sich suchend um und bemühte sich um einen möglichst unbeteiligten Tonfall.

Ein Grollen folgte. »Bei der Drängelei vor den Scheißeimern. Wenn ich jemanden in meiner Nähe geduldet habe, dann höchstens Bimsbirne oder dich, du diebische Wanze!«

»Denk dran, du darfst ruhig Bimsi sagen«, erinnerte ihn Wieland.

Der alte Söldner hatte nur noch Augen für Raffael, während er sich an die Stirn klatschte. Von dem Schlag wären andere Menschen umgehend in Ohnmacht gefallen. »Deshalb hast du an den Marktständen nicht verhandelt, sondern bereitwillig und großzügig jeden Preis bezahlt. MIT MEINEM GELD!« Brocken baute sich vor Raffael auf – ein brodelnder Vulkan, kurz vor dem Ausbruch.

Obwohl es in der Brust des Gauklers hämmerte wie in einer Schmiede, antwortete er ruhig: »Du hast recht, Brocken. Ich war es. Aber das Geld ist nicht verschwunden, sondern hier drin.« Mit dem Zeigefinger pochte er auf seine pralle Gürteltasche.

Diese Art von Geständnis war zu viel für den alten Söldner. »Was glaubst du, wer du bist? Jede einzelne Münze hole ich wieder aus dir heraus.« Er packte Raffael an der Hüfte, riss seine Gürteltasche auf, drehte ihn auf den Kopf und hielt ihn an den Fußgelenken eine Handbreit über den Boden. Dann schüttelte er ihn wie ein Daunenkissen.

Der Gaukler sah die bebende Welt kopfüber. Aus dieser Perspektive verblasste seine Genugtuung schnell. Zu allem Überfluss glitt jetzt auch noch sein Wams hoch in Richtung Kinn, und dann sein Hemd.

Ein paar Münzen klimperten auf den Boden, doch Brocken hörte nicht auf. »Jeden Kupferling gibst du mir zurück!« Er verstärkte das Durchbeuteln, dass dem Gaukler die Ohren schlackerten.

Mit einer Hand versuchte Raffael, das weitere Hochrutschen seiner Kleidung zu verhindern. Der Brustansatz musste bereits zu sehen sein. Zwar konnte die Größe des bislang so gut versteckten Busens bei Weitem nicht mit Danas Brüsten mithalten, dennoch würde der Anblick mit Sicherheit einige Fragen aufwerfen. Mindestens zwei.

»La-la-lass mich lo-lo-los«, brachte er heraus und krallte die Finger in sein Hemd.

»Kann mir jemand erklären, was hier vorgeht?«, fragte Dana.

»Och, das ist ganz einfach«, meinte Wieland. »Brocki hat Raffaels Geld aus dem Geheimversteck geklaut, und nun hat Raffael es zurückgeklaut – mit Zinsen.«

»WUCHERZINSEN!«, brüllte es weit über Raffael.

»So etwas unter Freunden? Hört auf damit! Ihr benehmt

euch wie Kinder«, ereiferte sich Dana.

»Halt's Maul, Hure!«, entgegnete Brocken, stellte jedoch den Rüttelbetrieb für den Moment ein. »Also, sofort raus mit dem Geld, Schnapphahn!«

»Wenn du mich runterlässt …«, schlug Raffael vor und schaffte es, wenigstens das Hemd in Richtung Bauchnabel zu ziehen. Gerade noch rechtzeitig, um beide Arme über den Kopf zu bringen, denn in diesem Augenblick ließ Brocken seine Füße los. Raffael landete auf den Handflächen, schlug ein halbes Rad und stand wieder auf den Beinen. Flink sammelte er die Münzen auf und nahm noch einige aus der Tasche. »Hier, damit hast du dein Geld wieder, abzüglich dem, was du mir genommen hast, sowie der Hälfte unserer heutigen Ausgaben.«

»Was? Ich soll euch durchfüttern?«

»Es ist auch dein Proviant.«

»Und was ist mit dem beknackten Kacke-Raten und dem Lukas? Den Mist hast du auch von meinem Geld bezahlt.«

»Du zahlst die Hälfte davon, Geizhals!« Gute Güte, Brocken erwies sich als ein noch größerer Knauserer, als der Gaukler bisher angenommen hatte. Aber immerhin schien er den Diebstahl erstaunlich schnell verknausert zu haben.

»Was für Kacke-Raten? Und wer ist dieser Lukas?«, fragte Dana.

Raffael kam es vor wie ein kleines Wunder. Niemand antwortete ihr, nur dreigestirnes Achselzucken, so als hätten sie es geprobt. Trotz der Auseinandersetzung kurz zuvor hielten die Männer nun zusammen wie eine Burgmauer. Erstaunlich, selbst der Eisklotz gab seine Eigenbrötlerei nebst Geiz und Egoismus für den Moment auf.

Als Dana merkte, dass sie mit einer Wand sprach, warf sie erst Brocken, dann Wieland einen durchdringenden Blick zu. Zum Schluss betrachtete sie Raffael mit einem nachdenklichen Funkeln in den Augen. Dann ging ein Ruck durch ihren Körper. »Also, nächstes Mal nehmt ihr mich auf jeden Fall mit.«

Schon sah Brocken aus, als gäbe es weder ein nächstes Mal, noch einen Morgen, nicht einmal einen Abend. »Jetzt lasst uns hier verschwinden und am Stadtrand einen Platz für die Nacht suchen«, knurrte er.

Raffael spannte Diego wieder vor den Karren. Mit der flachen Hand streichelte er das weiche Maul des Pferdes. »Nur noch ein kleines Stück, mein Freund. Dann ruhen wir uns alle aus.«

Sie fanden einen geeigneten Platz auf einer gemähten Wiese zwischen zwei Heugarben und bereiteten sich für die Nacht vor.

Nach einem schnellen Abendmahl nahm der alte Söldner Raffael zur Seite. Der Griff an seinem Oberarm fühlte sich an wie mehrere Stahlklammern. »Wenn du dich noch einmal an meinem Geld oder meinen Sachen vergreifst, reiße ich dir deine diebischen Finger aus, einen nach dem anderen. Und danach die Zehen.«

Raffael nickte. Er spürte den tiefen Ernst dieser Ansage, er wusste, dass er Brockens Geduldsgrenze äußerst nahe gekommen war. Dennoch wollte er sich nicht einschüchtern lassen, zumal der alte Söldner mit der Gaunerei begonnen hatte. »Ich mache es nicht wieder. Das gilt dann aber auch für dich«, antwortete er ruhig, doch bestimmt.

»Ich halte als Erster Wache, danach Bimsbirne«, brummte es. Damit hakte Brocken das Thema erst einmal ab und verschwand im Dunkeln.

Der Gaukler atmete tief durch. Mit dem Diebstahl war er ein hohes Risiko eingegangen, doch er durfte nicht alles mit sich machen lassen. Zudem hatte er den Eindruck, dass Brocken es durchaus zu nehmen wusste, wenn man ihn herausforderte und sich zur Wehr setzte.

Die Nacht verlief ereignislos, wenngleich früh morgens eine Gruppe Betrunkener singend vorbeitorkelte. Raffael schlief schnell wieder ein, bis ihn das erste Vogelgezwitscher weckte. Gähnend richtete er sich auf. Dana hatte darauf bestanden, die letzte Wache zu übernehmen. Aufmerksam saß sie auf dem Bock und starrte in Richtung Straße. Er folgte ihrem Blick. Etwa zehn Städter hielten zielstrebig auf sie zu, vorwiegend Adlige in kostbaren Kleidern mit viel Schmuck um Hälse, Handgelenke und Finger. Begleitet wurden sie von zwei Rittern, ausstaffiert mit prunkvollen Rüstungen, Waffen und Antlitzen.

Eine ältere Frau mit einem langen Pferdegesicht und einem Hut voller bunter Seidenblumen plärrte lautstark: »Ich habe es doch gewusst! Dort sitzt sie, die Dirne, die unserem Herzog den Kopf verdreht hat.« Mit wütender Miene posierte sie neben dem Karren. »Nur Unglück hast du ihm und unserem Reich gebracht. Jetzt ist er tot.«

Dana schob ihr Kinn vor und schwieg.

Menschen sind stets gut darin, Schuldige zu finden, dachte Raffael.

Ein Mann in der Kleidung eines Vogts erklärte mit eitler Stimme: »Tatsächlich, sie ist es. Wir nehmen sie mit. Sie wird uns alles erzählen. Ich kann nicht glauben, dass Wolfram einfach ertrunken ist. Wer weiß, was da mit im Spiel war. Vielleicht Gift oder Verrat.« Er befahl den Rittern: »Ergreift sie!«

Einer der Männer trat vor und packte Danas Oberarm, um sie vom Bock zu zerren.

»Lass mich los«, fauchte sie. »Ich folge euch nirgendwohin.«

»Platz da!«, grollte eine tiefe Stimme. Brocken schob zwei Hochwohlgeborene wie einen Vorhang zur Seite. Er trug wieder oder immer noch seinen braunen Umhang, der Kettenhemd und Haar verdeckte.

»Was fällt dir ein, du Tölpel?«, erzürnte sich einer der Adligen.

Brocken packte mitten in die Seide, den Brokat und die Goldstickereien, hob den Hochwohlgeborenen über seinen Kopf und warf ihn etwa zwei Pferdelängen durch die Luft. Glücklicherweise landete der Mann auf der weichen Wiese und nicht auf dem Kopfsteinpflaster.

»Ergreift diesen Bastard!«, rief der andere Edelmann. »Niemand legt ungestraft Hand an die Brandmarks.«

»Verstehe! Dann trete ich stattdessen dir in den Arsch, Pudersack.« Der Idee folgte die Tat. Nach einem kräftigen Tritt flog der Adlige dem anderen hinterher.

Mit entschlossener Miene zogen die Ritter ihre Schwerter.

Gepflegten, edlen Stahl, den sie mit Sicherheit zu benutzen wussten.

»Haltet ein!«, befahl das Pferdegesicht und drehte sich Brocken zu. »Ihr beschützt dieses Weibsstück?«

»Wie kommst du denn darauf? Dein Speichellecker stand im Weg und nannte mich einen Tölpel.«

Sie überging die Beleidigung ihres Begleiters mit einem Zucken des rechten Mundwinkels. »Wenn Ihr nichts mit der Dirne zu schaffen habt, kann es Euch ja nur recht sein, wenn wir Euch ihrer Gesellschaft entledigen.«

»Irrtum! Mir gefällt ihr Anblick, daher bleibt sie hier.«

»Wie…hie? Ihr widersetzt Euch unserem Willen?«, wieherte die Frau. »Offenkundig wisst Ihr nicht, mit wem Ihr redet.«

»Doch, doch, für jemanden mit Augen im Kopf ist es leicht zu begreifen. Vor mir steht eine blasierte Hofschranze, die sich viel zu wichtig nimmt. Und das lediglich aufgrund ihrer kümmerlichen adligen Geburt, für die sie im Übrigen nichts kann und nichts geleistet hat.«

Die Frau wurde zornesrot, legte den Kopf in den Nacken und schnappte ganz oben nach standesgemäßer Luft.

Einer der Ritter erklärte erbost: »Ihr beleidigt unsere Herrin! Ich fordere umgehend eine Entschuldigung. Danach werdet Ihr sterben.«

»Ich entschuldige mich nicht einmal, wenn ich dem Teufel auf den Ziegenfuß trete.«

»Tötet ihn!«, sagte das Pferdegesicht kalt wie ein Bergsee.

Die beiden Ritter richteten ihre Schwerter auf Brocken. Einen kurzen Moment sah Raffael ihnen den Missmut an, einen unbewaffneten Greis abzustechen, aber dann siegte die Pflicht ihrer Herrin gegenüber.

Doch Brocken zögerte nicht. Der erste Angreifer sah die stahlverstärkte Armschiene kaum kommen. Mit voller Wucht schepperte Brockens Ellenbogen an seinen Helm. Gegen diese Gewalt half keine Rüstung. Der Kopf des Ritters ruckte zur Seite, er verlor das Gleichgewicht, dann das Bewusstsein, oder umgekehrt – jedenfalls fiel er wie ein Kartenhaus in sich zusammen. Dem anderen Angreifer rammte Brocken das Knie in den Magen. Die Metallplättchen seiner Rüstung hatten der Kraft des Stoßes nichts entgegenzusetzen. Gleichzeitig packte Brocken den Schwertarm des Gegners und verdrehte dessen Handgelenk. Ein fieses Knacken, gefolgt von einem langgezogenen Schmerzensschrei, störte den frühen Morgen. Im Grunde vollzog Brocken lediglich drei Bewegungen, schnell, fließend, effizient – und zwei gestandene Ritter lagen wimmernd auf dem Boden.

»Dabei wollte ich heute mal ausschlafen«, maulte Wieland, der die Männer mit gezücktem Rapier in Schach hielt.

Nicht einmal außer Atem stellte Brocken klar: »Es wäre ein Leichtes gewesen, sie zu töten. Mit zunehmendem Alter werde ich immer weichherziger. Das ist keine gute Entwicklung. Sammle ihre Klingen ein, Bimsbirne.«

Die adlige Dame reagierte keineswegs eingeschüchtert, nur kurz zuckten ihre Augenbrauen himmelwärts. »Ihr seid ein Mann nach meinem Geschmack. Ein Barbar, unhöflich und rau. An solch einer Leibwache fänd ich Gefallen. Ich biete Euch an, in meine Dienste zu treten, als Ersatz für die beiden Versager da unten. Ich bezahlte Euch das, was die beiden zusammen bekommen.«

Ungläubig biss sich Raffael auf die Unterlippe. Dieses gepuderte Weibsbild lebte im Glauben, dass sie sich für Geld alles kaufen konnte – wobei sie bei Brocken damit verflucht richtig lag. Ein Söldner, Inbegriff der Käuflichkeit, bei dem Moral und Skrupel stets hintanstanden.

Brocken betrachtete sie, sein Unterkiefer mahlte bedächtig.

»Ihr zögert? Ich bin es gewohnt, das zu bekommen, was ich will. Nennt Euren Preis.«

Es war lachhaft. Das Pferdegesicht verhandelte ausgerechnet mit demjenigen, der ihren geliebten Herzog getötet hatte. Und Brocken tat so, als müsse er noch kräftig über die Offerte nachdenken. Was für eine verlogene Welt!

Der alte Söldner hatte wohl einen Entschluss gefasst. »Ich bin kein Hofnarr, sondern ein Krieger. Meine Freiheit ist mir wichtiger. Bedaure.«

Inzwischen hatten sich die beiden Adligen aufgerappelt. Einer hielt sich mit beiden Händen sein Hinterteil. »Irmgard, worauf wartet Ihr? Dieser Mann hat uns angegriffen – in den Kerker und dann an den Galgen mit ihm.«

Die Frau fauchte ihn an wie ein verwundeter Luchs. »Dann greif ihn dir doch, du Schlappschwanz!«

Der Adlige schaute halbwegs beleidigt, ließ jedoch diesen Vorschlag an sich vorbeigleiten wie den Morgenwind. Auch der andere hütete sich davor, Brocken zu nahe zu kommen.

Die Dame zupfte an den Spitzen ihrer schneeweißen Seidenhandschuhe. »Nun gut. Dann kommen wir auf unser ursprüngliches Begehr zurück. Ihr wollt die Dirne also nicht gehen lassen. Ich bin mir sicher, dass ein Beutel Goldstücke Eure Meinung ändern kann.«

»Wie groß wird denn dieser Beutel sein?«, fragte der alte Söldner mit gierigem Glitzern in den Pupillen.

Raffael stöhnte. Jetzt siegte doch das Geld – aber was erwartete er von jemandem, der bereits vor langer Zeit dem Teufel seine Seele verkauft hatte?

»So groß, dass Ihr Euch auf Euren Reisen in jeder Stadt und jedem Dorf gleich drei Huren kaufen könnt«, lockte das Pferdegesicht.

»Ob die dann jedoch so liebreizend wie meine Hübschlerin hier sind, sei dahingestellt. Dennoch verstehe ich deinen Wunsch. Fragen wir sie doch einfach selbst, was sie möchte.« Der alte Söldner wandte sich Dana zu. »Willst du die Herrschaften zurück an den Hof begleiten?«

Die Angesprochene schluckte bitter, dann schüttelte sie den Kopf und flüsterte: »Nein, bitte nicht.«

»Du hast gehört, was die Dame gesagt hat. Somit bleibt sie bei mir.«

Brocken kannte tatsächlich das Wort *Dame*. Verwunderlich, denn bislang hatte er Dana stets *Haltsmaulhure* genannt.

»Dame?!«, krakeelte das Pferdegesicht prompt. »Sie ist eine liederliche Kebse, die nichts kann, außer die Beine breitzumachen.«

»Aber das außerordentlich gut und gelenkig«, lobte Brocken. »Also, mein letztes Wort ist gesprochen. Verzieht euch, wir haben nicht den ganzen Tag Zeit. Wenn wir abgereist sind, dürft ihr wiederkommen. Die werten Ritter finden dann ihre Waffen hinter dem Baum dort drüben.«

»Das wirst du bereuen, du widerwärtiger Barbar«, zischte die Alte. Der Zorn ließ sie um weitere zehn Jahre altern. Sogar die bunten Seidenblumen auf ihrem Hut hingen schlaff herab.

Ein Wink, und die hohe Gesellschaft zog ab, dabei mussten die Ritter beidseitig gestützt werden.

»Das war Irmgard von Brandmark, Wolframs Tante«, stieß Dana hervor. »Eine ehrgeizige, rücksichtslose Frau. Seit einem Jahrzehnt zieht sie im Hintergrund die Fäden. Selbst wenn sie nicht ahnt, dass du ihren Neffen auf dem Grund des Nubil versenkt hast, wird sie dir aus Rachsucht über die heutige Abfuhr eine ganze Armee auf den Hals hetzen.«

»Mittlerweile sind die Garsicks, die Stoderrings und die Brandmarks hinter uns her«, stellte Raffael fest. »Nicht zu vergessen, dass wir uns nie wieder in Drachenbein blicken lassen können.«

»Nichts Neues.« Brocken zuckte die Achseln.

Dana knetete ihre Lippen. »Unglaublich. Die beiden Ritter Gawain und Brandus haben mehrfach das Große Turnier gewonnen. Wie … konntest du sie …«

»Ich bin halt toll!«, übte Brocken sich in Bescheidenheit.

»Ich … wollte mich bedanken. Bei euch allen. Dafür, dass ihr mich nicht ausgeliefert habt, ich weiß das zu schätzen. Ich bin tief berührt, denn in der Vergangenheit …«

»Halt's Maul, Hure!«

So viel dazu. Jetzt mussten sie so schnell wie möglich aus dem Herzogtum Brandmark hinausgelangen. Alle packten unverzüglich das eigene Hab und Gut zusammen, und schon

machte sich das Kleeblatt auf den Weg nach Osten.
Ohne weiteren Zwischenfall passierten sie die Grenze zur Grafschaft Großeich. Hierzu waren sie auf eine Nebenroute ausgewichen, obwohl die etwas länger als der Hauptweg war. Niemand hatte Lust auf eine Begegnung mit Brandmarks Truppen. Gesprochen wurde nicht viel, alle hingen ihren eigenen Gedanken nach. Erst als es stockfinster war, ließ Brocken das Nachtlager errichten.

Am nächsten Tag reisten sie schon vor dem Morgengrauen weiter. Tief in Großeich nahm die Anspannung irgendwann ab. Wieland pfiff ein kleines Lied und lächelte in den Tag. Ein gutes Zeichen.

»Üben wir heute Abend wieder, Brocki?«

»Nein, die Fleischvorräte gehen zur Neige, ich werde im Bärenwald jagen.«

»Etwa Bären?«, fragte Wieland.

»Nein, die gibt's da nicht.«

»Klingt einleuchtend«, meinte Wieland. »Aber dann trainieren wir morgen Abend, sonst kommst du noch aus der Form.«

An einem kleinen Bach in der Nähe eines Waldes schlugen sie ihr Nachtlager auf, diesmal deutlich früher, denn Brocken wollte bei Tageslicht jagen. Kaum aus dem Sattel gestiegen, nahm er seinen merkwürdigen krummen Bogen sowie den Köcher vom Karren und machte sich auf den Weg tiefer in den Wald hinein. Meistens kam er von solchen Ausflügen mit Beute zurück. Dann gab es Kaninchen, Wildschwein oder Hirsch zum Abendessen, doch niemals schoss er einen

Fasan, ein Rebhuhn oder eine Ente.

Dana und Wieland sammelten Reisig für ein Lagerfeuer, während Raffael sich um die Pferde kümmerte. Zunächst striegelte er Diego und fütterte ihn mit einem Apfel, danach ging er zu Gaul. Er musste sich ganz schön strecken, damit er ihm den Sattel abnehmen konnte. Auch der bekam nach der Fellpflege einen Apfel. Zum Schluss untersuchte Raffael die Hufe. Den der rechten Hinterhand musste er auskratzen. So wie Diego an Brocken hatte sich auch Gaul an Raffael gewöhnt – Tiere waren halt oftmals schlauer als Menschen. In den ersten Wochen hatte er sich Gaul nur auf eine Pferdelänge nähern dürfen, nun hielt er brav still. Nach dieser schweißtreibenden Arbeit hockte sich der Gaukler hinten auf den Karren und holte seinen Wurm aus dem Glas, das an den Seesack gegurtet war. »Gut, dass du kein Fell, keine Mähne und keine Hufe hast.«

Borsti hob etwas irritiert das Kopfende. Offensichtlich hatte sich der Wurm über diesen Punkt noch nie Gedanken gemacht.

»Sag mal – was hältst du von Brocken? Können wir ihm vertrauen?«

Der Wurm schien zu überlegen.

»Ja, ich verstehe deine Bedenken. Schließlich wollte er dich an Korr verfüttern. Nachtragend darf man bei ihm auf jeden Fall nicht sein. Also entscheide dich. Wenn ja, kriechst du meinen rechten Ärmel hoch, wenn lieber nicht, wählst du den linken, einverstanden? Wenn du es nicht weißt, bleibst du einfach liegen.« Raffael legte den Wurm quer über beide Handflächen. Borsti zögerte keinen Augenblick und glitt den rechten Unterarm hoch, bis er vollständig im Ärmel verschwunden war.

»Aha! Du meinst also, der Eisklotz ist vertrauenswürdig. Ich bin mir da immer noch nicht so sicher.«

Trotz seiner außergewöhnlichen Fähigkeiten blieb Borsti dennoch ein Regenwurm, relativierte Raffael die Entscheidung. Zudem liebte es der Wurm, Verstecken zu spielen. Inzwischen kitzelte es an seinem Oberarm.

Plötzlich blieb Raffaels Blick an seinem Seesack hängen. Was stimmte damit nicht? Er sah genauer hin und begriff, was ihn irritierte. Die Verschlusskordel war fest zugezogen nicht aber mit einer Schleife, sondern mit einem Knoten versehen. Einem Knoten, den Raffael nicht kannte. Jemand musste in seinem Seesack herumgewühlt haben. Prompt hegte er einen großen, grantigen, groben Verdacht. Nur einer seiner Gefährten kannte keinerlei Skrupel, fremde Sachen zu durchsuchen und sogar zu stehlen. Und dies, obwohl sie sich darauf verständigt hatten, es nie wieder zu tun. Mit grummelndem Bauch löste er die Kordel und zog die Öffnung weit auf. Tatsächlich, etwas Rechteckiges, in ein Ledertuch Eingeschlagenes sprang ihm direkt ins Auge. Das gehörte nicht hier rein. Wütend griff er danach – wer weiß, was Brocken damit beabsichtigte und ihm in die Schuhe schieben wollte. Mit grimmiger Miene schlug er das Ledertuch auf. Oh! Für einen Moment blieb die Zeit stehen. Er hörte weder das Rauschen der Blätter, den Gesang der Vögel, das Rascheln der Kriechtiere im Dickicht, noch spürte er den Wind an seinen Haaren zupfen. Ein zu Stein erstarrter Gaukler hatte nur noch Sinne für den Gegenstand, der sich in seinen Händen offenbarte. Um den Bann zu brechen, kniff er die Augen zusammen. Als er sie wieder öffnete, hatte sich nichts geändert. Gute Güte! Wie konnte das sein? Warum steckte so etwas unendlich Kostbares plötzlich in seinem Seesack? Behutsam streichelte er über den Einband, dann schlug er den Folianten auf – die *Chirurgia Magna*. Verfasst und niedergeschrieben von Mantis Theodanis, dem Gründer des Theodanerordens höchstpersönlich. Fasziniert saß Raffael in seinem alten Pferdekarren und starrte auf die sorgfältig geschriebenen Lettern sowie die kunstfertigen Zeichnungen. Ein mit Kohlestift gemaltes menschliches Skelett, jeder Knochen fein säuberlich durchnummeriert und mit Namen versehen. Seine Lungen japsten nach Luft, die Atemnot ließ ihn aus seiner Schockstarre erwachen. Die Beine und Füße waren eingeschlafen, der Kopf arbeitete auf Hochtouren, der Bauch widersprach, als Raffael versuchte, die Fäden zusammenzuführen. Wieland war in der Bibliothek mit ihm zusammen unter Arrest genommen worden und gefangen gewesen – der hätte das Buch nicht besorgen können. Somit konnte er es definitiv nicht gewesen sein. Marrandor würde einen Teufel tun, diese Kostbarkeit einem Fremden zu überlassen. Es verblieb nur eine mögliche Unmöglichkeit – die einzig logische Erklärung, und die brachte Raffaels Weltbild nicht nur gehörig in Schräglage, sondern kippte es einfach um. Der Eisklotz hatte den Folianten mitgenommen. Raffael fühlte eine Gänsehaut den Rücken hochkriechen wie kurz zuvor Borsti seinen Arm. Ein Teil des Bildes von Brocken bröckelte. Warum hatte der alte Stinkstiefel das getan? Doch wohl kaum, um ausgerechnet dem nervigen Schmalhans einen Gefallen zu tun.

Borsti streckte überrascht seinen Kopf aus dem Ärmel. Offenbar spürte der Wurm die tiefe Verwunderung seines Herrchens. Behutsam holte Raffael ihn aus seinem Hemd und setzte ihn zurück ins Glas.

Seine Gedanken kreisten. Hatte Brockens Verrat in der Bibliothek tatsächlich darauf abgezielt, seine beiden Begleiter auf diese Weise aus der Stadt zu bekommen, sodass er sie anschließend aus dem Käfig befreien konnte? Warum sonst hätte er die *Chirurgia Magna* mitnehmen sollen, wenn nicht für ihn? Brocken selbst interessierte sich einen Fliegendreck für Heilkunde. Raffaels Augen glitzerten, obgleich sich ein Gutteil von ihm nach wie vor weigerte, dies zu glauben. Sorgfältig verstaute er den Folianten wieder im Seesack. Nun musste er noch sorgfältiger auf seine Besitztümer achtgeben als zuvor. Wie sollte er den alten Söldner nur darauf ansprechen? Übrigens, Großer, danke für die *Chirurgia Magna*. Netter Zug. Ohne Zweifel, *nett* war von Brocken so weit entfernt wie der Mond. Raffael wusste weder, was er glauben, noch was er tun sollte. Vielleicht zunächst mit Wieland darüber sprechen? Der hatte in Sachen Käfigbefreiung ohnehin von Beginn an Brocken die Stange gehalten, was der Gaukler als Naivität abgetan hatte. Auf einmal fühlte er sich schlecht. Hatte er zu wenig Vertrauen in den alten Söldner? Sollte dieser doch zu kameradschaftlichen Gefühlen fähig sein? Oder gar zu freundschaftlichen? Er wischte sich diesen albernen Gedanken aus der Stirn wie eine lästige Spinnwebe. Nein, vermutlich hatte die Geschichte einen völlig anderen Hintergrund, den er noch nicht erahnen konnte.

Schweinerei

Brocken pirschte durch den Fichtenwald. Er gehörte nicht zu den allerbesten Schleichern, dafür war er zu groß und zu schwer, doch wenn es sein musste, besaß er die Geduld eines Mäusebussards. Nicht die Strecke bestimmte die Jagd, sondern die Ruhe. Immer wieder verharrend, konzentrierte er sich auf die Zeichen und Geräusche des Waldes. Den Bogen mit eingenocktem Pfeil hielt er abschussbereit in der linken Hand, mit der rechten bahnte er sich behutsam einen Weg durchs immer dichter werdende Unterholz. Eine Mischung aus Jagdinstinkt, Hunger und Zorn leitete ihn. Ein permanent loderndes Feuer – Antrieb, Lebenszweck und Kraftspender zugleich. Er musste nur an Schmalhans denken, und schon floss das Blut schneller durch seine Adern. Dieser liederliche Langfinger hatte es tatsächlich gewagt, ihn zu bestehlen. Was wog schwerer? Diese Unverschämtheit oder die Tatsache, dass Brocken sich hatte beklauen lassen? Widerwillig ließ er den Gedanken zu: Von Beginn an hatte der Kleine ihm die Stirn geboten und sich nicht alles gefallen lassen. Sprach das für Dummheit oder für Charakterstärke? Vermutlich für beides.

Brockens Freunde, die Waldvögel, rissen ihn aus seinen Gedanken. Neben seinem Instinkt gab ihm ihr Gesang

Hinweise auf Gefahren, Besonderheiten und Beute. Kurze Zeit später wurde er fündig. Oder umgekehrt.

Es raschelte, es knackte, es krachte, und dann rauschte es. Und es kam in großer Geschwindigkeit näher. Die Äste und Zweige des Fichtendickichts flogen nur so zur Seite. Nun sah Brocken den Keiler, ein mächtiges Tier. Den Kopf gesenkt, die Borsten aufgestellt, die hervorstehenden Eckzähne voran, raste das Tier auf ihn zu. Auf diesem Monstrum könnte Schmalhans locker reiten, wenn es ihn ließe. Mit Pfeil und Bogen konnte Brocken gegen das wuchtige Vieh wenig ausrichten, selbst wenn er genau ins Auge träfe. Wildschweine schlugen keine Haken, kannten keine Manöver, kein zur Seite, sondern nur stures Geradeaus. Letzteres aber mächtig. Mit dem Tempo und dem Gewicht würde der Keiler den alten Pferdewagen zu Kleinholz zertrümmern. Nur noch eine halbe Pferdelänge, dann würde er Brocken aufspießen wie ein Brathuhn. Der alte Söldner ließ den Bogen fallen und hechtete mit einem Kopfsprung zur Seite. Keinen Wimpernschlag zu spät, denn schon toste das Vieh knapp an ihm vorbei und rammte seinen Kopf gegen eine Fichte. Genau so hatte Brocken es mit dem Baum im Rücken geplant. Erde und Fichte bebten, Nadeln prasselten herab. Was nicht zum Plan gehörte: Dieser Keiler musste einen besonders harten Schädel besitzen, denn er schüttelte sich nur kurz und sammelte seine Kräfte für den nächsten Angriff. Darauf wollte Brocken nicht warten. Er stürzte auf das Wildschwein zu und packte die aus der Schnauze ragenden Hauer links und rechts mit beiden Fäusten. Das Gebiss eines Keilers riss

Wunden wie das einer Raubkatze. Was hatte er sich denn dabei gedacht? Nichts bis wenig – das war das Problem. Das Wildschwein schüttelte den Kopf und kugelte Brocken beinahe die Arme aus, doch er ließ nicht los. Das Tier wütete voran und schob den alten Söldner einfach zurück, obwohl der sich mit beiden Füßen dagegenstemmte. Leider fanden seine Stiefel im weichen Boden keinen Tritt.

Donnerschlag! Was für eine Szene! Nur zwei Handbreit von seiner Nase entfernt sabberte die haarige Schnauze des Wildschweins. Mit unbändiger Kraft in den Beinen schob ihn das Tier wie einen Pflug vor sich her, während ihm der stinkende Atem ins Gesicht schlug.

»Jetzt werde ich langsam sauer«, brummte Brocken und wurde langsam sauer. Er holte tief Luft, packte die Hauer noch fester und drehte mit aller Kraft den Kopf des Keilers abrupt nach links. Wollte er dem Tier den Hals verrenken? Guter Plan, nur hatte dieses Vieh keinen Hals. Durch die kraftvolle Drehung hob der Keiler vom Boden ab, sodass seine Beine durch die Luft zappelten. Brocken schwenkte in die andere Richtung, die Muskeln an seinen Armen schienen zu platzen, und rammte das Wildschwein mit der Flanke gegen die Fichte. Ein knackendes Krachen ging durch den Wald. Entweder der Baum brach gerade in der Mitte durch oder Brockens Arme oder das Rückgrat des Keilers. Wohl Letzteres – das Schwein zuckte wild, dann war es vorbei.

Es dauerte eine Weile, bis der alte Söldner wieder zu Atem kam. »Du hast nur einen Fehler gemacht«, grunzte er den toten Keiler an. »Anstatt wegzulaufen, hast du mich angegriffen.«

Die Vögel über ihm in den Bäumen schienen ob seines Sieges zu jubilieren.

Brocken suchte seinen Bogen und befestigte ihn an der Hüfte. Danach schulterte er das tote Wildschwein. Verflucht, das Vieh wog mindestens drei Zentner, also einiges mehr als er selbst, und das hieß schon was. Ein kräfteraubender Rückmarsch stand ihm bevor.

Endlich kam das Lager in Sicht. Unter der schweren Last gebeugt, stampfte er neben den Feuerplatz und ließ den Keiler auf den Boden fallen.

»Was ist denn das?«, fragte die Hure und flackerte mit den Wimpern.

»Weiß nicht. Für einen Hasen sind die Ohren zu kurz«, überlegte Brocken schnaufend.

»Was für ein Keiler! Wie hast du den denn nur mit Pfeil und Bogen erlegt?«, wollte Wieland wissen.

»Gar nicht. Ich musste ihm das Rückgrat brechen. Im Ringkampf.«

»Wie bitte? Einem ausgewachsenen Keiler?«, staunte Raffael. »Das war aber gewagt und alles andere als vorsichtig.«

»Merk dir, Schmalhans: Vorsicht ist die größte Gefahr im Leben.«

»Aha!«, antwortete der Kleine. »Da ist er wieder, der ganz harte Brocken.«

»Ganz recht!« Der alte Söldner hob seine blut- und rotzverschmierten Hände und machte Anstalten, sie an Danas Kleid abzuwischen.

»Untersteh dich!«, schrie sie empört und machte einen beeindruckenden Hüpfer von ihm weg.

»Ich habe das Wildschwein erlegt, ihr schwartet es ab«, befahl er.

Wieland nickte. »Ich hole Messer und Beil.« Schon kramte er in seinen Sachen herum.

Mit übertriebenem Sicherheitsabstand begann die Hübschlerin, Reisig fürs Feuer zu sammeln. Wenn sie sich dabei mal nicht schmutzig machte.

Nur Schmalhans stand noch stocksteif da und starrte Brocken schweigend an – mit einem noch merkwürdigeren Gesichtsausdruck als sonst.

»Was passt dir jetzt schon wieder nicht?«, raunzte Brocken ihn an.

»Ich … ich habe den Folianten in meinem Seesack entdeckt. Er ist unschätzbar wertvoll. Ich verstehe nicht …«

»Hör auf zu stammeln. Der ist nur geliehen. Ich muss ihn Marrandor bei meinem nächsten Besuch in Drachenbein zurückgeben.«

»Du hast ihn für mich mitgenommen?«, fragte Schmalhans schmallippig.

»Für dich? Ach was. Wie kommst du denn darauf? Ich interessiere mich auch dafür«, brummte Brocken missmutig.

Raffael schwieg, und dem alten Söldner war es gleich, ob er ihm das abnahm oder nicht. Was wusste dieser schmalhansige Nichtsnutz schon? Einer, der sich freiwillig alle Probleme dieser Welt auflud und den Schlamassel anzog wie Scheiße die Fliegen. Der kapierte doch gar nichts.

In seinem Hinterkopf flüsterte es: Wie soll der Kleine es

verstehen, wenn … du es selbst nicht verstehst?

Am liebsten hätte er *Halt's Maul, Söldner* gerufen. Marandor hatte den Folianten nur unter großen Bauchschmerzen rausgerückt. Erst als Brocken ihm versprach, gut darauf achtzugeben, hatte er aus alter Verbundenheit ein Auge zugedrückt, denn üblicherweise verblieben die Bücher in der Großen Bibliothek.

»Wie auch immer. Jedenfalls freue ich mich riesig darüber«, sagte Schmalhans.

»Quengel nicht weiter rum!« So schnell wie möglich wollte Brocken das Thema abhaken. Er ließ Raffael stehen und verstaute Bogen und Köcher auf dem Pferdekarren.

Wieland leistete derweil ganze Arbeit. Er schlitzte den Keiler von den unteren Rippen bis zum Kopf auf, danach die Bauchdecke bis zu den Hinterläufen. Geschickt weidete er das Wildschwein aus. Die noch dampfenden Innereien lagen bald daneben. Bimsbirne war tatsächlich zu etwas zu gebrauchen.

Nachdem die Hure das Feuer entfacht hatte, trat sie hinzu und beobachtete, wie Wieland mit ruhiger Hand die Klinge zwischen Fell und Fett entlangführte, um das Wildschwein zu häuten.

Brocken saß auf der Ladekante des Pferdewagens und trank einige Schlucke aus seinem Wasserbeutel, während er die Hübschlerin argwöhnisch betrachtete. Ob Wieland schnell genug war, sie aufzufangen, wenn sie ob des Blutes, der Innereien und des Gestanks in Ohnmacht fiele? Hm, weit gefehlt – wie selbstverständlich griff Dana nach dem

Beil und begann mit gezielten Hieben, das Fleisch zu zerteilen, dabei spritze Blut auf ihr Kleid.

Eine Hure ist vielseitiger als eine Katze. Unterschätze sie nie, dachte der alte Söldner.

Fachmännisch zerlegten die beiden den Keiler. Die Rationen sollten für die nächsten Wochen reichen. Um sie haltbar zu machen, musste das Fleisch über das Feuer. Es ging auf Mitternacht zu, als die besten Stücke knusprig gebraten waren. Als sich alle vier ordentlich satt gegessen hatten, wärmten sie sich mit ihren runden Bäuchen an der Glut. Schmalhans zündete eine Laterne an, hängte sie in seinem Rücken auf und blätterte in ihrem fahlen Licht im Folianten. Seine Augen leuchteten wie die Kerzenflamme. Auf manche Seiten starrte er eine Ewigkeit, die Lippen bewegten sich leicht dazu. Mit gerunzelter Stirn fluchte er in die Stille: »Verflixt. Das Lesen fällt mir so schwer. Ich verstehe den Text über die Verdauung nicht. Hier ist von Transport und einem Wagen die Rede. Was hat das mit Heilkunde zu tun?«

Dana zuckte die Achseln. »Ich kann nicht lesen.«

»Zeig mal her!« Bimsbirne hockte sich hinter ihn, bohrte Nase und Augen in den Folianten und begann langsam vorzutragen: »Die zerkaute … Nahrung wird … über die Speiseröhre in den … Magen transportiert.«

»Mmmagen«, murmelte Schmalhans. »Ich habe M und W verwechselt. Ich muss unbedingt besser lesen lernen.«

»Macht nix«, meinte Brocken. »Schwallhans würde auch zu dir passen.«

»Hihi«, machte Wieland.

Raffael suchte den Blick des alten Söldners: »Du darfst heute alles zu mir sagen, Brocken. Mach dich über mich lustig, so viel du möchtest. Du hast es verdient, denn du glaubst nicht, wie viel mir dieses Buch bedeutet.«

Der alte Söldner schwieg. Hatte er tatsächlich auf seine alten Tage einem Menschen … Freude bereitet? Und jetzt? Fühlte er sich nun irgendwie erfüllt oder gar beseelt?

Blödsinn, keinen Deut besser, genauso vergrämt und unlustig wie eh und je, beruhigte er sich. Also, was soll der Scheiß?

Er erhob sich. »Ich übernehme die erste Wache.«

Am nächsten Morgen fand Brocken die Innereien des Keilers nebeneinander ausgebreitet auf dem Boden. Ein betäubender Gestank hatte sich breitgemacht, noch schlimmer als am Tag zuvor. Dabei hatte Wieland beim Ausweiden darauf geachtet, den Darm nicht zu verletzen, um das Fleisch nicht durch den Kot zu verschmutzen. Doch nun klaffte ein großes Loch in der Darmwand, und der Inhalt hatte sich über den Waldboden verteilt. Er musste nicht lange rätseln, wer wohl der Verursacher dieser Schweinerei sein könnte.

»Was soll das hier?«, fuhr er Schmalhans an, der ganz in der Nähe weilte.

Der Kleine sah müde, doch zufrieden aus wie lange nicht mehr. »Stell dir vor, in der *Chirurgia Magna* steht, dass die Organe der Schweine denen der Menschen erstaunlich ähneln. Daher habe ich mir Herz, Nieren, Lungen, Leber, Magen und Darm genau angesehen. Es ist so aufregend!«

»Ja, der Gestank regt auch mich ungeheuer auf. Lass uns schnell von hier verschwinden.«

»Verstehst du denn nicht? Sieh dir nur das Herz an, ein Wunderwerk der Natur.« Der Kleine hielt ihm einen roten, unförmigen Klumpen unter die Nase. »Schau! Hier fließt das Blut durch.«

»Jetzt nicht mehr. Darauf kommt es an.« Brocken mahlte mit dem Kiefer. Ob das mit dem Folianten eine so gute Idee gewesen war? Schmalhans drohte, vollends durchzudrehen.

»Uäääh!«, machte die Hübschlerin, die inzwischen aufgewacht war und die Sauerei betrachtete. Sie kräuselte die Nase, sodass zwei Fältchen ihr Gesicht zerstörten. »Was ist denn hier passiert?« Demonstrativ presste sie die Nasenflügel mit Daumen und Zeigefinger zusammen.

»Frag den Schweinemedikus«, erklärte Brocken, während er zu Wieland ging, der noch zusammengerollt auf seiner Schlafmatte lag, und weckte ihn mit einem liebevollen Fußtritt.

»Autsch!«, bedankte sich Bimsbirne.

Nachdem sich die Hure ein neues Kleid angezogen hatte, konnte es endlich losgehen.

An diesem Tag kamen sie gut voran, ansonsten geschah nichts Ungewöhnliches. Schmalhans war schmalhansig und die Hübschlerin hübsch. Und Bimsbirne hatte alles im Kopf behalten. Am Abend wollte er mal wieder Schwertkampf üben. In der Beziehung war er hartnäckig.

»Ich habe dir bereits erklärt, dass es müßig ist, einen Eimer, der lauter Löcher im Boden hat, mit Wasser zu füllen.«

»Du meinst, weil ich deine Ratschläge jede Nacht vergessen könnte?«

»Schlaue Bimsbirne.«

»Ich erinnere mich sehr gut an deine Worte.«

»Ach ja? An welche?«

»An die miesen!« Wieland grinste. »Ich muss lernen, gemeiner zu kämpfen. Zynischer!«

Tatsächlich – das war definitiv vor seinem letzten großen Vergessen gewesen. Gewisse Erinnerungsfragmente nach der Kopfverletzung blieben offenbar erhalten oder kehrten zurück, vielleicht solche, die Wieland unbedingt festhalten wollte.

»Erstaunlich. Also gut, lass uns kämpfen.«

Sie schlugen den halben Abend aufeinander ein. Im Grunde gefielen Brocken die Übungen, da sich Wieland von Beginn an als würdiger Partner erwiesen hatte. Zudem gab es nicht häufig Gelegenheiten, einem Linkshänder gegenüberzutreten.

Währenddessen wusch die Hübschlerin ihre Klamotten in einem nahegelegenen Bach. Raffael kümmerte sich derweil um seine Tiere. Sobald er damit fertig war, setzte er sich mit der Schlafrolle im Rücken auf die Ladefläche und nahm die *Chirurgia Magna* auf den Schoß. Erstaunlich, mit welchem Willen sich der Kleine in die Texte und Bilder verbiss.

Nun waren sie schon vier Tage unterwegs. Einer verlief wie der andere: Schmalhans und Bimsbirne kuschelten vorwiegend auf dem Bock, die Hure saß hinten und Brocken ritt auf Gaul nebenher.

Es gab Momente, in denen viel geredet und gelacht wurde, dann ging Brocken eher auf Abstand. Ihm waren die Phasen der Zurückgezogenheit, Versonnenheit und Selbstfindung lieber. Oder wie sollte er es nennen, wenn endlich mal alle die Fresse hielten?

Die Hübschlerin trug jeden Tag ein anderes Kleid und musste das vom Vortag in allen auftauchenden Gewässern, egal ob Bach, Pfütze oder Fluss waschen. Die reinlichste Hure des Kontinents. Was das sollte, wusste nur der Teufel.

Eines Tages, wenn ich vor ihm stehe, frage ich ihn, dachte der alte Söldner.

Bimsbirne riss ihn aus seinen teuflischen Gedanken. »Sollen wir wieder üben, Brocki?«

»Nenn mich nicht so.«

»Ach, sag du dafür einfach Bimsi zu mir.«

Der alte Söldner stöhnte. »Nicht mehr in diesem Leben, du Idiot. Niemals. Dafür verdresche ich dich jetzt.« Und holte den Morgenstern vom Karren.

»Fein!« Bimsbirne zeigte sich begeistert.

Raffael hingegen übte mit dem Folianten auf dem Schoß Lesen und Heilkunde gleichzeitig. Die Hure schüttelte ihre Locken.

Brocken mahlte mit dem Unterkiefer. Alles beim Alten.

Existenziell

Unaufgeregt betrat Umbran das Feldlager. Seine beiden Pferde hatte er auf einer Koppel am Rand zurückgelassen. Ein Soldat schritt voran und wies ihm den Weg, ein weiterer trottete hinterher, um ihn im Auge zu behalten. Sein stumpfes Kurzschwert hatte er abgeben müssen, seinen Gürtel mit den Phiolen durfte er angelegt lassen, nachdem er Letztere als seine Medizin ausgegeben hatte. Glücklicherweise herrschte kein akuter Kriegszustand, schließlich war die Schlacht gewonnen und der Feind besiegt, ansonsten hätte es weitaus größere Umstände bereitet, überhaupt ins Lager eingelassen zu werden.

Vor einer der Behausungen blieben sie stehen. Nichts machte diese besonders, ein Zelt wie jedes andere auf dem Platz, bestehend aus gewachstem Leinen über ein paar Stangen.

»Dort findet Ihr den Schreiber«, erklärte der Soldat, der vorausgegangen war.

»Ich danke Euch«, sagte Umbran brav.

Hatte er ihn nun tatsächlich gefunden? Diesen Gelehrten, der ihm hinsichtlich des Verbleibs von Brocken weiterhelfen konnte? Er ging zum Eingang und rief: »Tudor, Meister der Zeichen, Magus des Wortes, darf ich eintreten?«

»Wie? Was? Wer?«, erklang eine brüchige Stimme aus dem Innenraum.

Wahrlich tiefgründige Fragen! Quell und Nahrung eines Geistesarbeiters, befand Umbran und beschloss, keine langen Erklärungen abzugeben, sondern einzutreten. Ein Pult, ein Tintenfass, eine Feder, eine Kiste, eine Schlafecke – mehr Inventar gab es nicht. Ach ja, und ein kleiner Mann mit vorstehenden Augen, abstehenden Ohren und hochstehenden Brauen, der sich ihm zuwandte.

»Verzeiht mein ungebührliches Eintreten, großer Meister. Doch Freude und Ungeduld, Euch endlich gegenübertreten zu dürfen, ließen mich die Gebote der Höflichkeit an zweite Stelle rücken.« Umbran verbeugte sich ehrerbietig.

Der Magus des Wortes glotzte so schräg wie die Mütze auf seinem Kopf. »Wer seid Ihr?«

»Ein Verehrer, der Euch um Hilfe ersucht.«

Der Schreiber und Denker fing an zu zittern. »Ich habe genug von Fremden in meinem … äh … ich komme gleich drauf.«

»Demnach bin ich nicht der Erste, der Euch überraschend aufsucht?«

»Ganz und gar nicht. Ein riesiger, unverschämter Barbar mit … äh, wie heißt es … hat mich am Kopf … Ihr wisst schon.«

Nachdenklich betrachtete Umbran den speziellen Gesellen vor ihm – ein verängstigter Geist gefangen in einem unvorteilhaften Körper. Obwohl die wirren Äußerungen einen anderen Anschein erweckten, spürte der Schatten, dass irgendwo in Tudors Verstand die richtigen Informationen darauf warteten, geborgen zu werden.

Auf welche Weise erreiche ich ihn, und wie lege ich sein Wissen offen?, fragte er sich.

Sein Daumen strich sanft über seinen Ledergürtel, doch eine Eingebung ließ Umbran zweifeln, dass die spezielle Nadel *Die Drei für der Wahrheit Macht* in diesem Fall helfen würde.

»Habt keine Sorge, Meister. Vor Euch steht einer Eurer treuesten Bewunderer. Ich habe Euer Werk *Das Sein und das Dasein* regelrecht verschlungen.«

Der Gelehrte fühlte sich sichtlich geschmeichelt, sein Gesicht hellte sich auf, die vorstehenden Augen kullerten freudig. »Wahrhaftig?« Dann ereilte ihn wieder das Misstrauen seinen Mitmenschen gegenüber. Ein Argwohn, der sich Zeit seines Lebens schon in ihm sammelte. Mit einer Betonung, als stünde er einem Prüfling gegenüber, fragte er: »Wie hat Euch die Abhandlung über den Dualismus der Existenz in Abhängigkeit von deren Erscheinung gefallen?«

»Eine brillante Schlussfolgerung. Aus welchen Erkenntnissen habt Ihr diese abgeleitet?«

»Aus der traditionellen Geisteshaltung mit den ihr innewohnenden Fragestellungen. Gibt es einen Anfang und ein Ende der Welt? Und wo dazwischen liegen die Kuppe der Selbstfindung und der Gipfel der Sinnerfüllung?«

Als verschlüge es Umbran regelrecht den Atem, rief er aus: »Welch Gedankengut! Ihr seid wahrlich ein Vorreiter, ein Vordenker, ein Vorbild.«

»Ich merke, Ihr wisst meine Ausführungen zu schätzen.« Plötzlich wirkte der Magus des Wortes sowohl mit dem Sein als auch mit dem Dasein deutlich zufriedener.

Was ein wenig Wertschätzung nicht alles veränderte. Trotz oder gerade wegen seines Intellekts bot das gesellschaftliche System einem solchen Mann wenig Möglichkeiten und noch weniger Schutz.

»Wie kann ich Euch helfen, mein Freund?«, fragte der Magus des Wortes.

»Der riesige Barbar … was wollte der von Euch?«

Bei dieser Erinnerung verdunkelte sich die Miene des Gelehrten. »Er hat mir wehgetan und hielt mir eine Karte unter die Nase. Dann zwang er mich, ihm die Zeilen darauf zu übersetzen. Eine längst vergessene Sprache, derer höchstens noch fünf Menschen auf diesem Kontinent mächtig sind. Als sei dies eine Selbstverständlichkeit.«

Nach langem Tappen im finsteren Wald nähern wir uns nun der sonnendurchfluteten Lichtung, frohlockte der Schatten.

»Und Ihr gehört zu diesem erlesenen Kreis und konntet sie entziffern – keinen Herzschlag lang zweifle ich daran.«

»Wie recht Ihr habt. Ich habe es dem dummen Barbaren sogar aufgeschrieben, damit er es nicht direkt wieder vergisst.«

»Euch indes bleibt es im Gedächtnis.«

Tudor nickte. »Unvergessen – wie alles, was meinen Geist durchkreuzt!«

»Ach, wie wohltuend ist ein heller Kopf in dunklen Zeiten! Sind die Worte wenigstens das Pergament wert, auf dem Ihr sie niedergeschrieben habt?«

»Gleichwohl dem prophetischen Charakter der Zeilen

eine verklausulierte Lehre innewohnt, denke ich, sie sind dazu angetan, den Betrachter fehlzuleiten.« Tudors Lippen schafften es, sich über den vorstehenden Zähnen noch zu spitzen. »Doch das ist genau das, was der Banause verdient.«

»Das stellt auch mich zufrieden.« Umbran lächelte.

»Wollt Ihr nicht mehr erfahren?« Tudor schien inzwischen regelrecht erpicht darauf, sein Wissen preiszugeben.

»Ich weiß, dass der Wortlaut Euch nicht entfleucht ist. Wenn Ihr mögt, tragt ihn mir vor.«

Als hätte der Gelehrte nur darauf gewartet, deklamierte er mit gewichtigem Mienenspiel: »Es führt zum Ziel, das Ruder im Nordmeer, das schwimmende Schwert in der Gruft Behältnis.«

»Klingt narrenlaunig, doch besitzt es sicherlich eine tiefere Bedeutung«, stellte Umbran fest.

Der Gelehrte nickte eifrig. »Stellt Euch vor – es gab eine weitere Übersetzung. Eine Inschrift auf des Barbaren Klinge. Eine riesenhafte Waffe, die ein normaler Mann kaum heben kann. Obgleich spiegelschriftlich, flog mir die Bedeutung gleich entgegen.«

Interessiert hob der Schatten den Kopf, wohlbedacht abzuwarten und den Gelehrten nicht zu drängen.

Es kam von ganz allein: »Das Abbild des Alten Friedhofs weist den Weg, stand dort geschrieben.«

Schnell ordnete Umbran seine Gedanken. Die Hinweise waren definitiv wertvoll, dennoch gaben sie keinen konkreten Aufschluss, wohin Brocken und seine Gefährten unterwegs waren. Friedhof? Nordmeer? Das klang äußerst vage.

»Wie interpretiert Ihr diese Verse?«

Tudor kratzte sich an seiner schiefen Mütze. »Der barbarische Banause erwähnte einen Friedhof weit im Norden, von welchem der Bidenhänder stamme. Ich vermute, er sprach vom Alten Friedhof aus den Vergessenen Legenden.«

Der Schatten riss die Augen so weit auf, dass sogar das Weiße sichtbar wurde. »Der Alte Friedhof? Vergessene Legenden? Aus welchem unerschöpflichen Wissensfundus bedient Ihr Euch?«

Mit einer Miene, als hätte er gerade entdeckt, wie man Blei in Gold umwandelt, hob der Gelehrte die flache Hand. »Seit langer Zeit studiere ich die Geschichte unseres Kontinents. Nur der Barbar verstand offenkundig nichts von alldem. Und nach seinen Unhöflichkeiten und Grobheiten habe ich keine Veranlassung gesehen, ihn über meine Vermutungen bezüglich der Vergessenen Legenden in Kenntnis zu setzen, zumal es den Primitivling überfordert hätte.«

»Ihr habt gut daran getan. Dieser Mann hat Euer Wissen nicht verdient. Ich gestehe freimütig, dass die Vergessenen Legenden auch mir nicht geläufig sind. Was hat es damit auf sich?«

»Ihr kennt sicherlich die Mythen, welche sich um die Dreizehn ranken.«

»Die alten Erzählungen über die dreizehn Hexen? Wenn es sie wirklich gegeben hat, sind die doch seit vielen Jahren tot.«

»Das gilt für das Dutzend. Aglaja, die letzte der Dreizehn, treibt jedoch noch immer ihr Unwesen, heißt es. Vor etwa zwei Jahren hat der Bibliothekar in Drachenbein, Bruder Marrandor, uraltes Material über die Vergessenen Legenden erhalten. Eine Blättersammlung, kurz vor dem Zerfall. Glücklicherweise ist Marrandor ein Experte in der Restauration alter Schriften.«

War ein Experte, dachte der Schatten.

»Er hat die Pergamente wieder lesbar gemacht. Und ratet einmal, wer in Drachenbein als Einziger in der Lage war, die Schriften zu lesen und deren Bedeutung zu erfassen.«

»Raten ist nicht nötig, ich weiß es!« Umbran lächelte bewundernd.

»Auf besagtem Alten Friedhof sind die Zwölf in einer versteckten Gruft beigesetzt worden. Vorher hat Aglaja die Macht der Zwölf auf sich vereint – Wissen und Magie von unvorstellbarem Ausmaß. Seit über tausend Jahren treibt sie ihr Unwesen und nimmt Einfluss auf die Geschichte unseres Kontinents, so steht es geschrieben.«

Magie? Umbran unterdrückte ein Schulterzucken. Mit irgendwelchem faulen Zauber konnte er nichts anfangen. Wenn überhaupt, dann glaubte er an die Magie des Giftes.

Der Magus des Wortes holte tief Luft – war der Damm erst gebrochen, sprudelte es nur so heraus: »Ferner wurde berichtet, Aglaja hätte dreißig Kinder und hundert Enkel und unzählige Urenkel. Somit gibt es etliche Menschen, in deren Adern ihr Blut fließt. Zu finden sind sie vornehmlich hoch im Norden des Kontinents.«

»Zeichnet die Nachkommen der Hexe etwas Besonderes aus?«

»Nein, es sind normale Menschen, nur stehen sie unter einem besonderen Schutz. Es heißt, Aglaja bestrafe diejenigen hart, die ihrem Volk übel mitspielen. Es heißt, ganze Völker seien ihrer Rache zum Opfer gefallen.« Der Gelehrte wühlte in seinem Wissensfundus. »Aus einer anderen Quelle weiß ich: Die Letzten, die der Fluch der Hexe traf, waren vermutlich die Gordonen, ein barbarisches Nomadenvolk, das es auf der Suche nach einer neuen Heimat geschafft hatte, die Eisigen Berge zu überwinden. Plündernd zogen sie über den Kontinent nach Westen. Doch dann machten sie den Fehler, sich mit Aglajas Nachkommen anzulegen. Das ist jetzt um die fünf Jahrzehnte her. Von den Gordonen ist außer einem schalen Nachgeschmack nichts übriggeblieben.«

Der Schatten überlegte: Wie hing all das mit Brocken zusammen? Oder befand er sich auf einer falschen Spur?

Der Gelehrte sagte: »Ich sehe es Euch an, Ihr beabsichtigt, diesen Friedhof aufzusuchen. Doch seht Euch vor, mein Freund – in den alten Schriften heißt es, dieser Ort vereine Himmel und Hölle, Glauben und Zweifel, Untergang und Rettung.«

Bevor Umbran nachhaken konnte, betrat ein Mann in teurer Kleidung das Zelt. Ein adliger Schönling mit glatter, gebräunter Haut und gepflegtem Gesicht. Vor allem der kantig geschnittene schmale Streifen um den Mund herum verriet eine eitle Extravaganz.

Der Magus des Wortes machte sich noch kleiner, indem er nahezu auf die Knie fiel. »Graf Dunkelberg, was verschafft mir die … äh, Ihr wisst schon, was ich meine? Selbstverständlich wäre ich gerne zu Euch gekommen.«

»Wer ist das?«, fragte der Graf und musterte Umbran wie eine tote Ratte.

»Ein … Freund, Herr.«

»Wie auch immer. Es sieht so aus, als hielte er dich von deinen Pflichten ab.« Dunkelberg würdigte Umbran keines Blickes mehr, sondern klatschte drei Schriftrollen auf das Pult. »Schreiberling, in einigen Punkten muss ich deiner Erinnerung ein wenig nachhelfen.«

»Selbstverständlich Herr, ich werde umgehend die erforderlichen Anpassungen … äh …«

»Sieh hier!« Der Graf rollte ein Pergament auf und las vor: »Nachdem Graf Dunkelberg in seiner unermesslichen Weisheit mit der richtigen Strategie den Angriff der feindlichen Armbrustschützenarmee zurückgeschlagen hatte, stürzte sich der Graf in die Fluten des Nubil, um sich Herzog Brandmark gegenüberzustellen, der sich feige auf einem Floß in Sicherheit wähnte.«

»Was genau ist hierbei … äh, meiner eingeschränkten Auffassungsgabe entgangen, Herr?«

»Die unermessliche Weisheit! Ich habe bereits verlangt, ein solches Detail nicht zu unterschlagen.«

Tudor linste auf das Pergament. »Natürlich habt Ihr, äh … Ihr wisst schon. Wenngleich, schaut, hier habe ich die Euch gebührende Weisheit voller Bewunderung erwähnt.« Er tippte mit dem Finger auf die Stelle.

»Doch nur eingangs. Schreibt gefälligst: *stürzte sich der Graf in seiner unermesslichen Weisheit in die Fluten des Nubil.*«

»Oh, verzeiht die … Dingens. Ich korrigiere es umgehend.«

»Das ist noch nicht alles!« Missmutig rollte der Graf die zweite Rolle auf. »Sperr die Ohren auf, Schreiber: Die Mätresse des besiegten Feindes, eine Frau von überwältigender Schönheit, unterwarf sich dem siegreichen Feldherrn voller Hingabe und Bewunderung. Leidenschaftlich bot sie sich ihm für die Nacht an. Großzügig verschonte der Graf daraufhin ihr Leben und ließ sie zu sich ins Zelt kommen.« Seine beringten Finger trommelten auf das Pult. »Abermals unterschlägst du die unermessliche Weisheit.«

Ohne Not trat Umbran in Erscheinung, ganz gegen seine sonstigen Gepflogenheiten. »Herr, ich verstehe Euer Anliegen. Wie wäre es an dieser Stelle mit *unerschöpflicher Manneskraft*?«

Die Miene des Grafen glättete sich. »Ein brauchbarer Vorschlag. Verwende beides, Schreiber – das klingt angemessen. Zuviel Bescheidenheit wirft ein fahles Licht auf großartige Ereignisse. Wir wollen doch, dass die Nachwelt diesen Erfolg der Familie Dunkelberg angemessen huldigt. Lass die korrigierten Entwürfe in mein Zelt bringen.«

»Jawohl, mein Herr«, nickte Tudor eifrig.

Der Unerschöpfliche drehte sich auf dem Stiefelabsatz um und stolzierte aus dem Zelt.

»Ein Herrscher, wie er im Buche steht«, resümierte Umbran, als sie wieder allein im Zelt standen.

Der Magus des Wortes ballte ungelenk die Fäuste. Empört flüsterte er: »Wenn es sich wenigstens so zugetragen hätte. In Wirklichkeit hat der Graf in seiner Kriegsstrategie vollends versagt. Und die Hure hätte lieber den Tod in Kauf genommen, als mit ihm das Bett zu teilen.«

»Wenig verwunderlich. Die hohen Herrschaften legen sich die Geschehnisse so zurecht, wie sie ihnen am besten zugutekommen.«

»Nichts wird so oft getreten, zerrissen, verdreht und gequält wie die Wahrheit.«

»Wohl wahr«, sagte Umbran. »Was ist mit der Hure in der anderen Realität geschehen?«

»Der große Barbar hat sich für sie eingesetzt und sie dann mitgenommen.«

Erneut eine überraschende Erkenntnis. Nach allem, was Umbran gehört hatte, war Brocken nicht dafür bekannt, sich für andere zu verwenden – schon gar nicht für eine Hure.

Inzwischen hatte Tudor damit begonnen, die von seinem Herrn gewünschten Ergänzungen vorzunehmen, indem er diese in kleinen Buchstaben darüber setzte.

»Die großartigen Analen des Grafen Dunkelberg werden später von unseren Mönchen säuberlich abgeschrieben und mit Zeichnungen versehen«, erklärte der Gelehrte. »Daher ist es nicht notwendig, alles neu zu schreiben.« Er tunkte die Feder ins Tintenfass.

»Entspricht es denn wenigstens den Tatsachen, dass Graf Dunkelberg Herzog Brandmark besiegt hat?«

»Im Grunde schon – nur hat auch dabei der Barbar seine Finger im Spiel gehabt. Hierzu gibt es unterschiedliche Berichte. Die meisten erzählen von einem Zweikampf im Fluss, wobei sich dieser hauptsächlich unter Wasser abgespielt haben soll. Es ist nicht ganz klar, was wirklich geschehen ist. Der Herzog tauchte jedenfalls nicht wieder auf.«

Ertrunken wie ein Kätzchen, dachte Umbran und sagte: »Nun ja, Ihr bringt die Wahrheit des Grafen zu Papier.«

»Was bleibt mir anderes übrig?« Der Gelehrte seufzte.

»Gestattet mir, dass ich Graf Dunkelberg Eure Korrektur überbringe. Meinem Eindruck nach tretet Ihr ihm nicht allzu gern gegenüber.«

Tudor überlegte nur kurz. »Ja, Euren Vorschlag nehme ich dankbar an. Wartet, nur noch ein weiteres *unermesslich* hier, und wir sind fertig.« Er pustete sanft über die Tinte. »Bitte, bringt es ihm in sein Zelt. Es ist nicht zu verfehlen, das große in der Mitte des Lagers.«

»Verehrter Tudor, Ihr seid ein wahrer Magus des Wortes. Habt Dank für Eure Zeit und Geduld mit einem Unwissenden.« Er nahm die drei Schriftrollen entgegen, verbeugte sich tief und verließ das Zelt.

Umbran hatte sich längst entschieden. Er würde ihn töten. Die Frage lautete demnach nicht ob, sondern wie?

Im Lager herrschte Langeweile. Kein Feind brachte ein wenig Abwechslung in den soldatischen Alltag. Folglich blieb genügend Zeit, den militärischen Drill zu zelebrieren. Aus allen Himmelsrichtungen wurden Befehle gebrüllt. Vornehmlich ging es dabei um Wachen ablösen, Stiefel putzen und Klingen schärfen.

Das Zelt des Grafen konnte er nicht übersehen, denn es war nicht nur wesentlich größer, sondern auch doppelt so hoch wie die anderen. Die Eitelkeit des Anführers zählte mehr als dessen Sicherheit.

Geduldig beobachtete der Schatten das Zelt aus der Entfernung, bis der Graf heraustrat. Zurück blieb nur eine Wache, die vor dem Eingang ihren Dienst tat – auf eine solche Gelegenheit hatte er gehofft.

»Der Schreiber Tudor schickt mich. Ich habe hier die korrigierten Schriftrollen für Graf Dunkelberg«, sagte Umbran freundlich.

Der Soldat musterte ihn und konnte augenscheinlich nichts Verdächtiges feststellen. »Der Graf ist nicht da. Leg ihm den Schreibkram auf den Tisch.«

Umbran trat ein. Viel Zeit blieb ihm nicht. Schnell schweifte sein Blick umher, ein Zelt voller Prunk und Luxus. Eine Waschschüssel auf einer Spiegelkommode mit Kamm, Rasierpinsel, Rasiermesser, Seife und Parfumfläschchen belegte eine Ecke. Der Schatten dachte gar nicht daran, die Pergamentrollen auf den Tisch zu legen, sondern stopfte sie sich achtlos in den Hosenbund. Dann zog er die Nadel ganz rechts aus seinem Gürtel. »*Nimm die Vier und stirb gleich hier*«, murmelte er.

Er trat vor den Spiegel und ergriff einen der Gegenstände auf dem Waschtisch. Ein vertrautes Gesicht blickte ihn an. Ein Gesicht, das kein Wässerchen trüben konnte, ein Gesicht, das niemals einem Helden gehören würde, ein Gesicht wie viele andere. Nicht ganz, das linke Auge war blaugrau, während es in dem anderen grün schimmerte. Der Unscheinbare im Spiegel holte tief Luft und hielt den Atem an. Mit ruhiger Hand zog er den Korken von der Nadel und streckte dabei die Arme so weit wie möglich von sich. Weniger als ein halber Tropfen Flüssigkeit lief heraus, doch dies war mehr als genug, um die scharfe Kante einen Fingerbreit zu präparieren.

Umbran verließ das Zelt und nickte dabei der Wache freundlich zu. Dann ging er zu den Koppeln am Lagerrand, wo seine beiden Pferde friedlich grasten. Nach einem Pfiff trotteten sie treu zu ihm. Die unermesslich weisen Pergamentrollen steckte er in eine der Taschen des Packpferdes.

Graf Dunkelberg – ein historischer Held. Nun denn, als Letztes im Leben würde er sein eigenes Konterfei sehen und es nicht erkennen. Eine rot-weiß verschmierte Grimasse, durch unermessliche Todesangst zur Unkenntlichkeit verzerrt.

Die Bilder liefen in Umbrans Kopf ab: Der Graf greift zum Rasiermesser und führt es zu seinem Bart. Er atmet das Gift ein und wundert sich über den ungewohnten zitronenartigen Geruch. Doch in dem Augenblick ist es bereits zu spät – ihm verbleiben nur noch wenige Herzschläge. Blut wird ihm aus Nase und Mund laufen, sich mit dem Rasierschaum vermengen, während der hohe Herr nach Luft japst. Erstickungstod – so wie sein ehemaliger Feind, Herzog Brandmark, nur nicht unter Wasser.

Der Schatten grübelte. Das Erlebnis, ganz überraschend an der frischen Luft an Atemnot zu verrecken, weil die Lungen ihre Arbeit verweigerten, musste an Intensität kaum zu überbieten sein.

Ein wohliger Schauer kroch ihm über den Rücken.

Umbran schwang sich in den Sattel und verabschiedete sich vom Feldlager. Den Magus des Wortes würde er in guter Erinnerung behalten – dies war nur wenigen Menschen vergönnt. Ihn wollte er leben lassen, vielleicht aus Verbundenheit, denn Tudor gehörte genau wie er zu den Außenseitern dieser Welt. Zu den missverstandenen Genies, deren Licht von den Mitmenschen mit verächtlichem Schnaufen liebend gern unter den Scheffel geschoben wurde. Von Männern nicht ernst genommen, von Frauen belächelt – beide waren sie Einzelgänger, wenngleich Umbran in jüngeren Jahren durchaus nach der richtigen Frau Ausschau gehalten hatte. Vergeblich – vielleicht war er zu anspruchsvoll oder zu unscheinbar. Folglich hatte er sich in das Alleinsein verliebt, das blieb ihm seitdem treu und hatte ihn noch nie enttäuscht.

Er versetzte sein Pferd in Trab, ließ die Soldaten schnell hinter sich und genoss seine frischgewonnene Einsamkeit.

Der Schatten kniff sein blaugraues Auge zu. »Die Jagd auf dich bereitet mir ungeahntes Vergnügen. Doch glaub nicht, du entkommst mir, Brocken. Dein Vorsprung schmilzt, bald erwische ich dich.«

Feilschen

He, Schmalhans. Du könntest ein Zweispänner-Geschirr, eine Deichsel und ein zweites Pferd kaufen. Dann kämen wir schneller voran.«

»Wieso ich? Mir geht es schnell genug. Gib du doch dein Geld aus. Du hast viel mehr als ich.« Raffael wusste, dass Brockens unermesslicher Geiz dem von ganz allein einen Riegel vorschob.

»Wieso ich? Ist doch dein Karren.«

»Genau. Und meine Geschwindigkeit.«

»Wie nennst du unser Vorankommen? Wiederhole das letzte Wort nochmal.«

Raffael schürzte die Lippen. »Dein ewiges Genöle, dass es zu langsam vorangeht, nervt. Aber gut, wenn wir uns das Geld für eine Deichsel teilen und beide Pferde anspannen, könnte ich mir die Sache überlegen.«

»Wenn du doch nur so mit dem Schwert umgehen könntest wie mit deinem Mundwerk.« Brocken stöhnte. »Leider bleibt bei dir das Hirn meistens außen vor. Wie oft soll ich es noch erklären? Gaul ist weder Zug- noch Stangenpferd. Wenn er trotz Deichsel durchgeht, schleift er den Karren samt deinem Diego hinter sich her. Danach kannst du jede Menge Bretter und Knochen zusammensuchen.« Er kratzte seine Kinnstoppeln. »Obwohl … jetzt, wo ich darüber nachdenke, finde ich die Idee gar nicht mal so schlecht.« Die Pupillen des alten Söldners funkelten garstig.

»Mach dir keine falschen Hoffnungen, du unterschätzt Gaul. Der ist nicht nur groß und stark, sondern auch verdammt klug.« Raffael betonte die besondere Besonderheit dieser Konstellation. »Im Übrigen können sich auch ältere Pferde problemlos ans Ziehen und an die Deichsel gewöhnen. Ich bin bei Gaul zuversichtlich, dass er sich prima mit Diego verstehen und sich an ihm orientieren würde. Vielleicht ist er sogar schon ein wenig neidisch, weil er nie vor den Karren gespannt wird.«

In dem ihm eigenen kalten, überheblichen Tonfall meinte Brocken: »So so, Schmalhans. Was du so alles meinst. Aber gut – wir probieren es. Bei der nächsten Gelegenheit besorgen wir eine Deichsel und versuchen es mit einem Zweispänner. Wir teilen uns die Kosten, aber ich verhandle. Sieh einfach zu, lerne und halte ausnahmsweise den Mund.« Dabei prüfte er, ob sein Geldbeutel noch unversehrt an Ort und Stelle war.

»Abgemacht. Diego freut sich, wenn Gaul neben ihm läuft und beim Ziehen hilft.«

Ein unwirsches Brocken-Brummen folgte, vermutlich über das gewaltige Ausmaß an Naivität und Einfältigkeit seiner Mitmenschen. Raffael nahm es leicht; wer begriff schon, was der alte Söldner wirklich wollte.

Schon im nächsten Dorf war es so weit. Eine Wagnerei gab es nicht, doch ein junger Bursche berichtete von einem versierten Schreiner, der auch als Stellmacher und Tischler arbeitete. Zu finden wäre er nicht weit entfernt am Dorfrand. Er beschrieb den Weg dorthin.

Es dauerte nicht lange, und sie erreichten den Hof des Schreiners. Auf einem weitläufigen Platz zwischen dem Wohnhaus und zwei Schuppen hielt Raffael den Pferdewagen an. Brocken schwang sich aus dem Sattel und dröhnte: »KUNDSCHAFT!«

Die Tür des Wohnhauses öffnete sich, und ein Mann mittleren Alters streckte den Kopf heraus. Mit langen, hageren Beinen stelzte er auf sie zu und sagte freundlich: »Seid gegrüßt! Nicht allzu häufig fahren Fremde auf meinem Hof vor.«

»Wir brauchen eine Deichsel für wenig Geld«, warf Brocken ihm vor die Füße.

Raffael verdrehte sämtliche Augen. Plauderei war für den alten Söldner etwas für Schwächlinge, daher fiel er gern mit dem Haus in die Tür.

Der Schreiner nickte, sagte aber nichts.

»Kann auch vergammelt und wurmstichig sein. Soll schließlich zum Karren passen«, erklärte Brocken trocken. »Hauptsache billig.«

Zur Begutachtung drehte der Handwerker eine Runde um den Pferdewagen. Mit fachmännischer Miene verkündete er: »Ja, ich hätte etwas Passendes für Euch. Ich lege die Deichsel auf die Wiese dort drüben. Ihr kommt dann in dreißig Jahren wieder und holt sie Euch ab.«

»Hihi«, machte Wieland.

Brocken schleuderte ihm einen einfrierenden, erschlagenden und erwürgenden Blick entgegen, dann wandte sich der Meisterfeilscher wieder dem Schreiner zu.

»Hör mal, du Holzwurm. Für deinen Geistesreichtum gibt es keinen Kupferling zusätzlich, also spar dir das Gerede. Zeig lieber die Deichsel her!«

Der Handwerker verschränkte die Arme vor der Brust. »Wisst Ihr was? Ich habe es mir anders überlegt. Ich habe doch nichts Passendes für Euch, tut mir leid. Etwa eine Tagesreise von hier Richtung Osten gibt es eine Stellmacherei mit einer großen Auswahl.« Unschuldig drehte er die Handflächen gen Himmel, für ihn war damit alles gesagt.

»Soll ich ihm den sturen Kopf abschlagen?«, fragte Brocken seine Gefährten.

»Später. Vorher zeig uns bitte noch ein paar Lektionen von deinem großartigen Verhandlungsgeschick«, bat Raffael. »Ich bin in Lernlaune.«

»Ja, nur weiter – ich könnte dir den ganzen Tag zuhören«, bekannte sich auch Dana aus dem hinteren Teil des Karrens.

»Hihi«, machte Wieland neben Raffael auf dem Bock.

»Ich sollte euch allen den Kopf abschlagen«, knurrte Brocken mit einem gefährlichen Funkeln in den Augen.

»Bringt dem Großen erst einmal Manieren bei. Ich wünsche Euch noch einen schönen Tag.« Der Schreiner drehte sich wieder in Richtung Wohnhaus.

»Bravo, Brocken«, lobte Raffael, während er dem Handwerker hinterhersah.

Dana hüpfte vom Karren und rief mit weicher, melodischer Stimme: »Guter Mann, verzeiht. Wir haben eine beschwerliche Reise hinter uns. Eine Schlacht, wilde Tiere, Stromschnellen und gefährliche Geschosse. Bitte seht daher meinem Begleiter die schlechte Laune nach. Die ist seiner Erschöpfung geschuldet.«

Der Schreiner drehte sich um, Neugierde hellte seinen finsteren Blick auf. Seine Augen wurden runder und runder, als er die Frau mit dem langen, lockigen Haar in ihrem hellblauen Kleid mitten auf seinem Hof betrachtete. Der oberste Knopf war geöffnet, dadurch vertiefte sich der Ausschnitt nicht unwesentlich. Aus Neugierde wurde Begierde. Die Blicke des Mannes klebten am Ansatz ihres Busens. Raffael hätte schwören können, dass der Knopf eben noch geschlossen gewesen war.

»Welch wunderschöne Maid auf meinem Hof«, brachte der Schreiner in ehrlicher Verzückung hervor. »Was kann ich für Euch tun?«

Dankbar für das Kompliment strahlte Dana ihn an. In gewisser Weise unterschied sich ihr Lächeln erstaunlich wenig von einem Schlag mit Brockens Zweihänder. Nun gut, es war nicht so brutal und blutig, jedoch mindestens genauso gezielt und effektiv. Verspielt wickelte sie eine ihrer Locken samt Schreiner um den Finger. »Erfüllt mir nur einen kleinen Wunsch.«

Schwindel erfasste den Mann, er hatte Mühe, sich auf den Beinen zu halten. »Wie könnte ich Euch eine Bitte abschlagen?«

Dana schaffte es zu erröten – nur einen Hauch, Eilbote eines aufrichtigen Schamgefühls. »Ein Mann nach meinem

Geschmack. Ehrlich und prinzipientreu«, hauchte sie mit großen, feuchten Augen wie ein verliebtes Rehkitz.

Raffael staunte. Schon hatte Dana den guten Schreiner da, wo sie ihn haben wollte. Er würde sogar versuchen, mit den Armen zu schlagen, um sich in die Lüfte zu erheben, wenn Dana es verlangte.

Doch ihr Wunsch war weitaus weniger kompliziert. »Verzeiht, dass ich Euch erneut danach frage, aber wir benötigen die Deichsel für unser Gefährt so dringend. Lasst uns doch bitte einen Blick auf Eure Arbeit werfen.« Sie machte drei Schritte auf ihn zu und schwang dabei ihre Hüften einmal leicht nach links und einmal leicht nach rechts. Einfach umwerfend.

Das fand der Schreiner auch, er taumelte rückwärts.

»Selbstverständlich. Bewegt Euch nicht von der Stelle, während ich sie hole. Es stimmt mich glücklich, Euch eine Freude bereiten zu können.« Überraschend schnell liefen die hageren Beine in den linken der beiden Schuppen.

Triumphierend drehte sich Dana zu den Gefährten um.

Brocken verzog keine Falte, sondern mahlte unbeteiligt mit dem Unterkiefer, als kaue er auf Sonnenblumenkernen. Wieland streckte ihr die rechte Hand mit dem Daumen nach oben entgegen und zwinkerte.

Raffael grinste und konnte es kaum glauben, wie leicht dressierbar Männer sein konnten.

Der Schreiner kam mit der Deichsel und einem Brustblattgeschirr über der Schulter zurückgeeilt. »Ich habe auch noch eine passende Anspannung dazu gefunden. Gebraucht zwar, aber in gutem Zustand.«

»Das ist ja großartig«, jauchzte Dana und vollführte einen kleinen Luftsprung, der ihren Körper von der allerbesten Seite präsentierte.

Raffael stieg vom Bock und betrachtete das Gestänge. In der Tat, hervorragende Arbeit. »Was dürfen wir Euch dafür geben?«, fragte er schnell, um Brockens drohendem Verhandlungsgeschick zuvorzukommen.

»Ich denke, zusammen mit dem Geschirr sind zwanzig Kupferlinge angebracht«, stammelte der Schreiner, ohne den Blick von Dana zu lassen.

Das war äußerst günstig. »Einverstanden!«, sagte der Gaukler. Er öffnete seinen Geldbeutel und zählte die Münzen ab. Dabei bemühte er sich, nicht in Richtung Brocken zu blicken. Der würde mit Sicherheit noch feilschen, selbst wenn der Schreiner ihnen die Sachen schenken wollte. Er drückte dem Mann die Summe in die Hand. Der sah gar nicht hin, sondern versank in Träumen und Danas Dekolleté. Raffael suchte Brockens Blick. »Wollen wir gleich hier probieren, Gaul und Diego zusammen vor den Karren zu spannen?«

»Später. Lasst uns erstmal verschwinden«, grummelte der alte Söldner.

»Ich danke Euch vielmals für Eure großartige Hilfe«, sagte Dana zum Schreiner. Ihre Wimpern fächerten ihm Luft zu.

»Ist gut jetzt. Wir haben ihn fürstlich bezahlt. Machen wir, dass wir weiterkommen«, drängte Brocken, schwang sich in den Sattel und ritt vom Hof.

Dana, Wieland und Raffael winkten dem hilfsbereiten

Handwerker noch einmal zu, als sie losfuhren. Der stand immer noch wie hypnotisiert mitten auf seinem Hof und träumte davon, was der zweite Knopf wohl offenbaren würde.

In der nächsten Kurve wartete Brocken auf sie. Mit der Grantigkeit in seinen Zügen, übertraf er sich selbst, während er sich mit beiden Armen in den Sattel stemmte. Raffael ließ sich jedoch nicht abschrecken. Sobald sie ihn erreicht hatten, hielt er die Hand auf. »Ich kriege noch zehn Kupferlinger.«

»Was? Du hast wieder einmal einfach nur Geld rausgeschmissen!«, resümierte Brocken grollend und machte keinerlei Anstalten, zu seinem Geldbeutel zu greifen.

»Wie bitte? Deichsel und Geschirr sind spottbillig gewesen. Der Schreiner hätte viel mehr dafür verlangen können.«

»Pfft. Ich war auf einem guten Weg gewesen, beides für die Hälfte zu bekommen. Also sind wir quitt.«

Raffael schnappte nach Luft. »In Wirklichkeit hast du es vergeigt. Der gute Mann hätte dir nicht einmal einen Fisch vom letzten Jahr verkauft. Zum Glück hat sich Dana eingeschaltet.«

»Blödsinn, Schmalhans. Wobei … für einen Kuss der Hübschlerin hätte er uns den Kram auch umsonst gegeben.«

»Pah! Wofür hältst du mich?«, empörte sich Dana hinten auf der Ladefläche.

Wieland grinste schräg. Dann sagte er laut und deutlich: »Brocki, gib zu, du hast es verkackt.«

»Ach, richtig. Bimsbirne kennt sich ja mit Kacke bestens aus.«

»Und du warst prima, Dana«, lobte Wieland.

Der alte Söldner äffte ihn nach. »Du warst prima, Dana.« Er rümpfte die Nase. »Dabei kann sich der liebestolle Holzkopf von Schreiner nicht einmal an ihre Haarfarbe erinnern. Der hat ihr nur auf die Titten gestarrt.«

»Wirklich? Das ist mir gar nicht aufgefallen«, meinte Dana und knöpfte dabei lässig mit einer Hand den obersten Knopf ihres Kleides wieder zu.

Damit war dieses Thema erstmal abgehakt.

Am frühen Nachmittag beschlossen sie auszuprobieren, beide Pferde vor den Karren zu spannen. Brocken legte Gaul das neue Geschirr an. Zunächst fühlte sich das riesige Pferd sichtlich unwohl mit dem ungewohnten Lederzeug und schüttelte unwillig den Kopf. Brocken führte es eine Zeit lang neben dem Karren her, bis das Pferd sich beruhigte. Nach einer Weile gab er Raffael ein Zeichen.

»Ho, Diego, halt an. Wir probieren aus, ob Gaul dir helfen kann.«

Raffaels Pferd spitzte die Ohren wie ein Wüstenfuchs und verharrte ganz still. Brocken führte Gaul dicht neben Diego, was der mit einem freundlichen Schnauben kommentierte. Wie Raffael beobachtet hatte, kamen die beiden gut miteinander aus. Neben Gaul wirkte Diego wie ein Schaukelpferd. Durch den enormen Größenunterschied hing die Deichsel schräg, was jedoch nicht weiter störte, solange sie das Auffahren des Wagens auf die Pferde verhinderte.

»So, alte Mistmähre. Benimm dich und zieh brav den Karren, sonst landest du im Eintopf«, motivierte Brocken sein Pferd. »Mach einfach das, was der scheele Schinder neben dir tut.«

Diego warf ihm einen vorwurfsvollen Blick zu – er wurde nicht gern beschimpft.

Brocken störte das wenig. »Los jetzt!«

Sanft ließ Raffael die Zügel schnalzen. »Weiter, Diego. Zeig deinem Freund, wie es geht.«

Die Pferde zogen an, das heißt, Raffaels Pferd zog, während Gaul sich mit einem wilden Wiehern beschwerte. Der Wagen holperte nach rechts von der Straße hinunter und sofort steuerte der Gaukler dagegen. Gaul zitterte vor Aufregung über die neuen Gurte und den ungewohnten Druck auf der Brust, gab sich jedoch willig und gewöhnte sich allmählich an die neue Herausforderung. In gemütlichem Schritttempo ging es die Straße entlang.

»Gut gemacht, Junge.« Brocken rang sich tatsächlich ein Lob ab, während er neben ihm herlief. Dann schob er warmherzig nach: »Also kann das mit dem Eintopf noch warten.« Der alte Söldner ließ den Karren an sich vorbeifahren und schwang sich hinten auf die Ladefläche. Mit einem verächtlichen Schnauben schob er Danas Kleidersäcke an den Rand und machte es sich neben ihr gemütlich.

Die raue Schale

Am späten Nachmittag ballten sich die Wolken über ihren Köpfen zusammen wie dunkle Fäuste – wenig später begann es zu regnen. Als tröpfelte es Säure, bedeckte sich die Hure eilig mit einem Überwurf aus gewachstem Stoff aus einem ihrer Kleidersäcke, dabei wusch die sich doch sonst bei jeder Gelegenheit.

Brocken musste sich neben die Hübschlerin setzen, da er nun kein Pferd mehr hatte, auf dem er reiten konnte. Wenigstens ging es mit Gaul und Diego vorm Karren jetzt schneller voran.

Von Regen zu Wurm war es nicht weit, schon drehte sich Schmalhans zu ihm um. »Gibst du mir bitte mal das Glas, Brocken? Ich möchte nach Borsti schauen.«

Der alte Söldner dachte gar nicht daran. Er war Feldmarschall und kein Handlanger. Dafür erfüllte die Hure Schmalhans den Wunsch, das war sie wohl gewohnt. Sie reichte ihm den Behälter und äugte dabei misstrauisch ins Glas. Der Wurm und die Hübschlerin waren noch nicht so richtig miteinander warm geworden.

»Danke, Dana. Borsti schleicht gern durchs nasse Gras«, behauptete Raffael. »Beim nächsten Halt setz ich ihn auf den Boden.« Er öffnete den Behälter und nahm den Wurm heraus.

Mit einer gehörigen Portion Grauen beobachtete Dana das Kriechtier in Raffaels Händen, als handele es sich um einen tollwütigen Blutegel mit langen Eckzähnen. Zugegeben, der Wurm war grottenhässlich, doch die Hure konnte sich auch anstellen.

»Das ist kein gefährlicher Wildwurm mehr, Raffael hat ihn gezähmt«, kommentierte Wieland ihren Blick. »Und der beißt nur, wenn man auf ihn tritt.« Er zwinkerte ihr zu.

Dieser Zuspruch beruhigte sie ein wenig. Dankbar nickte sie Bimsbirne zu und erklärte: »Eigentlich mag ich Haustiere gern. Wir hatten früher auf unserem Hof Enten, Hühner, Hunde, Ziegen, Schweine und Katzen. Am liebsten mochte ich die Ferkelchen, die waren niedlich. Und Pferde hatten wir auch, die hätte ich fast vergessen. Drei an der Zahl – Pucki, Mucki und Hacki.«

»Ach was!«, machte Brocken.

Das schien sie nur anzuspornen. »Und ich habe immer die Fische im nahegelegenen Teich mit alten Brotkrumen gefüttert. Sobald sie meinen Schatten sahen, kamen sie auch schon angeschwommen.« Bei der Erinnerung an dieses unglaubliche Abenteuer drehte sie ihre Haare gleich um beide Zeigefinger. Ob daher die Locken kamen? »Ich muss damals sieben oder acht Jahre alt gewesen sein. Mein Spiegelbild im Teich sah scheußlich aus – viel zu dünn und noch kein bisschen fraulich.«

»Ach was!«, machte Brocken.

Die Schwätzerin schwelgte schwer in der Vergangenheit: »Ich hatte damals eine Freundin, Annegret hieß sie. Sie war keine zwei Jahre älter als ich und besaß schon auffällig weibliche Rundungen. Ich war ganz neidisch, da ich bemerkte, wie die Jungs begannen, ihr hinterherzublicken.«

Brocken fragte: »Hat dir eigentlich mal jemand gesagt, wie unfassbar toll es ist, dass du sogar abends noch so viel zu erzählen hast?«

»Nein, noch nie«, antwortete sie freudig.

»Siehst du.«

»Hihi«, machte Wieland, hielt sich dann aber ganz schnell die Hand vor den Mund, während er starr nach vorn guckte.

Schmalhans, der langweilige Weltverbesserer und Freund aller Freunde und Freundesfreunde, warf ihm einen vorwurfsvollen Das-war-aber-gemein-Blick zu. Und was tat die Hure?

Dana lachte nur hell und freundlich. »Du bist unverbesserlich, Brocken. Wenn ich zu viel rede, dann sag es mir doch direkt.«

»Was ist an *Halt's Maul, Hure* indirekt?«

»Stimmt!« Sie lachte wieder. »Weißt du was?«

»Lieber nicht«, knurrte er.

Sie atmete tief ein. So ein weibliches, weitererzählendes, weismachendes Monolog-Luftholen. »Weißt du was, Brocken? Ich glaube, du bist gar nicht so schlimm, wie du immer tust. Du versteckst dich hinter deiner Griesgrämigkeit und deiner rauen Schale. Ich bin sicher, im Grunde bist du ein feiner Kerl, der stets für seine Freunde da ist, wenn es darauf ankommt.«

Der alte Söldner fasste es nicht. Was redete die Frau nur für einen Schwachsinn daher? Er stöhnte, so wie damals, als ihn vor fünfzehn Jahren bei der Schlacht im Greifental der

Armbrustbolzen am Oberschenkel erwischt hatte. Sein Unterkiefer mahlte. Sollte er sie ohnmächtig schlagen, damit sie endlich Ruhe gab?

Schmalhans, Bimsbirne, Diego, Gaul und Borsti gaben keinen Mucks von sich, wobei Brocken sie förmlich horchen hörte. Selbst der Wurm schaute aus seinem Erdloch und drehte seine Ohren nach hinten, um bloß kein Wort zu verpassen.

Die Hure interpretierte das allgemeine Schweigen als Zustimmung und Ansporn, weiterzuquatschen. »Ich glaube, du brauchst eine Frau, die sich um dich kümmert. Traute Zweisamkeit für den Lebensabend, das stelle ich mir wunderschön vor. Du warst doch bestimmt schon mal verliebt, Brocken?«

Nun drehten sich die beiden Bocksitzer um und sahen ihn erwartungsvoll an, hüteten sich jedoch davor, auch nur einen Ton zu sagen oder zu grinsen. Wobei er es bei Bimsbirne nicht erkennen konnte, da der sich immer noch die flache Hand vor den Mund hielt.

Die Hübschlerin ließ sich nicht stören – sie dachte gar nicht daran. »Ich weiß, es ist nicht leicht, die richtige Frau zu finden. Und zugegeben, ich kenne mich besser mit Männern aus, doch wir …«

Donnerschlag! Brockens Blut wurde warm. Noch einen Satz und er würde sich in einen Berserker verwandeln. Er beugte sich vor, griff nach dem erstbesten von Danas Kleidersäcken und warf ihn in hohem Bogen vom Wagen direkt in einen Brombeerstrauch.

Die Hure sprang auf. »NEIN! Was hast du getan? Sofort

stehen bleiben! Da war mein Lieblingskleid drin.«

»Reg dich ab! Das ist es immer noch«, beteuerte Brocken.

»Du … du bist ein Ungeheuer!«

»Aber nur äußerlich«, stellte der alte Söldner klar.

Vorn ertönte ein gepresstes Geräusch hinter einer vorgehaltenen bimsbirnigen Hand. Es klang wie *Mimi*.

Die Hure schien zu überlegen. Sollte sie dem alten Söldner an den Hals oder vom Pferdewagen springen und ihren Kleidersack holen? »Du bist ein Idiot! Ihr beide da vorne, bremst sofort den Karren!«, fauchte sie.

Der alte Söldner sagte: »Du hast es ja selbst erfunden, Diego. Wenn du anhältst, droht Gefahr. Also lauf schön weiter. Und Schmalhans, komm nicht auf den Gedanken, die Zügel anzuziehen, sondern lass die Pferdchen traben, sonst dreh ich dir den Hals um.«

Danas Blick war immer noch auf den Brombeerstrauch geheftet. »Ihr wartet doch auf mich, wenn ich meine Sachen hole?« Eine untrügliche Unsicherheit schwang in ihrem Ton mit.

»Ich denke, das solltest du mit Brocken klären«, meinte Raffael. »Ich glaube, der ist gar nicht so schlimm, wie er immer tut.«

Wieland erhöhte den Druck auf seinen Mund – seine Finger leuchteten weiß wie Milch.

Jetzt brauste die Hübschlerin aber so richtig auf. »Ihr seid alle drei Widerlinge. Hässliche, stinkende Gesellen, die keine Ahnung von den schönen Dingen auf der Welt haben. Albern, unreif, nicht fähig zu einem Gespräch unter erwachsenen Leuten. Und mit so etwas verschwende ich meine Lebenszeit.« Sie pustete sich eine Locke aus dem Gesicht und setzte sich wieder hin.

Brocken nickte zustimmend. Endlich gab sie etwas Brauchbares von sich. Obgleich sie sich auch etwas kürzer hätte fassen können.

»Ach, was rede ich.« Mit leicht errötetem Gesicht blickte sie ihn an und runzelte die Stirn.

Brocken sah genauer hin. Dabei erzeugte sie nicht eine einzige Falte. Wie schaffte die Hübschlerin das nur? Er nahm die Arme hinter den Kopf, lehnte sich gemütlich zurück und genoss die herrliche Ruhe in diesem Moment. Die beiden unreifen, stinkenden Widerlinge auf dem Bock hatten sich wieder in Fahrtrichtung umgedreht.

Für eine Frau beruhigte sich die Hübschlerin erstaunlich schnell. Nach einem letzten schroffen Blick hob sie die Nase und meinte: »Na gut. Dann sind die Kleider eben weg. Ich habe meine Lektion gelernt.« Sie kreuzte die Arme vor der Brust und schwieg konzentriert.

Brocken dachte gar nicht daran, sie zu unterbrechen.

Die Wolkendecke lockerte etwas auf, und es hörte auf zu regnen, doch es blieb dunkel, da die Abenddämmerung einsetzte.

»Gleich erreichen wir die ersten Ausläufer des Düsterwaldes«, erklärte Brocken. »Wir fahren nur noch ein kurzes Stück.«

»Gute Idee. Für seinen ersten Dienst vor dem Pferdekarren hat Gaul heute genug geleistet«, befand Raffael. »Und Diego, du warst ein prima Vorbild.«

»Ja, alles ganz toll!«, grantelte Brocken, stellte sich aufrecht hin und ließ seinen Blick schweifen. »Dort hinten schlagen wir unser Nachtlager auf. Jeder weiß, was er zu tun hat.«

Die Aufgabenverteilung blieb die gleiche, dahingehend waren sie eingespielt. Nachdem Raffael die Tiere versorgt hatte – diesmal führte er den dämlichen Wurm besonders lange aus – und dank Bimsbirne und der Hübschlerin nun ein kleines Lagerfeuer in ihrer Mitte knisterte, löffelten sie eine dicke Gemüsesuppe. Danach schnappte sich der Langfinger den Folianten und studierte mit beseelter Miene, wie er das reparieren konnte, was Männer wie Brocken anrichteten. Demnach konnte Schmalhans froh sein, dass es Söldner wie ihn gab.

Wie immer bei solchen Gelegenheiten übten Wieland und Brocken den Zweikampf. Der junge Kerl wurde immer besser, gestand sich der alte Söldner ein. Sein Talent gepaart mit Schnelligkeit und Instinkt ließ ihn zu einem gefährlichen Gegner werden. Das flinke Rapier in der linken Hand sowie sein stählerner Wille forderte Brocken allerhöchste Konzentration ab. Bimsbirne hatte nur eine entscheidende Schwäche: Er war zu gut für diese Welt. Oder die Welt zu schlecht für ihn. Eins von beidem würde ihm einen frühen Tod bescheren.

So erfüllt jeder seine Aufgabe, dachte der alte Söldner und ertappte sich zum ersten Mal bei dem Gedanken, dass es nicht nur Nachteile hatte, in fester Gesellschaft zu reisen.

Die Hure war seit dem herben Verlust des Kleidersacks weniger gesprächig, ansonsten benahm sie sich wie immer.

Ihre Reaktion überraschte Brocken, er hatte mit mindestens einer Woche faltenlosem Schmollmund und Schmollblick gerechnet.

Inzwischen war es stockdunkel geworden, dicke Wolken verdeckten Mond und Sterne. Bis auf die Glut des Feuers und Raffaels Leselaterne gab es keine Lichtquelle.

»Beim Lesen habe ich mich verbessert, dennoch gibt es eine Menge Wörter, die mir zum ersten Mal in meinem Leben begegnen«, meinte Raffael.

Brocken verkniff sich einen Kommentar – ihm fielen eine Menge Dinge ein, die Schmalhans sicherlich noch nie gehört hatte.

»Hast du immer noch Schwierigkeiten mit dem W und dem M?«, fragte Bimsbirne.

»Ich glaube nicht.«

Brocken atmete auf. »Dann verwechselst du also nicht mehr Wut mit Mut?«

»Wie kommst du denn darauf?«

»Wer ist nur mit Bimsbirne im Arm wie ein Verrückter auf eine Armee Strauchritter zugestürmt?«

»Ich gebe dir recht. Da habe ich einen Fehler gemacht.«

Flaute – damit nahm er Brocken sämtlichen Wind aus den Segeln. Er ließ das Thema ruhen und fragte: »Welche Erkenntnisse hast du denn bisher aus der *Chirurgia Magna* geschöpft?«

»Fragst du aus ehrlichem Interesse oder um dich lustig zu machen?«

»Antworte zuerst, dann entscheide ich.«

»Theodanis hält wenig von den Lehren der vier Körpersäfte Blut, Gelbgalle, Schwarzgalle und Weißschleim, die unbedingt im Gleichgewicht gehalten werden sollen. Dennoch ist er der Meinung, dass eine Beschau der Körpersekrete und Flüssigkeiten Aufschluss über die Art der Krankheit gibt. Somit gehört die Untersuchung von Blut, Harn, Stuhl und Schweiß zu einer gewissenhaften Diagnose.«

»Hm!«, brummte Brocken.

»Im Grunde dreht sich eine Vielzahl der Theorien ums Blut, den Lebenssaft, der den ganzen Körper versorgt. Das Herz ist das Zentrum. Es gibt Adern, Arterien genannt, in denen das Blut vom Herzen weg fließt, und die Venen leiten es wieder dorthin zurück.«

»›Hör auf dein Herz‹, hat meine Mutter immer gesagt«, erklärte Bimsbirne, der mit übereinandergeschlagenen Beinen Raffael gegenübersaß. Nachdenklich kratzte er sich am Hals, indem er den Zeigefinger durch seinen Ohrring steckte.

Gleich fängt der an wie die Hübschlerin, befürchtete Brocken.

»Interessant sind auch die Thesen bezüglich der Übertragung von Krankheiten wie Pocken, Syphilis, Milzbrand, Pest und Antoniusfeuer. Winzig kleine Käferchen sollen die Ursache dafür sein.«

»Wie Marienkäfer?«, fragte Wieland.

»Nein, viel, viel kleiner. Wir können sie mit dem bloßen Auge gar nicht sehen.«

»Blödsinn!«, kommentierte Brocken. »Was ich nicht sehe, glaube ich auch nicht.«

»Jedenfalls ist Sauberkeit ganz wichtig. Das können die

kleinen Käfer überhaupt nicht leiden.«

»Genau wie Brocki«, meinte Wieland.

»Hihi«, machte die Hübschlerin.

»Käferchen hin, Käferchen her. Wer von euch Arschgeigen ist sechzig Jahre geworden?«, murrte Brocken ins Dunkle.

»Um dich machen sogar die kleinen Käferchen einen Bogen«, erklärte Schmalhans. »Wie Meister Balindar immer sagte: ›Sauberkeit ist oberstes Gebot im Lazarett‹. Warum, wusste er nicht so genau, das hatte ihn die Erfahrung gelehrt. Ich denke aber schon, dass die Käferchen gefährliche Krankheiten übertragen können.« Schmalhans pochte auf den Folianten. »Hier sind noch etliche Erkenntnisse mehr aufgeführt. Stellt euch vor, auch die Atmung bildet einen Kreislauf. Gute Luft rein, verbrauchte Luft wieder raus. Und nicht zu vergessen, die Verdauung. Diesbezüglich bestätigt Theodanis genau das, was mir Medikus Balindar erklärt hat: Der Verdauungsapparat besteht aus einem zwölf Meter langen Schlauch vom Mund bis zum Anus, mit vielen Windungen in der Bauchgegend. Es gibt eine Zeichnung mit Speiseröhre, Magen, Leber, Dünndarm und Dickdarm.«

»Oben rein, unten raus. Klingt logisch«, meinte Wieland.

»Es ist faszinierend.« Raffaels Augen leuchteten im Dunkeln wie die einer Katze auf der Nachtpirsch. »Ich will begreifen, wie das alles funktioniert, wie die Organe zusammenarbeiten. Danke nochmal für den Folianten, Brocken.«

»Vielleicht ist dies Teil deiner Aufgabe«, meinte der alte Söldner. Nach diesen Worten spürte er die Blicke der

Gefährten auf sich. »Ich nehme Leben, du gibst Leben. Ohne dich wäre Bimsbirne jedenfalls mausetot. Und wer weiß, wie viele du im Lazarett noch gerettet hast.«

Alle schwiegen.

Brocken räusperte sich grunzend. Was gab er hier für einen Stuss von sich? Gleich würde er berichten, dass er vor über einem halben Jahrhundert sein erstes Pferdchen *Schrecke* getauft hatte. Dazu wieherten auf einmal Pucki, Mucki und Hacki in seinem Schädel. Er rückte den Schaller zurecht und verkündete: »Schlafenszeit. Ich übernehme die erste Wache.« Der alte Söldner erhob sich.

Bis auf gelegentliche Schnarchgeräusche, vornehmlich von Wieland, herrschte Ruhe um ihn herum. Stille, die nur von der Natur unterbrochen wurde. Brocken genoss seine Wache. Er drehte eine kleine Runde um das Nachtlager, wobei ihm zum ersten Mal bewusst wurde, dass sich zwischen den beiden Pferden eine echte Freundschaft entwickelt hatte. Sie standen gern beieinander und betrieben oftmals gegenseitige Fellpflege. Wenn eines sich zum Schlafen hinlegte, blieb das andere meistens stehen und hielt Wache. Zudem bewegten sie sich gern parallel zueinander, was beim Karrenziehen von großem Vorteil war. Dabei war Gaul sonst immer ein sturer Einzelgänger gewesen.

Ein paar Fledermäuse jagten Insekten. Brocken konnte diese Tiere nicht leiden – fliegende Betrüger, die so taten, als wären sie Vögel und sich bei Tag in Höhlen versteckten. Nicht einmal singen konnten sie. Wofür die gut waren, verstand er nicht. Genau wie die kleinen Käferchen, von denen Schmalhans berichtet hatte. Aber Brocken wollte die Welt gar nicht begreifen, das hatte er in jungen Jahren bereits aufgegeben. Augenblicklich beschäftigten ihn seine drei verrückten Begleiter über Gebühr.

Gegen Mitternacht weckte er Bimsbirne. Der bedankte sich auch noch jedes Mal, wenn er sich erinnerte, dass er *nichts* vergessen hatte. Wortlos tauschten sie die Plätze.

Brocken ließ sich auf seine Schlafrolle fallen und streckte die Beine aus.

Beim ersten Morgenlicht brachen sie auf und fuhren auf eine gigantische grüne Mauer zu. Die hohen, belaubten Bäume erinnerten an ein Gebirge. Von Weitem sah die Einfahrt in den Düsterwald aus wie ein Mauseloch.

Wenig später verschluckte sie das Gehölz. Die dichtbelaubten Wipfel stahlen einen Großteil des Tageslichts, doch Brocken genoss die frische Kühle, das tiefe Grün, den Geruch nach Erde sowie das unentwegte Vogelgezwitscher.

Der Vormittag verlief ereignislos. Im Grunde holperten sie mit dem Pferdekarren über einen schmalen Waldweg, für den vor mindestens einem Jahrhundert der ein oder andere Baum gefällt worden war. Voran kamen sie nur in behutsamem Schritttempo, was jedoch ideal war, um Gaul endgültig an das Geschirr zu gewöhnen. Bimsbirne und Wieland mussten sich einige Male flach hinlegen, um nicht von tiefhängenden Zweigen vom Bock gefegt zu werden. Die Hure hielt die Klappe, sodass kein weiterer Kleidersack den Weg ins Grün fand.

Brocken verfiel ins Grübeln. Was kam nach dem Düsterwald? Morgen müssten sie die Grafschaft erreichen, in der sein Unglück begonnen hatte und die Gordonen ihr Ende gefunden hatten. Ein verhasster Ort, den er in den letzten fünfzig Jahren nur ein einziges Mal aufgesucht hatte. Die Lage dieses verfluchten Friedhofs zwang ihn, sich den damaligen Geschehnissen zu stellen – in unvermeidlichen, unnützen Erinnerungen zu wühlen. Nichts weiter als Ballast der Seele und Pestbeulen des Geistes. Geballter Schwachsinn, sich mit der unverrückbaren Vergangenheit zu beschäftigen, zumal diese vor allem eins war: vorbei! Und banal. Eine wie auch immer gestaltete Vergangenheit hatte jeder Mensch, tot oder lebendig. Irgendwo im Hintergrund krächzte ein Eichelhäher. Doch wie sah es mit der Zukunft aus? Die gab es wesentlich seltener. Und nicht bloß aus diesem Grund richtete Brocken sein Augenmerk lieber auf die Zukunft. Schlussendlich würde dort seine Rache stattfinden. Und nur die Zukunft konnte jeden Augenblick ihr jähes Ende finden. Eine zwielichtige, nebelige, unsichere Angelegenheit. Seine Zukunft würde sich spätestens dann offenbaren, wenn er der Hexe Aglaja gegenüberstand.

»Was ist los, Diego?«, fragte Schmalhans.

Brocken fuhr hoch. Das Pferd legte die Ohren an und versuchte tänzelnd stehenzubleiben, während Gaul den Karren weiterzog. Dann erkannte Brockens Reittier, was sein Freund neben ihm beabsichtigte, und hielt ebenfalls an. Ein Pfeil schlug in den Kleidersack direkt neben dem alten Söldner ein, ein weiteres Geschoss zischte zwischen Raffaels und Wielands Köpfen hindurch.

Etwa fünfzehn Pferdelängen in Fahrtrichtung lag ein

Baum quer über dem Weg.

Donnerschlag, alter Mann!, schimpfte Brocken mit sich selbst. Du warst so in Gedanken versunken, dass du den Hinterhalt nicht bemerkt hast – trotz Warnschreis des Eichelhähers.

Brocken ergriff den Bidenhänder.

»Das würde ich nicht tun«, rief eine Stimme laut und deutlich.

Mindestens zwanzig Bogenmänner rund herum gaben sich zu erkennen. Gut getarnt in grün-brauner Lederkleidung saßen sie im Dickicht und auf dicken Ästen in den Bäumen oder verbargen den Körper hinter Stämmen. Jeder von ihnen hielt einen gespannten Bogen in den Händen, sodass eine Menge spitzer Pfeile auf ihre Köpfe zielten.

Wegelagerer, ungewöhnlich gut organisiert, mit dem Überraschungsmoment der auf ihrer Seite. In dieser Konstellation hätte auch eine dreißigköpfige Militärtruppe keine Chance.

Erschrocken hoben Wieland und Raffael ihre Hände in die Höhe. Ein Mann, offensichtlich der Anführer, trat aus dem Gehölz. Nun stand er auf dem Weg im Weg. »Willkommen in unserem Wald, Reisende. Wir wollen euer Geld, eure Pferde, eure Waffen und eure Kleider.«

Brocken musterte den Kerl. Dichte Augenbrauen und ein schwarzer Backenbart ließen ihn finster aussehen. Seine Lederrüstung war zwar abgewetzt, jedoch gut gepflegt. Nur ein Schwert baumelte an seinem Gurt, sonst war er unbewaffnet. Er wirkte nahezu emotionslos, was ihn noch gefährlicher machte.

»Was bleibt uns dann noch?«, fragte Brocken.

»Der Karren. Ach ja, und euer Leben«, grinste der Anführer ohne jede Freude.

»Und ich soll dann den Wagen nackt ziehen? Klingt nicht gerade verlockend.«

»Du hast recht. Den Schaller, so einen alten Topf habe ich lange nicht mehr gesehen, darfst du aufbehalten. Und jetzt gibt es nichts mehr zu verhandeln.«

Brocken überlegte laut: »Kommt nicht infrage, das ist kein guter Tausch. Ich fühle mich dabei übervorteilt.«

»Verstehe – du wählst die blutige Variante. Bevor wir euch töten, nur eine Frage: Haben wir mit einem von euch die Chance auf ein großzügiges Lösegeld?«

Die Hure zu Brockens Füßen machte sich ganz klein. Zweifelsohne, die Brandmarks wären sicherlich bereit, eine erkleckliche Summe für ihre Auslieferung zu bezahlen.

Mit wenigen Blicken schätzte der alte Söldner die Situation ein, wodurch sie nicht besser wurde. Diese Strolche waren keine Anfänger. Bevor er nur eine Handvoll von ihnen erwischte, würde eine Pfeilwolke auf sie niedergehen, die keiner überleben konnte. Durch Unachtsamkeit hatte er seine Gefährten mitten in dieses tödliche Räubernest geführt.

Brocken knurrte: »Ja, in der Tat haben wir einen kostbaren Gast. Wir liefern ihn dir aus, wenn ihr uns dann weiterziehen lasst.«

Die Hübschlerin begann zu zittern. Sie malte sich wohl aus, wie viel Spaß sie mit dieser Männerhorde im Wald haben würde.

»Ach ja? Und wer von euch vieren soll der Glückliche sein?«

»Eine Berühmtheit. Ich denke, du hast schon von der Person gehört. Ich sage dir mehr, sobald ich dein Wort habe, dass den anderen nichts geschieht.«

Der Anführer breitete die Arme aus wie ein Priester, der die Dorfgemeinde segnet. »Ich bin ein Ehrenmann. Also mein Wort darauf.«

Raffael flüsterte: »Das kannst du doch nicht machen, Brocken. Außerdem lügt der. Die töten uns so oder so.«

Der alte Söldner musste Zeit gewinnen und näher an den Anführer herankommen. Auch er rechnete keinen Herzschlag lang damit, dass die Schnapphähne sie ziehen lassen würden – egal, was er ihnen anbot.

Wenn sie schießen, ist es vorbei, überlegte Brocken.

Selbst wenn er nach den ersten Pfeileinschlägen zum Berserker würde, die Gefährten wären zu dem Zeitpunkt bereits tot. Es würde ihm erspart bleiben, darüber nachzudenken, was der Verlust seiner Begleiter bedeutete, denn diesmal würde auch er trotz Blutrausches nicht davonkommen – dafür waren es zu viele.

Ein weißer Rabe ließ sich auf dem Rand der Ladefläche nieder und begann, sein Gefieder zu putzen.

Kein guter Zeitpunkt, Korr, dachte Brocken. Helfen kannst auch du nicht, es sei denn, du hast tausende Kollegen mitgebracht.

So sah es nicht aus, der Vogel kam allein.

Die Hure sah ihn mit angstverzerrtem Gesicht an. Was war das? Brocken konnte nicht anders, er musste genauer hinsehen. Eine Falte zog sich quer über ihre Stirn. Mehr Zeit, um dieses Phänomen angemessen zu würdigen, hatte er beim besten Willen nicht.

Brocken ließ den Bidenhänder fallen. »Ich bin derjenige. Es gibt mindestens zwei Grafen und drei Herzöge, die mich gerne hinrichten lassen würden. Mit Sicherheit sind die bereit, eine beträchtliche Menge Gold locker zu machen.«

»Kaum zu glauben. Und was bist du für ein Wunderknabe?«

»Die meisten nennen mich Brocken.«

Das Flüstern rund herum klang wie Blätterrascheln.

Einige Stimmen waren zu verstehen. »Das könnte er wahrhaftig sein.«

»Ich dachte, der ist tot.«

»Blödsinn, der soll doch noch vor Kurzem für Garsick gekämpft haben.«

»Ich habe gehört, mit dem hätte der Graf sich überworfen.«

»Der hat das Nebelmoor überlebt – als Einziger.«

»Hehe, jedenfalls kriegen wir für ihn einen Haufen Lösegeld.«

Brocken hob beide Hände. »Also, abgemacht? Ich komme zu euch, die anderen fahren weiter.«

Der Anführer lachte. »Was für ein Brocken ist uns da ins Netz gegangen? Männer, er ist es. Das Alter, der Helm, das weiße Haar und die Größe. Asche auf mein Haupt, dass ich ihn nicht direkt erkannt habe!«

»Akzeptiere meinen Vorschlag, dann ergebe ich mich«, sagte der alte Söldner.

Das Lachen gewann an Schmutzigkeit. »Oho, mein Guter. Garsick hat hundert Goldstücke auf deinen Kopf ausgesetzt. Also reicht ihm dein hässlicher Schädel. Männer, wir müssen diesen alten Sack nicht durchfüttern, nicht fesseln und bewachen, sondern nur köpfen. Und dann das Gold kassieren. Fette Beute!«

Jubel brach aus – all die fröhlichen Menschen wärmten Brocken das Herz. Und in einer Sache hatte der Oberschurke recht, zumindest theoretisch, denn ob Garsick tatsächlich das Gold rausrücken würde, blieb dahingestellt.

»Machen wir sie endlich kalt«, rief einer der Bogenschützen im Baum vor ihnen.

Totenstille erfasste den Wald. Die Hure ruderte verzweifelt mit einem Arm, Brockens Augenwinkel erfasste etwas Weißes, das zu Boden schwebte.

Er wollte vom Wagen hechten und sich in den Kampf stürzen, doch es war zu spät. Ohne eine weitere Warnung rief der Anführer: »Tötet sie. Schießt! Alle schießen!«

Die Sehnen surrten und dutzende Pfeile von allen Seiten zischten auf sie zu.

Vergessene Legenden

Raffaels Herz raste. Die Verzweiflung schnürte ihm den Hals zu. Die Wegelagerer würden sie töten, da machte er sich nichts vor, denn er spürte die Brutalität und Skrupellosigkeit ihres Anführers.

Letzterer lachte schäbig, nachdem der alte Söldner sich zu erkennen gegeben hatte. »Was für ein dicker Brocken ist uns da ins Netz gegangen? Männer, er ist es. Das Alter, der Helm, das weiße Haar und die Größe. Asche auf mein Haupt, dass ich ihn nicht direkt erkannt habe.«

»Akzeptiere meinen Vorschlag, dann ergebe ich mich«, sagte Brocken, der hinter Raffael auf der Ladefläche stand.

Der Mistkerl frohlockte: »Oho, mein Guter. Garsick hat hundert Goldstücke auf deinen Kopf ausgesetzt. Also reicht ihm dein hässlicher Schädel. Männer, wir müssen diesen alten Sack nicht durchfüttern, nicht fesseln und bewachen, sondern nur köpfen. Und dann das Gold kassieren. Fette Beute!«

Die Wegelagerer jubelten.

»Machen wir sie endlich kalt«, rief einer der Bogenschützen im Baum vor ihnen.

Totenstille erfasste den Wald. Selbst die Bäume hielten den Atem an.

Raffaels Angst überschlug sich. Wehrlos auf dem Karren gaben sie erstklassige Zielscheiben ab. So konnte es nicht zu Ende gehen.

Laut und deutlich und unmissverständlich hallte die Stimme des Anführers durch den Wald: »Tötet sie. Schießt! Alle schießen!«

Reflexartig hielt Raffael schützend die Arme vors Gesicht und kniff die Augen zu. Eine lächerliche Aktion, als ob dies gegen die Wucht der Metallspitzen nützen würde. Die Pfeile aus allen Richtungen würden ihn in ein blutiges Nadelkissen verwandeln. Um ihn herum hörte er Sehnen surren. Der Gaukler glaubte, die Einschläge der todbringenden Geschosse zu spüren. Ein trockenes Plock nach dem anderen. Er biss sich auf die Lippen. Dieser Schmerz! Dieser unerträgliche Schmerz, wenn sich die Metallspitzen tief ins Fleisch bohrten und die lebenswichtigen Organe zerfetzten. Er dachte an die Innereien des Wildschweines, die er so akribisch untersucht hatte. Und wofür? Um kurze Zeit später einen solch profanen Tod zu erleiden. Schmerz? Genau, wo blieb der Schmerz? Er warf Gedanken und Einbildung über Bord so wie Brocken Danas Kleidersack. Tatsache war, er spürte nichts. Raffael riss die Augen wieder auf. In seiner Panik hatte er die Tränen ganz vergessen, so sah er deutlich, was geschah, konnte es jedoch nicht glauben. Aus allen Himmelsrichtungen flogen nach wie vor Stahlspitzen auf sie zu. Plock, plock, plock – Raffael drehte den Kopf. Die Pfeile von links fielen kurz vor dem Karren auf den Boden, die von vorn erreichten nicht einmal die Pferde. Sie prallten einfach ab. Doch woran? Auch die Geschosse von schräg oben und von der anderen Seite drangen nicht zu ihnen durch. Mit pochendem Herzen versuchte der Gaukler zu begreifen, was er sah. Ohne Erfolg. Lautes Fluchen ertönte. Rundherum plockte es weiter. Die Pfeile trafen auf einen festen Widerstand, ganz so, als prallten sie auf einen Stahlschild, wenngleich es einen solchen nicht gab. Nichts als Luft, und die bot erfahrungsgemäß nicht die beste Deckung. Dennoch, eine unsichtbare Barriere schützte sie wie eine imaginäre Glocke aus Glas.

Brocken hinter ihm reagierte sofort, während der Gaukler vor Schreck und Erstaunen noch unfähig war, sich zu bewegen. Erst handeln, dann wundern, lautete die Devise des kampferprobten alten Söldners. Brocken hielt nun seinerseits den Bogen in der Hand und schoss in hoher Geschwindigkeit drei Pfeile ab. Das charakteristische unheilvolle Heulen ertönte. Raffael blinzelte hinterher. Das erste Geschoss holte einen Mann schräg über ihm vom Baum. Krachend fiel dieser in einen Busch; das zweite erwischte einen Kopf hinter einem Stamm, und das dritte drang in den Hals eines Feindes, der im Dickicht hockte. Wie konnte jemand nur so mit dem Bogen schießen? Doch das noch größere Wunder war der unsichtbare Schutzwall, der keine Pfeile herein-, die eigenen jedoch hinausließ.

Wieland reagierte ähnlich schnell wie Brocken. Mit einem Satz sprang er vom Bock. Bevor seine Füße den Boden berührten, hielt er schon sein Rapier in der Hand und stürzte dem Anführer entgegen. Erst jetzt sah Raffael, dass der Mann mit gezücktem Schwert auf die Pferde zuschritt. Mühelos durchbrach er die unsichtbare Barriere, während ein Pfeil fünf Handbreit neben ihm abprallte. Beide Männer liefen aufeinander zu, die Waffen bereit zum tödlichen Stoß. Das kalte Klirren von Metall auf Metall hallte durch den Wald. Der Anführer war nicht zufällig der Anführer, geschickt parierte er Wielands Schläge. Brocken hatte genug mit seinem Bogen zu tun, er versendete einen tödlichen Boten nach dem anderen. Endlich schüttelte Raffael seine Starre ab und sprang ebenfalls vom Karren. Er musste Wieland helfen. Mit Wutgeheul rannte er auf die beiden Schwertkämpfer zu. Hatte er nicht etwas vergessen? Genau, eine Waffe. Keine gute Idee, sich mit bloßen Händen in einen Schwertkampf zu stürzen.

Wieland wirbelte herum, täuschte einen Stoß nach unten an, machte dabei einen Schritt vor, einen zur Seite und wieder zurück. Seine Füße schienen das Laub kaum zu berühren. Sein Gegner sah für einen winzigen Augenblick zum heranstürmenden Raffael – genau dieser reichte Wieland, um eine neue Finte anzusetzen. Eine Schlagfolge, die er immer wieder mit Brocken geübt hatte, erkannte der Gaukler. Schräg über dem Kopf holte Wieland aus und schlug mit halber Kraft in Richtung Hals. Ein riskantes Manöver, da er in diesem Moment seine ungeschützte Brust als Angriffsfläche bot. Der Anführer reagierte auf den Angriff, doch so, als wisse er genau, was sein Gegner plante. Eher verhalten parierte er den Schlag mit einer Bewegung von unten nach oben und legte dann seine Kraft in eine blitzartige Riposte, indem er seine Klinge in Richtung der Brust des Feindes stieß. Alles geschah beinahe gleichzeitig. Wieland hatte sich mit seinem Angriff zur Seite bewegt, sodass die Schwertklinge ihn um Haaresbreite verfehlte. Sein Rapier wirbelte noch schneller vor und drehte sich tief in den einzigen Bereich des Oberkörpers seines Gegners, der nicht durch gehärtete Lederplatten geschützt war – die Achsel des vorgestreckten Schwertarms. Mit einem Aufschrei schaffte es der Anführer, die Schwerthand zu wechseln, und dieser Augenblick reichte Wieland. Wie ein riesiger Stachel bohrte sich das Rapier senkrecht durch die lederne Brustrüstung direkt ins Herz. Während der Mann zusammenbrach, zog Wieland die Klinge aus dem Körper und zischte: »Zurück zum Wagen.«

Nach wie vor schoss Brocken mit seinem Bogen in alle Richtungen; die Pfeifgeräusche spielten ein tödliches Lied dazu. Am Wagen angekommen, bemerkte der Gaukler mit Sorge, dass der Vorrat an Pfeilen beinahe aufgebraucht war. Wie ging es dann weiter? Offensichtlich konnten Menschen die Barriere durchbrechen, sodass die Wegelagerer auf sie einstürmen konnten. Seine Augen suchten nach einer brauchbaren Waffe im Wagen. Oh nein, Brocken zog den letzten Pfeil aus dem Köcher.

Konzentriert nockte der alte Söldner diesen ein, doch dann ließ er den Bogen sinken. »Der Rest flieht wie die Hasen«, stellte er mit Genugtuung fest.

Tatsächlich – Raffael sah nur noch ein paar sich schnellstens aus dem Staub machende Kehrseiten. Und Leichen.

Dana bibberte. »Sind … sie weg? Es tut mir leid, ich bin keine große Kämpferin.«

Brocken richtete seine Aufmerksamkeit wieder auf den Wald. »Lasst mich erst die Umgebung sichern.« Er nahm den

Bidenhänder und drehte in alle Richtungen spähend eine Runde um den Wagen. »Etwa zehn von ihnen haben überlebt und sind geflüchtet.«

»Ich hoffe, die holen keine Verstärkung«, meinte Wieland.

»Unwahrscheinlich.« Er starrte auf Dana hinunter, die immer noch zusammengekauert zwischen ihren beiden Kleidersäcken saß. »Was zum Teufel ist hier eben geschehen?«, grunzte er.

»Ich … weiß es nicht genau.«

»Dann halt ungenau«, forderte Brocken sie auf.

»Ich … glaube, es lag an dem Raben. Zumindest hatte ich diese Eingebung, als er mich angestarrt hat. Korr, wo bist du?« Verwirrt blickte sie sich um.

»Korr«, bestätigte der Vogel ihre Worte. Unschuldig putzte er sich auf einem Ast schräg über ihr das Gefieder.

»Was für eine Eingebung, Dana?«, hakte Raffael nach.

Sie stand auf und klopfte vorsichtig ihre Kleidung ab, als suche sie etwas Zerbrechliches. Dann starrte sie auf die Ladefläche, ließ sich wieder nieder, krabbelte hin und her und verschob ihre Kleidersäcke. »Nichts mehr zu finden. Sie ist weg.«

»Was ist weg, Hübschlerin?«, fragte Brocken mit erstaunlicher Geduld.

»Die kleine weiße Rabenfeder. Ich habe sie aus meiner Gürteltasche geholt und … in die Luft geworfen.«

Gedankenversunken mahlte Brocken mit dem Kiefer.

Der Gaukler schüttelte den Kopf. »Ich verstehe kein Wort.«

»Später.« Plötzlich hielt der alte Söldner ein Messer in der Hand. »Besser, wir verlassen diesen Platz so schnell wie möglich. Bimsbirne und ich kümmern uns um den Baum, der im Weg liegt. Mal sehen, ob wir es alleine schaffen oder die Pferde ausspannen müssen. Schmalhans, du sammelst meine Pfeile ein, und zwar ohne die Spitzen abzubrechen. Notfalls schneide sie hiermit aus dem Fleisch heraus. Wenn du Zweifel daran hegst, dass der Feind tot ist, vergiss den Pfeil und halte dich fern. Hübschlerin, du bleibst schön hübsch und bewegst dich nicht von der Stelle.«

Raffael nahm das Messer entgegen. Was für eine herausragende Aufgabe, doch er musste sich eingestehen, dass Brockens Pfeile ihnen einmal mehr den Hintern gerettet hatten. Mit verkniffener Miene marschierte er los und begann mit seinem blutigen Werk. Was sollte er tun, wenn plötzlich einer der getroffenen Banditen zum Leben erwachte, während er den Pfeil aus dessen Körper zog? Er merkte schnell, dass die Wahrscheinlichkeit unwahrscheinlich war. Wo Brockens dreikantige Pfeile einschlugen, blühte nichts mehr, Leben schon gar nicht.

»Hau ruck!«, erscholl es vom Waldweg, wo sich die beiden Männer gegen den querliegenden Baum stemmten. Zwar handelte es sich um eine junge Buche, deren Stamm noch nicht so dick war, gleichwohl für Normalsterbliche ein unmögliches Unterfangen. Doch was war schon normal, wenn Brocken Teil der Reisegesellschaft war? Mit dem Rücken stemmte sich der Söldner gegen den Baum, und Stück für Stück drehten die beiden ihn aus dem Weg, sodass der Wagen passieren konnte.

Neunzehn von Brockens Pfeilen konnte Raffael an sich nehmen. Vier davon musste er aus Köpfen oder Leibern herausschneiden, während er entsetzt mit den Zähnen knirschte. Gute Güte! Er wollte Menschen helfen, sie heilen, doch nicht alle machten hierbei mit. Sie überfielen lieber wehrlose Reisende im Wald und schossen sie ohne Skrupel nieder. Vermeintlich wehrlose Reisende – diesmal waren sie an die Falschen geraten. Über ihm hing ein verkrümmter Körper mit einem Kopfschuss im Baum. Da würde er nicht hochklettern.

Zeitgleich kehrten die drei zum Karren zurück. Wieland stieg auf den Bock und nahm die Leinen in die Hand. Raffael klopfte Gaul und Diego auf den Hals. Die ganze Zeit über waren die Pferde trotz der hektischen Kampfhandlungen ruhig geblieben.

Raffael setzte sich nach hinten zu Dana, während Brocken seine eingesammelten Pfeile im Köcher verstaute. Er ging neben dem Wagen her, bückte sich nach einem der feindlichen Geschosse und steckte es zu den anderen.

Ohne weiteren Zwischenfall verließen sie diesen unglückseligen Ort. So schnell wie es der schmale Weg zuließ, fuhren sie durch den Düsterwald, doch ein Ende kam nicht in Sicht. Sie redeten kaum, jeder starrte aufmerksam ins allseitige Grün, stets auf der Suche nach einer erneuten Bedrohung. Jedes harmlose Rascheln schreckte den Gaukler auf, doch die Gefahr durch Wegelagerer schien vorerst gebannt.

Spät am Abend, als die Dunkelheit die Gefährten vollends zu verschlucken drohte, verbreiterte sich der Weg und die Bäume schienen voneinander abzurücken.

Raffaels Laune verbesserte sich. Endlich ließen sie diesen düsteren Forst hinter sich, wobei Bäume, Büsche und Tiere ganz gewiss unschuldig waren. Wieder einmal hatte es erst den Menschen gebraucht, um diesen Ort zu verschandeln und zu einem solch schrecklichen Erlebnis zu machen.

»Dort hinten übernachten wir.« Brocken zeigte auf eine wenig bewachsene kleine Erhebung. »Heute gibt es kein Lagerfeuer. Kaut auf euren Trockenrationen rum.«

»Glaubst du, die Banditen rücken noch einmal mit Verstärkung an?«, fragte Wieland.

»Ich denke, dass sie nach diesem Erlebnis die Schnauze voll haben, dennoch will ich den Fehler nicht noch einmal machen und unachtsam sein.«

»Keiner von uns hat etwas von dem Hinterhalt bemerkt«, meinte Raffael.

»Ich hätte es aber merken müssen.« Brocken grunzte unwillig. Er ging mit sich selbst hart ins Gericht. Das erlebte der Gaukler zum ersten Mal, sonst tat der alte Söldner dies nur mit anderen.

Als sie die angegebene Stelle erreichten, kümmerte sich Raffael als Erstes um Diego und Gaul. Erfreulich, dass er sowohl diese Tradition als auch die Pferde noch pflegen konnte und nicht von Pfeilen durchbohrt im Wald verweste.

Zum Ausklang des unerfreulichen Tages saßen sie ohne Feuerstelle im Kreis zusammen und versuchten, die Ereignisse zu rekonstruieren.

»Als es richtig brenzlig wurde, tauchte Korr auf und hat

wohl was bei Dana ausgelöst«, meinte Raffael.

Brocken knurrte. »Richtig, er hatte nur Augen für die Rabenmutter. Deshalb bist du also auf den Gedanken gekommen, die Feder in die Luft zu werfen?«, fragte Brocken.

Dana nickte. »Schließlich stammt sie von ihm. Mir kam es so vor, als redete er mit mir.«

Die Falten auf Brockens Stirn vertieften sich um ein Vielfaches. »Was hat er gesagt? Korr?«

»Es klang wie: *Wirf die Feder.*« Selbst im fahlen Mondlicht erkannte Raffael, dass sie leicht errötete. »Ich … muss es mir eingebildet haben. Schließlich kommen Menschen im Angesicht des Todes auf die merkwürdigsten Gedanken. Ich bin immer noch verwirrt.«

Brocken drehte seinen Schaller ein Stück nach rechts. »Wie auch immer, heute hat uns ein Schildzauber den Arsch gerettet.«

»Schildzauber?« Raffael starrte den alten Söldner an.

»Gibt es hier ein Echo?«, meckerte Brocken. Dann fügte er in gemäßigterem Ton hinzu: »Ich habe davon in den alten Folianten der Bibliothek in Drachenbein gelesen. Diese Art von Magie taucht in den Vergessenen Legenden auf.«

»Vergessene Legenden? Nie davon gehört«, sagte Wieland.

Es war ihm anzusehen, Brocken ersparte den Gefährten den passenden oder auch unpassenden Kommentar. Stattdessen erklärte er: »Bis heute hielt ich es auch für ein Ammenmärchen, doch nun haben wir es erlebt. Eine magische Schutzglocke rettete unsere Leben.« Er drehte den feindlichen Pfeil in der Hand. Die Metallspitze war nur noch halb so lang und abgestumpft, als hätte der Schütze aus kurzer Entfernung auf einen Granitfelsen geschossen. »Keiner der Pfeile konnte den Schild von außen durchdringen, die meisten Spitzen sind abgebrochen.«

»Doch der Anführer ist einfach hindurchgelaufen, als er mit dem Schwert auf mich zustürmte.«

»Bimsbirne, im Vergleich zu den Pfeilen bewegte der Kerl sich viel langsamer, daher ließ ihn der Schild durch. Und mysteriöserweise ließ er auch meine Schüsse von innen nach außen durch.«

»Ein verdammt schlauer Schild.«

Brocken nickte. »Das kannst du laut sagen. Verdächtig schlau.«

»Was hat es mit diesen Vergessenen Legenden sonst noch auf sich?«, fragte der Gaukler. »Das klingt so nach Erzählungen über Drachen, Zauberer und Kobolde. Bisher fehlte mir dafür jedoch die Fantasie.«

»Mir auch. Bis ich im stattlichen Alter von zehn Jahren meinen Bidenhänder ergriff«, sagte Brocken, doch es klang eher wie ein Murmeln aus ferner Vergangenheit. Seine Pupillen wurden klarer. »Die Götter habe ich schon vor langer Zeit aus meinem Leben verbannt, ansonsten würde ich behaupten, eine höhere Macht hält ihre schützende Hand über uns.«

Von ganz allein sprudelte es aus Raffael heraus: »Ich denke inzwischen auch, unsere Mission steht unter einem besonderen Stern. Jeder von uns erfüllt eine Aufgabe. Doch sonderlich beschützt fühle ich mich keineswegs. Das war gerade eben aber sehr knapp.«

»Beschützt oder manipuliert, auch ein Marionettenspieler hält die Hand über seine Puppen«, meinte Dana.

Brocken warf ihr einen nachdenklichen Blick zu. »Das war das Schlauste, was du bisher von dir gegeben hast, Hübschlerin.« Die Stimme des alten Söldners klang aufrichtiger und netter als seine Wortwahl.

Die Hure überlegte sichtlich, was sie mit dieser Form des Lobes anfangen sollte.

Raffael grübelte: »Wir haben doch herausgefunden, dass dein Bidenhänder und die Karte mit dem Tal der Hexe in irgendeiner Weise zusammenhängen. Was, wenn die Hexe Aglaja die Marionettenspielerin ist?«

»Ich will mich an diesem Weibsstück rächen – ihr zumindest den Kopf abschlagen. Warum sollte ausgerechnet sie uns beschützen? Wahrscheinlicher ist, dass ein Feind der Hexe uns unterstützt.«

Wieland spann den Faden weiter. »Ein wichtiger Schlüssel ist der Rabe. Seine Feder hat die Magie doch offenbar ausgelöst.«

»Federmagie – darüber habe ich viel gelesen«, sagte Brocken. »Jede Vogelart steht für eine andere Art von Zauber. Raben sind Boten, Wanderer zwischen den Welten, sie verfügen über die stärkste Form der Wunschmagie. Für Schutzzauber sind eher die Eichelhäher zuständig.« Er legte den Kopf in den Nacken. »Auch ein solcher befand sich beim Überfall in der Nähe. Ich habe seinen Warnschrei ignoriert. Ein großer Fehler, wie sich herausstellte.«

»Wir werden das Rätsel heute nicht mehr lösen«, sagte Raffael.

»Ja, es ist Schlafenszeit – ich halte die erste Wache.« Der alte Söldner stand auf und streckte seine riesigen Arme und Beine.

Die anderen Gefährten bereiteten sich auf die Nachtruhe vor, allesamt froh, noch am Leben zu sein.

Es dauerte lange, bis Raffael zur Ruhe kam. Er wälzte sich auf seiner Schlafstätte hin und her, während eine Pfeilsalve nach der anderen auf ihn zuraste. Er stellte fest, dass er Dinge, für die er keine rationale Erklärung fand, nicht besonders gut leiden konnte. Aber vielleicht sollte er bei glockenförmigen Schutzschilden eine Ausnahme machen.

Spuren der Vergangenheit

Sie rollten genau darauf zu, dabei hasste der alte Söldner die Vergangenheit. Noch mehr als das Jetzt und das Morgen. Es machte die Sache nicht besser, dass sie ihr nun immer näher kamen – der unglückseligen Ebene, auf der vor fünfzig Jahren das Leid seinen Lauf genommen hatte.

Während die Hübschlerin mit einem ihrer Kleidersäcke im Rücken die Beine ausstreckte, stand Brocken auf dem Karren und blickte sich prüfend um. »Halt an, Schmalhans!«, sagte er plötzlich. Er merkte selbst, dass seine Stimme ungewohnt leise klang, eher wie ein heiseres Flüstern.

Beide Gäule gehorchten den Zügeln.

»Korr«, rief der weiße Rabe, der über ihnen seine Kreise zog. Der Vogel wollte auch ein wenig Aufmerksamkeit. Zunächst flatterte er auf der Stelle, um dann urplötzlich im Sturzflug niederzuschießen und auf der linken Seitenwand des Karrens zu landen, als wäre er ein Mäusebussard.

»Irgendwann brichst du dir noch mal den Hals, du Angeber«, kommentierte der alte Söldner die Flugkünste des Vogels.

»Korr!«, widersprach Korr.

Brocken schwang sich vom Wagen und marschierte einige Schritte über die Wiese, dann blieb er stehen und drehte sich einmal um die eigene Achse. Kein Zweifel, dort drüben hatte er gestanden, vor dem Thron mit den Armlehnen aus Oberschenkelknochen und den Handknäufen aus Totenschädeln. Ein zehnjähriger Junge namens Raghdall. An diesem Ort hatte ihn sein eigener Vater, der Gordonen-Häuptling Wulthan, in die Verbannung geschickt, während die eigene Mutter wort- und tatenlos zusah.

Korr landete auf seiner Schulter, woraufhin Vogel und Mann zum Karren zurückstiefelten. »In diese Richtung!« Brocken deutete nach Nordwesten. »Dort befindet sich die Stelle, wo ich mein Schwert zum ersten Mal in den Händen gehalten habe. Wie sagte Schmalhans in der Bibliothek so richtig? Wo die Waffe mich gefunden hat.«

Raffael zog seine Augenbrauen hoch. »Das klang wie ein Lob.«

»Blödsinn! Mattes Lob ist Tadel.« Brocken spuckte auf den Boden – als ob er nun auch noch anfinge, Komplimente zu verteilen! Sein Kopf beschäftigte sich mit wichtigeren Dingen. Damals waren die drei Soldaten mit ihren Pferden aus dem Norden gekommen, bevor sie ihn in der Nähe eines Baches erwischt hatten. Er wühlte in seinen Erinnerungen, schon glaubte er, sich an jede Einzelheit zu erinnern – vor allem an den sadistischen Gesichtsausdruck der Männer, als sie angefangen hatten, den verhassten Gordonen-Frischling zu Tode zu peitschen. Doch er verspürte wenig Lust, den Gefährten diese Details zu erzählen.

Raffael hielt die alte Karte des Kontinents auf den Knien,

Brocken beugte sich ebenfalls darüber. Schon als er sie zum ersten Mal betrachtet hatte, war ihm etwas aufgefallen. »Sieh!« Er tippte auf einen Punkt nicht weit von ihrem jetzigen Standort entfernt. »Das ist entweder Fliegendreck oder ein Kreuz, das als Zeichen für einen Friedhof durchgehen kann. Ungefähr hier sind die Soldaten damals auf mich gestoßen.« Er zeigte auf eine Stelle zwischen ihrem augenblicklichen Standort und dem Friedhof.

Schmalhans rollte die Karte zusammen. »Dann ist es wahrlich nicht mehr weit. Ich bin neugierig, ob wir die Hinweise finden, die wir uns von diesem Ort versprechen.«

Die Räder hinterließen dünne Streifen auf der Wiese – mehr als Schritttempo war jenseits der Straße nicht möglich, sodass Brocken gemächlich nebenher marschieren konnte. Abermals reisten seine Gedanken zurück, er kämpfte nicht dagegen an. Nach all den Jahren verfolgte er nun endlich eine Spur, daher konnte kein Opfer groß genug sein. Nach der Verbannung war er zunächst nach Norden gelaufen. Bis zu besagtem Bach. Die Welt war ihm so unendlich groß, kalt und ungerecht vorgekommen. Er hatte überlebt und gelernt – war größer, kälter und ungerechter geworden.

Schmalhans lenkte den Karren auf die Straße zurück, die in einem großen Bogen um ein Waldgebiet herumführte. Als Knabe hatte Brocken dies für einen nicht enden wollenden dunklen Forst gehalten, nun kam es ihm vor wie ein harmloses Buschdickicht.

Ein Bach gluckerte nicht weit vom Weg vorbei.

»Das kommt mir bekannt vor. Ich will mich im Wald mal umsehen. Wir rasten hier«, sagte er.

»Ich tränke derweil die Pferde und schaue mal nach Borsti«, sagte Raffael.

Wieland gurtete sein Rapier. »Ich komme mit, Brocki.«

Bestimmte Dinge vergaß Bimsbirne absichtlich. Zum Beispiel, dass er die Verniedlichung seines Namens hasste. »Muss das sein?«

»Na klar, einer muss doch auf dich aufpassen.«

Schnaufend starrte der alte Söldner den bezopften Naivling an. Der hatte so eine Art an sich … einfach zum Totschlagen oder Liebhaben, jedenfalls gab es nichts dazwischen. Moment, wie hatte sich das Wort *Liebhaben* in Brockens Wortschatz geschlichen?

Bevor er es für alle Zeiten wieder streichen konnte, quasselte auch schon die Hure dazwischen. »Ja, geht ihr mal los. Ich wasche in der Zwischenzeit mein grünes Kleid.« Schon wühlte sie in einem ihrer Säcke herum.

Folglich marschierte er mit Bimsbirne im Schlepptau den Bach entlang in den nahegelegenen Wald hinein. Es dauerte nicht lange, bis er die Stelle gefunden hatte, an der die drei Soldaten aufgetaucht waren. Als Zehnjähriger hatte er gedacht, einsam mitten in der Wildnis zu stecken, dabei war die Straße gar nicht weit entfernt gewesen.

Bimsbirne folgte ihm schweigend. Eine angenehme Stille, gestand Brocken sich ein, tatsächlich empfand er die Anwesenheit des jungen Mannes nicht mehr als Belastung, was eine neue Erfahrung für ihn darstellte. Vielleicht, weil dieser die Klappe halten konnte, wenn es darauf ankam.

Die Erinnerungsfragmente holten ihn nach und nach ein. Von hier hatten ihn die drei Soldaten in Richtung Waldrand geschleppt, wo sie ihre Pferde angebunden hatten. Damals war er ohnmächtig gewesen, also wohin jetzt? Was wollte er eigentlich finden? Das Handeln des alten Söldners war stets zielgerichtet gewesen, doch nun fühlte er sich wie ein Stück Treibholz, das von den Wellen an längst vergessene Strände gespült wurde.

Aus der Ferne ertönte ein raues *Korr*, und Brocken schlug diese Richtung ein. Es dauerte nicht lange, bis er den weißen Raben auf dem schulterhohen Ast einer Fichte entdeckte. Warum lotste Korr ihn hierher? War dies etwa der Ort seiner damaligen Pein? Er sah sich um. Tatsächlich machten die Bäume Platz für ein Nachtlager, hier könnte es gewesen sein.

Den letzten Beweis lieferte seine Stiefelspitze, als diese einen zerbeulten, verrosteten Helm aus dem Waldboden bohrte. Donnerschlag! Genau hier war er zum ersten Mal zum Berserker geworden. Hinterher war er weit entfernt in einer zerfallenen Scheune mit dem blutverschmierten Bidenhänder neben sich aufgewacht. An die Geschehnisse konnte er sich nur noch bruchstückhaft erinnern. Erst jetzt hatte es ihn an diesen Ort zurückgeführt. Zunächst hatte er angenommen, seine unmenschliche Kraft stünde in direktem Zusammenhang mit dem Zweihandschwert, doch inzwischen wusste er es besser. Auch ohne die Waffe in den Händen konnte er zum Berserker werden, so zum Beispiel beim Kampf gegen Herzog Brandmark in den Fluten des Nubil. Der Fluch der Hexe musste diese Fähigkeit ausgelöst haben. Warum, blieb ihm bis heute ein Rätsel. An manchen Tagen vermutete er, dass Aglaja damit sein Überleben sichern wollte, jedoch nur, um ihn länger quälen zu können.

Sein nächster Blick galt dem Vogel. Kolkraben werden höchstens fünfzehn Jahre alt. »Korr, woher zum Teufel wusstest du von diesem Ort?«

Der Angesprochene streckte stolz den Schnabel in die Höhe, blieb die Antwort jedoch schuldig. Dieser Rabe, so genial wie undurchsichtig, hatte bei Graf Garsick hilflos im Käfig geschmort. So hatte es zumindest ausgesehen.

»Hier ragt ein Beinknochen aus der Erde«, unterbrach Wieland seine Überlegungen.

Brockens Stiefel pflügten weiter durch den weichen Waldboden. »Und hier ein Stück Schädelplatte.« Sie suchten eine Weile und fanden noch den ein oder anderen knochigen menschlichen Überrest.

»Auch wenn viel Zeit vergangen ist, müsste von den Leichen wesentlich mehr übriggeblieben sein. Vermutlich hat man sie gefunden und beerdigt«, sinnierte der alte Söldner.

»Zumindest einige Teile.« Der Gefährte fragte: »Hier haben sie dir vor fünfzig Jahren den Bidenhänder gegeben?«

Brocken nickte.

»Und damals warst du zehn Jahre alt?« Bimsbirne runzelte die Stirn.

»Fast elf.«

»Hör mal, Brocki. Das Schwert wiegt beinahe so viel wie du heute – ich habe Schwierigkeiten, es überhaupt nur anzuheben. Wie hast du dich als Knabe der Soldaten erwehren und sie derart zerstückeln können?«

»Alles eine Frage der Technik. Das versuche ich dir beizubringen, seit wir zusammen Schwertkampf üben.« Brockens Berserkertum, das sich damals zum ersten Mal offenbart hatte, ging Bimsbirne nichts an. Das ging niemanden etwas an. »Lass uns zurückgehen.«

Korr erhob sich in die Lüfte.

Wieland machte noch keine Anstalten aufzubrechen. Er kratzte sich am Hinterkopf. »Wie soll das gehen? Sag mal … jetzt, wo wir unter uns sind … an dem See, als die dreißig Doppelsöldner uns angegriffen haben, sind ebenso merkwürdige Dinge geschehen.«

»Was meinst du?«

»Ich erinnere mich an einen Wutkrieger, der eine gewisse Ähnlichkeit mit dir aufwies.«

»Hirngespinste! Seit wann fällt dir etwas ein, das nach dem Schlag auf deinen Schädel geschehen ist? Schmalhans war damals weggetreten und kann es dir nicht erzählt haben.«

»Mag sein, doch irgendwie rekonstruiert mein Gedächtnis die eine oder andere Begebenheit.«

»Nicht rekonstruiert, sondern fantasiert«, knurrte Brocken.

»Irgendetwas Besonderes passierte in jener Nacht auch mit Raffael, doch ich komme im Moment nicht drauf.«

»Dass mit dem was nicht stimmt, habe ich von Anfang an bemerkt.«

Wieland suchte seinen Blick: »Wie dem auch sei – Raffael ist ein treuer Freund. Und wir haben alle unsere Geheimnisse.«

Brocken schwieg. Sie machten sich auf den Rückweg.

Die Hübschlerin wedelte gerade ihr Kleid im Wind trocken, als sie den Pferdekarren wieder erreichten. Schmalhans saß hinten drin und schmökerte in der *Chirurgia Magna* – was auch sonst. Gaul und Diego zupften gemeinschaftlich etwas abseits des Weges an saftigen Grasbüscheln. Brocken gestand sich ein, dass der Anblick seiner Gefährten um einiges erfreulicher war als die düsteren Bilder der Vergangenheit. Solange die beiden den Mund hielten und taten, was er wollte, waren sie beinahe erträglich. Dieser für seine Verhältnisse enorm mitmenschliche Gedanke wurde jäh ad absurdum geführt.

»Vorsicht – tritt nicht auf Borsti!« Raffael zeigte auf einen Flecken schöner brauner Erde, den ein hässlicher, bleicher Wurm verunstaltete.

Brocken freute sich: »Danke, dass du ihn rausgeholt hast, Schmalhans. Da drüben speist der Bach einen kleinen See, er hilft mir sicherlich gern, etwas zum Abendessen zu angeln.«

Der Friedhof

Was bitte?« Ungläubig schüttelte die Bäuerin den Kopf. Die Frau hatte bestimmt über vierzig Jahre auf dem Buckel und schaute aus einem rotwangigen, runden Gesicht auf die merkwürdigen Fremden vor ihr. Ächzend stellte sie ihre bis oben hin gefüllte Schubkarre mit halbvergammelten Äpfeln ab. Der süßlich-faulige Geruch verklebte die Luft. Die Bäuerin stemmte die Arme in ihre breiten Hüften. »Ihr sucht den Alten Friedhof?«

»Sonst würden wir nicht fragen!«, grunzte Brocken die Frau an.

»Dort wollt ihr wahrhaftig hin? Freiwillig?« Die Frau sah von einem zum anderen. Bestürzung zerfurchte ihr Gesicht.

»Sagt, gute Frau, wo finden wir diesen Ort?«, fragte Raffael, bevor Brocken die Bäuerin auf die ihm eigene charmante Weise mundtot oder ganz tot machen konnte.

»Das Hinkommen ist nicht schwer, aber …«, warnte sie.

»Erzähl keine Märchen! Wo geht's lang?«, grollte Brocken wie ein Jagdhund vor dem Fuchsbau.

Raffael verdrehte die Augen. Wie konnte es anders sein, der alte Eisklotz hatte mit Nettigkeit nichts am Hut, das sollten andere übernehmen.

Mit heruntergezogenen Mundwinkeln sah die Bäuerin zu

Brocken auf. »Kein Grund, unhöflich zu werden, Herr Sauertopf. Ihr folgt dem Weg bis zum Bach. Dann seht ihr links in der Ferne ein Felsentor, das in eine langgezogene Schlucht führt. An deren Ende findet ihr das Gesuchte. Und jetzt lasst mich in Frieden.« Sie packte den Griff der Schubkarre und ging ihres Weges.

»Hätten wir nicht noch ihr *aber* anhören können, Herr Sauertopf?«, fragte der Gaukler.

»Wozu? *Aber* dient als Dogma für Naivlinge, Feiglinge, Zögerlinge«, erklärte Brocken und funkelte Raffael mürrisch an. »Und nicht zu vergessen … für Winzlinge.«

Der Gaukler blieb gelassen. Nach so vielen Tagen Gemeinsamkeit wusste er nicht nur mit Brockens Übellaunigkeit, sondern auch mit dessen kruden Lebensweisheiten umzugehen. »Informationen schaden nicht, das sollte einem strategischen Feldherrn bekannt sein. Also hättest du sie ruhig ausreden lassen können.«

»Und wofür? Was kann dummes Weibergewäsch kurz vor dem Ziel schon ändern? Kehren wir dann wieder um und fahren zurück nach Drachenbein?«

»Dorthin bestimmt nicht.« Raffael drehte den Kopf – vielleicht hatten die anderen beiden Gefährten auch eine Meinung dazu?

Dana und Wieland zuckten gemeinschaftlich die Achseln. Was sie damit aufzeigen wollten, oder auf wessen Seite sie sich schlugen, blieb ihr Geheimnis. Aber schön, dass sie sich einig waren.

Mit jedem Tag, den sie in Brockens alter Heimat verbrachten und dem Friedhof näher kamen, verschlechterte sich dessen Gemütslage. Noch mehr als sonst, und das wollte etwas heißen.

»Dann schaffen wir das letzte Stück sicherlich auch noch. Auf geht's, Diego. Auf geht's, Gaul«, rief der Gaukler munter, wobei er das mulmige Gefühl in der Magengegend ignorierte. Zu deutlich hatte er es gespürt – das ungeschminkte Entsetzen der Bäuerin, als der Name *Alter Friedhof* fiel. Weiter führte die Reise über drahtiges Steppengras, vorbei an Weiden mit Kühen und Schafen.

Das Felsentor bestand aus einem Steinbogen, einer Laune der Natur, deren Elemente eine Pforte mitten durchs Gestein erschaffen hatten. So sehr Raffael den Hals auch reckte, er konnte nicht sehen, was sich dahinter verbarg. Brocken wagte sich als Erster in das dunkle Loch. Der Durchgang bot gerade genügend Platz für den Pferdekarren. Das Gestein verschluckte den Großteil des Tageslichts, somit handelte es sich eher um einen Tunnel, denn um einen Durchgang.

»Ein seltsamer Ort. Ich fühle mich wie zwischen Baum und Borke«, hallte Raffaels Stimme dunkel von den Wänden zurück.

»Egal, wo wir rauskommen, auch dort geht morgen wieder die Sonne auf«, war sich Wieland sicher.

Sie erreichten das Ende des Gewölbes. Nun führte Raffael die Pferde samt Karren Schritt für Schritt tiefer in die Schlucht hinein. Zu beiden Seiten erhoben sich steile Felsformationen, die selbst mit Seil und Steigeisen kaum zu erklimmen waren. Die Wände drohten, sich jeden Augenblick zusammenzuschieben, um die Eindringlinge zu zerquetschen. Auf dem steinigen Untergrund wuchsen bis auf einige Flechten und Moose keine Pflanzen. Nur das Hufgetrampel und ihre Schritte störten die Stille, nicht einmal verhaltenes Vogelgezwitscher war zu vernehmen.

Raffael schaute nach oben. In der Zwischenzeit hatte der Himmel das gleiche tiefe Grau wie die Felswände angenommen, was das bedrückende Gefühl noch verstärkte. Obwohl es erst auf den frühen Abend zuging, war es lange nicht mehr so schnell dunkel geworden. Die Dämmerung drückte von allen Seiten – vor allem aufs Gemüt. In der Ferne ertönte ein gleichmäßiges Rauschen, das mit jedem ihrer Schritte anschwoll.

»Nett hier«, befand Wieland.

Nach einer sanften Rechtskurve öffnete sich die Schlucht zu einem weiten Kreis, wodurch wieder etwas mehr Himmel hineinpasste, dennoch wurde es kaum heller. Auf der rechten Seite des Talkessels befand sich ein kleiner See, der von einem Wasserfall gespeist wurde. Ansonsten wucherten überall Grabsteine, Gruften und Gruben, die einen klammen, modrigen Geruch verströmten, der ihnen in die Nase stieg.

Fröstelnd schlang Dana die Arme um ihren Oberkörper. »Ich finde es unheimlich hier.«

Brocken rückte seinen Helm zurecht. »Weil ihr unheimliche Schisser seid. Also gut, wir nächtigen da drüben unter dem Überhang. Dort bleibt es trocken, und niemand kommt auf die Idee, Steine auf uns regnen zu lassen. Morgen bei Tageslicht schauen wir uns den Friedhof in aller Ruhe an.«

Missmutig errichteten sie ihr Nachtlager. Der Mensch war nun mal eher für Licht, Sonne und nette Gedanken geschaffen. Mit Ausnahme des alten Söldners natürlich. Ein Eisbrocken inmitten von Felsbrocken.

»Ich bleibe dabei, hier geht es nicht mit rechten Dingen zu«, betonte Dana, als sie zusammen im Kreis saßen und Brot, Käse und Trockenobst kauten. »Wir sollten nur so lange wie unbedingt nötig bleiben.«

»Wieso das denn? Wir sind doch gerade erst angekommen, und du willst schon wieder gehen?«

»Dann sollten wir uns zumindest für eine schnelle Flucht bereithalten.«

»Sind Huren mit Hasen verwandt?«, schnaubte Brocken. »Was dagegen, wenn wir zuerst herausfinden, wovor wir fliehen?«

»Lieber nicht«, antwortete Dana.

»Du musst doch zugeben, dass die Schlucht der Toten nicht sehr einladend wirkt«, sagte Raffael.

»Wer den Friedhof sucht, sollte sich über Gräber nicht wundern«, knurrte der alte Söldner.

»Annegret hat immer gesagt, dass nachts auf dem Friedhof verzweifelte Seelen und rachsüchtige Geister umherziehen, die ungebetenen Gästen alle Wärme und Liebe aus dem Körper saugen«, erklärte Dana.

»Halt's Maul, Hure.«

»Annegret? Ist das nicht die mit den Rundungen?«, bohrte Wieland interessiert nach.

»Euch erzähle ich nichts mehr«, beschwerte sich Dana.

»Au ja.« Brocken zeigte sich äußerst verständnisvoll, dabei bewegte er hoffnungsfroh den Schaller auf seinem Schädel um eine Viertelumdrehung. »Bimsbirne, ich glaube, du solltest dich mal ausschlafen, damit du auf andere Gedanken kommst.«

»Untersteh dich, Brocki. Wenn du mich nicht zeitig weckst, dann …«

»Dann hast du es vergessen, also red nicht.«

Raffael spürte, dass Brocken mit Informationen über den Alten Friedhof hinter dem Berg hielt. »Ich kann Danas Bedenken verstehen. Dass an diesem Ort etwas nicht stimmt, sagt einem doch das gesunde Bauchgefühl.«

Aber der alte Söldner ließ sich weder auf Erklärungen noch auf Diskussionen ein. »Hört auf zu meckern. Vergnügt habt ihr euch auf dem Jahrmarkt in Naskatt, jetzt befinden wir uns auf einem Friedhof. Die Übersetzung der Schriftzeichen auf der Karte und dem Schwert hat uns hierhergeführt, und jeder von euch wusste, auf was er sich einlässt. Morgen gehen wir den Hinweisen nach.«

Wieland verpasste keineswegs seinen Einsatz und hob den Zeigefinger: »Auf der Karte steht: *Es führt zum Ziel, das Ruder im Nordmeer, mit dem schwimmenden Schwert in der Gruft Behältnis.* Und auf dem Schwert: *Das Abbild des Alten Friedhofs weist den Weg.*«

»Kluger Bursche. Niemand außer mir darf dich künftig Bimsbirne nennen.«

»Du bist der Einzige, der mich so nennt«, sagte Wieland.

»Siehst du!« Brocken war zufrieden. Er streichelte das Heft seines Bidenhänders – so viel Zärtlichkeit brachte er nur seinen Waffen entgegen. »Hierher stammst du also«, brummelte er die Klinge verliebt an. Doch sogleich gefror seine Stimme wieder, als er sich Wieland zuwandte: »Wenn die drei Soldatenidioten es von diesem Friedhof stehlen konnten, wird es hier nicht allzu gefährlich sein. Du hast gesehen, was ich mit denen gemacht habe.«

»Allerdings«, nickte Wieland.

»Das war vor einem halben Jahrhundert. Wer weiß, was sich seitdem hier ereignet hat«, bemerkte Raffael.

»Die Toten auf dem Friedhof sind noch toter. Ja und?« Brocken fletschte die Zähne.

»Ich lege mich schlafen«, meinte Wieland.

Brocken setzte sich auf einen Felsen zwischen dem Karren und den Pferden.

Raffael suchte sich ein Plätzchen unter dem Felsvorsprung. Eines musste er sich eingestehen, wenn der alte Söldner Wache hielt, fühlte er sich sogar an einem solchen Ort behütet. Das konnte nur bedeuten, dass er ihm vertraute. Ein beunruhigender Gedanke zunächst, doch dann ein schöner, der ihn schnell einschlafen ließ.

Mitten in der Nacht wachte Raffael auf. Für eine Sommernacht wehte ein verflucht eisiger Wind durch die Schlucht, der sich verbissen unter seine Wolldecke wühlte. Sehen konnte er nichts, er riss die Augen so weit auf, wie es seine Müdigkeit zuließ, doch in einem Sarg tief unter der Erde wäre es vermutlich heller gewesen.

Mach dir auf einem Friedhof doch nicht solche Gedanken, ermahnte er sich selbst.

Tiefes Dunkelschwarz, wo er auch hinguckte. Mit klammen Gliedern krabbelte er aus der Felsnische und tastete nach seinem Überwurf, den er in der Nähe abgelegt hatte. Weiterhin umgab ihn nur Dunkelheit. Dort wo er den Himmel vermutete, leuchtete nicht ein einziger tröstender Stern.

»Was läufst du hier rum, obwohl du noch gar nicht dran bist mit deiner Wache?«, fragte Wieland. Sehen konnte Raffael ihn nicht, doch seine vertraute Stimme kam ihm vor wie die schönsten Laute, die er seit Langem vernommen hatte. Und passend dazu schwappte für einen Augenblick silbriges Licht durch die Schlucht, als ein blasser Mond hinter einer Wolke hervorlugte, um sich dann wieder verschämt hinter der nächsten zu verstecken. Dieser Moment genügte, um in das vertraute Gesicht des Freundes zu schauen, der an einem großen Felsbrocken lehnte. Und einmal mehr freute Raffael sich, dass er ihm das Leben retten konnte und dass es ihn noch gab.

»Dana hat schon recht, mit diesem Ort stimmt etwas nicht. Er raubt mir den Schlaf und die Wärme aus dem Körper«, erklärte der Gaukler.

»Ja, ich bin froh, wenn wir wieder hier weg sind«, flüsterte Wieland.

Jetzt erst fiel Raffael auf, dass auch er die ganze Zeit über nur geflüstert hatte. Ohne es zu wollen, lauschten die beiden in die Stille hinein. Vielleicht war es einfach das, was Menschen tun, wenn sie inmitten zahlloser Toten im Stockdunkeln Wache hielten. Eine Weile hing jeder seinen Gedanken nach.

»Was war das?«, fragte Raffael erschrocken.

»Ich höre nichts.«

»Doch, ein Knacken. Über uns.«

»Wahrscheinlich eine Bergziege oder ein anderes Tier.«

Es klapperte erneut. Dreimal.

»Oha! Nicht gut!«, meinte Wieland und bestätigte damit, dass er es jetzt auch bemerkt hatte.

Und wieder dieses Geräusch, dreimal. Darin war ein Rhythmus zu erkennen; kaum vorstellbar, dass es sich um ein Tier handelte. Nun antwortete ein Rattern auf der anderen Seite der Felsen.

»Das klingt bedrohlich. Ich wecke Brocken, vielleicht steht ein Angriff bevor.«

Wie viele kleine Käfer kroch eine Gänsehaut Raffaels Rücken hoch. Mit aller Willenskraft vermied er es, vor lauter Angst Wielands Oberarm zu packen und ihn dicht an sich zu ziehen, zumal er in diesem Moment auf keinen Fall allein gelassen werden wollte.

Reiß dich zusammen, beschwor er sich.

»Echt gruselig«, meinte der Freund, es klang jedoch nicht sonderlich angsterfüllt.

Raffael stellte sich Wielands schiefes Grinsen bei diesen Worten vor und fühlte sich etwas besser. Doch nicht lange, denn nun klapperte und ratterte es von allen Seiten.

Auf einmal tauchte ein riesenhafter Schemen neben ihm auf. Zutiefst erschrocken entfuhr Raffael ein heller Schrei. Hilfesuchend klammerte er sich nun doch an Wielands Arm.

»Was ist hier los, Schmalhans?«, fragte der Schatten.

Beschämt ließ der Gaukler seinen Freund los und flüsterte: »Hörst du es nicht? Es hat eben angefangen. Ich … weiß nicht, was es ist.«

»Vielleicht die Toten, die mit ihren Knochen klappern«, schlug Wieland vor und klang von seiner Idee richtig angetan.

Eine grandiose Erklärung, die nicht dazu beitrug, den Gaukler zu beruhigen.

»Sonst noch Vorschläge, Bimsbirne? Tote machen keinen Lärm, jedenfalls nicht die Leichen, die ich kenne. Und das sind etliche.« Bei diesen Worten hörte er Brockens Faust in die flache Hand klatschen.

Raffael hielt den Atem an, so lange er konnte, und horchte angestrengt in die Nacht hinein. Tatsächlich störte kein Mucks und kein Mäuschen mehr die Stille. »Nun scheint Ruhe einzukehren.«

»Solange es derart duster ist, können wir nur abwarten«, meinte Brocken. »Leg dich wieder hin, Schmalhans, wir halten Wache.«

Die hatten gut reden. Sein Herz raste noch immer, sodass er es sich schwerlich auf seiner Schlafrolle gemütlich machen konnte, als wäre nichts geschehen. Fröstelnd blieb er noch eine Weile sitzen und beschloss dann, sich eine zusätzliche Decke zu holen. Mit den Händen ertastete er den Weg zum Felsüberhang zurück. Erneut schaffte es das Mondlicht für einen Moment, die Wolkenschicht zu durchbrechen. Raffael legte den Kopf in den Nacken und betrachtete die schwarzen Schwaden am Himmel, die ihm wie ein Mantel vorkamen, den jemand langsam über die Schlucht ausbreitete. Da erhaschte er in der Felswand Bewegungen. Das … konnte nicht sein! Hilfe! Von einem Steinplateau beugten sie sich herunter, starrten ihn an, schienen von dort oben nach ihm greifen zu wollen. Die Toten, auferstanden aus den Gräbern. Nicht genau zu erkennen, ob Männer oder Frauen, jedenfalls verwesende Leichen mit zerfressenen Gesichtern und verfaulten Gliedern. Raffael wollte laut schreien, der Hysterie freien Lauf lassen, doch nicht ein einziger Ton rutschte durch seine Kehle. Wie paralysiert starrte er auf die Ansammlung der Kreaturen. Weitere Tote kamen hinzu. Sie bewegten sich nur langsam, Blinden gleich, dabei streckten sie die Arme vor, als wollten sie ihn erwürgen. Die entstellten Gesichter waren an Hässlichkeit nicht zu überbieten. Alle schienen auf ihn zu zeigen, zum Teil mit Stümpfen oder dem, was die Maden und Würmer übrig gelassen hatten.

Aus diesem Albtraum konnte Raffael nicht erwachen, denn er wusste es genau: Er war bereits wach. Leibhaftig stand er hier, während nur ein kleines Stück weiter, dort drüben, die wandelnden Toten es auf ihn abgesehen hatten. Wollten sie ihn in ihre Gräber ziehen und zu einem der Ihren machen? In stummem Entsetzen versuchte er, zu Brocken und Wieland zurückzulaufen. Seine Beine gehorchten, er sprang auf, sein Kopf knallte gegen den Felsvorsprung. Warmes Blut lief ihm über die Wange. Sein Herz klopfte nicht mehr wild, ganz im Gegenteil, nun schien es gar nicht mehr schlagen zu wollen. Schwindel drehte ihn einmal um sich selbst, seine Knie gaben nach wie Butter in der Sonne. Er wollte sich festhalten, seine Fingernägel kratzten über Felsen, dann erlöste ihn die Ohnmacht.

Zögerlich

Umbran stand mit seinen beiden Pferden auf der eindrucksvollen Holzbrücke über den Nubil, die direkt nach Naskatt führte. Die Stadtwache im Brückenhäuschen hatte drei Kupferlinge verlangt, für jede Person einen. Für Umbran spielte es keine Rolle, dass Pferde als Personen galten, so ging offenbar das Zählen leichter von der Hand. Er bezahlte den Obolus, schließlich kam er an keiner anderen Stelle des Kontinents so komfortabel trockenen Fußes über den Fluss, und führte seine beiden Pferde gemächlich über die Brücke. Am anderen Ufer erstreckte sich eine Wiese. Das weitflächig niedergetrampelte Gras zeugte von einer großen Veranstaltung, die kürzlich stattgefunden hatte, vermutlich ein Volksfest. Hoppla, beinahe wäre er über einen undefinierbaren Gegenstand gestolpert, der zur Hälfte in der Grasnarbe steckte. Neugierig beugte er sich über das Ding im Boden – ein schwarzer Metallzylinder, etwa so groß wie eine ausgewachsene Ratte. Was das wohl sein mochte?

Es spielt keine Rolle, sagte er sich. Mach dir lieber Gedanken, wie du an Informationen über Brocken kommst, ohne dabei aufzufallen.

Je größer die Stadt, desto mehr Menschen und desto

schwieriger gestaltete sich dies in der Regel. Mit Sicherheit waren der Söldner und seine Begleiter hier durchgekommen, nicht zuletzt, um ihre Vorräte aufzufrischen. Leider konnte er keine murmelnden Dorfjungen entdecken.

Seit der Unterhaltung mit dem Magus des Wortes vermutete Umbran, dass Brocken zum Alten Friedhof unterwegs war, doch ganz sicher war dies nicht. Wer weiß, was diesem alten Sturkopf noch so alles einfiel.

Die frischesten Waren bekam man bei den Händlern im Dorfzentrum, und genau dorthin begab sich der Schatten. Der Obstverkäufer konnte sich nicht an vier auffällige Gestalten, drei Männer und eine Frau, erinnern. Ebenso zuckte der Fleischer mit den Schultern und meckerte: »Wollt Ihr nur neugierige Fragen stellen oder auch etwas kaufen?«

Umbran zog weiter zum nächsten Stand. Der Mann mit der weißen Schürze hinter einem Stapel gelber Käseräder machte ein freundliches Gesicht, auch wenn dies zum überwiegenden Teil seiner Geschäftstüchtigkeit geschuldet war.

»Seid gegrüßt. Ich bin auf der Suche nach vier Freunden. Drei Männer und eine Frau, die mit einem alten Pferdekarren unterwegs sind.«

»Na so was.« Der Händler zeigte sich schwer beeindruckt und gähnte.

»Einer der Männer ist schon sehr alt, doch er ist ein wahrer Riese und trägt ein auffälliges Kettenhemd.«

Ein Funkeln erglomm in den Pupillen des Mannes. Abwartend verschränkte er die Arme vor der Brust.

»Ich sehe Euch an, Ihr habt eine Ahnung, wen ich meinen könnte«, ermunterte Umbran den Händler.

Der Käsebauer beäugte ihn kritisch. Hier war es wie überall – untereinander tratschten die Dörfler gerne, Unbekannten gegenüber reagierten sie jedoch äußerst zurückhaltend.

»Was wäre, wenn?«, fragte der Händler vorsichtig.

»Dann könntet Ihr Geld verdienen.«

Als würde die Sonne ihm ins Gesicht scheinen, hellte sich seine Miene auf. »Das befeuert mein Gedächtnis wie Kohle den Ofen. Über wie viel Kohle reden wir denn?«

»Zehn Kupferlinge, wenn es mir weiterhilft.«

»Hm, erst das Geld, dann die Ware.« Er streckte die flache Hand aus.

»Woher weiß ich, ob Ihr die richtigen Personen im Sinn habt?«

»Ihr habt recht. Ich weiß rein gar nichts und wollte Euch übers Ohr hauen.« Der Händler wischte sich die Hände an seiner Schürze sauber. Dann ergänzte er süffisant: »Dabei hatte ich seit langer Zeit keinen Schaller mehr gesehen.« Unschuldig spitzte er die Lippen und betrachtete seine Fingernägel.

Was für ein gerissener Schlingel. »Na gut, fünf Kupferlinge als Anzahlung«, gab sich Umbran mit bester Laune geschlagen.

Der Händler nahm das Geld. »Es war erst vorgestern, am letzten Tag des großen Jahrmarkts. Drei Männer kamen zu mir, eine Frau war aber nicht dabei. Ein unverwechselbar grimmig dreinschauender, uralter Riese, eine lächelnde Frohnatur und ein Kleiner, der den Käse gekauft hat. Ich erinnere mich gut, da er nicht gehandelt, sondern bereitwillig den erstbesten Preis bezahlt hat.« Der Händler kicherte. »Das Doppelte des Üblichen. Der Riese im Hintergrund wäre beinahe vor Wut geplatzt. Er trug zwar einen braunen Überwurf, doch habe ich ein Kettenhemd darunter blitzen sehen. Nach dreißig Jahren auf dem Marktplatz habe ich einen Blick für Menschen.«

Umbran frohlockte. Er war auf der richtigen Spur, und sein Opfer hatte nur noch zwei Tage Vorsprung.

»Habt Ihr noch mehr beobachtet?«

»Habe ich.« Der Händler nickte, seine Finger trommelten auf dem obersten Käserad.

Zeit verging. Die Finger trommelten bereits das nächste Lied.

»Verstehe«, sagte der Schatten und hielt ihm fünf weitere Kupferlinge hin.

Der Käsebauer deutete eine Verbeugung an. »Ein Vergnügen, mit Euch Geschäfte zu machen. Nach dem Handel meckerte der Riese herum, und der Kleine versuchte, ihn zu beruhigen. Dabei erwähnte er einen Friedhof in nördlicher Richtung. Es klang so, als wollten sie dorthin.«

»Ihr habt eine erstaunliche Beobachtungsgabe und ein noch besseres Gedächtnis«, lobte Umbran.

»Nun gut, die drei waren auch recht merkwürdige Gesellen. Wenn Ihr ihnen folgen wollt, seid gewarnt. Im Düsterwald haust seit einigen Wochen eine Bande Gesetzesloser. Sie überfallen gern Reisende. Ein ziemlich übler Haufen, es hat auch schon Tote gegeben. Seitdem traut sich kaum noch einer auf die Route gen Norden.«

»Danke für die Hinweise, guter Mann.«

Bevor er sich verabschiedete, kaufte Umbran noch ein Stück Käse für die Hälfte des zunächst verlangten Preises. Zufrieden machte er sich auf den Weg in Richtung Düsterwald.

Na so was – in der kleinen Stadt Naskatt hatte er, im Gegensatz zu seinen sonstigen Gepflogenheiten, keinen Toten hinterlassen. Ein erstes Anzeichen dafür, dass er alt wurde.

Bislang verlief die weitere Reise ereignislos. Die Sonne schien angenehm warm, der laue Spätsommerwind blies genau in der richtigen Stärke, und er war auf der richtigen Spur. Gut gelaunt summte er sein Lied vor sich hin:

Die Erste für die letzte Nacht,
für todesgleichen Schlaf die Zweite,
die Drei für der Wahrheit Macht,
die Letzte führt zur and'ren Seite.

Am Horizont tauchte ein grauer Streif auf, die ersten Ausläufer des Düsterwaldes. Er überlegte, was es wohl mit der Geschichte über die dortigen Wegelagerer auf sich hatte. Der Käsebauer war kein Dummkopf und sein Ratschlag ehrlich und gut gemeint. Gerade dachte er darüber nach, ob er eine Rast einlegen sollte, denn vom vielen Reiten tat ihm der Hintern weh, als ihm ein heller Fleck inmitten eines dunkelgrünen Brombeergebüsches auffiel. Ein zugeknoteter Sack aus Leder, wie er für Kleider auf Reisen verwendet wird. Meist von Frauen. Ungewöhnlich, zumal diese Route aufgrund der Banditen im Düsterwald recht vereinsamt war. Er hielt sein Pferd an, stieg ab und tastete sich vorsichtig durch die stacheligen Zweige vor, bis er den Sack greifen konnte. Er öffnete die Kordel und zog mehrere sorgfältig zusammengelegte Kleidungstücke heraus. Teurer Stoff, die meisten Partien aus Brokat und Seide. Ein anderes luftiges Gewand offenbarte mehr, als es verbarg. Versuchsweise versuchte er, sich die Versuchung in diesem Kleid vorzustellen, doch es gelang ihm nicht so recht. Vermutlich wusste er zu wenig über Frauen und Anlässe, sich in einen solchen Stoff zu hüllen. Als Nächstes breitete er ein Adelskleid aus, hellblau, mit weißer Spitze an den Ärmeln und Perlmuttknöpfen, die in der Sonne funkelten. Ein feiner Geruch stieg ihm in die Nase. Er hielt sich den Stoff vors Gesicht und atmete tief ein. Süßer Schweiß und noch süßeres Parfüm. Nun ließ er das Kleid wieder sinken. Der Sack lag noch nicht lange im Gebüsch. Er konnte nur der Hure gehören. Sie soll Herzog Brandmark sehr nahegestanden haben, das würde den edlen Stoff erklären. Doch warum hatte sie ihre Kleidung fortgeworfen? Denn versehentlich vom Wagen gefallen war der Sack nicht, dazu hatte er viel zu tief in den Brombeeren gelegen.

Sorgfältig wühlte sich Umbran noch durch die restlichen Habseligkeiten und ertastete ganz unten eine alte Münze. Die Prägung war schon ziemlich abgegriffen. Man erkannte nur noch die Umrisse eines großen Vogels. Er verstaute das Geldstück in seiner Gürteltasche. Für Frauenkleider, und dufteten sie auch noch so lieblich, hatte er keine Verwendung, daher ließ er sie am Wegrand liegen.

Am Nachmittag erreichte er den Düsterwald. Natürlich barg die Weiterreise ein beträchtliches Risiko, doch Umbran kannte weder Vorsicht noch Feigheit. Einige Male schon war er überfallen worden und bislang immer unversehrt geblieben. Es würde sich schon zeigen, ob Brocken und seine Begleiter auf die Wegelagerer getroffen waren. Vielleicht lagen die vier bereits tot im Wald, und die Krähen, Käfer und andere Tiere taten sich an ihnen gütlich.

Die Bäume rückten zusammen, als wollten sie ihn umzingeln, es wurde dunkler, doch der Schatten trabte ohne Eile, ohne Furcht den engen Waldweg entlang. Selbst vom Pferderücken aus konnte er der Spur des Karrens gut folgen. Inzwischen erkannte er sie auf den ersten Blick, denn der Radstand war vorne enger als hinten. Diese Art von Wagen gab es nicht mehr allzu häufig. Daher hatte er sich auch nicht täuschen lassen, als der Karren auf einmal zum Zweispänner geworden war. Offensichtlich hatten sie Brockens Pferd, das Hufeisenabdrücke so groß wie Topfdeckel hinterließ, ebenfalls eingespannt.

Erst roch, dann hörte und letztlich sah er seinen steten und treuen Gefährten – Gevatter Tod. Mit gespitzten Lippen stemmte er sich in seinen Sattel und blickte sich um. In einem Umkreis von zehn Pferdelängen lagen überall Leichen. Unwillig erhoben sich Tausende von Fliegen, als er näher trat. In den Körpern der meisten Toten entdeckte er tiefe, blutige Löcher an Stellen, wo keine hingehörten. Diese Menschen waren mit ungewöhnlichen Geschossen regelrecht hingerichtet worden, die danach offenbar wieder eingesammelt worden waren. Als er einen Toten mit dem Fuß umdrehte, fand er einen dieser Pfeile, der noch in der Brust der Leiche steckte. Mit einem kräftigen Ruck zog er das Geschoss heraus und begutachtete die ungewöhnliche dreikantige Metallspitze. Wessen sonst, wenn nicht Brockens Werk! Ein Stück weiter lag ein Baumstamm. Die Schleifspuren verrieten, dass dieser zuvor quer im Weg gelegen haben musste. Umbran suchte die Gegend gründlich ab, fand aber nur Leichen der Wegelagerer. Erstaunlich, denn dieser Ort eignete sich perfekt für einen Hinterhalt. Wie konnten vier Menschen auf einem Pferdekarren gegen eine solche Übermacht Fernkämpfer überleben? Viele Dutzend Pfeile lagen auf dem Boden, deren Spitzen zumeist stumpf und abgebrochen waren, als wären sie auf Stahl getroffen. Damit tat sich das nächste Rätsel auf. Der Körper des alten Söldners bestand beim besten Willen nicht aus solidem Metall.

Tief in Gedanken ritt Umbran weiter. Offenkundig war den Banditen das Handwerk gelegt worden. Sein Instinkt flüsterte ihm zu, dass der Wald nun keine Gefahr mehr barg.

Erneut wurde ihm klar: Er befand sich auf der Jagd nach einer ganz besonderen Gruppe von Menschen, die er zu keinem Zeitpunkt unterschätzen durfte. Was würde er erst erleben, wenn er endlich auf Brocken traf?

Kein Traum

Licht bohrte sich wie Funken durch seine geschlossenen Augenlider. Raffaels Stirn schmerzte außen, innen und dazwischen. Er lag unter dem Felsvorsprung auf einer Schlafrolle und spürte einen Wickel um den Kopf. Vorsichtig betastete er seinen Schädel, wobei seine Fingerkuppen über das grobe Leinen eines fachmännisch angelegten Verbandes strichen. Der Stoff gehörte nicht zu den Vorräten, die ihm Medikus Balindar mitgegeben hatte, und er konnte sich auch nicht erinnern, einen solchen bei seinen Gefährten im Gepäck gesehen zu haben. Was war geschehen?

Sein Herz pochte mit seinem Kopf um die Wette, als ihm die nächtliche Begegnung wieder einfiel. Nein, die wandelnden Leichen waren kein Traum gewesen! Schweiß brach ihm aus, er musste unbedingt seine Gefährten warnen. Er fuhr hoch – viel zu schnell für seinen augenblicklichen Zustand. Ein Messer fuhr ihm in die Schläfe, er musste sich den Schädel gehörig angeschlagen haben.

Nach geraumer Zeit wagte er es erneut, das linke Auge einen Spalt zu öffnen. Als er begriff, dass er alleine unter dem Felsüberhang lag, riss er es ganz auf und nahm auch das andere zu Hilfe. Wo waren die anderen? Hatten die Toten sie zu sich geholt?

Mit den schlimmsten Befürchtungen krabbelte er aus seinem Nachtlager hervor. Die Angst überdeckte seine Kopfschmerzen. Dem Sonnenstand nach zu urteilen, war es früher Nachmittag. Wie gebannt starrte er auf das Plateau in der gegenüberliegenden Felswand, wo sich gestern Nacht das Grauen versammelt hatte und nach ihm greifen wollte. Weiter hinten im Stein erkannte er einen Höhleneingang, dort mussten sie hergekommen sein. Doch nun war niemand zu sehen, bei Tageslicht wirkte alles völlig harmlos. Entweder kamen die Toten nur in der Nacht heraus, oder er war verrückt geworden. Dabei war er sich sicher, nicht geträumt zu haben, vielleicht spielte ihm sein Gehirn auch einen Streich. Wie ungeheuer kompliziert die Vorgänge im Kopf sein konnten, wusste er durch Wielands Schicksal. Zumindest glaubte er fest daran, wandelnde Leichen gesehen zu haben. Doch hieß das mit unverrückbarer Gewissheit, dass es sie wahrhaftig gab?

Abseits des schmalen Weges standen die beiden Pferde zufrieden beieinander, ihre Nasen steckten tief in einem Futtersack. Ein Stück daneben entdeckte er seinen alten Karren – ein tröstender, vertrauter Anblick aus der Welt, wie er sie kannte.

Er warf einen letzten misstrauischen Blick auf die Felswand gegenüber, als er eine Bewegung wahrnahm. Raffael schnappte nach Luft. Da humpelte jemand mithilfe zweier Krücken aus dem Höhlenloch auf das Plateau. Die Gestalt schaffte es bis zum Abgrund und gaffte mit trübem Auge zu ihm herunter. Der Gaukler stand keine drei Pferdelängen entfernt und starrte ungläubig zurück.

Nein! Mein armer Kopf. Jetzt geht der Albtraum am helllichten Tag weiter, dachte er.

Das Gesicht des Mannes war vollends entstellt, eingefallene Wangen bedeckt von Knoten und Geschwüren, Wimpern und Augenbrauen ausgefallen, ein Auge hing schräg in der Höhle, die Nase nur noch ein eitriges Loch, aus dem lippenlosen Mund tropfte Speichel.

»Oooorrr!«, machte es. Ein Armstumpf streckte sich ihm entgegen.

Unfähig sich zu bewegen, stand Raffael einfach nur da, als hielten ihn mindestens zehn Mann mit eisernen Griffen fest. Die letzten Zweifel waren wie weggeblasen – er durchlebte hässliche Realität in Wort und Bild! Doch es gab auch eine gute Nachricht. Im Gegensatz zur letzten Nacht hatte er jetzt seine Stimme wieder. Voller Leidenschaft brüllte er: »AAAAAAAAAAAAH!!« Es klang wie ein nicht enden wollender Todesschrei.

Als er aufgrund von Luftmangel kurz unterbrechen musste, hörte er hinter sich eine fremde Stimme sagen: »Theodor, geh wieder rein. Du machst dem Fremden Angst.«

Das Grauen aus der Höhle kehrte mit einem zahnlosen Grinsen dorthin zurück.

Raffael fuhr herum und starrte in das Gesicht eines Fremden. Panisch stolperte er zwei Schritte zurück, obwohl der Mann einen harmlosen und vor allem gewöhnlichen Eindruck machte. Augen, Nase und Mund waren normal, und auf den ersten Blick besaß er auch noch alle Körperteile.

»Schön, dass Ihr aufgewacht seid. Ihr habt Euch eine deftige Platzwunde an der Stirn zugezogen. Ich bin Bruder Jakob.«

»Was … was … war das?« Der Gaukler schaffte es, einen Arm in Richtung des verschwundenen Monsters zu bewegen.

»Theodor? Ja, kein schöner Anblick. Lange wird er nicht mehr unter uns weilen, dafür ist die Lepra zu weit fortgeschritten. Er wollte sich Euch nur vorstellen.«

Das nächste Stechen im Kopf rührte von zwei grässlichen Silben: »Le…pra?«

»Was glaubt Ihr, wo Ihr Euch befindet? Ihr kommt mir vor wie jemand, der ins Meer springt und sich über das viele Wasser wundert. Ich habe es Euren Gefährten bereits erklärt. Ihr seid mitten in unsere Lepra-Kolonie hineingeplatzt.«

Raffaels Stöhnen hatte mindestens hundert Ursachen – sämtliche Emotionen zwischen Erleichterung und Ersetzen sowie Erstaunen und Erschrecken durchfluteten ihn wie das Grauen zuvor. Er atmete tief durch und sammelte sich: »Was ist mit Euch? Habt Ihr auch …« Er stockte, traute sich kaum, das Wort auszusprechen.

»Gott kümmert sich ganz besonders um seine verlorenen Töchter und Söhne, und als Priester der Kolonie darf ich mich als sein Werkzeug um das Seelenheil der Aussätzigen und Verstoßenen kümmern.«

Der Mann wirkte vertrauenswürdig, nicht nur, weil er offenkundig sehr gottesgläubig war. Bevor der Gaukler begann, die Neuigkeiten zu verarbeiten, schweiften seine

Gedanken zu Wieland, Dana und Brocken. »Wo sind meine Kameraden?«

»Da wir nicht wussten, wann Ihr erwacht, führt unser Oberhaupt Argon sie solange durch unser kleines, beschauliches Reich.« Bedauern erfasste seine Gesichtszüge. »Es tut mir leid, wenn wir Euch gestern Nacht erschreckt haben.«

»Gute Güte!« Raffaels Schädel dröhnte schon genug, daher verzichtete er darauf, sich die Hand vor die Stirn zu klatschen. Ein Teil von ihm wollte vor Scham in einem Grab versinken. Sein Kopf verlangte nach mehr Informationen, doch seine Beine rieten ihm, so schnell und so weit wie möglich wegzulaufen.

Er resümierte innerlich: Es gibt keine lebenden Leichen, nur Leprakranke. *Nur?* Bei Lepra handelt es sich um eine entsetzliche Krankheit, eine Geisel der Menschheit, äußerst ansteckend und unheilbar. Nicht ohne Grund leben diese armen Leute hier am Ende der Welt, streng abgeschottet von der Gesellschaft.

Bruder Jakob lächelte gewinnend. Sein Gesicht war so rund wie seine Tonsur. Er trug eine herkömmliche dunkle Priesterkutte sowie ein Kreuz an einer Kette, die ihm bis zum Gürtel reichte. Seine Füße steckten in riesigen Latschen, mit denen er vermutlich übers Wasser gehen konnte. Und auch des Gedankenlesens war er wohl mächtig, denn er sagte: »Dank der Güte des Herrn bin ich bisher von der Lepra verschont geblieben. Wenn Ihr Euch an gewisse Vorkehrungen haltet, müsst Ihr keine Angst vor Ansteckung haben. Kommt, ich bringe Euch zu Euren Freunden.«

Immer noch perplex folgte Raffael dem Priester. Bei

Tageslicht kam ihm die Friedhofsschlucht nicht mehr ganz so gruselig vor, trotz der zahlreichen Mauerreste, Gruften und Grabsteine, um die sich Massen an Efeu zankten und rankten. Zwar wirkte vieles verwittert und verfallen, aber dennoch auf eigentümliche Weise aufgeräumt. Ganz am Ende der Schlucht sorgte ein glitzernder Teich, gespeist von einem dampfenden Wasserstrahl, der mitten aus dem Felsen hervorschoss, sogar für einen Anflug von Idylle.

Sie passierten das Zentrum des Friedhofs, wo vor langer Zeit eine Kirche gestanden hatte. Die vermoosten Grundmauern und zwei abgebrochene Säulen ließen auf die einstigen Ausmaße des Kirchenschiffs schließen. Mittig darin führte zwischen abgewetzten Steinbänken ein Gang auf ein riesiges Podest aus Granit zu, das dem Anschein nach noch heute als Altar diente. Fanden hier etwa Gottesdienste statt?

Der Gaukler sah sich weiter um. An einer Balkenkonstruktion hing eine große Glocke, an deren Krone ein Seil befestigt war. Hier läutete Bruder Jakob zum Gebet. Hinter der Ruine entdeckte Raffael die verwitterte Statue eines Menschen. Wen sie einst dargestellt hatte, war nicht mehr zu erkennen, zu sehr hatten Wind und Wetter in den letzten Jahrhunderten an den Gesichtszügen und weiteren Details gezerrt. Kerzengrade streckte der steinerne Unbekannte beide Arme von sich, so als riefe er mit theatralischer Geste seinen Gott an.

Weitläufig um die Ruine herum bis zu den Rändern der Schlucht befanden sich Gräber, Nischen und Spalten. Darüber hinaus waren Höhlen- und Gruftenzugänge treppenförmig in die Felswände gehauen. Aus einigen schauten neugierige Gesichter hervor, viele davon litten unter wulstigen Ausschlägen, wenngleich sie bei Weitem nicht so arg entstellt waren, wie dieser Theodor. Ein Mann mit Bandagen an beiden Händen winkte Raffael zu.

Im Osten machte die Schlucht einen kleinen Bogen, hinter dem soeben seine drei Gefährten im Schlepptau eines dürren Mannes in einer grauen bestickten Robe auftauchten. Raffael fiel ein Stein vom Herzen – alle schienen wohlauf. Wieland und Dana wedelten freudig mit den Armen, Brocken bewegte keinen Muskel, der empfand nur Wiedersehensfreude, wenn er in den Spiegel schaute.

Als die Gefährten ihn erreichten, knuffte Wieland ihn freundschaftlich und grinste in alle Himmelsrichtungen: »Hallo Georg, was machst du denn hier?«

»Blödmann!«, antwortete Raffael und fiel ihm kurz um den Hals.

Danach zog Dana ihn zu sich heran und drückte ihn. »Du lagst in tiefer Ohnmacht. Wir haben uns Sorgen um deinen Kopf gemacht«, sagte sie.

»Ich weniger«, gab Brocken mit versteinerter Miene von sich.

»Fühlt Ihr Euch jetzt besser?«, fragte der Mann in der Robe. Ein Gürtel um die Taille hielt den Stoff zusammen, eine Kette aus bunten Steinen an seinem Hals deutete auf seine besondere Stellung innerhalb der Kolonie hin. »Ich bin Argon, der Vorsteher des Leprosoriums.«

Widersprüchliche Gefühle stürmten auf den Gaukler ein. Nach wie vor verspürte er das Verlangen, diese Siechenschlucht so schnell und so weit wie möglich hinter sich zu lassen. »Ich werde Raffael gerufen und … habe viele Fragen.« Er konnte nicht anders, er musste sich schleunigst Klarheit verschaffen, in erster Linie, um einschätzen zu können, wie gefährdet sie hier waren.

»Setzen wir uns.« Argon zeigte auf die Steinbänke in der Kirchenruine.

Die illustre Gesellschaft begab sich ins frühere Kirchenschiff. Sie nahmen auf zwei Bankreihen Platz und drehten sich einander zu, nur Brocken blieb stehen und verschränkte die Arme vor seiner mächtigen Brust. Vielleicht lag es am sperrigen Bidenhänder, den er auf dem Rücken trug, vielleicht aber auch daran, dass er sich nicht in eine Kirche setzen wollte.

Jakob begann mit seinen Ausführungen: »Hier findet allsonntäglich die Andacht statt. Nun gut – der Dachstuhl und ein Großteil der Mauern sind verschwunden, doch dies tut dem geweihten Grund keinen Abbruch, sondern spendet uns nach wie vor göttlichen Trost.«

Unwillkürlich blickte Raffael in den Himmel, doch dort fand er nur Wolken und Skepsis. »Was ist mit Regen? Und der Kälte im Winter. Sehr tröstlich kommt mir das nicht vor.«

Der Priester zuckte mit den Schultern. »Nennt es ein Wunder, nennt es Aberglauben, doch dieser Flecken göttlicher Erde bleibt stets trocken, denn das Haus des Allmächtigen wird niemals kalt. Und nicht zuletzt wärmt der Glaube unsere Herzen. Gott erquickt jene, die bemüht und beladen sind.«

Brocken verzog das Gesicht. Offenkundig konnte er dem frommen Gerede wenig abgewinnen. »Was nützt das, wenn ihr euch den Arsch abfriert?«

Voller Güte lächelte Jakob ihn an. »Ich verstehe – Ihr seid ein Mann, der jenseits der Wege des Herrn wandelt.«

»Welches Herrn?«

»Ich rede von Gott«, erläuterte Jakob sanft.

»Durch Gottes Gnade bin ich, was ich bin – mein eigener Herr«, grollte Bruder Brocken. »Zwar schwarz, jedoch kein Schaf, sondern ein Wolf. Wild und unbelehrbar – also erspar mir jeglichen Bekehrungsversuch.«

»Oh, Ihr seid vertraut mit den Worten des Herrn, somit gibt es Hoffnung. Der Herr ist mit den Verlorenen. Wenn er das nächste Mal mit mir spricht, werde ich Euer Seelenheil in meine Gebete miteinschließen.«

Der Hals des alten Söldners gewann an Umfang. »Priester, bring das nicht durcheinander. Du quasselst *ihn* ständig voll; er redet nie mit dir.«

»Gott gibt so unendlich viel mehr, als er nimmt. Daher empfinde ich nicht wie Ihr.«

Bevor das Gespräch noch unangenehmere Züge annehmen konnte und Bruder Jakob womöglich einen Kopf kürzer als Märtyrer starb, fragte Raffael: »Vorsteher Argon, wie viele Menschen leben in der Kolonie?«

»Einundfünfzig«, lautete seine Antwort. »Davon sind fünfundvierzig infiziert.«

»Außer Euch leben in der Schlucht noch weitere Gesunde?«, fragte Raffael und versuchte, nicht ganz so verwundert zu klingen, wie er sich fühlte.

Der Vorsteher fuhr fort: »Allerdings. Zum Beispiel Angehörige von Aussätzigen, die ihre Geliebten nicht allein lassen wollen. Eins unserer Gemeindemitglieder kam halbverhungert zu uns, weil es hier Freundschaft und ein Dach über dem Kopf fand; ein weiteres wurde fälschlicherweise aufgrund einer harmlosen Schuppenflechte verstoßen und zu uns gebracht – ein Versagen der Verantwortlichen bei der Leprabeschau, wie es immer mal wieder vorkommt.«

»Trotz alledem … die Wahrscheinlichkeit einer Ansteckung ist enorm.«

»Ich verstehe, was in Euch vorgeht, doch ich kann Eure Befürchtungen zum Teil zerstreuen. Die Aussätzigen leben in den Höhlen auf der Westseite der Schlucht. Dort, wo Ihr bereits Bekanntschaft mit Theodor gemacht habt«, ergänzte Bruder Jakob. »Er hatte schon zwei Finger und drei Zehen verloren, als er hergebracht wurde.«

»Puh!«, stöhnte Wieland. »Das klingt durchaus dramatisch – eine Krankheit, bei der Körperteile abfallen.«

»Ein Kreislauf der Verderbnis, wie ihn nur der Teufel geschaffen haben kann.« Argon bekreuzigte sich. »Lepra zerstört die Nerven. Gefühllosigkeit und Lähmung sind die Folge, zudem geht das Augenlicht langsam verlustig, wodurch sich das Verletzungsrisiko erhöht. Oftmals entzünden sich kleine Verwundungen unbemerkt, infolgedessen verfault das Fleisch am lebendigen Leib. Gottlob hilft unser heiliges Wasser überaus gut gegen Wundbrand. In unserem Leprosorium leben die Aussätzigen viele Jahre länger als in anderen Kolonien.«

Dana murmelte mit blassem Gesicht: »Ihr seid tapfere,

bewundernswerte Menschen. Mir dagegen fehlt der Mut, länger hierzubleiben.« Sie senkte den Blick.

Wer wollte es ihr verdenken, dachte Raffael. »Was ist mit Euch, Argon? Seit wann lebt Ihr hier?«

»Seit Anbeginn der Kolonie vor vierzehn Jahren wohne ich in dieser Schlucht, seit sechs Jahren als Vorsteher der Gemeinschaft. Manche halten es für ein Wunder, dass ich bislang von dieser Geißel der Menschheit verschont geblieben bin, doch es gibt bestimmte Regeln, an die sich alle halten müssen, um eine Ansteckung zu vermeiden.«

»Was für Regeln?«

»Die Aussätzigen bleiben in den westlichen Unterkünften. Sie werden Euch nur mit genügend Abstand und dem Wind im Gesicht ansprechen. Sie weisen Fremde mit Klappern und Rasseln auf ihren Zustand hin, sodass diese schon von Weitem gewarnt sind. Sie berühren nur ihre eigenen Habseligkeiten, essen von eigenen Tellern und trinken aus eigenen Bechern. Waschen und Baden dürfen sie sich nur im Bach unterhalb des Sees.«

»Genug der Predigt. Kommen wir zum Wesentlichen!«, dröhnte Brocken dazwischen.

Raffael hatte sich schon gewundert, warum sich der Griesgram so lange zurückgehalten hatte.

Der alte Söldner zog den Bidenhänder aus der Halterung auf seinem Rücken. »Über diesen Friedhof gibt es einige Gerüchte, die nichts mit eurer Gemeinschaft zu schaffen haben und deren Ursprung Jahrhunderte zurückliegt. Dieses Schwert stammt von hier. Vor fünfzig Jahren haben es drei Soldaten mitgenommen.«

»Etwa aus einer der alten Gruften gestohlen? Lasst es mich näher betrachten.«

Brocken drückte ihm die Waffe in die Arme.

Der Vorsteher brach unter dem Gewicht beinahe zusammen. »Wie … könnt Ihr dieses Monstrum überhaupt gegen den Feind schwingen?«, fragte er entsetzt und verwundert zugleich.

»Zerbrich dir darüber nicht den Kopf. Die Inschrift auf der Klinge bedeutet: *Das Abbild des Alten Friedhofs weist den Weg*. Was könnte damit gemeint sein?«

Vorsteher Argon und Bruder Jakob schauten sich an und zuckten mit den Achseln. Der Priester antwortete: »Wir können Euch nicht weiterhelfen. Natürlich wissen wir, dass dieser Ort oft mit Geheimnissen und Sagen in Verbindung gebracht wird, zumal die Gruften über tausend Jahre alt sind. Auch kommen immer mal wieder Fremde mit derartigen Fragen zu uns. Doch wir sind jetzt seit nahezu fünfzehn Jahren Gäste an diesem Ort und haben hier bisher nichts Außergewöhnliches entdecken können. Mit Ausnahme dessen, was der Herrgott uns in seiner unendlichen Güte zur Verfügung stellt.« Er ließ den Arm kreisen. »Diese Überreste einer Kirche, der Schutz der Höhlen sowie das heilige Wasser.«

»*Das schwimmende Schwert in der Gruft Behältnis*. Sagt euch das etwas?«

Wieder erntete Brocken nur Kopfschütteln.

Vorsteher Argon fragte: »Ein Behältnis? Wie ein Eimer? Oder ist eine Urne gemeint? Davon gibt es hier Hunderte.«

Der alte Söldner furchte die Stirn. »Es heißt, die Zwölf

seien hier begraben. Die Hexen aus den Vergessenen Legenden.« Raffael bemerkte, dass Brocken die beiden scharf musterte.

Bruder Jakob hob entschuldigend die Hände. »Auch hierzu können wir nichts beitragen. In den Gräbern und Gruften sind vor vielen Jahrhunderten Adlige und reiche Leute begraben worden. Seitdem liegt der Friedhof brach. Erst wir haben dieser Totenstätte im Namen des Herrn eine neue Bewandtnis gegeben.«

Raffael spürte, dass der Priester die Wahrheit sagte. Argon und er gingen offenkundig voll in ihrer Aufgabe für die Gemeinschaft auf und wussten nichts von schwimmenden Schwertern und Behältnissen oder uralten Hexengeschichten.

Auch Brocken schien ihm zu glauben. »Gut – wir sehen uns dann selbst um.«

»Ich fürchte, Ihr werdet nichts finden, was Eure Fragen beantwortet – schließlich kennen wir hier jeden Winkel, jedes Grab, jede Höhle und jede Gruft«, meinte Argon. »Doch seid unsere Gäste und versucht Euer Glück. Was den Zutritt zur Westschlucht angeht«, seine Gesichtszüge demonstrierten kindliche Unschuld, »bleibt es Eure Entscheidung. Ihr seid gewarnt.«

Mit diesen Worten endete die nachmittägliche Sitzung in der Kirchenruine.

Am frühen Abend standen Dana, Wieland, Brocken und Raffael am Ufer des kleinen Sees. Ein breiter Strahl rauschte mitten aus dem Felsen heraus. Der steinerne Grund sorgte für kristallklares Wasser, und ein Geruch von Reinheit und Frische stieg ihnen in die Nase. Ein beruhigendes Gefühl, sodass Raffael begann, seine Gedanken zu ordnen. Hierfür kniete er nieder und streckte eine Hand ins Wasser, das sich angenehm warm und weich anfühlte.

»Hier gibt es unterirdische heiße Quellen, hat uns Argon erklärt«, berichtete Wieland.

»In vielerlei Hinsicht ein bemerkenswerter Ort«, meinte der Gaukler.

»Nur sind wir bislang keinen Schritt weiter«, stellte Brocken fest.

»Was nun?«, fragte Dana. »Ich verspüre keinerlei Drang, die Höhlen und Gruften der Leprakranken zu untersuchen.« Auch ihr Tonfall verriet, dass keine fünfzehn Pferde sie dorthin bekämen.

»Wenn es sein muss, gehe ich allein. Du kannst währenddessen deine Kleider waschen«, knurrte Brocken.

Wieland steckte den Zeigefinger durch seinen Goldring und kratzte sich am Hals. »Wisst ihr was? Hinter dem Wasserfall verbirgt sich bestimmt ein Gang zu einer geheimen Höhle.« Er zog sich Stiefel und Hemd aus, dann tapste er am Ufer entlang bis zur Felswand. Im nächsten Moment verschluckten ihn die herabstürzenden Wassermassen. Keine fünf Herzschläge später tauchte sein triefendes, grinsendes Gesicht wieder auf. »Leider nein, fast hätte ich mir den Kopf gestoßen. Außer massivem Gestein ist nichts zu finden. Aber das Wasser ist herrlich. Los, Brocki, du hast es mal nötig.«

Doch nach Baden stand dem alten Söldner nicht der Sinn. »Falls wir das Rätsel des Alten Friedhofs lösen, stelle ich mich freiwillig unter den Wasserfall. Bis dahin Schluss mit dem Geschwätz – besser wir suchen nach weiteren Hinweisen, solange es noch hell ist.«

»Äh, worauf soll ich achten? Was wollen wir eigentlich finden?«, fragte Wieland und wischte sich dabei das Wasser aus den Augen.

Brocken stöhnte gequält. »Alles Ungewöhnliche meldest du mir. Geheime Zugänge, wohin auch immer, merkwürdige Risse im Felsen, Auffälligkeiten an den Ruhestätten. Schließlich soll hier ein Dutzend bitterböse Hexen begraben sein, die ein Jahrtausend lang die Menschheit gegeißelt haben. Wo also ist das Grab der Zwölf? Ich vermute, in einer der Gruften. Zudem stellt sich die Frage, wo die drei dusseligen Soldaten damals den Bidenhänder gefunden haben – allzu gut kann der nicht versteckt gewesen sein. Achtet auf verdächtige Inschriften und auf alte Gefäße, denn es heißt: *Das schwimmende Schwert in der Gruft Behältnis.*«

»Schwimmendes Schwert – so ein Unsinn. Wirf den Bidenhänder doch einfach in den See, mal sehen, was dann geschieht«, schlug Dana vor.

»Gute Idee, aber erst nachdem ich ihn dir ans Bein gebunden habe«, grollte der alte Söldner.

»Das meint Brocki nicht so«, tröstete Wieland. »Eigentlich ist er nett, er lässt es sich nur nicht anmerken.« Dabei öffnete er seinen Zopf und presste das Wasser aus seinen Haaren.

Stirnrunzelnd betrachtete Dana die Münze in seinem

Hinterkopf, die nun in Gänze gut zu sehen war. »Die hat Raffael dir eingesetzt?«

»Genau. Er hat mir damit die Schädeldecke geschlossen und mir das Leben gerettet.«

»Solch eine Münze habe ich auch – das erkenne ich an dem Vogel.« Plötzlich wanderten ihre Mundwinkel nach unten. »Ach nein, der Herr Sauertopf hat den Kleidersack mit dem Geldstück ja über Bord geworfen.«

»Wie bitte? Da war eine solche Münze drin?«, dröhnte Brocken.

Mit dem Daumen strich Dana behutsam über das Metall in Wielands Hinterkopf. »Ja, ich bin mir sicher.«

Raffael erklärte: »Ich habe die Münze von Krims, einem guten alten Freund, bekommen. Woher hast du deine, Dana?«

»Eine der wenigen Hinterlassenschaften meiner Mutter. Ich habe versucht, sie zu verkaufen, doch die Händler boten mir nur ein paar Kupferlinge. Das war mir viel zu wenig, deshalb habe ich sie lieber behalten.«

»Aus welcher Gegend stammst du?«, fragte Raffael.

»Ich bin an der Ostküste geboren, doch meine Großeltern kommen hier aus dem Norden. Ganz in der Nähe sollen sie gewohnt haben.«

Brocken meckerte: »Hör zu, Hübschlerin. Du hättest ja ruhig Bescheid geben können, dass sich in dem Kleidersack etwas Kostbares befindet.«

»Ich sollte doch die Klappe halten.«

»Das Maul solltest du halten, Hure. Das gilt für Belangloses immer noch.«

»Und was belanglos ist, entscheidet der Herr Sauertopf?«

Raffael meinte: »Das bringt uns nicht weiter. Lasst uns nach Hinweisen auf das Hexengrab forschen, allein damit Brocken sich mal wäscht.«

Sie teilten sich auf und begannen systematisch den Friedhof abzusuchen. Den Westteil ließen sie außen vor.

Als die letzten Sonnenstrahlen hinter den Felswänden zu verschwinden drohten, kamen sie wieder zusammen, allesamt mit Gesichtern länger als die Schatten, die inzwischen die Schlucht heimsuchten.

Wieland erklärte: »Außer Schmutz, Ratten und Spinnweben war in den Gruften auf der Nordseite nichts zu finden. Sogar einige Wände habe ich auf Hohlräume abgeklopft. Vergeblich!«

Dana schüttelte den Kopf. »Auch im Osten des Friedhofs konnte ich nichts entdecken. Dabei hat mich Vorsteher Argon höchstpersönlich herumgeführt und mir jeden Gang und jede Höhle gezeigt.«

»Wie nett von ihm«, brummte Brocken.

Mehr konnte auch der alte Söldner nicht dazu beitragen.

Als auch Wieland mit erfolgloser Geste seine Arme ausbreitete, wurde deutlich, dass sie den Geheimnissen der Hexengruft keinen Schritt nähergekommen waren. Schweigend mahlte der alte Söldner mit dem Kiefer. Er wirkte geknickt, was seine allgegenwärtige Grantigkeit noch verschlimmerte.

Raffael sammelte Zuversicht und verbreitete diese: »Wir suchen morgen weiter. Wenn die Zwölf wahrhaftig hier begraben sind, dann finden wir ihre Ruhestätte.«

Niemand widersprach – doch auch niemand stimmte ihm zu.

Brocken knurrte entschlossen: »Ich werde morgen die Höhlen der Aussätzigen in der Westwand untersuchen. Und wenn ich sie einzeln raustragen muss.«

Dana schauderte: »Dann brauchen wir bald einen neuen Anführer. Wo ich doch gerade angefangen habe, mich an dich zu gewöhnen.«

»Ich hab mir gleich gedacht, dass ihr euch wegen ein paar abgefallenen Fingern und Zehen so anstellt«, meinte der alte Söldner.

»Was soll das heißen?«, empörte sich Raffael. »Sag nicht, du wusstest, dass der Alte Friedhof mittlerweile als Leprakolonie dient.«

»Pfft! Und wenn schon? Was ändert das?«

Raffael klatschte sich an die Stirn. »Na klar wusstest du es. Deshalb hast du die Bäuerin im letzten Dorf so vehement abgewürgt. Meinst du nicht, dass du deinen Kameraden dieses kleine Detail früher hättest mitteilen können?«

»Offensichtlich nicht, da ich darauf verzichtet habe.«

»Gibt es noch mehr, was du uns verschweigst?«

Brocken knurrte: »Glaubst du, ich rechtfertige mein Wissen vor dir, Kleiner?«

Mit einer ordentlichen Portion Selbstbeherrschung nahm Raffael dies wortlos hin.

Alle starrten vor sich hin und schienen darauf zu warten, dass dieser durchwachsene Tag sein Ende nahm. Nicht einmal Wieland fragte Brocken nach einer Übungseinheit.

Raffael ging zum Karren, um nach den Tieren zu sehen. Er hatte beschlossen, sich nicht mehr über den alten Söldner aufzuregen. Als Erstes tippte er zärtlich mit dem Fingernagel an Borstis bauchiges Glas. Zur Begrüßung wedelte der Wurm mit dem Schwanz aus seinem Erdloch. Oder nickte er mit dem Kopf?

Die Eine

Nachdem Raffael die Pferde versorgt hatte, winkte Dana ihm zu.

»Komm, lass uns ein Stück gemeinsam gehen«, sagte sie mit freundlichem Lächeln und deutete auf die Felswand im Osten. »Ich zeige dir einen besonderen Ort.«

Mit langen Schritten stieg sie einige treppenartige Felsen hoch, die für die Beine von riesigen Riesen gemacht zu sein schienen, und verschwand in einer Höhle zu ihrer Rechten. Neugierig folgte Raffael ihr ins Halbdunkel. Einige brennende Fackeln in Halterungen an der Wand sorgten für Licht. Zunächst führte der Gang tiefer in den Fels hinein, wobei es stetig bergauf ging. Der Gaukler bekam das Gefühl, als ob sie spiralförmig im Kreis liefen. Sie durchquerten etliche Höhlen, die zum Teil mit Essensvorräten wie Mehlsäcken, Dörrobst und Rüben gefüllt waren. Sogar eine Art Weinkeller gab es. Wo wollte Dana nur hin mit ihm? Gerade als er nachfragen wollte, führte der Gang durch ein dreieckiges Loch wieder ins Freie. Die Abendsonne war von hier aus zwar nicht zu sehen, doch ihr Licht überzog die Schlucht mit einem rötlichen Schimmer. Ein paar Schritte weiter fanden sie sich auf einem Grat wieder – und zwar auf dem berühmten schmalen. Mit zusammengepressten Lippen blickte Raffael starr auf seine Füße. Wenige Fingerbreit daneben ging es bestimmt zwanzig Pferdelängen tief und steil nach unten. Höhenangst kannte Dana offenbar nicht, denn sie ging weiter, als würde sie über die Naskatter Brücke laufen. Konzentriert setzte Raffael einen Fuß vor den anderen und vermied es, in die Schlucht zu blicken. Als sie ein breites Podest erreichten, atmete er erst einmal durch.

Mit in die Hüften gestemmten Händen stand Dana vor ihm und ließ den Blick schweifen. »Schau mal. Was sagst du zu dem Ausblick hier oben?«

Auch Raffael sah sich um. In seinem Rücken erhob sich treppenförmig der Berg, vor ihm lag die Schlucht, die in das runde Tal mit dem Friedhof führte. Wie ein Faden schlängelte sich der Bach hindurch, an seinem Ursprung rauschte der kleine Wasserfall. Ein Bild der Kontraste: Leben, Tod, Schönheit, Vergänglichkeit, Natur, Angst und Hoffnung. Trotz des fatalen Schicksals seiner Bewohner besaß dieser Ort paradiesische Züge.

»Den Platz hat mir Argon gestern gezeigt«, erklärte Dana. »Von hier oben sieht alles friedlich und glücklich aus. Ich kann mich kaum sattsehen.«

Angenehm warm strich der Wind über Raffaels Wangen und zerzauste sein Haar noch mehr als sonst.

Eine Weile schwiegen sie, dann sagte er: »Hier ist es wundervoll.« Er spürte jedoch, dass weit mehr hinter diesem kleinen Ausflug steckte und suchte ihren Blick.

Dana verstand die stille Aufforderung. »Ich … wollte dir nur sagen, dass ich es weiß.« Nach diesen Worten schaute sie wieder äußerst konzentriert ins Tal hinunter.

»Seit wann?«, fragte der Gaukler, obwohl er eine Ahnung hatte.

***

Sorgfältig befestigte Umbran das Seil am Felsen. Leider musste er den etwas beschwerlicheren Weg nehmen, denn welcher normale Mensch platzte schon freiwillig mitten in eine Leprakolonie? Die Einheimischen im letzten Dorf auf dem Weg hierher hatten ihn ausdrücklich vor dem Alten Friedhof als Hort der Aussätzigen gewarnt. Weiterer Erklärungen hatte es nicht bedurft. Wieder einmal warf dieser alte Söldner einen Haufen Fragen auf. Wieso begab er sich in das Tal der Verdammten? Was wollte er dort?

Die Dörfler hatten ihm den Weg zur Ostseite der Schlucht beschrieben. Nur dort wäre ein Abstieg möglich, hatte ihm eine Bäuerin erklärt. In unregelmäßigen Abständen brachten sie Mehl und andere Vorräte dorthin, um sie an einem Seilzug zu den Aussätzigen hinunterzulassen.

Wenn die Lebensmittel von dort aus hineingelangen, schaffe ich das auch, hatte Umbran für sich entschieden, folglich bereitete er sich auf eine Kletterpartie vor. Er band die Pferde fest, zog sich die schwarzen Lederhandschuhe an und seilte sich ab. Schnell erreichte Umbran das erste Podest der terrassenartigen Felswand. Weiter ging es zur nächsten Stufe, schließlich war er schon schwierigere Hausfassaden hoch und wieder hinuntergeklettert. Obwohl er entdeckt werden könnte, wollte er nicht bis zur vollständigen

Dunkelheit warten, denn mit dem Rest Tageslicht fand er Kanten, Tritte und Nischen, die ihm Halt boten. Nun stand er gebückt auf dem dritten Vorsprung. Vorsichtig linste er über die Kante zum Abgrund, um sich zu orientieren. Eine Stimme direkt unterhalb von ihm ließ ihn zurückzucken. Vorsichtig schob er den Kopf wieder vor. Eine Frau und ein Mann drehten ihm den Rücken zu, da sie die Aussicht ins Tal sichtlich genossen. Die Frau trug ein schmuckes grünes Kleid mit einem weißen Saum an den Ärmeln und einem roten Gürtel, der ihre Taille betonte. Nicht gerade die passende Kleidung, um in einer Felswand herumzukraxeln. Ihr Gesprächspartner war einen halben Kopf kleiner und in ein weites Wams und eine einfache Leinenhose gekleidet. Wie Aussätzige kamen ihm die beiden ganz und gar nicht vor, somit bedurfte es nicht viel Kombinationsgabe, um darauf zu kommen, dass es sich vermutlich um Brockens Begleiter handelte. Wobei er sich die Hure anders vorgestellt hatte.

»Hier ist es wundervoll«, sagte der Mann mit weicher Stimme.

»Ich … wollte dir nur sagen, dass ich es weiß«, antwortete die Frau, während sie in die Schlucht hinunterstarrte.

»Seit wann?«

»Männern kannst du etwas vormachen, die sind in der Beziehung stumpf und sehen nur, was sie sehen wollen. Versteh mich nicht falsch – du wirst deine Gründe haben, warum du dich als einer von ihnen ausgibst. Und keine Angst, dein Geheimnis ist bei mir gut aufgehoben.«

Der Mann schwieg.

»Geahnt habe ich es schon früh. Ich kenne mich nun mal bestens aus mit Männern, daher haben mich von Beginn an einige deiner Verhaltensweisen irritiert. Kleinigkeiten, nicht nur der besonders zurückgezogene Platz für die Notdurft in den Büschen, sondern auch deine Bewegungen, Gestik und Mimik. Sowie deine Einstellung zu gewissen Dingen, die ich oftmals mit vollem Herzen teile.«

Das Kerlchen sagte immer noch keinen Ton, während die Dame redete. Umbran verkniff sich ein Lächeln über die altbewährte Rollenverteilung. Den Sinn der Unterhaltung verstand er allerdings nicht. Nach wie vor konnte er nur die Rücken der beiden sehen.

Das Weib fuhr fort: »Als Brocken dich auf der Jahrmarktwiese kopfüber kräftig durchgeschüttelt hat, ist dir die Kleidung hochgerutscht. Es war knapp – letztlich konnte niemand deine Brüste sehen, doch kein Mann hätte in dieser Situation krampfhaft sein Hemd nach unten gezogen, anstatt den Kopf zu schützen. Seit diesem Zeitpunkt wusste ich sicher, dass du eine Frau bist.«

Der Schatten kniff kurz die Augen zusammen. Jahrmarkt, Brocken, Mann, Frau. Jetzt hatte er es amtlich. Unter ihm weilten die Gefährten seines Opfers. Die Hure und der Gaukler. Oder besser, Brockens Gefährtinnen – die Hure und die Gauklerin. Eine Überraschung jagte die nächste!

»Ich habe meine Gründe, warum ich es tue«, sagte der Mann, der eine Frau war.

»Davon bin ich überzeugt, und ich werde es niemandem verraten. Du solltest selbst den Zeitpunkt bestimmen, wann du es Wieland und Brocken erzählst.«

»Bist du denn der Meinung, ich sollte es ihnen erzählen?«

»Nur wenn es dir ein Anliegen ist. Ich persönlich denke, dass zumindest Wieland, der ein überaus feiner Kerl ist, ein Anrecht auf die Wahrheit hat. Ich bin mir sicher, er kann damit umgehen.«

»Mal sehen«, murmelte er etwas verdrossen.

»Außerdem mag er dich gern, wenn du verstehst, was ich meine. Und ein klärendes Gespräch eröffnet eventuell neue Möglichkeiten.« Der Tonfall der Hure kam beschwingt daher, so als redeten sie über die Farbe ihres edlen Kleides.

Doch der Mann, der eine Frau war, zuckte leicht zusammen, als verkrampfe er sich innerlich.

»Ich denke darüber nach«, kam es gepresst hervor. »Meinst du wirklich … er mag mich?«

»Auf jeden Fall. Er sieht in dir nicht nur seinen Lebensretter, sondern auch einen engen Freund.«

Eine Weile schwiegen beide.

Die Hure legte einen Arm um die Schultern der Gauklerin und drückte sie kurz an sich. »Ich mag dich, so oder so. Vielleicht sogar so noch mehr. Wir haben nicht nur unser Geschlecht gemeinsam, auch wenn ich einen anderen Weg gefunden habe, in der Gesellschaft zurechtzukommen.«

»Wie meinst du das?«

»Ich präsentiere mich den Männern und werfe mich ihnen in den Arm. Du hingegen verbirgst dich, indem du so tust, als seist du einer von ihnen. Seit wann geht das schon so?«

»Seit ich als vierzehnjähriges Mädchen Waise geworden war. Ich habe meine Gründe dafür.«

»Du musst dich nicht erklären. Warst du überhaupt schon mal mit einem Kerl zusammen?«

Stummes Kopfschütteln, dann ein zaghaftes: »Wie ist das so? Ich meine, mit einem Mann … du weißt schon.«

»Aus Sicht einer Hure – nichts als schnödes Handwerk, routinierte Mechanik.« Sie machte eine Pause. »Aus Sicht einer Liebenden mit dem Richtigen an ihrer Seite, unendlich kostbar. Vertrauen, Wärme und Geborgenheit – sowohl seelisch als auch körperlich, und noch viel mehr. Nicht einmal das große Wort *Liebe* kann es einfangen.« Sie seufzte. »Als junge Frau durfte ich dieses Gefühl erleben.«

»Demnach hat dir Graf Brandmark nicht so viel bedeutet?«

»Nein. Zwar hat er mich gut behandelt, doch zu mehr als einer … nennen wir es Geschäftsbeziehung, reichte es nicht. Vielleicht bin ich auch nicht mehr fähig zu lieben.« Sie klatschte sanft in die Hände. »Lass uns zurückgehen, bevor es ganz dunkel wird.«

Nun drehten sich beide zu ihm Richtung Felswand. Bewegungslos verharrte Umbran im Schatten. Er schnappte nach Luft. Er fühlte sich, als falle ihm der Berg auf die Brust und presse ihm allen Atem aus den Lungen. Sein Herz tobte. Himmel! Nie zuvor hatte er solche Schönheit gesehen. Was dachte Gott sich dabei, so viel Anmut, Zauber und Verlockung in einer einzigen Person zu vereinen? Der Liebreiz in ihren Zügen ließ ihn schwindeln, jeden Moment musste sein pochendes Herz ihn verraten, doch er zog sich nicht zurück, weil er sich nicht sattsehen konnte. Für den Rest seines Lebens würde er sich an ihr nicht sattsehen können. Jede

Pore seines Körpers fühlte sich zu ihr hingezogen. Fassungslos starrte er sie an. Er musste sie berühren, sie riechen, sie spüren. Ihm war, als hätte er alle seine Gifte auf einmal hinuntergeschluckt. Und er würde es tun, wenn sie es verlangte, und er in ihren Armen sterben durfte. Es gab keinen Zweifel, sie war es – die Eine, die für ihn bestimmt war. Nur für ihn. In maßloser Verzückung schloss er die Augen. Wie eines seiner Gebräue übermannten ihn die Emotionen. Alte und neue, verstärkende und widersprüchliche Gefühle wetteiferten miteinander. Sein Leben bekam einen neuen Sinn. Mit aller Kraft rang er seine Eifersucht auf die Gefährten der Angebeteten nieder. Sie mussten alle sterben. Als Erster dieser Brocken. Sie durfte, musste, konnte nur ihm allein gehören.

***

Dana hatte ausgesprochen, was Raffael schon geahnt hatte. In gewisser Weise fühlte er sich erleichtert, dass er ihr nur noch vordergründig etwas vormachen musste. Seine Gedanken sprangen wild hin und her, seine Beine glücklicherweise nicht, daher brachten sie ihn sicher über den Grat und durch die Höhlen zurück zum Nachtlager, ohne dass er es wahrnahm.

Kurz danach fiel der Gaukler erschöpft auf seine Schlafrolle, erstaunt darüber, dass die Wahrheit derart anstrengend sein konnte.

Raffael hatte es gespürt, Dana würde ihn nicht verraten. Sie erwies sich als Freundin, als Vertraute, obwohl er anfangs ihr gegenüber sehr skeptisch gewesen war. Zum einen, weil Brocken sie angeschleppt hatte, zum anderen, weil sie ihren Lebensunterhalt als Hure verdiente. Die Art und Weise, wie sie ihren schönen Körper einsetzte, um in jeder Lebenslage den Männern zu gefallen, irritierte ihn durchaus, und das war noch diplomatisch ausgedrückt. Im nächsten Atemzug schalt er sich dafür. Er hatte nicht das Recht, sie in irgendeiner Form zu verurteilen. Ganz im Gegenteil, je besser er Dana kennenlernte, desto wertvoller erschien ihm ihre Freundschaft. Er freute sich, dass sie zu den Gefährten gehörte.

Die Verbannten

In der Nacht hatte es geregnet. Mit wilder Entschlossenheit stiefelte Brocken durch die Schlucht, wobei er sich an den Pfützen nicht störte. Wieso hatten sie gestern nicht einen einzigen Hinweis auf Schwert, Behältnis oder Hexengräber finden können? Dabei war es doch offensichtlich, dass Aglajas Karte und dieser Friedhof, von dem schlussendlich sein Bidenhänder stammte, miteinander verwoben waren. Nicht nur die Schriftzeichen wiesen darauf hin, sondern auch die Geschichten über die zwölf Hexen in den Vergessenen Legenden. Noch verbarg dieser Ort sein Geheimnis vor ihm. Grimmig ließ er seinen Blick umherschweifen. Die frische Morgenluft beruhigte ihn ein wenig.

Seine Begleiter wurden langsam ungeduldig. Sie wollten die Schlucht lieber jetzt als gleich verlassen, allen voran die Hübschlerin, die fürchtete, ihr faltenloses Gesicht durch ein bisschen Lepra zu verunstalten.

Soll sie doch verschwinden, dachte er. Und am besten mit Schmalhans und Bimsbirne im Schlepptau.

Er jedenfalls würde an diesem Ort bleiben, bis das Rätsel gelöst war. Systematisch schritt er erneut die Ruhestätten ab, betrat jede Gruft, untersuchte jeden Grabstein. Weder die Namen der Verblichenen noch die Zeichen und Symbole auf den Mauern, Grabsteinen und Urnen gaben ihm irgendwelche Hinweise. Als Letztes würde er sich in den Höhlen der Westschlucht umsehen, wo die Aussätzigen hausten. Wider Erwarten lebte Brocken schon so lange, er hatte keine Angst vor Krankheiten, zumal ihm eine innere Stimme zuflüsterte, dass er seinen Tod nicht als Leprakranker finden würde.

Ein gebeugter Rücken in der Kirchenruine riss ihn aus seinen Gedanken. Zwischen den Steinbänken kniete jemand in einem übergroßen Wams. Was machte Schmalhans denn schon so früh hier? Morgenandacht? Bislang hatte sich der Kleine nicht als so überbordend gottesfürchtig gezeigt, als dass er derart zeitig seinen Gott weckte.

Brocken begrüßte seinen Gefährten: »Der Herr vergibt dir. Tut er immer. Er liebt fromme Sünder, denn die sind ihm besonders ergeben. Folglich kannst du ruhig weiterstibitzen.«

»Dir auch einen schönen guten Morgen, fieser Söldner. Suchst du ebenfalls seelische Erleichterung, indem du dich auf heiligem Grund ins Gebet vertiefst?«

»Nein, heute mal nicht.« Brocken verschränkte die Arme vor der Brust und sah skeptisch auf Raffael hinunter. »Hast du den dämlichen Wurm verloren?«

»Nein, Borsti geht es gut.« Mit beiden Händen schabte Schmalhans auf dem Boden in den Fugen der abgetretenen Mosaikplatten herum, dann zerrieb er ein wenig Erde zwischen den Fingern.

»Verrätst du mir, was du da tust?«

Der Kleine sah auf. »Bruder Jakob hat behauptet, dass es in die Kirche nicht reinregnet.«

Brocken sah nach oben – dorthin, wo vor Urzeiten ein Dach gewesen sein mochte. Jetzt jedenfalls grüßte lediglich der gesichtslose Morgenhimmel. »Ach ja! Bruder Jakob glaubt auch an den Heiligen Geist.«

»Es hat die ganze Nacht geschüttet und erst am frühen Morgen aufgehört. Der Boden rundherum ist noch voller Pfützen«, erklärte Schmalhans.

Nun fiel auch Brocken auf die Knie, denn mehr Worte bedurfte es nicht, um die Relevanz dieser Beobachtung zu unterstreichen. Er überzeugte sich selbst – der verfluchte geheiligte Boden der Kirche war trocken. »Respekt, Schmalhans. Ab sofort glaube ich auch an geteilte Meere, brennende Büsche und die unbefleckte Empfängnis. Wie kann das sein?«

»Such es dir aus. Entweder ein Wunder oder …«

»Oder!«, knurrte Brocken prompt. Er hasste Wunder – die waren meist nichts anderes als schöngeredete Katastrophen.

»Oder das Wasser verschwindet viel schneller, weil der Kirchenboden nicht aus Fels oder steinhartem Lehm besteht wie das Umland, und es dadurch abgeleitet wird.« Er erhob sich. »Deshalb ist der Boden hier so trocken. Warum haben sich die Baumeister diese Mühe gemacht?«

Brocken verstand sofort. »Donnerschlag, die Idee wäre noch besser, wenn ich sie gehabt hätte.« Er rückte sich den Schaller zurecht. »Unter dem gesamten Kirchenschiff befindet sich ein Hohlraum. Eine Krypta!«

Schmalhans nickte. »Großartiger Einfall, Großer! Wie bist du nur darauf gekommen?«

»Gott hat mich gesegnet, kleinmütiger Kleiner.« Brocken warf ihm einen rüden Blick zu und versuchte, die Mundwinkel etwas hochzuziehen. Was der Anflug eines Lächelns werden sollte, geriet zu einer grimmigen Grimasse.

Doch der Kleine verstand offenbar und grinste zurück. »Ob der Priester mehr darüber weiß?«

»Das finden wir gleich heraus!«, grollte Brocken. Er holte tief Luft und brüllte, dass es nur so schallte und hallte: »BRUDER JAKOB, SCHLÄFST DU NOCH?« Die Felswände der Schlucht warfen die Worte kanonartig zurück.

Tatsächlich dauerte es nicht lange, bis der Priester mit den Händen auf dem Rücken verschränkt angewatschelt kam. »Ihr habt Euch zur Morgenandacht versammelt?«, fragte er freundlich.

»Ganz recht, gottlob sind wir gerade fertig mit dem Himmelspalaver. Als Nächstes wollten wir die Krypta unter der Kirche besichtigen. Wie kommen wir da hinein?« Der alte Söldner sah den Priester scharf an.

»Ich weiß nicht, wovon Ihr redet. Hier gibt es keine Krypta. Jedenfalls ist mir keine bekannt«, beteuerte Jakob.

Für Brocken logen Priester von Berufs wegen wie der Teufel. Allein das Gerede von dem *einen* Gott im Himmel. Wie sollte das gehen? Einer allein konnte doch unmöglich für die ganze Misere hier unten verantwortlich sein. Gerade als er überlegte, auf welche Weise er die Wahrheit aus dem Kerl rausprügeln sollte, spürte er Raffaels Hand auf seinem Arm.

»Ich glaube Euch, Bruder Jakob«, sagte der Kleine.

Der alte Söldner wusste, dass Schmalhans ein besonderes

Gespür für Menschen besaß, und ließ es gut sein. Er schritt die Mauern der Ruine ab. Danach untersuchte er den Boden zwischen den Steinbänken, ohne etwas Auffälliges zu entdecken. »Sieh dir die rechte Säule an, ich nehme mir die linke vor. Vielleicht gibt's einen Hebel, ein Loch, einen Hinweis oder sonst etwas.«

Beide untersuchten die Reste der Steinpfeiler, die einst einen Teil des Kirchendaches getragen hatten. Nichts! Brocken versuchte es mit Drehen – ohne den geringsten Erfolg.

»Bleibt nur noch der Altar«, sagte Brocken. »Jakob, hast du an dem Steinklotz was verändert, oder ist dir daran etwas aufgefallen?«

»Nein, wir haben ihn so vorgefunden, wie er heute noch dasteht. Es ist alles unverändert – bis auf das Glockengerüst. In Ermangelung eines Turms haben wir es errichtet und rufen damit zum Gottesdienst.«

Zweimal gingen sie um den Altar herum, ein klobiger Granitquader, der nur mit unvorstellbarem Aufwand von Mensch und Tier an diesen Platz geschafft worden sein konnte. Sowohl die Steinoberfläche als auch die Wände waren glatt und kühl und wiesen weder Kerben noch Riefen noch Lücken auf. Mit aller Kraft stemmte sich Brocken gegen den Quader, um ihn ein Stück zur Seite zu schieben, doch wie eine hundert Jahre alte Eiche schien er tief im Boden verwurzelt zu sein. »Der Klotz wiegt so viel wie ein Gebirge«, schimpfte er.

»Vielleicht müssen wir ein bestimmtes Opfer darbringen. Schließlich dient ein Altar als Opfertisch.« Er warf dem

Priester einen sündigen Blick zu.

Bruder Jakob verzog das Gesicht. »Der Altar ist allein Stätte der Ehrerbietung und Hochachtung. Opfer sind nicht nötig.«

»Sag mir, wie ich in die Krypta gelange, dann denke ich nicht weiter über Opfer nach«, grollte Brocken. »Obgleich aus Hexensicht ein geweihter Priester eine hervorragende Wahl wäre.«

»Ihr seid ein gottloser Barbar! Doch lasst mich Euch helfen, der Herr gibt keines seiner Schäfchen verloren. Es bleibt genug Zeit für echte Reue und Umkehr von der Verderbnis«, entgegnete Jakob.

»Reue? Das ist was für Schwächlinge mit Gewissen«, entgegnete Brocken barsch. Der Priester strapazierte seine Nerven.

Wie immer, wenn Ungemach drohte, mischte sich Schmalhans ein, um abzulenken. »Bruder Jakob, vergebt meinem Kameraden sein sperriges Gemüt. Sagt bitte, was wisst Ihr über die alte Statue hinter der Kirche?«

»Nicht mehr als über den Altar. Ein Relikt aus längst vergessenen Zeiten. Wir wissen nicht, wen sie darstellt. Verwittert wie sie ist, wird dies auch kaum noch festzustellen sein.«

Brocken blickte auf. »Über die habe ich mich auch schon gewundert. Lass sie uns näher betrachten.«

Sie verließen die Ruine. Der Boden war immer noch nass, und die Sohlen ihrer Stiefel patschten auf dem Stein. Brocken umrundete die Statue mit kritischem Blick. Als hätte er einen Hexenbesen verschluckt, stand der steinerne Kerl auf seinem Sockel, die Arme betend vorgestreckt. Über die Jahrhunderte hatten die Elemente aus den Händen einen unförmigen Klumpen geformt, einzelne Finger waren nicht mehr zu erkennen. Betete er tatsächlich? Oder …

Laut sagte Brocken: »Ich bin gleich wieder da.« Er ging zum Nachtlager zurück und griff nach seinem Bidenhänder. Tatendurstig wirbelte er die Klinge in der rechten Hand hin und her, als handelte es sich um Bimsbirnes Rapier.

Schmalhans sah ihn mit schmalem Mund an. »Ich hoffe, die Idee mit dem Blutopfer war nicht ernst gemeint.«

»Pfft. Ich verstehe, dass der fehlgeleitete Bruder Jakob nicht anders kann. Mir geht es um unseren anderen Freund hier.« Er klopfte auf den Sockel. »Ich glaube, der sture Steinling ist kein Mönch oder Heiliger, sondern …« Brocken schob den Griff seines mächtigen Zweihänders unter den Handklumpen der Statue. Tatsächlich passte er genau in den dort vorhandenen Hohlraum, sodass die Waffenspitze bis zur Erde reichte. Mit einem Mal stand da eine Wache, die ihr Schwert senkrecht vor sich stehen hatte und mit beiden Händen das Heft festhielt. »… fertig ist der Ritter Knubbelstein.«

»Verflixt, Brocken, du hast recht. Das Schwert ist wieder an seinem Platz«, rief Schmalhans. »Vielleicht bewirkt dies etwas.«

Sie warteten und horchten und warteten. Auf was, wussten sie nicht, das machte das Warten noch schwieriger.

»Wir sollten nachsehen, ob sich etwas verändert hat«, schlug Raffael vor.

Erneut untersuchten sie die Statue – ohne Erfolg. Spätestens seit dieser Entdeckung war Brocken überzeugt, dass sie unter der Kirchenruine des Rätsels Lösung näher kommen würden. Es musste einen Zugang zum Kellergewölbe geben.

Plötzlich rief Bruder Jakob aufgeregt: »Schaut mal! Auf der Rückseite des Altars ist eine Inschrift aufgetaucht. Eine Botschaft des Herrn!« Seine Augen traten hervor, voller Demut und Dankbarkeit fiel er auf die Knie.

Sie betrachteten den steinernen Opfertisch. Auf dem schwarzen Granit schimmerten hellgrau eine Reihe von Schriftzeichen, die denen auf Schwert und Karte ähnelten.

»Die Sprache kennen wir doch, nicht wahr, Brocken? Obwohl die Zeichen gerade eben definitiv noch nicht da waren, denke ich nicht, dass sie von Gott stammen«, mutmaßte Raffael.

Der alte Söldner stöhnte: »Woher auch immer – wir können sie nicht lesen, dabei liefern sie uns mit hoher Wahrscheinlichkeit den entscheidenden Hinweis. Jetzt fehlt uns der Magus des Wortes für die Übersetzung.« Brocken strich mit der Hand über die Inschrift. Sie fühlte sich an, wie frisch in den Granit gemeißelt, ansonsten war der Altar unverändert geblieben. Eine Weile standen sie unschlüssig davor.

»Was tun?«, fragte Raffael.

»Ich verstehe den Sinn ebenfalls nicht. Doch … es gibt da jemanden …«, sagte Bruder Jakob betont langsam. »Ein Mitglied unserer Gemeinde ist ein sehr belesener Mann. Ein Gelehrter, der Vorträge an vielen Höfen des Kontinents gehalten hat. Vielleicht kann er die Inschrift übersetzen.«

Bevor Brocken den Pfeffersack anmeckern konnte, warum ihm das erst jetzt einfiel, kam ihm Schmalhans zuvor: »Danke für den hervorragenden Vorschlag, Bruder Jakob! Einen Versuch ist es wert. Holt ihn bitte.«

Der Priester nickte und verschwand.

»Was treibt ihr hier so früh?«, fragte Bimsbirne, der zusammen mit der Hübschlerin den Weg zur Kirchenruine gefunden hatte.

Raffael brachte die beiden auf den Stand ihrer bisherigen Entdeckungen.

Bimsbirne staunte die Kriegerstatue an. »Jetzt, mit dem Schwert in den Händen, sieht er dir ein wenig ähnlich, Brocki«, erklärte er. »Stell dich tausend Jahre in den Regen, dann seid ihr Zwillinge.«

Der Priester kehrte gemächlichen Schrittes zurück. Hinter ihm humpelte eine Gestalt mittels zweier Krücken unter den Achseln mühsam heran.

Etwa fünf Pferdelängen entfernt blieb der Mann stehen und machte ein paar Schritte seitwärts, bis er im Wind stand. Schwer gezeichnet von der Lepra besaß er nur noch ein Auge, ein Ohr, eine Hand, einen Fuß und keine Nase. Wieso lebte der überhaupt noch? Die Stümpfe waren mit Leinenwickeln verbunden, knotige Schwellungen und Geschwüre bedeckten das Gesicht. An der verbliebenen Hand waren nur Daumen und Mittelfinger übrig – diese beiden streckte er zum Gruß in die Höhe, was einen besonders grotesken Anblick bot.

»Oh nein!« Die Hübschlerin stöhnte entsetzt.

»Doch nicht ausgerechnet …«, stammelte Schmalhans.

Der zahnlose Mund öffnete sich. »Jakob, du hast mich an diesen Ort geführt. Was wollen die Lebenden von mir?«, krächzte der Kranke.

»Wieso redest du von Lebenden?«, fragte Brocken im Plauderton.

»Weil ich mich nicht dazu zähle, da ich schon vor geraumer Zeit gestorben bin, Fremder«, erwiderte der Alte. »Bevor mein Dorf mich verstoßen und hierhergebracht hat, haben sie mich in einer bewegenden Abschiedszeremonie beerdigt. Unter einem schwarzen Tuch habe ich auf der Totenbahre gelegen, während sie geweint haben. Eine schöne Feier, jawohl.«

»Ich bin Brocken. Auch ich bin von meinem Stamm verbannt worden. Wie heißt du?«

»Was tut mein Name zur Sache?«, krakeelte der Aussätzige.

»Nur für den Grabstein.« Brocken zuckte gleichgültig mit den Schultern.

»Hehe«, hustete es. »Was bist du denn für einer?«

Die Hübschlerin hielt es nicht länger aus und vergrößerte mit blasser Nase den Abstand zu dem Mann. Beim Zerlegen des Wildschweins hatte sie nicht mit einer ihrer langen Wimpern gezuckt, doch hier benahm sie sich ganz schön zimperlich für eine Hure.

Der Leprakranke neigte den Kopf gefährlich zur Seite. »Für den Rest meines Lebens kannst du mich Theo nennen. Jakob sagte, ich soll etwas für euch lesen?« Mit seinen beiden einsamen Fingern schwenkte der Alte eine der Krücken wie eine Waffe. »Aber warum sollte ich das für dieses widerwärtige fremde Pack tun, das meinen Schönheitsschlaf stört?«

»Das kann ich dir beantworten, Faulpelz!«, knurrte Brocken. »Weil du, kurz bevor deine Reste endgültig dahinsiechen, zur Abwechslung noch etwas Sinnvolles tun könntest.«

Neben ihm zischte Schmalhans etwas Unverständliches – mit Sicherheit war der Kleine einmal mehr schwer beeindruckt vom Feingefühl und dem Verhandlungsgeschick des alten Söldners.

Theo sah auf die Erde, während er mühsam zwei Schritte näher humpelte. Er schien mit sich selbst zu reden: »Hehe! Faulpelz nennt mich der Hundsfott. Da kommt der mir auf die Tour, dabei will er was von mir.« Er hob den Kopf. »Zeig mir mal deine freche Fratze genauer, Fremder.« Er machte noch einen Schritt.

Das war zu viel für die Hübschlerin, sie floh regelrecht in entgegengesetzter Richtung aus der Kirchenruine. Instinktiv machte auch Bimsbirne einen halben Schritt zurück, und Schmalhans neben ihm versteifte sich zu einem Grabstein.

Wie eine Schnecke streckte Theo den verbliebenen Augapfel vor und musterte Brocken von unten nach oben. Dabei schloss und öffnete sich das Lid einige Male, die ausgefallenen Brauen und Wimpern verstärkten den bizarren Gesichtsausdruck noch. »Du bist groß, erinnerst mich an meinen Stiefvater, der war auch so ein Riesenarschloch«, krächzte er.

»Bruder Jakob, seid Ihr sicher, dass Theodor der Sprachkundige ist?«, fragte Raffael nach.

Der Priester nickte eifrig.

Nun warf der Kranke ein Auge auf Schmalhans. »Was

glaubst du denn? He, dich erkenne ich doch! Du bist das Weichei, das bei meinem Anblick wie ein Säugling anfing zu schreien. Feiges Pack! Mit euch will ich nichts zu tun haben.«

Es war eine Wohltat, den Kleinen mal sprachlos zu erleben. Der wusste doch sonst immer alles – und das besser. Brocken sagte: »Jetzt benimm dich nicht genauso dämlich, sondern sieh dir zuerst die Inschrift an. Wenn du der Übersetzung tatsächlich mächtig bist, kannst du immer noch entscheiden, inwiefern du uns weiterhilfst.«

»Ohne die Schrift zu sehen, weiß ich, dass ich es kann.« Sein Selbstbewusstsein hatte die Lepra jedenfalls nicht angegriffen. »Doch selbst wenn ich es wollte, aus dieser Entfernung kann ich die Zeichen wohl kaum erkennen«, meckerte der Aussätzige. »Aber ich will ja nicht. Ihr seid es nicht wert.« Er schwang sich mit seinen beiden Krücken noch ein Stück näher. »Lauft!«, kicherte er. »Lauft wie die Hühner! Hinfort mit dem Vogelvieh!« Sein irres Lachen klang bedrohlich.

Nun stolperte auch Schmalhans rückwärts. »Der ist völlig verrückt«, stöhnte er leise.

Brocken rührte sich nicht von der Stelle. »Keine Sache, Stiefsohn«, sagte er. »Wenn es sein muss, trage ich dich alten Köter zum Jagen. Du bist ein Verbannter, genau wie ich.« Mit drei langen Schritten stand er neben dem Alten und hob ihn wie ein Kleinkind mit beiden Armen hoch. Der Mann bestand nur noch aus Haut und Knochen, der Bidenhänder wog ein Vielfaches. Behutsam trug er ihn zum Altar und setzte ihn direkt vor der Inschrift ab.

»Du … du bist nicht weggelaufen? Und fasst den aussätzigen Todgeweihten an?«, wunderte sich der Alte.

»Ich kenne keine Angst vorm Sterben«, erklärte Brocken. »Und auch du fürchtest den Tod nicht, denn du bist ja schon gestorben.«

Das entstellte Gesicht des Alten zuckte. Dann antwortete er leise: »Du bist ein Geistesverwandter. Nun denn, lass mich diese Inschrift betrachten.« Er beugte sich ganz dicht an den Altar heran und betrachtete ein Schriftzeichen nach dem anderen. Es dauerte eine Ewigkeit. Warten! Doch in diesem Fall übte sich Brocken in Geduld.

Theodor richtete seinen ausgemergelten Oberkörper auf und krächzte: »Füreinander mit einer Stimme.«

»Füreinander mit einer Stimme?«, fragte Brocken erstaunt.

»Na klar! Hörst du schlecht? Ich dachte, ich bin hier der Einzige mit nur einem Ohr.«

»Hast du eine Idee, was das aussagen könnte?«, fragte Brocken.

Der Alte dachte noch einmal nach. »Der Sinn erschließt sich mir nicht, doch mir fällt etwas anderes dazu ein: In dieser Sprache kann das *für* auch *vier* bedeuten. Doch *Viereinander mit einer Stimme* ergibt genauso wenig Sinn.«

Der alte Söldner nickte: »Verstehe.«

»Dieser Ausflug strengt mich sehr an. Ich habe meine Arbeit getan und würde mich jetzt gerne wieder auf die faule Haut legen.« Theodor schüttelte sich vor Lachen, sodass ihm die verbliebene Ohrmuschel beinahe auch noch abfiel.

Nachdem er sich beruhigt hatte und nur noch entkräftet keuchte, half ihm Brocken beim Aufstehen und drückte ihm die beiden Krücken unter die Achseln. »Ich danke dir. Schaffst du es allein zurück?«

»Das geht schon, ich lasse mir Zeit. So einen Spaß wie heute habe ich lange nicht mehr gehabt. Hol mich, wenn es noch mehr zu lesen gibt.« Dann wandte er sich um und humpelte gemächlich wieder dorthin zurück, wo er hergekommen war. Bruder Jakob begleitete ihn.

In stiller Bestürzung sahen ihm die Hübschlerin, Bimsbirne und Schmalhans hinterher. Danach bündelten sie ihre Blicke auf Brocken.

Der tapfere Schmalhans sprach es als Erster aus: »Eine beeindruckende Vorstellung, Brocken. Doch … was ist, wenn du dich nun angesteckt hast?«

»Ach was, die Lepra traut sich nicht in meine Nähe«, antwortete der alte Söldner überzeugt.

»Aber in unsere – du könntest sie jetzt verbreiten«, sagte Dana.

»Er hat mich weder angespuckt, noch hat er mich geküsst, noch bin ich …«, der alte Söldner funkelte sie verärgert an, »… mit ihm ins Bett gegangen und habe Körperflüssigkeiten mit ihm ausgetauscht. Und wer ist gestern mit dem Vorsteher durch die halbe Schlucht gelaufen, obgleich auch der die Lepra schon längst in sich tragen könnte? Wir sind hier nun mal mitten im Wespennest und können allesamt jederzeit gestochen werden.«

Die Hübschlerin senkte schweigend den Blick.

»Ich zwinge keinen von euch, in meiner Nähe zu bleiben«, erklärte er.

Abermals übernahm Schmalhans das erste Wort: »Ich denke, Brocken hat recht. Verlassen wir uns auf unser Glück, auf die Hoffnung, auf was auch immer, und machen wir weiter wie bisher.«

Wieland probte sein typisches breites, bimsbirniges Lächeln: »Das sehe ich genauso. Außerdem, so wurde mir erzählt, war auch ich schon mal so gut wie tot, und Raffael hat mich zurückgeholt.« Demonstrativ stupste er den alten Söldner an. »Und Brocki, so ein sensibles Händchen hätte ich dir niemals zugetraut.«

»Nenn mich nicht Brocki, sonst kann ich dir auch sensibel in die Fresse hauen.«

»Ob sensibel die richtige Bezeichnung für Brocki ist … darüber muss ich noch einmal nachdenken«, antwortete Raffael.

»Schmalhans, sinniere lieber mal über unsere neue Erkenntnis: *Füreinander mit einer Stimme.*«

»Ich bin schon dabei. In der Zwischenzeit solltest du dir zumindest die Hände waschen, Brocken. Balindar hat mich gelehrt, dies nach jeder Wundversorgung zu tun. Ich denke, es hilft gegen die bösen kleinen Käferchen, über die wir schon gesprochen haben.«

»Wenn es sein muss und ich dann meine Ruhe habe. Ihr rührt euch nicht von der Stelle.«

»Ich hole dir schnell ein Stück Kernseife«, rief Dana und eilte zum Pferdewagen.

Brocken reinigte sich ordentlich die Hände bis zu den Ellenbogen im Bach. Als er wieder zur Kirchenruine zurückkam, standen die Gefährten immer noch vor dem Altar mit der Inschrift.

»Hat einer von euch eine Idee?«, fragte der alte Söldner.

»Bislang fällt mir nichts Brauchbares dazu ein«, antwortete Schmalhans.

»Ich hasse diese kryptischen Hinweise!«, schimpfte Brocken.

»Deswegen heißt das, wohin wir wollen, auch Krypta«, erklärte Bimsbirne.

»*Füreinander* klingt nach Gemeinschaft – nach Freunden, die füreinander da sind.«

»Mir wird direkt warm in meinem Stiefel, Schmalhans.«

»Augenblick – ich bin noch nicht fertig. *Mit einer Stimme* widerspricht dem *füreinander*.«

»Diese Inschrift ist aus dem Nichts aufgetaucht. Sie muss magischen Ursprungs sein und daher die Lösung beinhalten«, sagte Dana. »Ich denke, wir müssen zunächst die grundsätzliche Bedeutung oder besser, die Handhabung der Worte verstehen. Handelt es sich um einen Aufruf, ein Motto, eine Parole, eine Warnung?«

»Nicht Lösung, sondern Losung!?« Breitbeinig stellte sich Wieland vor den Altar, holte tief Luft, während er aufgeregt an seinem Zopf zupfte. Bedeutungsschwanger rief er: »Füreinander mit einer Stimme.«

Natürlich geschah nichts.

»Probiere es mal mit: *Türlein öffne dich*«, nörgelte der alte Söldner.

»Hast du eine bessere Idee? Nur zu!«, meckerte Bimsbirne zurück.

Alle dachten angestrengt über die mögliche Bedeutung der Inschrift nach.

»Korr«, krächzte es von oben. Ein wahrlich vogelfreundlicher Ort. In diese Kirche hineinzufliegen, stellte den weißen Raben vor kein größeres Problem. Er landete direkt auf dem Altar und plusterte seine Kehlfedern auf.

»Wenn du auf den Altar kackst, ist Jakob sauer«, meinte Bimsbirne zu ihm, dabei böte der schwarze Granit einen interessanten Kontrast zu den Hinterlassenschaften des Vogels.

»Korr, korr«, krächzte es als Antwort.

»Seit wann stotterst du?«, fragte Wieland den Raben.

Wildes Flügelflattern und »korr, korr«, lautete die Antwort.

»Ich denke, er will uns etwas sagen«, erklärte Schmalhans.

Der Rabe klackerte mit dem Schnabel auf den Stein. »Korr, korr«, wiederholte er sich.

Wieland überlegte laut: »Hm, vielleicht …«

»Ich hasse Sätze, die mit *vielleicht* anfangen«, polterte Brocken. »Dafür ist mir die Puste zu schade.«

»Vielleicht meint Korr, wir sollen die Losung alle zusammen sprechen. Nicht eine Stimme ist gemeint, sondern mit einer Stimme. Im … Chor.«

»Korr!« Der Rabe flatterte ihm auf die Schulter.

Der verdammte Vogel brachte Zeit seines Lebens genau ein Wort heraus – auf solch eine hanebüchene Idee konnte nur Bimsbirne kommen. Brocken drehte den Schaller eine Viertelumdrehung auf seinem Schädel.

Raffaels Augen glänzten. »Das ist ein famoser Vorschlag.

Los, probieren wir es.« Demonstrativ holte er Luft und zählte. »Drei, zwei, eins. Füreinander mit einer Stimme!«, ertönte der frühmorgendliche Sprechgesang in der Kirchenruine des Leprosoriums.

Natürlich geschah nichts.

»Was für ein alberner Scheiß!«, grunzte der alte Söldner. »Es ist früh am Morgen – ihr könnt also noch viele Stunden hier stehen und Lieder singen. Das machen die Leute in den Kirchen seit Jahrhunderten, und es hat die Menschheit bisher noch keinen Schritt weitergebracht.«

»Du weißt doch gar nicht, wie es wäre, wenn niemand beten würde«, erklärte Raffael. »Vielleicht wäre dann alles noch viel schlimmer.«

Brocken atmete durch. »Jetzt keine Grundsatzdiskussion. Konzentrieren wir uns auf die Aufgabe. Wir haben es mit dem Dutzend zu tun. Zwölf durchtriebene Hexen, denen jedes Mittel recht ist, ihre Geheimnisse zu schützen.«

»Brocken hat eben nicht mitgesungen«, petzte die Hure auf einmal.

»Jetzt, wo du es sagst, fällt es mir auch auf«, meinte Schmalhans. »Wir versuchen, das Geheimnis zu lösen, doch der Herr Feldmarschall ist sich anscheinend zu schade dafür. Wenn *füreinander* und *viereinander* doppeldeutig ist, sollten wir es zu viert probieren. Los, nochmal – du auch, Brocken!« Bevor der alte Söldner widersprechen konnte, zählte Schmalhans bereits herunter: »Drei, zwei, eins.«

»Füreinander mit einer Stimme!«, erklang es.

Tatsächlich brabbelte Brocken den Blödsinn leise mit. Wenn es bei den Gordonen einen Kirchenchor gegeben hatte, dann war ihm der verborgen geblieben.

Natürlich geschah nichts.

Ihre Gesichter wurden länger. Schmalhans kratzte sich am Kopf, die Hure beglotzte ihre langen Fingernägel, und Bimsbirne zupfte an seinem Zopf, als wollte er die Glocke zum Gebet läuten.

Brocken überlegte schon, den Bidenhänder zu holen und den beknackten Altar zu Kleinstein zu verarbeiten.

Da ertönte ein lautes Schleifgeräusch, und wie von Geisterhand bewegt, glitt der Granitquader zur Seite und gab eine dunkle Öffnung frei. Die ersten Stufen einer Treppe in die Tiefe offenbarten sich.

Schweigend standen sie da und starrten in das Loch.

»Im Chor! Alle vier! Ich hab's ja gleich gesagt«, meinte Brocken.

Unter der Erde

Unfassbar – sie hatten es tatsächlich geschafft: Der Zugang zur Krypta lag offen. Denn wohin sonst sollte diese Treppe führen? Mit großer Eile machten sich die Gefährten für die Expedition bereit. Wer wusste schon, wann sich die Pforte wieder schloss und ob sie sich dann noch einmal öffnen ließ?

Brocken war unterwegs, um aus einer Vorratshöhle Fackeln zu holen. Sicherheitshalber nahm der Gaukler seine Leselaterne, ein paar Kerzen sowie Feuerstein und Zunder mit. Dieses Gewölbe unter der Kirchenruine hatte sicherlich seit Jahrhunderten kein Licht mehr gesehen. Was konnte er noch gebrauchen? Er hängte sich einen Wasserschlauch über die Schulter und steckte sein Messer in den Gürtel.

»Borsti, drück mir die Daumen, dann bin ich schnell wieder zurück«, verabschiedete er sich, nicht ohne zu überlegen, wo der Wurm seine Daumen hatte.

Zusammen mit Dana und Wieland schritt Raffael entschlossen zur Kirchenruine. Eine gewisse Aufregung erfasste ihn – wer wusste schon, was sie in der Hexengruft erwartete? Ein paar Zweifel bohrten kleine Löcher in seine Zuversicht. Gab es das wirklich? Inschriften, die aus dem Nichts erschienen? Gruften, die sich knirschend von allein öffneten?

An Magie hatte er nie geglaubt. Die zauberhaften Heiltränke, die Krims und er zubereitet hatten, waren schlicht und ergreifend Betrug gewesen. Doch dann war er eines Besseren belehrt worden. Im Düsterwald hatte er den lebensrettenden magischen Schild selbst erlebt. Dagegen war eine Krypta, die sich aufgrund einer Losung öffnete, auch nichts Besonderes mehr. Er sah sich noch einmal um. Oder hatte sich doch jemand einen Spaß erlaubt und die Gruft mittels einer mechanischen Konstruktion unbemerkt aus der Ferne geöffnet? Nein, wozu sollte das dienen? Die Erlebnisse auf dieser Reise sprengten seinen geistigen Horizont. Er musste es einfach glauben – schließlich war den Hexen aus den Vergessenen Legenden jeder Spuk zuzutrauen. Raffael hielt inne. Letztlich hatte er das Abenteuer zusammen mit einem alten, grantigen Söldner losgetreten, der schon früh damit begonnen hatte, sämtliche Maßstäbe zu sprengen.

Mit verschränkten Armen lehnte Brocken bereits am Altar und starrte begierig in das rechteckige Loch. Die Stachelkeule baumelte an seinem Gürtel. Der Gaukler blickte zur Statue hinter der Kirche, die nach wie vor innig das Heft des Bidenhänders umfasste.

Brocken folgte seinem Blick. »Solange wir mit der Krypta noch nicht fertig sind, lasse ich das Schwert lieber in der Obhut von Ritter Knubbelstein. Wer weiß, was geschieht, wenn ich es ihm wegnehme«, brummte er.

»Dafür nimmst du den Morgenstern mit?«, fragte der Gaukler. »Die in der Gruft Bestatteten sind doch mit ziemlicher Sicherheit schon tot.«

»Ich kenne da einen, der sich noch kürzlich in die Hose

gemacht hat, weil ihn eine Horde Leichen fangen wollte. Außerdem gehe ich nicht einmal pinkeln ohne Waffe.«

Wieland streichelte über den Knauf des Rapiers an seiner Hüfte. »Das begleitet mich auch.«

Vorsteher Argon und Priester Jakob hatten sich ebenfalls eingefunden, schließlich wollten sie wissen, was sich in ihrer Kirche abspielte. Auch einige Aussätzige hatten die Höhlen verlassen und sahen herüber. Schweigend bestaunte Argon die Öffnung, die der Altar freigegeben hatte.

Jakob nahm das Kreuz vor seinem Bauch in die rechte Hand, als wolle er böse Geister damit abwehren und sagte: »Folgendes solltet Ihr wissen: Uns ist nicht wohl bei der Sache. Wir denken, dies ist ein frevelhafter Hexenzauber und nicht das Werk Gottes. Die Geschichten der Vergessenen Legenden stecken voller Blasphemie. Damit wollen wir nichts zu tun haben. Daher könnt Ihr nicht auf unsere Hilfe zählen. Wir werden nicht in dieses Loch zur Hölle hineingehen.« Er breitete die Arme aus. »Uns erwartet hier oben jeden Tag genügend Verantwortung und Arbeit mit den verlorenen Seelen.«

»Danke für die offenen Worte, Bruder Jakob. Ihr habt Eure Gastfreundschaft schon über Gebühr bewiesen, nicht zuletzt, indem Ihr Theodor zu uns gebracht habt«, antwortete Raffael. »Kümmert Euch nicht weiter um uns.«

»Und wir sollen wahrlich zu viert dort hineingehen?«, fragte Dana mit dünner Stimme.

Der alte Söldner richtete sich zu voller Größe auf. »Hör zu, Hübschlerin. Ich erinnere mich noch genau, wie du auf dem Jahrmarkt gemeckert hast.« Er äffte ihren Tonfall nach:

»Das nächste Mal komme ich auf jeden Fall mit.«

Dazu sagte Dana nichts.

Brocken war noch nicht fertig: »Jetzt haben wir sowohl *das nächste Mal* als auch *auf jeden Fall.* Außerdem heißt es *füreinander* – zumindest hat die Losung nur als Quartett funktioniert. Alle oder keiner.«

Dana nickte – in ihren Augen zeigte sich echte Einsicht, während sie tapfer Mut sammelte.

Dass ich Brocken mal so einen Spruch sagen höre, dachte der Gaukler. Mal sehen, wie lange das anhält.

Brocken erteilte Befehle: »Ich gehe vor, hinter mir Raffael, dann Dana, und Wieland bildet die Nachhut.«

Er kennt tatsächlich unsere richtigen Namen, staunte Raffael nicht schlecht.

Mit seiner brennenden Fackel fackelte Brocken nicht lange, sondern stieg die Stufen hinunter. Ein wenig Staub wirbelte auf, ansonsten wirkte die Treppe kaum benutzt. Nach genau dreizehn Stufen erreichten sie einen länglichen Raum, der direkt unter der Kirche liegen müsste. Das Licht der Fackel warf schattige Monstergrimassen an die Wände – Raffael schüttelte den Kopf. Vielleicht half das, derlei Assoziationen zu vertreiben.

»Iiih! Hier ist alles voller Spinnweben«, quiekte Dana hinter ihm und fuchtelte mit beiden Armen vor ihrem Gesicht herum.

Tatsächlich kitzelten und klebten unzählige kleine Fäden an Stirn, Nase und Wangen fest. Hier war lange keiner mehr entlanggegangen.

»Das sind die Netze der grünen Satansspinne. Nach einer

Berührung schlägt die Haut Blasen und entzündet sich eitrig, zurück bleiben wulstige Narben. Ist aber nicht tödlich«, beruhigte sie Brocken.

»Halt's Maul, Söldner!«, zischte Dana.

»Hihi«, machte es ganz hinten.

Wo bin ich hier nur hineingeraten?, dachte der Gaukler. Er spürte sein Herz von innen an die Brustwand klopfen, so als wollte es die Treppe wieder hoch ans Tageslicht und raus aus der Schlucht der Leprakranken. Und seltsamerweise, er verstand es kaum, fiel ihm dennoch kein Ort ein, an dem der Rest seines Körpers in diesem Moment lieber sein wollte. Dana hatte Wort gehalten und keine Silbe über sein Geheimnis verloren. In der Nähe von Wieland fühlte er sich von ganz allein wohl, und was Brocken anbetraf ... Es war merkwürdig, doch auf seine perfide Art und Weise schaffte es der grantelnde Eisklotz, bei Raffael ein gewisses Gefühl von Geborgenheit auszulösen – trotz seiner Unberechenbarkeit, seiner Ichbezogenheit und seines Welthasses.

Sie erreichten das Ende des ersten Raumes und standen vor einer massiven Holzpforte.

»Türen sind zum Aufmachen da«, sagte Raffael. Form und Konstruktion der Pforte erinnerten an ein Burgtor, nur neigte sie sich in ihre Richtung, so als könnte sie ihnen jeden Moment entgegenfallen.

»Sollen wir anklopfen?«, fragte Wieland.

»Das ist doch nicht dein Ernst, Bimsbirne?«, brummte Brocken. »Tote öffnen keine Türen, das müssen wir schon selbst erledigen.« Er zeigte auf einen vorgelegten gusseisernen Riegel.

»Wie zweckdienlich ist dann diese Pforte?«, fragte Wieland.

Der alte Söldner zuckte mit den Schultern. »Das werden wir herausfinden.« Er schob den Riegel nach oben und drückte die schräge Pforte auf. Normalerweise hätte es mindestens zwei Männer dafür gebraucht.

»Bimsbirne, stell du dich in die Tür. Ich sehe mal nach, was sich dahinter verbirgt. Ihr anderen kommt mit rein und wartet zusammen hier.«

»Halt! Bevor du verschwindest, zünde ich meine Laterne an.« Dazu hielt Raffael den Kerzendocht in die Flamme der Fackel.

Brocken marschierte los, während Wieland sich gegen die Pforte stemmte und die anderen ihm im matten Laternenlicht Gesellschaft leisteten. Die Luft war stickig, warm und trocken. Kein Wunder, dass der Gaukler sogleich Durst verspürte.

Sie hatten schon eine ganze Weile an Ort und Stelle ausgeharrt, als der Lichtpunkt von Brockens Fackel in der Ferne auftauchte. Plötzlich leuchtete eine zweite Quelle auf, dann die dritte und vierte. Die Umrisse eines riesigen Gewölbes offenbarten sich, als der Söldner noch weitere Fackeln in den Wandhalterungen rundherum entfachte. Schließlich kehrte er mit langen Schritten zu ihnen zurück.

»Nett hier!«, bemerkte Brocken. »Und verflucht trocken.« Er sah sich auf dem Boden um, als suchte er etwas Bestimmtes. Sein Fuß stieß gegen einen klobigen Gegenstand, der an einen Baumstumpf erinnerte. »Aus Eisen gefertigt und daher schwer genug, um als Türbeschwerer zu dienen.«

»Gute Idee! Warte, ich fasse mit an.« Hilfsbereit verließ Wieland seinen Posten. »Meinst du, wir kriegen das Ding angehoben?«, fragte er eifrig.

WUMMS! Die Pforte fiel durch ihr Eigengewicht zu. Ein kurzes schabendes Geräusch sowie ein metallenes Klicken verrieten, dass nun offenbar auch der Riegel auf der anderen Seite vorgekippt war.

Der Söldner stöhnte gequält: »Nicht mehr nötig.«

Der Gaukler fasste sich an die Stirn. »Wieland, was für ein Glanzstück!«, rief er, hauptsächlich um Brocken den Wind aus den Segeln zu nehmen, denn nach dessen Gesichtsausdruck zu urteilen, standen stürmische Beschimpfungen bevor. Mit einem mulmigen Gefühl untersuchte Raffael die geschlossene Tür. Hier drinnen gab es weder einen Griff noch einen Hebel oder einen anderen Mechanismus, um sie wieder zu öffnen. Folglich versperrte ihnen nun eine massive Holzwand den Rückweg.

»Verstehe – jetzt kommen wir nicht mehr so einfach raus«, erklärte Wieland mit belangreicher Miene.

»Wieso baut denn jemand eine solch raffinierte Tür hier ein, und vor allem, warum?«, fragte Dana.

»Raffiniert? Selbst Borsti würde auf den ersten Blick kapieren, dass diese geneigte Pforte von allein wieder zufällt und dies tunlichst verhindert werden sollte«, grantelte Brocken. »Was rede ich, wenn es sein muss, kriegen wir sie schon wieder auf, und wenn wir Bimsbirnes Birne als Rammbock nehmen.«

Wieland lächelte beruhigend in die Runde: »Brocki meint das nicht so.« Er hämmerte mit der Faust gegen das massive

Holz. Danach trat er einige Male mit dem Stiefel dagegen, doch es tat sich gar nichts. »Ganz schön dick und stabil«, stellte er abschließend fest.

»Bekommen wir genügend Luft zum Atmen?« Raffael erschauderte – keineswegs wollte er in diesem düsteren Hexengrab ersticken.

»Keine Sorge. An den Rändern geht ein steter Luftstrom heiß wie Wüstenwind«, erklärte Brocken. »Sehen wir uns erst einmal um.«

Aufgrund der riesigen Ausmaße des Gewölbes bemerkte Raffael erst nach und nach, dass es kreisförmig angelegt war. Rundherum an den Wänden standen Bauten, die an kleine Kapellen erinnerten. Jeweils dazwischen lehnte etwas an der Wand. Der Gaukler konnte nicht erkennen, was es war, also trat er näher und vertrieb mutig Dunkelheit und Schatten mit seiner Laterne. Oh, nein! Dort saß ein Mann mit gekreuzten Armen auf dem Boden. Gekleidet war er in zerfallene Stoff- und Lederreste. In seiner knöchernen Hand hielt er ein Kurzschwert, und es sah so aus, als würde er ihn bedrohen.

Der Gaukler zuckte vor Schreck zusammen und zwang sich, genauer hinzusehen. Natürlich handelte es sich um einen Leichnam, doch der war kaum verwest, nur völlig ausgedörrt.

Neben ihm erklärte Brocken: »Vermutlich über tausend Jahre alt.«

»Hier drüben sitzt auch so einer«, meldete sich Wieland.

»Die sind unheimlich unheimlich«, sagte Dana. »So als würden sie jeden Augenblick wieder lebendig.«

»Wie ist das möglich? Die müssten doch längst zerfallen sein.«

Mit dem Stiel seiner Stachelkeule klopfte der alte Söldner die Mauer ab. »Die Wände bestehen aus Schaumstein – er ist grobporig wie ein Schwamm und saugt die Feuchtigkeit auf. Das Gestein wird auch Bims genannt, wie die gleichnamige Birne. Hinzu kommt der warme Luftstrom. Alles in allem ein feiner Ort, um Leichname zu mumifizieren und möglichst lange für die Nachwelt zu erhalten.«

»Sie sind knochentrocken«, fasste Wieland zusammen.

»Aber warum sitzen die Männer hier an den Wänden?«

»Totenwächter! Vermutlich wurden sie damals lebendig begraben. Vorher mussten sie einen Eid ablegen, genau an dieser Stelle, in dieser Haltung zu wachen und zu sterben. Es heißt, sie wurden wie Helden verehrt, und für ihre Familien wurde gesorgt.«

»Das ist doch verrückt!«, schnaubte Dana empört.

»Woher weißt du solche Dinge, Brocken?«, fragte Raffael.

»Die Jahre in der Bibliothek von Drachenbein habe ich nicht untätig verstreichen lassen.«

Der Gaukler nickte. Spätestens seit er die *Chirurgia Magna* studierte, wusste er, welch ungeheuerlichen Wissenspfuhl Bücher darstellten. Doch an den Gedanken, dass ausgerechnet der grantige Eisklotz sich dieses Reichtums ausgiebig bedient hatte, musste er sich erst gewöhnen.

Sie suchten weiter die Wände rings herum ab. Tatsächlich saß zwischen jedem Mausoleum ein Totenkrieger. Bei einigen Leichnamen glaubte er sogar, die Entschlossenheit in deren Gesichtszügen zu erkennen. Was für ein wahnwitziges

Opfer hatten diese Männer nur erbracht!

Es dauerte eine Weile, bis sie den Raum einmal komplett abgeschritten hatten.

»Die kleinen Bauten sind die Mausoleen der Hexen«, erklärte Brocken. »Vermutlich sind zwölf davon belegt. Sehen wir einfach nach.«

Mit der Fackel voran betrat er die nächstgelegene Gruft. Raffael folgte ihm. Seine Gefühlslage schwankte zwischen Neugier, Furcht und Entsetzen. Der alte Söldner ließ die Fackel über einen marmornen Sarkophag gleiten. Kunstvolle Verzierungen schmückten den bauchigen Deckel. An einer Seite hatte ein Bildhauer ein Relief von dreizehn wunderschönen jungen Frauen in langen Kleidern angefertigt. Eine der Damen war deutlich größer in den Stein gemeißelt und zudem mit goldener Farbe verziert.

»Genau die wird wohl in diesem Sarg schlummern«, mutmaßte Brocken. Er leuchtete mit der Fackel Ecken und Wände der Grabkammer aus, doch zu finden war nichts. »Nicht einmal ein Name steht hier irgendwo.«

In der nächsten Gruft sah es ähnlich aus, nur war diesmal eine andere Hexe hervorgehoben. So ging es einmal rundherum, bis sie alle dreizehn Mausoleen begutachtet hatten. Nur in einem, genau gegenüber der Pforte, stand ein halboffener Sarkophag, an dessen Fußende der dazugehörige Deckel hochkant an der Wand lehnte, so als wartete er nur darauf, endlich zuzufallen.

»Für die Letzte ihrer Art«, sagte Brocken. »Es sieht ganz danach aus, als hätte die Hexe Aglaja hier ein geruhsames Plätzchen für sich vorbereiten lassen.« Grimmig ergänzte er:

»Ich werde ihr helfen, es baldigst in Anspruch zu nehmen.« Sein Unterkiefer mahlte, während er niederkniete und die goldene Dame auf dem Relief an der Seitenwand des Sarkophags näher betrachtete. »Sie ist es«, stöhnte er leise. »Nach all den Jahren habe ich sie nicht vergessen. Sie ist es.«

Brocken erhob sich wieder. Sein Gesicht unterschied sich nicht allzu sehr von denen der sitzenden Totenkrieger. Als Nächstes beugte er sich tief in den Sarg und pfiff durch die Zähne. »Da liegt etwas.« Er griff danach und hielt einen Gegenstand in die Höhe. Raffael blinzelte. Im trüben Licht offenbarte sich eine einfache, aus Holz geschnitzte Schale, passend für eine gute Portion Suppe.

»Der Gruft Behältnis?!«, flüsterte er.

»Kann gut sein. Für so einen kleinen Kopf denkst du erstaunlich schnell«, sagte Brocken.

»Nimm es mit. Jetzt müssen wir nur noch das Geheimnis rund um das schwimmende Schwert ergründen. Lass uns nach weiteren Hinweisen suchen.«

Mit gespielter Erschütterung sagte Brocken: »Das ist doch Diebstahl, übler Grabesraub sogar. Darauf steht in Drachenbein die Todesstrafe durch Erhängen.«

»Ich erzähle es nicht weiter.«

Brocken verstaute die Schale in seinem Rucksack.

Gemeinsam erkundeten sie erneut jeden Winkel des Gewölbes, entdeckten jedoch nichts Weiteres von Bedeutung.

Wieland fragte stöhnend: »Jetzt sagt nicht, wir müssen zwölf Steinsärge öffnen und die Leichenreste durchwühlen.«

»Fantastischer Vorschlag! Gratulation, Bimsbirne! Viel

mehr Möglichkeiten bleiben nicht.«

»Könnten wir uns vorher noch Gedanken darüber machen, wie wir lebend hier wieder rauskommen?«, warf Dana mit einer gewissen Anspannung in der Stimme ein.

»Die Idee ist grundsätzlich nicht verkehrt«, stimmte Wieland ihr zu. »Vielleicht gibt es noch einen anderen Ausgang.«

Brocken nickte, also teilten sie sich auf und richteten ihre Aufmerksamkeit diesmal nicht auf die vertrockneten Totenkrieger, sondern ausschließlich auf die Wände. Stück für Stück suchten sie das Gewölbe ab. Raffael hielt Ausschau nach Ritzen oder anderen Hinweisen auf einen Durchgang und nahm seine Hände zur Hilfe, um auffällige Unebenheiten fühlen zu können. Doch er konnte nicht einmal ein Rattenloch entdecken. Langsam ersetzten Angst und Verzweiflung Neugier und Forscherdrang. Sie befanden sich tief unter der Erde, vermutlich würden Bruder Jakob und Vorsteher Argon sie nicht hören, auch wenn sie noch so laut um Hilfe riefen. Zudem hatten sich die beiden im Vorfeld schon geweigert, in die Krypta hinabzusteigen. Mit diesen trüben Gedanken vervielfachte sich sein Durst. Der stetige warme Luftstrom entfachte jetzt schon seine Wirkung.

»Hier ist eine Öffnung in die Felswand eingelassen«, rief Dana plötzlich von der gegenüberliegenden Seite der Krypta.

Sofort nahm die Hoffnung überhand. Alle versammelten sich bei ihr und starrten auf das Gestein. Tatsächlich zeichnete sich eine schmale Öffnung in der Wand ab, wobei es keinen Knauf oder eine Klinke gab.

Mit seinen riesigen Händen drückte der alte Söldner von allen Seiten auf die vermeintliche Tür, jedoch ohne Erfolg. Wieland inspizierte derweil den Boden, während Dana und Raffael die Gruften rechts und links nach einem versteckten Mechanismus absuchten.

»Was haben wir denn da?«, hörte der Gaukler Wieland laut fragen. Sie kamen gerade rechtzeitig wieder zusammen, um zu verfolgen, wie er mit der Stiefelspitze einen runden Stein in die Wand drückte. Ein laut vernehmliches *Klack* ertönte, und die Tür öffnete sich einen Spalt. »Wenn ihr mich nicht hättet«, strahlte Wieland heller als jede Fackel.

»Dann stände die Pforte noch offen«, knurrte Brocken. Doch seine hochgezogenen Augenbrauen verrieten, dass er über die Entdeckung durchaus freudig überrascht war.

»Du bist immer so nachtragend, Brocki«, meinte Wieland. »Vielleicht solltest du auch mal richtig lange schlafen.«

»Quatsch nicht!« Der alte Söldner schob die Tür langsam nach innen auf, sodass sie eine kleine, quadratische Kammer freigab. Brocken ging vor, Raffael folgte ihm. Hier waren die Wände verputzt und teilweise mit bunten Mosaiksteinen versehen. An der Stirnseite stand ein steinernes Podest, das, wie die Sarkophage rundherum, von meisterlichen Bildhauern mit Figuren verziert worden war. Es waren allesamt Frauen – vermutlich wieder eine Darstellung der Dreizehn. Der erhöhte Platz am Ende der Kammer zog die Blicke auf sich – als Altar wäre er der Stolz jeder Kirche gewesen. Mitten darauf stand eine bronzene Schatulle.

Gerade als Brocken sie ergreifen wollte, fragte Raffael: »Das Ding scheint kostbar zu sein. Was, wenn das eine Falle ist und in dem Moment, wo du es hochhebst, der Boden nachgibt oder sich die Wände zusammenschieben?«

»Na und? Dann sterben wir halt jetzt anstatt später«, grunzte Brocken. »Wie kommst du nur auf so einen Blödsinn?«

»Über viele Jahre mühsam geschultes Misstrauen!«

»Ich hab's dir schon mal erklärt. Vorsicht ist die größte Gefahr im Leben. Also halt mal fest!« Brocken drückte ihm die Fackel in die Hand, nahm das Kästchen und hielt es unter das Licht der Flamme. Mit Daumen und Zeigefinger öffnete er den Deckel. Eingebettet in ein erstaunlich gut erhaltenes Seidenkissen offenbarte sich ein Glasfläschchen. Brocken griff danach und hielt es hoch. »Die Pfütze darin sieht aus wie Tinte.«

Wenn man den unkonventionellen Fundort in Betracht zog, musste es sich um ganz besondere Tinte handeln, wobei sich Raffael in keiner Weise eine angemessene Verwendung vorstellen konnte.

»Dort liegt noch mehr.« Dana drängte herein und deutete auf eine Vertiefung am Fuß des Podests in Form eines Schubladenkastens.

Brocken bückte sich und zog ein Bündel Pergamente sowie einen silbernen Gegenstand hervor. Letzterer hatte einen Griff wie ein Dolch, dessen Ende in ein schmiedeeisernes Konstrukt mit drei dicken Dornen auf einer Scheibe mündete. »Was soll denn das sein?«

Der Geistesblitz kam überraschend schnell – Raffael glaubte zu wissen, wozu dieser Gegenstand diente. »Nimm es mit«, sagte er knapp.

Brocken packte sämtliche Fundstücke in seinen Rucksack. »Immer diese Diebereien. Das muss dein schlechter Einfluss auf mich sein. Bislang war ich ein ehrlicher Söldner.«

»Priester Jakob kann dir später die Beichte abnehmen, dann fühlst du dich besser.«

Zu viert durchsuchten sie den kleinen Nebenraum, konnten jedoch sonst nichts von Belang finden – vor allem keine weiterführende Öffnung.

»Bleibt also nur die Pforte, um hier herauszukommen«, stellte Brocken fest.

»Ja, wir müssen allmählich wieder nach oben, ich habe das Gefühl, ich verdurste«, meinte Dana.

»Mir geht es genauso – mein Mund ist völlig ausgedörrt«, erklärte Wieland. »Diese Trockenheit saugt einem das Mark aus den Knochen.«

»Ihr quengelt wie Kleinkinder«, meckerte Brocken.

»Bin ich der Einzige, der einen Wasserschlauch mitgenommen hat?«, fragte Raffael und ließ ihn einmal reihumgehen. Dankbar nahmen Wieland und Dana einen Schluck, Brocken indes brummte: »Ich trinke, wenn wir wieder draußen sind.«

Neue Ziele

Richtig schlau wurde Brocken aus den Erkenntnissen in der Krypta nicht, wobei bisher keine Zeit geblieben war, über die Bedeutung der Fundstücke nachzudenken. Zunächst mussten sie den Weg hinaus finden. Erneut untersuchte er die hölzerne Pforte. Einen Rahmen gab es nicht, die Tür lag direkt auf der schrägen Steinwand auf. »Es kann doch nicht sein, dass ein derart einfacher Mechanismus als tödliche Falle dient. Die Tür fällt von allein zu, der Riegel auf der anderen Seite rutscht vor, und das war's.«

»Primitiv, aber wirksam. Vielleicht soll diese Konstruktion in erster Linie dafür sorgen, dass keine Feuchtigkeit eindringt«, sagte Raffael. »Hier drin fühlt es sich an wie in einem Backofen. Der Trinkschlauch ist beinahe leer – bei der Trockenheit überleben wir ohne Wasser keine zwei Tage.«

»Was für düstere Worte, Schmalhans. So kenne ich dich gar nicht, du bist doch sonst so ein Schönredner.« Normalerweise balancierte der Kleine doch immer zwischen unerbittlicher Naivität und unerträglichem Optimismus.

»Mir tut beim Schlucken schon der Hals weh«, stöhnte die Hure.

Noch eine schöne Rednerin. Brocken verkniff sich jede bissige Bemerkung und rückte den Schaller auf seinem Kopf zurecht. Wenn er bloß den Bidenhänder mitgenommen hätte – den hätte er als Brecheisen benutzen können. Der Morgenstern an seinem Gürtel war als Hebel ungeeignet; damit konnte er höchstens probieren, ein Loch in die Tür zu schlagen, um mit einem langen, dünnen Gegenstand wie Bimsbirnes Rapier den Riegel zum Entsperren nach oben zu drücken.

Brocken nahm die mächtige Stachelkeule in die rechte Hand. »Macht mal Platz!«, rief er und holte weit aus. Kraftvoll trieb er die Waffe in das Holz der Tür – so war es zumindest geplant, doch der Morgenstern prallte ab wie von einem Amboss. Ungläubig inspizierte er die Tür. Nicht einmal den kleinsten Kratzer konnte er entdecken. Er versuchte es gleich noch einmal – das Ergebnis war dasselbe.

»Donnerschlag! Die Pforte ist anscheinend von einem unsichtbaren Schild umgeben, vergleichbar mit jenem, der uns im Düsterwald den Hintern gerettet hat. Hier arbeitet er allerdings gegen uns.«

Raffael zog sein Messer aus dem Gürtel und bohrte die Klinge betont langsam ins Holz. Tatsächlich hinterließ dies ein kleines, helles Loch. »Richtig, Brocken. Auch dieser Schild aktiviert sich nur bei hoher Geschwindigkeit.«

»Was für ein Hexenzauber! Leider nützen deine Schnitzereien wenig. Auf diese Weise brauchen wir mindestens eine Woche, bis wir durch sind«, sagte der alte Söldner.

»Vielleicht bekommen wir neben der Tür ein kleines Loch ins Gestein«, schlug Wieland vor.

Einen Versuch war es wert. Tatsächlich schaffte Brocken es, eine kleine Lücke in die Wand direkt neben der Pforte zu schlagen, offenkundig schützte der Schild nur die Tür. Nun war es ihm möglich, die Fingerkuppen unter das Holz zu schieben und nach Leibeskräften zu ziehen. Die Bretter knarzten leise, doch der schwere Riegel verhinderte das Öffnen. Vier Daumenbreiten dickes, massives Eichenholz, das zudem noch durch einen magischen Schild geschützt wurde, versperrte ihnen nach wie vor den Weg in die Freiheit.

Der alte Söldner staunte über die Selbstdisziplin der anderen. Bedröppelte, verschwitzte Gesichter zwar, jedoch kein Gejammer, keine Schuldzuweisungen. Verhaltene Verzweiflung, aber keine Spur von Panik. Allerdings waren alle Blicke auf ihn gerichtet. Als Befehlshaber riesiger Armeen kannte er dies nur zu gut – das Los des Anführers. Diesmal fühlte es sich anders an, denn zum ersten Mal verspürte er einen fremdartigen Druck auf den Schultern. Die Soldaten, die er bisher in die Schlachten geführt hatte, waren nicht mehr als Ressourcen gewesen, Kriegsmaterial für den Einsatz gegen den Feind, nichts als Nummern – eingeteilt in Fußvolk, Fernkämpfer und Kavallerie. Um zu gewinnen, hatte er stets die vielversprechendste Kriegsstrategie gewählt, seine Männer bestmöglich motiviert und sich aus vielerlei Gründen selbst ins Getümmel gestürzt. Der Zweck heiligte die Mittel, Verluste waren ihm völlig gleichgültig gewesen, nur der Sieg am Ende zählte. Nach der Schlacht im Nebelmoor hatte er nicht einem einzigen Soldaten nachgetrauert, dabei hatte er am Schluss blindlings die eigenen Männer abgeschlachtet.

Warum zum Teufel stellte sich die Situation hier nun

anders dar? Lag es etwa daran, weil ihm seine drei Begleiter vertrauten? Unbegreiflich – wie konnten die nur so dämlich sein? Doch es kam noch viel schlimmer. Sein Unterkiefer mahlte. Er brauchte einen Moment, den Gedanken zu denken und den Sinn in aller Gänze zu erfassen. *Er vertraute ihnen.* Selbst der Hübschlerin. Wie konnte er nur so dämlich sein, einer Hure zu vertrauen? Und schon steckte er in einem Dilemma, denn es ging nicht bloß darum, seine eigene Haut zu schützen. Langsam verstand er, wo das zusätzliche Gewicht auf seinen Schultern herkam – die Verantwortung drückte, und dies nur, weil er den drei Blindnasen gestattet hatte, tiefer in sein Leben zu treten, als ihm lieb war. Dabei verstand er überhaupt nicht, wofür sie gut waren. Bimsbirne mit seiner überbordenden Arglosigkeit, Raffael mit seinen tiefschürfenden Spitzfindigkeiten und die Hübschlerin mit ihrem Gelaber über Pucki, Mucki und Hacki. Trotz der Hitze schüttelte er sich. Seine Überlegungen brachten ihm die nächste Erkenntnis: Wohl oder übel hatte er seine Gefolgschaft mit jeder gemeinsamen Stunde besser kennengelernt. Nein, nein, er würde nicht so weit gehen zu behaupten, sie seien ihm ans Herz gewachsen. Schließlich hatte er sich Letzteres vor vielen Jahrzehnten aus der Brust gerissen und es achtlos weggeworfen – zumindest metaphorisch.

Eigentlich war es zum Lachen. Er stand schwitzend in einer Krypta unter einer verfallenen Kirche, inmitten eines Leprosoriums, und gestand sich ein, dass er sich nicht nur Sorgen um seinen eigenen Arsch machte. Alter Söldner, wohin soll das führen? Scheiß Gemeinschaft! Oh nein, jetzt quasselte er gedanklich auch schon von Gemeinschaft. Wie auch immer, sie mussten hier raus, bevor sie als Dörrobst endeten. Er würde zum allerletzten Mittel greifen. Nur als Berserker konnte er die Pforte aufbrechen. Bereits zweimal hatte er die Gefährten im Blutrausch verschont, daher hielt er das Risiko für vertretbar. Er würde ein weiteres Stück von sich preisgeben, was ihm zutiefst zuwider war, doch in der jetzigen Situation blieb ihnen keine andere Wahl. Sollte er die anderen vorher warnen oder es drauf ankommen lassen? Sie würden es schon merken, und wenn er ihnen dennoch den Schädel zertrümmerte, musste er sich zumindest nie wieder diese Art von Gedanken machen. Und Beschwerden würde es im Nachhinein auch keine geben.

Brocken stöhnte. Sein Entschluss stand fest, er würde es tun. Leider war dies leichter gedacht als getan. Er konnte nicht einfach die Augen schließen, mit den Fingern schnippen und dann als übermächtiger Wutkrieger mit dem Kopf durch die Tür rennen. Bei der Gelegenheit rückte er sich den Schaller zurecht. Bislang hatte er sich nur in unmittelbarer Lebensgefahr und unter größter Anspannung in einen Berserker verwandelt. Völlig unkontrolliert. Wie sollte er sich jetzt bewusst in diesen Zustand versetzen? Er konnte schlecht warten, bis er fast verdurstet war, denn dann käme mit Sicherheit für die Gefährten jede Hilfe zu spät. Wollten sie nicht in diesem Gewölbe verdursten und vertrocknen, musste er Wut aufbauen, unerschütterlichen Zorn. Brocken ballte die Fäuste und stürzte sich voller Ingrimm in die Vergangenheit, fest entschlossen, die Reise nicht auf diese Weise enden zu lassen. Er dachte an die Ungerechtigkeit seiner Verbannung, an die selbstgerechte Hexe, an die Mutter, die ihn fallengelassen hatte. Wut, Zorn, Raserei.

Ich bin Raghdall der Rasende!

Ein Schleifgeräusch auf der anderen Seite der Pforte riss ihn aus seiner Konzentration. Jemand entsperrte den Riegel. Hatte Jakob oder Argon entgegen ihrer Ankündigung den Mut aufgebracht, in der Krypta nach dem Rechten zu sehen? Brocken packte zu und riss die Tür mit einem Ruck auf.

»Hoppla!«, sagte ein fremder Mann, der direkt vor ihm auf der Schwelle stand. Nicht groß, nicht klein, in eine braune Tunika und eine dunkle Leinenhose gekleidet, mit wachen Augen, die ihn neugierig musterten. Trotz des spärlichen Lichts war es deutlich erkennbar: Das linke Auge war blaugrau, während es im rechten grün schimmerte. Davon abgesehen, trug der Mann ein Allerweltsgesicht vor sich her, nicht schön, nicht hässlich. Ungeachtet dieses überraschenden Aufeinandertreffens an diesem seltsamen Ort wirkte der Fremde harmlos, nahezu belanglos. Um seine Taille trug er einen Gürtel mit mehreren kleinen Schlaufen, in die Phiolen und Nadeln gesteckt waren, dabei sah er weder aus wie ein fahrender Händler noch wie ein Schneider, eher wie ein einfacher Feldarbeiter der hiesigen Bevölkerung. Wie auch immer – eine Besonderheit zeichnete ihn aus: Er war im richtigen Moment am rechten Ort gewesen und hatte die verfluchte Pforte entsperrt.

Ermattet ließen sie sich in der Kirchenruine auf die Steinbänke plumpsen. Alle atmeten tief durch, froh darüber, die Krypta hinter sich gelassen zu haben und die Nasen wieder in die frische Luft strecken zu können.

Der Fremde stand nur da und wartete ab.

Raffael fragte ihn: »Wie ist Euer Name?«

»Umbran werde ich genannt.«

»Danke noch einmal für die Rettung. Was führt Euch hierher?«

Mit unaufdringlicher Stimme antwortete Umbran: »Zurzeit verdinge ich mich als Kurier und überbringe dem Leprosorium Nachrichten. Doch was hat Euch in die Krypta unter die Kirche geführt?«

So harmlos der Fremde auch wirkte, Brocken hatte nicht vor, seine Geheimnisse mit ihm zu teilen. »Wir sind zufällig in diese Schlucht gestolpert. Ursprünglich waren wir auf dem Weg in den Norden. Der Rest geht dich nichts an.«

»Verstehe«, sagte Umbran. »Als Bote bin auch ich es gewohnt, Informationen vertraulich zu behandeln. Es war mir eine Freude, helfen zu dürfen, nun lasse ich Euch wieder allein.« Mit einem freundlichen Nicken erhob er sich. »Ich schlage mein Lager am Anfang der Schlucht auf. Wenn Ihr wollt, kommt mich besuchen, ich freue mich über Gesellschaft.« Er nickte mit einem knappen Lächeln und verschwand in Richtung Felsentor.

»Du warst nicht besonders freundlich zu unserem Retter«, befand Dana.

»Falls es dir noch nicht aufgefallen ist: Ich bin nie besonders freundlich – vor allem nicht fremden Männern gegenüber. Das ist eher dein Fachgebiet«, antwortete Brocken. Danas zorniges Augenfunkeln störte ihn einen Dreck, Hauptsache, er würgte damit weitere Diskussionen ab. Kaum waren sie gerettet, war der Anflug von Sentimentalität vergessen. Je größer das Arschloch, desto besser der Söldner. Folglich sollte er sich auf die wichtigen Dinge im Leben konzentrieren, zum Beispiel auf seinen Bidenhänder. Brocken begab sich hinter die Kirche und zog der Steinstatue das mächtige Schwert aus den Händen. Verwittert und erbittert starrte sie vor sich her, sagte jedoch nichts. »Stell dich nicht so an, ich brauche den dringlicher als du.« Dann ging er zurück zu den Gefährten auf den Steinbänken, die gerade staunend verfolgten, wie der Altar sich knirschend in die ursprüngliche Position begab und somit den Eingang zur Gruft wieder verschloss.

»Sind wir hier fertig?«, fragte Raffael. »Ich würde nämlich gern etwas ausprobieren. Lasst uns zum See gehen, denn wenn ich recht habe, werden wir Zeugen eines ganz seltenen Schauspiels.«

»Wasser!«, stöhnten Wieland und Dana gleichzeitig. Die Freude und Erleichterung über die Rettung hatte sie für einen Moment sogar ihren riesigen Durst vergessen lassen. Auch Brockens Kehle brannte vor lauter Staub. Mit den Wasserschläuchen in den Händen hasteten sie zu viert zum See.

Zufrieden saßen sie am Uferrand, der Wasserfall spielte sein berauschendes Lied, alle hatten ihrem Körper wieder genügend Flüssigkeit zugeführt. Die Hure zog sich die Schuhe aus, machte ein paar Schritte in den See und wusch sich mit beiden Händen das Gesicht. Wie musste das Antlitz der Hübschlerin in der trockenen Luft der Krypta gelitten haben? Doch es gab Wichtigeres. Brocken warf dem Gaukler einen auffordernden Blick zu, ohne etwas zu sagen, aber es war klar, dass der seiner großmäuligen Schauspielankündigung nun Taten folgen lassen sollte.

»Breite mal die Fundstücke aus dem Rucksack hier aus«, ließ Raffael sich nicht lange bitten.

Auf einem Felsen präsentierte Brocken die Schale, das Tintenfass, einige leere Pergamente sowie das ungewöhnliche Werkzeug.

Schmalhans griff nach Letzterem und wog es in der Hand. »Macht einen äußerst stabilen Eindruck. Gib mir mal den Bidenhänder. Oder nein, besser nicht, dessen Gewicht reißt mir nur die Arme aus. Pack ihn zu den anderen Sachen.«

Mit einer Hand zog Brocken das Schwert hinter dem Rücken hervor und legte es auf den Felsen. Seine Augen verengten sich, als Raffael mit der linken Hand nach dem Heft griff, wobei seine Finger nicht lang genug waren, um es ganz zu umfassen. Der alte Söldner riss die Augen wieder auf, als er verstand. Was war dieser Schmalhans nur für eine gerissene Ratte! Mit der rechten Hand führte Raffael die Spitze des Werkzeugs zum Knauf des Schwertes und drückte die drei Dornen in die entsprechenden Vertiefungen. Dann versuchte er, den Knauf vom Heft zu drehen, wobei er sich beinahe die Zunge abbiss.

»Lass mich mal!«, knurrte Brocken ihn an. Ein wertschätzendes Knurren, wenn es so etwas gab.

Bereitwillig übergab ihm Raffael das Instrument und machte Platz. Der alte Söldner setzte das Werkzeug an und drehte. Tatsächlich! Mit leisem Quietschen ließ sich der Knauf des Schwertes vom Heft schrauben. Nach ein paar Umdrehungen löste er sich vollends vom Bidenhänder und gab einen schmalen Hohlraum preis, in dem ein länglicher Gegenstand steckte. Brocken versuchte, diesen herauszuziehen, doch seine dicken Finger passten nicht in den Schwertgriff.

»Lass mich mal!«, knurrte Raffael zurück, wenngleich es eher nach einem Welpen klang. Geschickt zog der Kleine das Ding aus dem Heft, betrachtete es kurz und übergab es Brocken.

Der hielt es in die Höhe, strich mit dem Daumen darüber und pikste sich spielerisch in die Handfläche. Es handelte sich um eine genaue Kopie des Bidenhänders, nur dass diese bloß etwa so lang wie sein Zeigefinger ausfiel. Ein Miniaturschwert, gefertigt aus einem ihm unbekannten Material. Wofür sollte das gut sein?

Der Kleine legte den Kopf schräg. Man konnte ihn regelrecht denken hören. »Du hast das Abbild die ganze Zeit mit dir herumgeschleppt und viele Mal fest umklammert. Ich … ich habe vielleicht noch eine Idee. Wieland, wie heißen die Inschriften bitte nochmal?«

Als hätte er nur auf das Kommando gewartet, hob Bimsbirne den Zeigefinger und rezitierte mit gewichtiger Stimme: »Es führt zum Ziel, das Ruder im Nordmeer, das schwimmende Schwert in der Gruft Behältnis. Das Abbild des Alten Friedhofs weist den Weg.«

»Wenn wir den nicht hätten«, brummte Brocken.

Raffael griff nach der Schale aus Aglajas Mausoleum, die

noch auf dem Felsen stand und stiefelte ein Stück in den See hinein. Dort füllte er sie mit Wasser und stellte sie zurück auf den Felsen. »Wirf das Abbild rein«, forderte er Brocken auf.

Zur Abwechslung fiel es ihm gar nicht mal so schwer, einfach das zu tun, was andere vorgaben, stellte Brocken fest. Er gehorchte und ließ das Miniaturschwert in die Schale plumpsen. Wider Erwarten ging es nicht unter, sondern drehte sich langsam auf der Oberfläche. Die Hure hatte längst ihre Trockenfalten wieder geglättet und gesellte sich neugierig zu ihnen. Und als wäre das nicht genug, drehte nun auch ein weißer Rabe seine Runden über ihren Köpfen. Staunend starrten sie gemeinschaftlich in das Behältnis, während ein aufmunterndes *Korr* ertönte.

»Das schwimmende Schwert«, flüsterte Dana ergriffen.

Wie ein Kreisel rotierte es um die eigene Achse. Nur allmählich wurden die Drehbewegungen langsamer. Niemand sagte ein Wort, bis das Schwert zum Stillstand kam und die Klingenspitze zitternd nach Nordosten zeigte. Raffael tauchte die Hand in die Schale und drehte das Schwert in die entgegengesetzte Richtung. Als er es wieder losließ, richtete es sich sofort wieder nach Nordosten aus.

»In dieser Richtung liegt das Nordmeer. Das ist unser nächstes Ziel, und der Suppenteller hier zeigt uns den Weg«, erklärte Schmalhans triumphierend.

Ein Schauer lief Brocken über den Rücken. Zunächst wusste er nicht, was mit ihm geschah, denn dieses Gefühl hatte er seit Jahrzehnten nicht mehr gehabt. Kaum zu glauben – auf einmal schien alles so klar und einfach.

Der alte Söldner holte tief Luft. »Es fällt mir verflucht

schwer, es zuzugeben, doch verdient ist verdient. Schmalhans, du bist ein Genie. Das war wirklich ein unglaubliches Schauspiel.« Brocken fühlte, ob seine Zungenspitze noch dran war. Gut, er hatte sie sich nicht abgebissen.

Raffael strahlte, wie es sonst nur Bimsbirne vermochte.

»Nun vergiss aber schnell wieder, was ich gesagt habe«, knurrte der alte Söldner. »Und bilde dir nichts darauf ein.«

»Augenblick, du verkennst die Lage, Großer«, entgegnete Raffael. »Das Schauspiel, von dem ich sprach, kommt erst noch.« Demonstrativ machte er den Weg in Richtung See frei. »Denn so leicht kommst du uns nicht davon. Wir erinnern uns alle gut an deine Worte: 'Wenn wir das Rätsel des Alten Friedhofs gelöst haben, stelle ich mich freiwillig unter den Wasserfall'.«

Drei dämliche Kindsköpfe grinsten ihn mitten im Sommer an wie Schneemänner. Er spürte den Ärger in sich hochbrodeln. Brauchte er die jetzt überhaupt noch, oder sollte er seinen Bidenhänder wieder zusammenschrauben und einem nach dem anderen den hämischen Kopf abschlagen? Während er noch darüber nachdachte, ob diese Lösung des Problems nicht eventuell eine Spur zu endgültig ausfiel, zog er sich die Stiefel aus – erst den rechten, dann den linken. Als Nächstes legte er die Kettenrüstung ab und knöpfte die nietenverstärkte Lederhose auf. Mit steinerner Miene zog er diese über die Knie.

Er hörte die Hübschlerin sagen: »Die Unterwäsche auch, wir wollen doch wissen, ob alles an dir so groß ist.«

Irgendein Vollidiot machte 'Hihi' dazu.

Nur wenige Herzschläge später begab er sich unter dem

Gejohle der Gefährten splitterfasernackt zum Wasserfall. Halt, ein Kleidungsstück trug er noch. Während das Wasser auf ihn herabstürzte, rückte er den Schaller zurecht, nicht dass der Helm noch ins Wasser plumpste. Das Zeug war schließlich ganz schön nass.

»Wahnsinn, gleich riecht Brocken nicht mehr wie eine Achselhöhle«, meinte die Hübschlerin. »Hui, auch ohne Rüstung macht er eine erstaunlich gute Figur.«

Brocken hörte ein Zungenschnalzen.

»Wie schafft er es nur, in seinem Alter noch so durchtrainiert auszusehen?«, fragte Schmalhans.

»Vor allem so muskulös«, meinte Bimsbirne. »Brocki hat Muskeln an Stellen, da habe ich nicht einmal Stellen.«

So ging es eine Weile weiter. Drei Narrengecken prusteten am Uferrand um die Wette. Er drehte ihnen die Kehrseite zu. Da konnten sie ihn mal.

Sie hatten beschlossen, die Nacht in der Schlucht zu verbringen und erst am nächsten Morgen in Richtung Nordmeer aufzubrechen. Das Lagerfeuer knisterte neben dem alten Pferdekarren, alle waren nach dem heutigen Erfolg bester Stimmung.

»Wir haben einen Zauberkompass gebaut«, meinte Wieland.

»Ja, so sieht es aus«, freute sich der Gaukler. »Doch das größte Wunder war Brockens Bad.« Dankbar blickte er gen Himmel und bekreuzigte sich.

»Halt's Maul, Schmalhans«, grunzte Brocken.

»Wie wäre es, wenn du mich künftig nicht mehr ganz so

häufig Schmalhans nennst? Ich habe nämlich festgestellt, dass du unserer echten Namen durchaus mächtig bist.«

»Nur Hans?«, fragte Brocken.

»NEIN!«

»Oder Hans-Georg?«, warf Wieland ein.

Schmalhans rollte mit den Augen.

»Hihi«, machte Brocken, doch er ließ nicht zu, dass auch nur der Anflug dieses *Hihis* in seinem Gesicht ankam. Irgendwo war Schluss!

Raffael nahm seine alte Karte zur Hand und studierte sie. »Ich denke, die Schale mit dem schwimmenden Schwert navigiert uns durch das Nordmeer zum Tal der Hexe. Das heißt, wir brauchen ein Schiff. Daher heißt unser nächstes Ziel Sturmmark, die größte Hafenstadt am Nordmeer, die, wie es der Zufall so will, genau nordöstlich von hier hinter dem Nebelklamm-Gebirge liegt.«

»Auf nach Sturmmark. Ich sagte doch schon immer, wir sind eine eingeschworene Gemeinschaft. Gefährten, die *füreinander* einstehen«, freute sich Bimsbirne.

Brocken ging das alles zu schnell – er bediente sich seines unleidlichsten Tonfalls: »Ich weiß nicht, ob ich mit so einem albernen Pack weiterziehen soll.«

»Natürlich weißt du das, Brocki«, widersprach Bimsbirne.

»Und jetzt, wo er wieder riecht wie ein Mensch …«, meinte die Hübschlerin.

»Der Große kann doch gar nicht ohne uns«, erklärte Schmalhans.

»Pah! Bist du davon überzeugt, Schmalhans?«, grantelte der alte Söldner.

»Na klar! Das ist so sicher wie abends in der Kirche.«

»Und du bist sicher, dass das so heißt?«, fragte Brocken nach.

»Na klar. Wie sonst?«

»Dann ist ja gut.«

Am nächsten Morgen packten sie ihre Habseligkeiten und verstauten alles auf dem Pferdekarren. Gaul und Diego wieherten, sie freuten sich auf Bewegung.

Priester Jakob und Vorsteher Argon hatten sich eingefunden und wünschten Ihnen eine gute Weiterfahrt und viel Erfolg bei ihren Vorhaben. Raffael dankte den beiden ausgiebig für die Gastfreundschaft, dann nahmen alle endlich ihre Plätze auf dem Wagen ein. Brocken betrachtete den runden Mann in der Kutte ein letztes Mal. Für einen Pfaffensack war Jakob erstaunlich in Ordnung, da hatte er schon ganz andere Gottessklaven kennengelernt.

Der Wagen setzte sich in Bewegung. Eine gebeugte Gestalt mit zwei Krücken stand auf einem Felsvorsprung, blickte zu ihnen herunter und hob eine Hand mit zwei verbliebenen Fingern.

Raffael stellte sich auf den Kutschbock und winkte dem Aussätzigen mit beiden Armen zu. »AUF WIEDERSEHEN, THEODOR«, brüllte er.

Brocken hob zum Abschied lässig die Hand – vermutlich hätten sie das Rätsel ohne den Alten nicht gelöst. Langsam rappelten sie aus der Schlucht der Verstoßenen hinaus.

Kurz vor dem Felsentor erreichten sie Umbran, der gerade dabei war, seine beiden Gäule reisefertig zu machen.

Der alte Söldner sah genauer hin. Sowohl das Packpferd als auch das Reittier könnten noch vor ihm geboren sein.

»Ah, Ihr brecht auch auf?«, begrüßte er sie freundlich. »Darf ich eine Bitte aussprechen?« Er wartete Brockens *Nein* gar nicht erst ab, sondern quatschte weiter. »Bei unserer letzten Unterhaltung erwähntet Ihr den Norden. Auch mein nächster Auftrag führt mich in diese Richtung. Ich würde mich glücklich schätzen, Euch ein Stück des Weges begleiten zu dürfen. Mehrfach wurde ich vor Wegelagerern und anderen Halunken in dieser Gegend gewarnt.«

Brocken grauste davor, sich mit noch mehr Menschen zu umgeben. »Schau dir unseren alten Pferdewagen an. Der Zweispänner fährt langsam.«

»Das macht mir nichts aus, der Auftrag hat keine Eile.«

Was redete der Kerl? Ausflüchte und Höflichkeit passten zu Brocken wie eines von Danas Kleidern. »Wir brauchen kein fünftes Rad am Wagen«, knurrte er unfreundlich.

»Wenn wir in dieselbe Richtung reisen, sollten wir ihm seine Bitte nicht abschlagen«, warf die Hübschlerin ein.

Dankbar für die Unterstützung machte Umbran eine kleine Verbeugung und schenkte der Hure ein knappes Lächeln.

Raffael sagte nur: »Er hat die Tür der Krypta geöffnet.«

Brocken stöhnte. »Begleite uns von mir aus drei Tage. Dann erreichen wir Sturmmark und gehen wieder getrennte Wege.«

Erneut diese angedeutete Verbeugung. »Einverstanden. Das ist großzügig von Euch.«

Nun bestand der Tross aus fünf Menschen, vier Pferden,

und einem Wurm.

»Korr!« Als könnte er Gedanken lesen, brachte sich der weiße Rabe über ihren Köpfen in Erinnerung.

Schon gut – und einem Vogel, ergänzte der alte Söldner gedanklich.

Donnerschlag! Verflucht viel Gesellschaft für einen Einzelgänger.

*** ENDE ***

Das Abenteuer findet seinen Abschluss in
»Die Hexe und der Söldner«.

Dankeschön!

Lieber Leser,

vielen Dank dafür, dass Sie den Söldner auf seiner Reise begleitet haben. Wenn Sie etwas Zeit erübrigen können, schreiben Sie doch bitte eine Leserbewertung auf Amazon. Für einen unabhängigen Autor sind positive Rezensionen die einzige sinnvolle Form von Werbung.

Auch das direkte Feedback meiner Leserinnen und Leser ist mir sehr wichtig – über Kritik, Lob und Anregungen freue ich mich und werde Ihnen garantiert antworten.

Meine Email lautet: **sam.feuerbach@t-online.de**.

In einem Newsletter sende ich Ihnen gern aktuelle Informationen über Sam Feuerbach und seine Welten, wenn Sie möchten. Registrieren können Sie sich über meine Homepage **www.samfeuerbach.de**.

Die Taschenbücher sind beim Verlag bene Bücher erhältlich, auf Wunsch signiert: www.benebuecher.de.

Vielen Dank!
Sam Feuerbach

Die Krosann-Saga
von Sam Feuerbach

High Fantasy Reihe in 6 Bänden
erschienen als Ebook, Taschenbuch, Hörbuch und gebundene Ausgabe

- Die Auftragsmörderin
- Der Schwertmeister
- Die Sanduhr
- Die Myrnengöttin
- Der Seelenspeer
- Der Verräter

In einer Welt im tiefen Mittelalter kreuzen sich die Wege Prinz Kareks und einer Mörderin. Eine Begegnung, die das Reich für alle Zeiten verändern könnte, wenn sie nicht den Auftrag hätte, ausgerechnet Prinz Karek zu töten.

Wie viel Hass passt in ein Leben? Sie ist ohne Namen, ohne Kindheit, ohne Skrupel. Während andere zaudern, noch überlegen, was gut, was schlecht oder was richtig, was falsch ist, handelt sie bereits. Meistens schlecht und falsch. Eine verlorene Herkunft, tief in ihr brodelnd, sucht sich seinen Weg an die Oberfläche.

Im Königreich Toladar greifen viele Hände begierig nach der Krone. Den jugendlichen Thronfolger, Prinz Karek, kümmern die Intrigen wenig, bis er über das Erbe längst verlorener Götter stolpert. Unverhofft muss er sich in einer Welt beweisen, in der sein Talent, die richtigen Fragen zu stellen, lebensgefährliche Antworten liefert.